Arne Dahl
Sechs mal zwei

ARNE DAHL

SECHS MAL ZWEI

Kriminalroman

Aus dem Schwedischen von Kerstin Schöps

PIPER

Mehr über unsere Autoren und Bücher:
www.piper.de/literatur

Von Arne Dahl legen im Piper Verlag vor:

Misterioso • Böses Blut • Falsche Opfer • Tiefer Schmerz • Rosenrot • Ungeschoren • Totenmesse • Dunkelziffer • Opferzahl • Bußestunde • Der elfte Gast

Gier • Zorn • Neid • Hass

Ghost House

Sieben minus eins • Sechs mal zwei

MIX
Papier aus verantwortungsvollen Quellen
FSC® C083411
FSC www.fsc.org

ISBN 978-3-492-05811-7
Deutsche Erstausgabe

Titel der schwedischen Originalausgabe: »Hinterlands« bei Albert Bonniers, 2017, Stockholm

Satz: Kösel, Krugzell
Gesetzt aus der Stone Serif
Druck und Bindung: CPI books GmbH, Leck
Printed in the EU

I

1

An Kommissarin Desiré Rosenkvist.

Zum ersten Mal habe ich das Geräusch vor zwei Monaten gehört. Es ist schwer zu beschreiben. Es klingt, als befände sich jemand in der Wand und im Boden. Das Geräusch kommt weder von innen noch von außen, und es ist nicht menschlich. Aber der Vorschlag der zwei jungen Polizisten, die mich neulich besucht haben, kommt mir jetzt, nachdem ich ein wenig darüber nachgedacht habe, fast wie eine Beleidigung vor. Zu dem Zeitpunkt wusste ich noch nicht einmal, was ein Hausbock ist.

Jetzt weiß ich es.

Die Larven des Hausbocks leben sehr lange in trockenem Nadelholz, bis zu zehn Jahren, bis sie sich dann verpuppen und als Käfer schlüpfen. Sie höhlen das Holz von innen vollständig aus, von außen aber erscheint es gesund. Die einzige Möglichkeit, die Larven des Hausbocks zu bekämpfen, besteht darin, das befallene Holz zu verbrennen oder das Gebäude mit Gift zu begasen.

Und sie sind laut, man kann die Larven nagen hören. Sie sind weder drinnen noch draußen. Sie sind im Verborgenen.

Aber um so ein Geräusch handelt es sich nicht. Außer ich hätte meinen ganz eigenen, bösartigen Hausbock. Denn es fühlt sich wirklich so an, als wäre jemand hinter mir her.

Ich wohne sehr einsam, Frau Kommissarin. Ihnen würde es

hier gefallen. Es ist fast wie zu Hause. Niemand kommt hier zufällig vorbei, hierher verlaufen sich keine Camper, es gibt keine neugierigen Immobilienspekulanten, keine Managerhorden, die so tun, als würden sie ihre innere Mitte mit ein bisschen Ironman-Training wiederfinden. Tiere gibt es dagegen schon, und natürlich dachte ich am Anfang, es sei ein verirrtes Rentier, vielleicht sogar ein Elch, der über den Zaun gesprungen ist und meine winterfesten Stauden zertrampelt. Aber es waren weder Spuren in den Beeten noch Beschädigungen am Zaun. Und ich weiß, dass Rentiere und Elche nicht über diesen Zaun springen können. Deshalb ließ ich ihn ja hochziehen.

Es kann sich also um keine andere Kreatur handeln als um einen Menschen. Auch Menschen können unmenschlich sein. Die Frage ist, ob wir unter den Millionen von Tierarten auf der Erde nicht den Weltrekord in Unmenschlichkeit halten. Obwohl wir ja eigentlich gerade das Menschliche repräsentieren.

Außerdem gehen die Forscher davon aus, dass wir bislang höchstens die Hälfte aller Tierarten auf der Erde entdeckt haben.

Trotzdem muss es sich um einen Menschen handeln, der mir nachschleicht. Und er – ich gehe davon aus, dass es ein Mann ist – kann sich auch aus keinem anderen Grund hier oben aufhalten. Es hat geschneit, und ich habe die Schneedecke nach Hinweisen abgesucht, habe aber nichts entdeckt, auch keine Spuren, abgesehen von meinen eigenen. Dennoch weiß ich, dass es kein Ende nehmen wird. Es geht immer weiter.

Jemand spioniert mir nach.

Im 19. Jahrhundert wurden alle Frauen als hysterisch abgetan und eingesperrt, wenn sie nach Freiheit und Gerechtigkeit verlangten, und leider sind wir heute noch nicht viel weitergekommen. Ich weiß, dass die Polizei mich längst als Hysterikerin abgestempelt hat. Obwohl Ihr Eure Vorverurteilungen mit Bezeichnungen wie »Querulantin« und »Verschwörungstheoretikerin« verschleiert, habt Ihr wahrscheinlich schon längst eine schicke neuropsychiatrische Diagnose für mich parat. Ich hoffe,

Euch bleibt diese Diagnose dann im Hals stecken, wenn Ihr Euch über meine übel zugerichtete Leiche beugt.

Denn dieser Mann will mir nichts Gutes.

Es macht mich wirklich traurig, dass mir niemand glaubt. Oder, noch schlimmer, dass man glaubt, ich sei verrückt. Ich habe ja den Tonfall der Beamten gehört, als sie hier waren. Ich hörte, wie sie laut über ihren Witz vom »Hausbock« lachten, während sie in ihren Streifenwagen stiegen. Als wäre ich nicht in der Lage, den Unterschied zwischen dem verhaltensauffälligen Nachwuchs eines Käfers und einem gefährlichen, bösartigen erwachsenen Mann zu hören. Als würde ich diese Geräusche verwechseln.

Ich habe es schon so oft versucht, aber niemand hört auf mich. Ich bin wirklich am Boden zerstört.

Ihr wisst genauso gut wie ich, dass die »Operation Gladio« tatsächlich stattgefunden hat und dass die Tabakfirmen in den USA Zusatzstoffe in die Zigaretten gemischt haben, die Abhängigkeiten erzeugen. Auch die Herzinfarktpistole der CIA, die keine Spuren hinterlässt, gibt es wirklich, und die »Operation Snow White« haben die Scientologen in der Tat selbst durchgeführt, obwohl das niemand glauben wollte.

Ich selbst habe mehrmals darauf hingewiesen, dass Victor Gunnarsson kurz nach dem Mord an Olof Palme unzweifelhaft in der Luntmakargatan gesehen wurde – das ist sogar protokolliert –, und ich habe persönlich mit einem Polizisten gesprochen, der zugab, dass zwei voneinander unabhängige Zeugen an jenem Juliabend vor dem Café auf dem Kinnekulle einen weißen Sportwagen beobachtet haben, der einem Kriminalbeamten aus dem Bezirk gehörte.

Ich habe auch versucht, Euch mit einem gewissen Nachdruck klarzumachen, dass Essam Qasims DNA nicht auf dem Messer zu finden ist, das in dem Abfluss in Strömstad entdeckt wurde, und Penny Grundfelt vor dem Mord an Anders Larsson drei Jahre lang unter dem Hassparolen verbreitenden Profil »Death-Star« auf Flashback aktiv war. Auch die Erwähnung der Kugelschreiberzeichnung auf Lisa Widstrands Gesäß in der Lokalpresse führte nicht dazu, dass die Polizei Karl Hedbloms Schuld erneut überprüfte, und ich hatte Einblick in eine E-Mail-Korrespondenz der Zwillinge Abubakir, in dem sogar die Munition für die Ruger Mini 14 namentlich genannt wird, die Sanchez kurz darauf den Kopf weggeblasen hat.

Aber Euch interessiert das alles nicht.

Ihr kümmert Euch erst um mich, wenn ich ermordet sein werde. Erst als Leiche bin ich für Euch interessant.

Ja, ich schreibe mit einer Schreibmaschine. Ich benutze keinen Computer mehr, seit ich die Wahrheit über die NSA erfahren habe. Deshalb gelingt es Edward Snowden ja, in Russland unter dem Radar zu bleiben: Er benutzt keinen Computer. Wenn jemand unter Entzug leiden müsste, dann ja wohl er, aber man kann es schaffen. Ich surfe mit einem geschützten Tablet, aber ich schreibe kein einziges Wort auf einem Computer. Denn das könnte überall mitgelesen und weiterverbreitet werden. Wenn beispielsweise die Zwillinge Abubakir erführen, was ich weiß, hätte ich ziemlich schlechte Karten.

Jetzt höre ich das Geräusch schon wieder, in diesem Moment. Oh Gott.

Das Schlimmste dabei ist, dass er ganz bestimmt diese Blätter mitnehmen wird. Mit meinem Blut darauf. Dann wird er sie entsorgen, ohne darüber nachzudenken. Als hätten sie keinerlei Bedeutung.

Ich schreibe mit meinem Blut.

Es kommt von der Außenwand und wandert hinunter in den Keller. Ein schlurfendes Geräusch, als würde sich wirklich jemand in der Wand bewegen, in tiefster Dunkelheit. Natürlich weiß ich, dass er in Wirklichkeit draußen ist, dass er durch den Schnee geht, der die Beete bedeckt. Ich verstehe nur nicht, was er will.

Habe ich versehentlich doch ein paar unerwünschte Wahrheiten von mir gegeben, bevor ich aufhörte, Computer zu benutzen? Läuft hier doch noch ein Schuldiger ungestraft herum und meint, seine Freiheit sei von meinem Wissen bedroht? Oder ist es nur ein normaler, primitiver Sadist, der nichts im Sinn hat außer der Tat selbst? Ein Einbrecher, ein Vergewaltiger, ein Berufskiller? Aber eigentlich ist mir egal, wer es ist, ich möchte nur wissen, warum er das tut.

Ich will wissen, warum ich sterbe.

Ich weigere mich aufzustehen. Ich weigere mich, mit dem Schreiben aufzuhören. Die Abenddämmerung ist längst angebrochen, und ich ahne, dass der Himmel von Wolken bedeckt ist, denn hinter der Dunkelheit liegt eine weitere Dunkelheit und dahinter grenzenloser Boden.

Wieder dieses Geräusch. Es hat sich weiterbewegt. Ein hastendes, gezogenes, schleppendes Geräusch entlang der Wand, jetzt ganz in der Nähe der Eingangstür.

Wenn es doch nur die Larven des Hausbocks wären.

Mein Blick ist auf das Papier fixiert. Trotzdem spüre ich, dass ich mir einen Fluchtweg suchen muss. Meine Kerze flackert in der Dunkelheit, sie ist kurz vorm Erlöschen. Im Moment ist nur das Klappern meiner Schreibmaschine zu hören, was in allen anderen Situationen auf mich beruhigend wirken würde.

Aber nicht jetzt.

Denn jetzt höre ich das Geräusch erneut, das hastige Schlurfen, ein kurzes Rascheln. Noch nie war es so nah.

Seit fast zwei Monaten. Manchmal jeden Tag, manchmal nach einer unerträglichen Pause von mehreren Tagen. Nun höre ich das Geräusch an der Terrassentreppe, und es gibt mir beinahe ein gutes Gefühl. Viel länger hätte ich diese Ungewissheit nicht mehr ertragen.

Der Keller, den ich seit Jahren nicht mehr nutze – ich bin seitdem nicht ein einziges Mal unten gewesen. Mein Blick wandert zur Kellertür. Im selben Augenblick fährt plötzlich ein eiskalter Wind durch mein Schlafzimmer. Als die kleine Flamme meiner Kerze erlischt, höre

2

Donnerstag, 12. November, 14:17

Er hieß Berger. Sam Berger.

Das war alles, was er wusste. Und dass er wegmusste.

Fort von hier.

Er legte die Hand auf das Küchenfenster. Es war so kalt, dass seine Fingerkuppen am Glas haften blieben. Als er die Hand wegriss, blieben einige Hautfetzen hängen.

In der Fensterscheibe sah er sein Spiegelbild. Er formte mit der rechten Hand einen doppelläufigen Revolver.

Dann drückte er ab.

Draußen vor dem Fenster war alles weiß. Die dicke Schneedecke auf dem Feld schien sich bis in die Unendlichkeit zu erstrecken. Doch plötzlich machte Sam Berger in der Ferne eine Bewegung aus, ganz hinten am Horizont. Wenn er die Augen zusammenkniff, konnte er erahnen, dass der lang gestreckte Quader, der sich an der Kante des Ackers entlangbewegte, ein Bus war.

Dorthin musste er.

Offenbar gab es dort eine Straße, die von hier wegführte. Fort von hier.

Die Tür seines Zimmers war zum ersten Mal einen Spalt weit offen geblieben, und er hatte es geschafft, sich genau zur richtigen Zeit hinauszuschleichen, in der Nachmittagdösigkeit, und dann hatte er die Küche gefunden, in der er, soweit er wusste, noch nie zuvor gewesen war.

Das Küchenpersonal hatte schon alles für den Nachmittagskaffee vorbereitet. Ein paar Thermoskannen standen auf einem Servierwagen neben einer Schüssel voller Zimtschnecken, die mit Frischhaltefolie abgedeckt waren. Neben dem Wagen hingen ein paar weiße Kittel.

Er sah erneut aus dem Fenster und lehnte sich ganz nah an die Scheibe. Die Kälte strahlte auf sein Gesicht ab. Dann sah er an sich hinunter. Unter dem Kleidungsstück, das man unter anderen Umständen für eine bequeme Jogginghose hätte halten können, waren seine Füße nackt. Er bewegte die Zehen, und sogar sie schienen einzusehen, dass er die Straße niemals ohne Schuhe erreichen würde.

Trotzdem musste er fort. Er hatte schon zu viel Zeit hier verbracht.

War zu lange weg gewesen.

Er warf einen Blick in die Vorratskammer. In einer Ecke stand tatsächlich ein Paar Stiefel, und obwohl sie mindestens drei Nummern zu klein waren, zog er sie an. Seine Zehen krümmten sich, aber er konnte damit gehen, vielleicht würde er sogar rennen können.

Als er wieder in die Küche trat, hörte er Stimmen hinter der Tür, die zum Hauptkorridor führte. Sie war geschlossen, das würde aber bestimmt nicht lange so bleiben.

Also riss er alle drei Kittel an sich, die neben dem Servierwagen hingen, und humpelte zur hinteren Tür. Die Schmerzen in den gekrümmten Zehen hielten ihn wach.

Er zog den ersten Kittel an, dann den zweiten, aber als er den dritten über die beiden vorhergehenden ziehen wollte, klangen die Stimmen im Flur plötzlich ganz nah. Vorsichtig drückte er die Türklinke hinunter und schlüpfte in den Seitenflur. Er schloss die Tür hinter sich, so leise er konnte, und hörte, wie die andere Tür zur Küche im selben Augenblick aufgestoßen wurde. Während er den immer dunkler werdenden Flur entlangrannte, zwängte er sich in den dritten Kittel. Wegen der viel zu engen Stiefel wirkte sein normalerweise dynamischer Laufschritt wie das Stampfen zweier riesiger Klumpfüße.

Normalerweise? Es gab kein »normal« mehr. Definitiv keinen normalen Laufschritt. Es kam ihm so vor, als wäre er in einer vollkommen leeren, vollkommen weißen Welt aufgewacht.

In einer Welt ohne Zeichen.

Was sich an Erinnerungen zeigte, war nichts anderes als der Phantomschmerz seiner Seele. Alles war gekappt, als hätte sein Gehirn zielgerichtet jede Spur vernichtet.

Dennoch erinnerte er sich an die Tür, sogar an den Spalt, durch den die Kälte in den Flur drang. Die letzten dunklen Meter.

Er stieß die Tür auf. Der Balkon war groß, geradezu riesig, als gehörte er zu einem königlichen Schloss, aber nur auf einem kleinen Quadrat direkt vor der Tür war der Schnee weggefegt worden. Überall lagen Zigarettenstummel herum. Er musste also auch diese Raucherecke aufgesucht und geraucht haben, in seiner Zeit in tiefer, bodenloser Dunkelheit. So musste es gewesen sein. Wie sonst hätte er hierherfinden können?

Aber hatte er nicht aufgehört zu rauchen?

Hinter dem freigeräumten Quadrat lag der Schnee meterdick auf dem Balkon. Man hatte ihn zusammengeschoben, sodass sich eine steile Rampe aus dicht gepresstem Schnee gebildet hatte, die zu einem Schneeplateau führte. Es waren etwa sechs Meter bis zum Balkongeländer, aber er konnte nicht erkennen, wie tief es nach unten ging.

Hinunter auf den Acker, der zur Straße führte. Zur Straße, die an einen anderen Ort führte. Fort von hier.

Er quälte sich auf das Schneeplateau. Die Kruste war so dick, dass er nicht einbrach. Doch erst, als er sich endlich zur Balustrade vorgekämpft hatte, hörte er hinter sich an der Balkontür Stimmen.

Von hier ging es bestimmt fünf Meter in die Tiefe. Die

Schneedecke dort unten wirkte dicker als auf dem Balkon, aber wenn sie genauso hart war, würde er sich die Beine brechen. Doch es gab keine Alternative.

Er sah sich nicht um, als er im Schersprung über das Balkongeländer verschwand. Die drei Kittel übereinander flatterten wie eigenartige weiße Flügel. Sie flatterten ziemlich lange.

Er fiel in den Schnee und sank ein. Ja, er sank, der Schnee dämpfte den Fall, und er fiel nach vorn. Sein Mund füllte sich mit Schnee, und er bekam keine Luft mehr. Panik überfiel ihn. Lawinenpanik. Aber dann rappelte er sich auf, bis seine Beine Halt fanden. Er spuckte Schnee und lief los, quer über das Feld. Auf die Straße zu. Doch er kam nur quälend langsam voran.

Nach etwa zehn Metern warf er einen Blick über die Schulter. Zwei breite Männer standen an der Balustrade des Balkons und starrten ihm hinterher. Dann verschwanden sie.

Er stapfte weiter. Der Schnee war kompakt und machte jeden Schritt zu einem Kampf. Außerdem fror er trotz der drei Kittelschichten erbärmlich.

Jetzt fing es auch noch an zu schneien. Große Flocken segelten aus dem bleifarbenen Himmel herab. Die Sonne war bereits untergegangen.

Plötzlich nahm er neben seinem eigenen Keuchen ein anderes Geräusch wahr. Sam Berger blieb stehen, reckte die Nase ins Weltall und ließ die Schneeflocken auf seinem Gesicht eine Maske aus lauter kleinen Fragmenten bilden. Er hielt die Luft an und horchte.

Hoch konzentriert.

In dem schwachen, matten Licht, das seit dem Sonnenuntergang herrschte, erahnte er in der Ferne eine Bewegung. Schließlich nahm sie Form an. Durch das Weiß der Welt bewegte sich ein Quader.

Der Quader kam auf ihn zu. Sam Berger lief wieder los, wagte einen verschwenderisch großen Schritt, aus dem ein

Fehltritt wurde, er wollte nicht nach vorn fallen und fiel stattdessen auf den Rücken. Sein Bein steckte bis zum Knie im Schnee fest, und er kam nicht mehr hoch. Tanzende Schneeflocken blieben an seinen Wimpern hängen und trieben ihm Tränen in die Augen.

Er kam wirklich nicht mehr hoch.

Tief in seinem Innersten musste er nach einem glühenden Rest seines Willens suchen, nach einer gut verborgenen Energiereserve. Komprimierte Gewalt. Mit einem Schrei richtete er sich auf, um ihn herum wirbelte der Schnee, und die Kittel flatterten, als würde er heftig mit den Flügeln schlagen. Er war ein gefallener, aber wiederauferstandener Engel.

Mühsam stolperte er weiter. Der Bus kam immer näher. Die Seiten des Fahrzeugs waren von aufgewirbeltem Schnee bedeckt, nur Teile der Fensterscheiben waren zu erkennen. Der Fahrer schaltete die Scheinwerfer ein, Lichtkegel schossen aus dem Quader. Und das Brummen des Dieselmotors wurde zunehmend lauter.

Das Geräusch der Freiheit.

Jetzt konnte er die Straße sehen, die sich durch die weiße Schneedecke wand. Er rannte los, plötzlich konnte er rennen, der Schnee hielt ihn kaum noch auf. Mit jeder Kurve kam der Bus näher, aber es waren nur noch zehn Meter bis zum Straßenrand. Er fiel auf die Knie, richtete sich aber schnell wieder auf. Der Bus war bloß noch wenige Meter entfernt. Sam Berger hob die Arme und winkte wie wild, der Fahrer konnte das mit Flügeln geschmückte weiße Wesen unmöglich übersehen, das, umgeben von einer Aura aus schwirrendem Pulverschnee, auf die Straße zuwankte.

Mit den Armen fuchtelnd, lief er weiter, erreichte den Straßengraben und sammelte seine allerletzten Kräfte für einen Sprung über das Gebüsch. Als der Bus auf seiner Höhe war, starrte er in die Fahrerkabine, und einen Augenblick lang trafen sich ihre Blicke.

Aber der Fahrer bremste nicht.

Der Bus bremste nicht.

Sam Berger streckte die Hand wie eine Klaue nach der schneebedeckten Flanke des Busses aus, wollte das tonnenschwere Gefährt mit reiner Willenskraft zum Halten bringen. Brüllend donnerte der Bus an ihm vorbei, ohne die Geschwindigkeit auch nur im Geringsten zu drosseln. An seiner Seite waren nun deutlich fünf unregelmäßige Kratzspuren im Lack zu erkennen.

Er musterte seine steif gefrorene rechte Hand und die blutigen Fingerkuppen, aber er spürte nichts. Gar nichts. Verzweifelt sank er auf die Knie. Er hatte nicht einmal mehr genügend Kraft, um zu schreien. Der Bus, der in der Ferne verschwand, hinterließ eine undurchdringliche Wolke aus feinem Pulverschnee, die ihn umfing. Langsam, ganz langsam senkte sie sich herab.

Da zeichneten sich am Straßengraben zwei Gestalten ab. Zwei breitschultrige Männer näherten sich ihm.

Wie in Zeitlupe nahm er wahr, dass der eine auf ihn zutrat und die Faust hob. Dann verpasste er ihm einen Schlag mitten ins Gesicht. Sam Berger hatte das Gefühl, dass er bereits bewusstlos war, als ihn die Faust traf. Das Letzte, was er hörte, war das Rieseln des Schnees, der atemlos durch das All fiel.

3

Donnerstag, 12. November, 17:48

Eine weiße Fläche. Sonst nichts.

Aber als sein Blick allmählich klarer wurde, erkannte er zwei Neonröhren vor diesem Weiß. Eine davon flackerte schwach, aber schnell, und verbreitete einen nervös schimmernden Schein auf der weißen Zimmerdecke. Er kannte dieses Licht. Er hatte es schon einmal gesehen, auch wenn er das wohl kaum als Erinnerung bezeichnen konnte.

Ein erster bewusster Gedanke: Wie seltsam es war, so leer zu sein, so ohne alles. Nur ein Körper. Das vermittelte ein groteskes Gefühl von Freiheit. Einer Freiheit von Vergangenheit.

Aber nun gesellte sich ein ganz anderes Gefühl dazu. Als würden sich nacheinander in seinem Gehirn Türen einen Spaltbreit öffnen. Als *wollte* er sich tatsächlich zum ersten Mal erinnern.

Eine autoritäre Männerstimme sagte: »Starke Unterkühlung, aber keine Erfrierungen.«

Er wandte den Blick von der Zimmerdecke ab. Der weiß gekleidete Mann, der zudem mit einer weißen Haarpracht ausgestattet war, wickelte die Bandage um seine rechte Hand wieder zu und verklebte sie mit ein paar Pflasterstreifen. Ihre Blicke trafen sich.

Der Mann sah ihm lange in die Augen, runzelte nachdenklich die Stirn und erklärte dann: »Ich bin Doktor Stenbom, erkennen Sie mich, Sam?«

Er schüttelte den Kopf. Diesen weißen Mann kannte er nicht. Obwohl ihm sein Gefühl sagte, dass er das sollte.

»Die Hand sieht jedenfalls gut aus«, sagte Doktor Stenbom und legte sie geradezu zärtlich zurück auf die Bettdecke.

»Die Bandage hat nichts mit den Erfrierungen zu tun, sondern damit, dass Ihre Fingerkuppen ordentlich in Mitleidenschaft gezogen wurden, als Sie versucht haben, den Überlandbus aufzuhalten. Wir haben jeden Finger einzeln verbunden. Der Bus fuhr zu diesem Zeitpunkt ungefähr achtzig Stundenkilometer, was das Ausmaß Ihrer Verletzungen erklärt. Aber das wird wieder verheilen. Erinnern Sie sich daran, dass Sie versucht haben, den Bus anzuhalten? Sam?«

Zu seinem eigenen Erstaunen nickte er. Er erinnerte sich tatsächlich daran. Er erinnerte sich an den irrsinnigen Marsch durch den Schnee. An die Küche, an den Balkon, die Raucherecke, an das Feld. Er erinnerte sich auch an den Schnee in seinem Mund. An den Bus. Und an die beiden breitschultrigen Männer.

»Was ich nicht ganz verstehe«, fuhr Doktor Stenbom fort »sind die Wunden in Ihrem Gesicht.«

Aber ich, dachte er und lächelte. Heimlich, in sich hinein. Sein Gesicht spannte. Er tastete es ab – sein ganzer Kopf schien bandagiert zu sein.

»Erinnern Sie sich, wie es zu den Wunden in Ihrem Gesicht gekommen ist?«, fragte der Arzt.

Er schüttelte den Kopf.

Doktor Stenbom wiederum nickte, ein wenig besorgt.

»Ich hatte das letzte Mal den Eindruck, Ihre Wachheit habe zugenommen, Sam, aber jetzt scheint das Gedächtnis Sie doch wieder im Stich zu lassen. Wissen Sie, was für ein Wochentag heute ist?«

Erneut schüttelte er den Kopf. Er war sich nicht einmal sicher, ob er die Namen aller Wochentage kannte. Es waren sieben, oder?

»Montag«, riet er.

»Leider nicht«, entgegnete Doktor Stenbom und runzelte die Stirn.

»Dienstag«, fuhr er fort. »Mittwoch, Donnerstag, Freitag, Sonntag.«

»Sie haben den Samstag vergessen, Sam.«

Er sah zur Decke hinauf. Den Samstag hatte er vergessen. Er hatte es nicht einmal geschafft, bis sieben zu zählen.

»Sie haben eine Gehirnerschütterung, Sam«, sagte Doktor Stenbom jetzt. »Die hat vermutlich mit Ihrem Unfall zu tun und nichts mit Ihrem … früheren Zustand. Können Sie mir sagen, wie Sie heißen?«

»Sam Berger.«

»Gut. Und erinnern Sie sich, wie Sie hierhergekommen sind?«

Vage Regungen, eher unten im Nacken als oben im Hirn. Im Rückenmark? Ein Bild: starker Schneefall gegen eine Windschutzscheibe, eine flüchtige Spiegelung, eine Haarmähne. Wieder verschwunden.

Er schüttelte den Kopf. Doktor Stenbom nickte.

»Aber Sie wissen noch, dass Sie versucht haben zu fliehen?«

Er nickte. »Natürlich habe ich versucht abzuhauen«, sagte er. »Ich weiß ja nicht, wo ich hier bin. Am Nordpol?«

Doktor Stenbom lachte kurz auf, wurde aber gleich wieder ernst. »Erinnern Sie sich, wer Sie hierhergebracht hat?«

Erneut vage Erinnerungen, Bilder wie zerrissene Fotos. Er schüttelte wieder den Kopf.

»Wissen Sie, ob es ein Mann oder eine Frau war?«

»Eine Frau«, antwortete er prompt und zu seiner eigenen Überraschung.

»Gut, Sam. Wissen Sie, wie sie ausgesehen hat?«

»Blond.«

»Wir haben Überwachungsbilder von unserem Haupteingang«, sagte Doktor Stenbom. »Es war eine blonde Frau.

Aber sie hat Sie draußen liegen gelassen, im Schnee. Wir haben Sie hereingetragen, Sam. Wer war sie?«

Er spürte, wie er blinzelte. Bei jedem Blinzeln spannte die Bandage. War wirklich sein ganzer Kopf verbunden?

»Ich weiß es nicht«, erwiderte er.

»Wir auch nicht«, sagte Doktor Stenbom und breitete die Arme aus. »Wir haben auch keine Informationen über Angehörige, die wir kontaktieren könnten, jetzt, wo Sie allmählich wieder gesund werden.«

»Werde ich gesund?«, fragte er.

»Ja, trotz allem«, antwortete Doktor Stenbom lächelnd und erhob sich. »Ich finde, wir sind auf einem guten Weg, Sam.«

»Ich habe keine Ahnung, wohin ich unterwegs bin.«

»Wir müssen uns Zeit lassen, Sam. Wenn Sie nicht wissen, wohin Sie unterwegs sind, dann ist es vermutlich auch nicht besonders eilig, dorthin zu gelangen.«

»Was machen Sie jetzt?«

»Ich lege die Infusion wieder an, Sam, den Tropf, über den wir Sie seit ein paar Wochen versorgen. Bald können wir die Dosis reduzieren.«

»Was ist das denn?«

»Hauptsächlich flüssige Nahrung«, erklärte Doktor Stenbom. »Sie waren nicht in der Lage, selbst zu essen. Und Beruhigungsmittel. Die benötigen Sie auch jetzt noch, wo sich die Wirklichkeit nach und nach wieder zurückmeldet.«

Er musterte die Pflasterstreifen in seiner linken Armbeuge. Sie wurden von einer gelben Kanüle gekrönt. In diese Öffnung steckte der Arzt den Schlauch, der mit dem Tropf an dem Gestell über seinem Kopf verbunden war. Dann stemmte er die Hände in die Hüften und betrachtete seinen Patienten.

Mit hochgezogenen Augenbrauen sagte er: »Sie sind geflohen, Sam. Wenn unser Personal es nicht bemerkt hätte, wäre die Kälte da draußen Ihr sicherer Tod gewesen. Normalerweise müsste ich Sie jetzt fixieren, zu Ihrem eigenen Besten. Ich sehe jedoch davon ab, weil ich glaube, dass Ihnen klar ist, dass Sie nicht vor uns fliehen, Sam, sondern vor der Wirklichkeit, vor Ihren Erinnerungen. Und nach dem zu urteilen, was ich und das übrige Personal in den vergangenen Wochen gehört haben, wird es nicht schmerzfrei vonstattengehen, wenn die Erinnerungen zurückkehren. Ich möchte, dass Sie darüber nachdenken, Sam. Es wird schmerzhaft werden.«

Doktor Stenbom musterte ihn wieder eine Zeit lang. Dann ein letzter, abwägender Blick, damit war er weg. Möglicherweise hörte man noch das Schloss klicken, als die Tür hinter ihm zufiel.

Er starrte den gelben Gegenstand an, der aus seinem Arm emporragte. Langsam begann er, das Pflaster zu lösen, mit dem die Kanüle befestigt worden war. Die Haut rund um die Stelle, an der die dicke Nadel im Arm saß, war nicht nur blau, sondern auch von mehr oder minder verheilten Nadelstichen übersät. Es gab keinen Zweifel, dass er schon eine ganze Weile hier lag. Ein paar Wochen, hatte Doktor *fucking* Stenbom behauptet, aber es konnte viel länger sein. Die Zeit hatte nach wie vor keine Bedeutung.

Mit einem Ruck zog er die Nadel aus dem Arm. Ein dünner Blutstrahl sickerte aus der Armbeuge, so schwach, als hätte er kaum Blutdruck. Er zog das Kissen unter dem Kopf hervor, riss den Bezug ab und legte es unter seinen Ellbogen. Das Blut sickerte gemächlich hinein und hinterließ einen Fleck.

Dann bog er die dicke Nadel zu einem Halbmond. Das war schwieriger, als er erwartet hatte. Schließlich gelang es ihm. Er hielt die Nadel ins Licht und musterte sie genau. Dann schob er sie wieder in die weiterhin blutende Wunde, bohrte darin herum und suchte nach dem Loch in der Vene.

Der Schmerz hielt ihn wach.

Er betrachtete die Haut. Ein paar Zentimeter unterhalb der Eintrittswunde bildete sich eine leichte Ausbuchtung. Er drückte ein wenig fester, die Ausbuchtung wuchs. Schließlich riss die Haut. Von innen. Die Spitze der gebogenen Nadel kam zum Vorschein. Jetzt sickerte Blut aus beiden Löchern. Er befestigte den Schlauch des Tropfs wieder an der Nadel.

Vor seinem inneren Auge schwebte ein Bild vorbei. Er sah ein Loch, ein Einschussloch. Es hielt sich hartnäckig eine Weile.

Aber eine klare Flüssigkeit inmitten des Blutstroms schob das Bild beiseite. Die Flüssigkeit tropfte aus der Spitze der gebogenen Nadel. Tropf, tropf. Die Infusion. Sie floss jetzt nicht mehr in seine Adern und vergiftete seinen Körper.

Und seine Seele. Er legte das Pflaster wieder über die Wunde, bildete darunter einen kleinen Tunnel und wartete, bis er den ersten klaren Tropfen aus dem Tunnel auf das Kissen rinnen sah. Dann justierte er das Pflaster, und alles sah aus wie vorher.

Er legte das blutbefleckte Kissen ans Fußende des Betts, als wollte er es dort trocknen lassen, schob die Beine über die Bettkante und setzte sich aufrecht hin. Langsam stellte er die Füße auf den Boden und stand auf. Alles drehte sich, und Schmerzblitze zuckten durch seinen Kopf, aber er blieb stehen. Nach einem ersten unsicheren Schritt wagte er den zweiten. Er wankte, ihm war schwindelig, und er musste sich an das Infusionsgestell klammern, aber die Beine trugen ihn.

In der einen Ecke des kahlen Zimmers befand sich ein Waschbecken, über dem ein Spiegel angebracht war. Er tapste dorthin und betrachtete das eigenartige Mumiengesicht, war aber nicht verwundert. Der Mann ohne Erinnerung, der Mann ohne Gesicht. Das war nicht Sam Bergers Spiegelbild. Behutsam fuhr er mit den Fingern über die Bandage.

Dies war das Spiegelbild einer ganz anderen Person. Eines Fremden. Doch plötzlich war der Spiegel eine Fensterscheibe, vermutlich in einem Auto, und mit einem Mal war das Glas auch nicht mehr klar und sauber, sondern von einem wilden Schwirren bedeckt. Es waren Schneeflocken, große, flache Schneeflocken, die reflektierten, als ob der Wagen durch ein Feuerwerk aus Lichtblitzen fahren würde. Und einen kurzen Moment lang sah er noch etwas anderes. Und das war nicht sein Spiegelbild, nicht das von Sam Berger. Es war eine blonde Haarmähne. Aber es gab kein Gesicht dazu, nur eine Haarmähne. Und dann waren die Bilder wieder verschwunden. Zurück blieb diese Mumie, die ihn aus einem Spiegel anstarrte, in einem trostlosen kalten Zimmer in einer Psychiatrie.

Er wandte sich vom Spiegel ab, das wollte er nicht mehr sehen. Stattdessen wankte er zum Fenster und sah hinaus. Das Feld, das zuvor so weiß gewesen war, war nun pechschwarz. Nichts war mehr zu erkennen, kein Mond, kein einziger Stern, nur Finsternis. Er konnte nicht einmal ausmachen, ob es schneite.

Doch er entkam seinem Spiegelbild nicht. Auch hier diese Mumie. Nur machte sie jetzt die Sam-Berger-Geste, hob die bandagierte rechte Hand und schoss mit einem doppelläufigen Revolver.

Dann erstarrte er. Wie eine Gestalt an einem Tisch.

Tisch? Gestalt? Dieses fürchterliche Gefühl, sich an etwas zu erinnern, das man jedoch nicht greifen kann. Wie in einem Vakuum.

Er blieb an dem pechschwarzen Fenster stehen und betrachtete sein Spiegelbild. Nach und nach tauchten im Hintergrund Bilder auf. Ein Raum, ein großes, beinahe leeres Haus. Regen, der laut gegen ein Fenster prasselte. Eine Gestalt, die auf einem Stuhl mitten im Raum saß. Ein Schrei von irgendwoher, der zu der hohen Decke aufstieg. Aber sonst nichts. Gar nichts. Doch.

Eine Haarmähne. Eine blonde Haarmähne. Seine Gedanken drehten sich im Kreis.

Die sitzende Gestalt. Undeutlich.

Ein vierblättriges Kleeblatt. Und dann eine plötzliche Explosion von Blut und Gewalt. Ein Haus voller Schmerz. Einschusslöcher überall. Im Boden.

Eine sitzende Gestalt. Eine Frau. Stille.

Dann war da ein Keller, eine dunkle Kellertreppe. Aber dorthin konnte er jetzt nicht gehen. Sein Gehirn weigerte sich.

Eine neue Bilderserie. Zwei Menschen, noch in weiter Ferne. Erst gingen sie, dann saßen sie still, ganz nah.

Wirbelnde Bilder.

Vielleicht war das die Wirklichkeit: Der Mond kroch hinter einer Wolke hervor und beschien die gemächlich taumelnden Schneeflocken. Sie tanzten eher gegen die Windschutzscheibe, als dass sie fielen. Es war tatsächlich möglich, jeder einzelnen Flocke mit dem Blick zu folgen, unberührt von Zeit und Geschwindigkeit.

Denn es gab keine Geschwindigkeit. Sie befand sich nur in ihm und nirgendwo sonst. Aber da war sie groß.

Die Unbestimmtheit der Erinnerungen: Alles entglitt ihm. Kaum war er kurz davor, ein Bild einzufangen, war es wieder weg.

Erneut zwei Menschen, ein großer und ein kleiner. Ein eingespieltes Team. Er zwang sich, sie festzuhalten. Der Größere war er selbst, das war Sam Berger, und neben ihm befand sich eine Frau. Aber es war keine blonde Frau, sondern sie war ziemlich klein und hatte dunkles, kurzes Haar. Verzweifelt versuchte er, sich an ihren Namen zu erinnern. Desiré?

Ja, das stimmte, aber da war noch ein anderer Name. Vielleicht ein Spitzname? Ja, Deer. Das war er doch, oder?

Und plötzlich sah er sie vor sich, Sam und Deer, das eingespielte Team.

Die Polizisten.

Dann saßen sie nebeneinander an einem Vernehmungstisch. Sam links. Deer rechts. Rosenkvist. Desiré Rosenkvist.

Er sah seinen Gesichtsausdruck: finster. Er sah den von Deer: aufmunternd. *Good cop, bad cop*. Er erkannte die höhnische Sam-Berger-Geste.

Es waren drei Frauen. Eine von ihnen saß regungslos auf einem Stuhl in einem unmöblierten Zimmer, während der Regen gegen die Fensterscheiben prasselte, und es gab Blut und Einschusslöcher im Boden. Oder waren es vier? Oder noch mehr? Und dann waren die Bilder wieder verschwunden. Abrupt. Als hätte das gemarterte Gehirn eine Überdosis an Eindrücken bekommen und das System heruntergefahren.

Er machte einen Schritt zur Seite. Das Gestell mit dem Tropf klirrte, und er verspürte ein Ziehen in der Wunde, in der die Nadel steckte. Er untersuchte das Pflaster an seinem Arm, aber es schien nichts passiert zu sein. Er wartete. Schließlich sickerte ein Tropfen klarer Flüssigkeit aus dem kleinen Pflastertunnel.

Es funktionierte noch.

Als er sich im Zimmer umsah, stellte er fest, dass er eine Spur auf dem Boden hinterlassen hatte. Keine Blutspur, sondern eine Spur aus vereinzelten hellen Tropfen. Eine Infusionsspur. Er hoffte, sie würde trocknen, bevor einer der Pfleger käme.

Mühsam schleppte er sich zurück zum Bett. Dort lag das Kissen, ohne Bezug, aber mit einem deutlich sichtbaren Blutfleck. Er betastete ihn. Der Fleck war noch feucht. Er beschloss, das Kissen erst wieder zu beziehen, wenn das Blut getrocknet war.

Langsam setzte er sich auf die Bettkante, dann hob er die Beine hinauf und legte sich zurecht. Flach auf das Bett.

So lag er da und starrte an die Decke. Hinter dem nervös blinkenden Licht war sie vollkommen weiß. Und doch befanden sich dort jede Menge Zeichen. Zeichen, die anfingen, zu Erinnerungen zu werden.

Er brauchte eine Pause. Musste den Akku in seinem Gehirn wieder aufladen. Und dann musste er anfangen, sich endlich zu erinnern.

Sich ernsthaft zu erinnern.

4

Freitag, 13. November, 07:33

Es gab keine Fenster in dem Raum. Dafür umso mehr Leute. Und noch mehr Bildschirme. Als würden sich diese Menschen in der Unterwelt befinden. Oder zumindest unter der Erde.

In einer Ecke des großen Raumes, ein wenig abseits der hektischen Betriebsamkeit, saßen sich zwei Männer an einem Schreibtisch gegenüber. Sie blickten mindestens so oft in das Gesicht des jeweils anderen wie auf den Bildschirm ihrer Computer. Einer von ihnen saß mit dem Blick, der andere mit dem Rücken zur Wand. Sie wechselten sich in regelmäßigen Abständen ab, denn beide hatten lieber den Raum im Blick.

Der groß gewachsene Mann, der in dieser Woche die Niete gezogen hatte und zur Wand gerichtet saß, sah gerade auf die billige Taucheruhr an seinem kräftigen Handgelenk. Es wirkte, als wäre er eben wieder an die Oberfläche gekommen und wollte überprüfen, wie lange er die Luft anhalten konnte. Ein paarmal atmete er tief ein und aus und tauchte dann wieder ab. Tief hinein in das Binnenmeer des Computers.

Neben dem Bildschirm stand ein Messingschild, dem zu entnehmen war, dass der Mann Roy Grahn hieß.

Von der anderen Seite des Schreibtischs wurde ihm ein schneller Blick zugeworfen. Auch wenn keiner von ihnen es zugeben wollte, herrschte doch ein ständiger Kampf zwischen den beiden Männern, ein Duell gewissermaßen, wer als Erster den offiziellen Status erlangen und zu einem internen Mitarbeiter befördert werden würde.

Sie waren nämlich beide Externe.

Neben dem anderen Bildschirm befand sich ein im Großen und Ganzen identisches Messingschild, mit dem einzigen Unterschied, dass darauf »Kent Döös« stand. Und jetzt stürzte sich Kent Döös auf seine Tastatur, mit ungefähr denselben Suchparametern ausgerüstet wie Roy Grahn, um herauszufinden, ob etwas Neues aufgetaucht war.

Wie immer war die Suche schwierig. Wenn jemand, hinter dem sie her waren, entgegen aller Vermutungen an der Oberfläche auftauchte, geschah dies nur, weil er einen Fehler begangen hatte. Nach solchen Fehlern suchten Roy und Kent: der Verwendung einer Kreditkarte, Internetpräsenz oder anderen Hinweisen auf seine Identität.

Kent Döös schoss ein Name durch den Kopf: Molly Blom.

Roy und Kent hatten mit ihr zusammengearbeitet, und sie war unheimlich beeindruckend gewesen. Niemals würde sie einen solchen Fehler begehen. Sie war nicht nur eine interne Mitarbeiterin, sondern eine der höchst geschätzten, geradezu legendären Undercoveragentinnen. Sie hatte die Befugnis, mehrere Tarnidentitäten zu benutzen, die nicht einmal der Geheimdienst kannte, und würde bis in alle Ewigkeit unter dem Radar bleiben können. Ihr Partner hingegen, wenn man ihn denn als solchen bezeichnen konnte, der ehemalige Kriminalkommissar Sam Berger, war das schwache Glied in der Kette. Darum wurde große Energie auf die Suche nach eventuellen Fehltritten dieses Sam Berger aufgewendet. Aber seit ein paar Wochen schien auch er wie vom Erdboden verschluckt zu sein.

Entweder hatte Molly ihn vollständig unter Kontrolle, oder er war auf eigene Faust untergetaucht. Letzteres erschien allerdings eher unwahrscheinlich. Der dämliche Sam Berger würde auf jeden Fall einen Fehler begehen, das war unvermeidlich. Man musste nur Geduld haben. Andererseits war Geduld weder Kents noch Roys Stärke.

Blieb die Routinesuche: abgelegene Orte, die kaum im Netz auftauchten; Hotels mit analoger Gästeregistrierung; Kliniken, die vertraulich mit ihren Patientendaten umgingen; Trainingslager an besonders abgeschiedenen Orten; Flugtickets, bei denen zweifelhafte Ausweisdokumente einen verspäteten Alarm ausgelöst hatten; Grenzabschnitte mit extrem träger Melderoutine; besonders unauffällige Orte im gesamten Schengenraum, an denen keine Identitätskontrollen durchgeführt wurden. Und natürlich alles außerhalb dieses Bereichs. Obgleich es sehr wahrscheinlich war, dass Berger und Blom sich nach wie vor in der EU aufhielten, und zwar vermutlich dort, wo es gerade im ekligen Monat November am angenehmsten war.

Trotzdem war Kent nicht ganz überzeugt von der These einer Flucht ins Ausland. Dafür kannte er Molly Blom zu gut. Deshalb konzentrierte er sich auf Schweden. Auf die entlegensten Ecken von Schweden. Vielleicht irgendwo im Inneren des Landes? Im menschenleeren Inland?

Roy Grahn und Kent Döös hatten keinen Zugang zu den vertraulichsten Informationen. Also wussten sie nicht genau, warum Molly Blom und Sam Berger für schuldig befunden wurden. Nur, dass die Sicherheitspolizei nach ihnen suchte und sie ganz oben auf der Fahndungsliste der Säpo standen.

Dass Kent ein paar Sekunden lang in Gedanken abgeschweift war, würde er eine Minute später bitter bereuen, aber er konnte ein paar paradoxe Erinnerungsfetzen nicht unterdrücken. Nur zu gut erinnerte er sich an die absurde Schlägerei, zu der es gekommen war, als Berger in Bloms Wohnung eingebrochen war. Berger hatte um sich geschlagen wie der letzte Knastbruder, sie hatten ihn betäuben müssen. Und er erinnerte sich daran, wie Blom Berger knallhart verhört hatte, aber währenddessen aus bisher noch ungeklärten Gründen das Aufnahmegerät manipuliert hatte. Außerdem erinnerte er sich an den Einsatz in einer Albtraumwohnung in Sollentuna. Berger und Blom waren beide dort gewesen und hatten gemeinsam einen heldenhaften Rettungseinsatz durchgeführt.

Kent brachte diese Erinnerungen nicht miteinander in Einklang.

Aber er musste grinsen bei dem Gedanken daran, dass Roy sich übergeben hatte. Er hingegen nicht.

Darum war er nicht vorbereitet, als der Suchtreffer erfolgte, und wusste nicht, wie lange das Fenster auf dem Bildschirm schon blinkte. Aber als er es bemerkte, handelte er umso schneller. Er klickte sich durch einige Register, musste sich an ein paar Firewalls vorbeitricksen und ein paar Passwörter ermitteln, doch gerade als er ins Innerste vorgedrungen war, nahm er im Augenwinkel etwas wahr, das er ganz und gar nicht sehen wollte. Eine Hand.

Eine Hand ragte über den Monitor. Eine Hand mit einer billigen Taucheruhr. Zeigefinger und Mittelfinger formten ein V.

Roy sprang auf und brüllte: »Arjeplog!«

Damit rannte er aus dem Raum, während Kent mit angewiderter Miene seine Suche vollendete. Auf dem Schirm stand: »Sam Berger: Lindstorp-Klinik, Arjeplog«.

Wie üblich dauerte es eine Weile, bis die Tür jenes Brummen von sich gab, das ihnen Zutritt zum Allerheiligsten verschaffte. Da hatten sie bereits über eine Minute lang im Flur gewartet und waren nervös von einem Bein auf das andere getreten. Kent fragte sich, was der Chef der Abteilung für Nachrichtendienste in dieser unabwendbaren, fest installierten Minute wohl immer trieb. War es wirklich nur eine Machtdemonstration?

Schließlich konnte Roy die Tür öffnen und trat ein. Der Abteilungschef August Steen saß an seinem Schreibtisch, der Rücken stocksteif, das volle graue Haar kurz geschoren, der hellgraue Blick eisig und steinern.

»Wir haben ihn«, sagte Roy.

August Steen nahm umständlich seine Lesebrille ab, trommelte damit auf den Tisch und sagte: »Wer hat was?«

»Berger«, erklärte Roy. »Wir haben ihn. Er ist in einer Klinik bei Arjeplog.«

Steen runzelte kurz die Stirn, sonst bewegte sich in dem strengen Gesicht kein Muskel. Und kein Wort kam über seine Lippen.

»Ich würde den schnellstmöglichen Transport vorschlagen«, fuhr Roy fort. »Mit jeder Sekunde wächst das Fluchtrisiko.«

August Steen musterte ihn eingehend. Dann wanderte sein Blick zu Kent. Was nie ein besonders angenehmes Gefühl war.

Schließlich nickte er kurz.

Eine halbe Sekunde später hatten Roy und Kent das Zimmer bereits wieder verlassen. Steen betrachtete die Tür, die hinter ihnen ins Schloss fiel. Lange.

Dann reckte er den Nacken, bis es laut knackte, und zog eine der unteren Schubladen des Schreibtischs auf. Er wühlte darin herum und holte schließlich ein altmodisches Handy hervor. Mit abwesendem Blick wartete er, bis es funktionsbereit war. Dann wählte er eine Nummer und hielt sich das Gerät ans Ohr.

Roy Grahn war davon ausgegangen, dass mit »schnellstmöglichem Transport« ein Hubschrauber für die gesamte Strecke gemeint war. Von Stockholm nach Arjeplog waren es jedoch neunhundertvierzig Kilometer, was er gar nicht wusste.

Zum Glück hatten sie noch einen regulären Flug am Morgen bekommen, und wenn alles klappte, wie es sollte, würde jetzt ein Hubschrauber am Flughafen von Arvidsjaur auf sie warten, mit dem sie die hundertfünfzig verbleibenden Kilometer nach Arjeplog zurücklegen konnten.

Als sie aus dem fast leeren Flugzeug stiegen, wurden sie von heftigem Schneefall empfangen, der offenbar noch zunahm. Außerdem blies ein unheilverkündender Wind.

Kurz darauf saßen sie in einem sehr kleinen Hubschrauber und wurden durch weiß wirbelnde Luftschichten hin und her geworfen, die nur manchmal die Unendlichkeit der Bergmassive unter ihnen erahnen ließen. In dem Bewusstsein, dass Berger gewisse, wenn auch begrenzte Fähigkeiten im Nahkampf besaß, kontrollierten sie ihre Waffen, zwei robuste Glock und als Back-up zwei dicke Spritzen, deren Inhalt schnell – beispielsweise über die Halsschlagader – verabreicht werden konnte.

Die wie eingefroren wirkende kleine Stadt war kaum zu erkennen, dann überflogen sie eine Ackerlandschaft. Kent sah einen winzigen Quader, der über eine schlangenartige Formation kroch, die sich bei näherer Betrachtung als Straße entpuppte. Und der Quader war vermutlich ein Bus.

Nun wuchs aus dem Schneegestöber ein herrschaftliches Gebäude empor und wurde immer größer. Davor breitete sich ein Feld aus, flach und eben, auf dem ein Kreis für die Landung des Hubschraubers freigeräumt worden war. Der routinierte, aber wortkarge Pilot traf den Kreis mit sicherer Hand, dann wurde alles um sie herum weiß. Motor und Rotorblätter waren längst verstummt, als der aufgewirbelte Schnee sich endlich legte. Drei Personen in dicken Jacken näherten sich, die Helikoptertür wurde geöffnet, und Kent und Roy verspürten schmerzlich, wie kalt es war. Ihnen ging auf, dass sie durchaus hätten ahnen können, dass Arjeplog Mitte November zu einem der eher kälteren Landstriche Schwedens gehörte.

Der weißhaarige Mann, der die Truppe anführte, kam ihnen mit ausgestreckter Hand entgegen.

»Doktor Stenbom«, sagte er. »Willkommen in Lindstorp.«

»Roy Grahn, Sicherheitsdienst.« Roy gab ihm die Hand. »Und Kent Döös.«

»Ebenfalls Sicherheitsdienst«, ergänzte der.

Doktor Stenbom machte sich nicht die Mühe, die beiden anderen Männer vorzustellen, das war auch nicht nötig. Kent und Roy kannten diesen Typus: Pfleger, Wärter. Stattdessen drehte der Doktor sich um und führte die Besucher auf einem nachlässig geräumten Weg zu dem herrschaftlichen Gebäude.

»Sam Berger also?«, fragte der Arzt, während sie durch den Schnee marschierten. »Ich weiß nicht, ob Ihnen bekannt ist, dass er gestern versucht hat zu fliehen. Wir konnten ihn in letzter Sekunde wieder einfangen, sonst wäre er erfroren.«

»Zu fliehen?«, fragte Roy. »Ist er denn eingesperrt?«

»Gewissermaßen«, antwortete Doktor Stenbom. »Er war sehr mitgenommen, als er hier ankam. Eine nicht identifizierte Person hat ihn in einem schwer verwirrten und gewalttätigen Zustand hierhergebracht. Als er aufwachte, hatte er Panikattacken und randalierte derart, dass wir uns entschlossen, ihm starke Beruhigungsmittel zu verabreichen.«

»Und wann war das?«

»Vor ungefähr zwei Wochen.«

»Sie haben ihn also zwei Wochen lang mit Beruhigungsmitteln vollgepumpt?«

»Wir sind zwar eine Klinik, die auf differenzierte psychiatrische Behandlung spezialisiert ist, aber wir haben nicht die Ressourcen, um rund um die Uhr Gefängniswärter zu spielen. Dennoch haben wir sukzessive die Dosis verringert und seinen Zustand überwacht. Gestern Morgen erschien Sam Berger ausreichend ausgeglichen, um die Medikamente abzusetzen. Aber die Ruhe war offenbar nur vorgetäuscht, um eine Flucht vorzubereiten. Eine äußerst verrückte Flucht, muss ich betonen. Er versuchte, mit bloßen Händen einen Bus anzuhalten.«

»Und wie ist sein Zustand jetzt?«

»Da er sich einige Verletzungen zugezogen hat, haben wir beschlossen, wieder zur maximalen Dosis zurückzukehren. Nun schläft er tief und fest.«

»Verletzungen?«, fragte Kent und schauderte. »Erfrierungen?«

»Keine primären«, antwortete Doktor Stenbom. »Wie gesagt, er hat versucht, mit bloßen Händen einen Bus anzuhalten. Wahrscheinlich wurde er von diesem Bus auch angefahren, denn er hat eine Prellung im Gesicht davongetragen. Wir haben ihn bandagiert.«

»Bandagiert?«

»Ja, mit Mullbinden.«

Sie gelangten zu einer Hintertür des Gebäudes.

Doktor Stenbom gab einen Code ein, zog eine Karte durch ein Lesegerät und sagte: »Sie werden also kaum die Möglichkeit haben, Berger jetzt sofort zu vernehmen. Weswegen auch immer er verdächtigt wird…«

Roy und Kent ignorierten die Neugierde des Arztes und bürsteten den Schnee von ihren dünnen Jacken. Der Flur war vollkommen kahl, und die Neonröhren an der Decke verstärkten mit ihrem kalten, kargen Licht die Trostlosigkeit des Ortes. Als sie in einen größeren Korridor einbogen, lief eine Schwester mit einem Medikamentenwagen vor ihnen durch den Flur, aber es war kein einziger Patient zu sehen.

Schließlich blieb Doktor Stenbom vor einer Tür stehen, die sich in nichts von den anderen unterschied, und holte einen klassischen Schlüsselbund hervor. Dennoch handelte es sich allem Anschein nach um ein Sicherheitsschloss. Kurz darauf runzelte er die Stirn, nur einen Augenblick, aber wie auf Kommando griffen Kent und Roy sofort an ihre Schulterholster. Doktor Stenbom öffnete die Tür, die er gar nicht hatte aufschließen müssen.

In dem einsamen Bett in der hinteren Ecke des Zimmers lag eine Person, von Kopf bis Fuß unter einer Decke verborgen.

Roy zog seine Pistole und sicherte den Raum. In der Zwischenzeit legte Kent die wenigen Meter bis zum Bett zurück und zog ebenfalls seine Glock. Dann riss er die Decke beiseite.

Die Person im Bett schlief tief.

Sie war weiß gekleidet.

Eine Krankenschwester.

Eine leere Spritze ragte aus ihrem Arm. Stenbom fühlte den Puls der Schwester und befand diesen offenbar für zufriedenstellend.

»Verdammt noch mal!«, schrie Roy und wandte sich zu den beiden Pflegern, die in den Raum geschlendert kamen. Sie zuckten verwundert die Schultern.

Ein großer feuchter Fleck hatte sich neben der Krankenschwester auf dem Laken der Matratze gebildet.

»Was ist das denn da?«, rief Kent. »Hat sich der Scheißkerl in die Hose gemacht? Oder war das die Schwester?«

Doktor Stenbom beugte sich zu dem Fleck hinab und roch daran. Dann schüttelte er den Kopf und drehte sich zu dem Infusionsgestell, das neben dem Bett stand. Er packte den Schlauch und tastete diesen bis zum Ende ab. Anstatt in Sam Bergers Arm zu stecken, baumelte die Kanüle in der Luft, gelb und mit frischem Blut verschmiert. Doktor Stenbom musterte die verbogene Nadel.

»Die Infusion hat nicht angeschlagen«, erklärte er.

»Reden Sie Klartext!«, brüllte Roy.

»Er hat die Nadel verbogen«, sagte Doktor Stenbom nachdenklich. »Die Infusionslösung ist ausgelaufen. Er war also nicht betäubt. Und als dann die Krankenschwester kam, um ihm eine …«

»Dann war er bereit«, unterbrach ihn Kent und deutete auf die beiden Pfleger. »Er wollte doch gestern schon abhauen. Wohin ist er geflohen?«

Die Pfleger sahen einander an. Ein bisschen zu lange.

»Antwortet, verdammt noch mal!«, schrie Roy.

»In die Küche«, sagte der größere Pfleger. »Dann raus auf den Balkon. Von dort weiter aufs Feld in Richtung Straße.«

»Dann legt mal einen Zahn zu!«, brüllte Roy.

Während sie durch den Flur rannten, keuchte Doktor Stenbom: »Das Blut an der Nadel ist noch ganz frisch. Er kann erst ein paar Minuten weg sein.«

Sie liefen eine Treppe hoch und bogen in einen weiteren Flur. Einer der Pfleger öffnete die Tür zu einer Küche. Ein paar Thermoskannen standen auf einem Servierwagen neben einer Schüssel voller Zimtschnecken, die mit einer Plastikfolie abgedeckt war, sonst war der Raum leer.

»Durchsuchen!«, rief Roy.

Ein wenig unbeholfen folgte das Klinikpersonal Roys Anweisungen und fing an, die schäbige Küche abzusuchen, bis der kleinere Pfleger rief: »Da!«

Sie traten an das Fenster, neben dem er stand. Durch die Milchglasscheibe war der Hubschrauber zu sehen. Der Pilot stand davor im Schneetreiben und rauchte.

»Da«, wiederholte der Pfleger und deutete auf die Spüle. In einer von vier Kaffeetassen war ein Blutstropfen gelandet und hatte einen sternförmigen Fleck hinterlassen.

Das Blut war frisch.

Es gab zwei weitere Türen in der Küche. Roy lief zu einer davon und riss sie auf. Ein Vorratsraum – leer.

»Durchsuchen!«, schrie er und eilte zu der anderen Tür. Auch diese öffnete er. Dahinter lag ein düsterer Flur.

In dem Moment rief jemand:

»Hier drin ist auch Blut!«

Roy rekapitulierte kurz, wo der Hubschrauber stand, und rannte dann den Flur hinunter. Nach etwa zehn Metern blieb er stehen und musterte die traurige beigefarbene Raufasertapete. Kent holte ihn ein und sah, wie der Zeigefinger seines Kollegen auf eine schwache Rotfärbung an der Wand wies.

»Ihm ist schwindlig«, sagte Roy. »Er ist gegen die Wand gerannt.«

Schulter an Schulter liefen sie auf eine Tür am Ende des Flurs zu. Sie drückten sie auf, und der Schneesturm schlug ihnen ins Gesicht. Es dauerte einen Augenblick, bis sie wieder richtig atmen konnten, und noch länger, bis sie wieder etwas sahen.

Kent und Roy befanden sich auf einer Art Balkon, nur ein kleines Quadrat war freigeräumt, vermutlich eine Raucherecke. Im tieferen Schnee waren frische Fußspuren zu sehen, und wahrscheinlich ging es hinter der Balustrade steil nach unten aufs offene Feld hinab, auf dem sie mit Mühe zu ihrer Linken die Umrisse des Hubschraubers ausmachen konnten.

Roy hob die Pistole, als würde sich seine Sicht dadurch verbessern, aber das führte nur dazu, dass Kent mal wieder schneller war als er. Der Kollege stakste bereits über das Schneeplateau.

Als Kent zum Rand des Balkons gelangt war, sprang er über die schneebedeckte Balustrade, versank tief im Schnee und kämpfte sich wieder hoch. Der Schnee fiel immer dichter, aber inmitten des wilden Sturms nahm Kent eine Bewegung wahr. Der Anblick der Gestalt war so außergewöhnlich, dass Kent sich unter anderen Umständen Zeit genommen hätte, das Phänomen eingehender zu betrachten. Aber jetzt war er auf der Jagd, und da entkam ihm nichts und niemand.

Nicht einmal dieser Engel.

Denn so sah die Gestalt aus. Sie breitete ihre weißen Flügel aus, und es schien, als würde die Gestalt jeden Augenblick allen Naturkräften trotzen und einfach abheben und triumphierend in den aufgewühlten Himmel emporsteigen, mit diesem siegessicheren Sam-Berger-Grinsen an ihm vorbeigleiten und zwischen den Schneeflocken davonsegeln und für immer verschwinden.

Aber das geschah nicht. Die Gestalt vor ihm kam näher. Nein, Kent näherte sich ihr. Er holte auf, er war jetzt so nah, dass er den Mann genau erkennen konnte. Er sah eine dünne, lang gezogene Blutspur im Schnee, durch den der Mann sich mühsam kämpfte, und Kent konnte die flatternde Gestalt nun fast berühren.

Er analysierte die Lage. Vermutlich hatte er genau eine Chance, um ihn zu erwischen. Er wartete auf den richtigen Augenblick, um sich auf den Fliehenden zu stürzen, aber als er gerade nach vorn hechten wollte, schien die Gestalt neue Energie zu schöpfen und entkam.

Aber sie drehte sich um, und Kent sah, wie ihn das Gesicht verblüfft anstarrte, als hätte der Mann ihn noch nie zuvor gesehen, als hätte er nicht hemmungslos in Molly Bloms Wohnung auf ihn eingeprügelt, damals in der Stenbocksgatan in einem noch vollkommen schneefreien Stockholm. Als wäre das dort ein ganz anderer Mensch. Eine Mumie. Und diese Mumie hob jetzt ihre einbandagierte Hand, um mit einer imaginären Pistole auf ihn zu schießen.

Dabei strauchelte die Mumie allerdings, und plötzlich war der richtige Augenblick gekommen. Kent warf sich nach vorn, packte die Mumie beim Arm und riss die flatternde Gestalt mit sich auf die Schneedecke, die sofort unter ihnen nachgab. Kent wandte den verbotenen Polizeigriff an und drückte den Dreckskerl in das weiche Weiß.

Kent drehte den Mann auf den Rücken und presste ihm mit seinen Knien die Unterarme in den Schnee. Die von Mullbinden umrahmten Augen starrten ihn an. Blau, widerspenstig, leicht panisch. Dann begann Kent, die Bandage abzurollen. Darunter kam ein großer Bluterguss zum Vorschein.

Kent hatte Sam Bergers verhasstes Gesicht auf der Netzhaut. Jetzt war der Moment gekommen, ihm die Erniedrigungen der vergangenen Wochen heimzuzahlen. Er wollte sehen, wie sich dieses blau geschlagene, erschrockene Gesicht langsam in das eines Besiegten verwandelte.

Langsam und genussvoll wickelte er die Bandage auf. Stück für Stück kam Haut zum Vorschein. Die großen Schneeflocken schmolzen darauf.

Aber der Sieg bekam schneller als erwartet einen bitteren Beigeschmack. Bereits nach dem Freilegen der Kinnpartie ahnte Kent, dass etwas nicht stimmte. Jetzt zerrte er mit aller Kraft an der Bandage.

Der Siegeskelch enthielt nur Gift.

Kent musterte das zerschlagene Gesicht eine Weile.

Dann brüllte er: »Das ist nicht Sam Berger, verdammte Scheiße!«

5

Mittwoch, 18. November, 10:28

Still und reglos lag er da. Die Welt war jungfräulich weiß, aber es fiel kein Schnee mehr.

Doch etwas hob sich von dem Weiß ab. Eine Frau.

Ihre zielstrebigen Schritte waren das erste Zeichen der Zivilisation. Zeichen des Kampfes und des Überlebens in einer widrigen Umgebung.

Es war eine lange Nacht gewesen. Erst am Morgen war der Schneesturm nach Süden weitergezogen.

Die Frau erreichte einen Hügelkamm, sah die Hütte in ihrem neuen Gewand und warf einen Blick auf ihr Handy. Sie hatte noch zwei Minuten, das reichte aus.

Da entdeckte sie ihn. Wie er sich aufrappelte und in dieser leuchtend roten Daunenjacke durch den Schnee stolperte.

Sie blieb stehen, sah kurz in den hellblauen Himmel hinauf und rannte dann hinter ihm her. Ihre eiligen Schritte wurden von der dicken Schneedecke gebremst, sie schob sich mehr vorwärts, als dass sie rannte, während er unbeirrt weitermarschierte. Die Zickzackspur, die er hinterließ, schien auch ein Hinweis auf seinen mentalen Zustand zu sein.

Aber sie holte auf. Zog ihr Handy hervor. Sie wusste nicht, wie lange es schon 10:29 Uhr anzeigte. Es konnte jederzeit umschalten, und dann wäre alles zu spät.

Auf den letzten Metern, die sie eher wie ein Schneepflug als wie ein Rehbock zurücklegte, knüpfte sie ihren langen weißen Mantel auf. Der Wind erfasste ihn und riss daran wie an einem Segel auf hoher See.

Jetzt drehte er sich um. Verwirrung und archaische Panik standen in seinem Blick, obwohl seine Augen kaum zu sehen waren, weil sein Gesicht von einem wilden, struppigen grauen Bart bedeckt war.

Sie warf sich auf ihn, drückte seine rote Gestalt in den Schnee, legte ihr weißes Segel über ihn und schaute noch einmal schnell auf ihr Handy. In dieser Sekunde sprang die Anzeige auf 10:30 Uhr um.

Sie lagen dicht beieinander in diesem provisorischen Biwak. Er starrte sie entgeistert an. Aber sie legte einen Finger auf die Lippen, und er verhielt sich still.

Es war merkwürdig, ihn so zu sehen. Als wäre er ein anderer geworden. Dabei verwunderte sie nicht der wilde Bartwuchs, sondern vielmehr die Tatsache, dass er seine Farbe geändert hatte. Auch seine braunen Haare waren grau geworden. Als hätten die beiden Wochen an Schwedens Pol der Unzugänglichkeit aus ihm einen anderen Menschen gemacht.

Sie hielt noch immer den Zeigefinger auf den Mund gepresst, er gehorchte ihr und lag reglos da, auf einmal kooperativ. Wieder sah sie auf ihr Handy. Sie ließ die Zeit verstreichen. Nur ihr keuchender Atem war zu hören, zwei Geschwindigkeiten des Lebens, die nicht unterschiedlicher sein könnten.

Sie lag halb auf ihm. Sein Körper war ganz schlaff.

Dies war der erste richtige Kontakt mit ihm seit der Geschichte im Bootshaus, hier in ihrer improvisierten Schneehöhle unter ihrem weiten weißen Mantel. Sein Blick hinter den vielen Haaren war so klar wie lange nicht mehr.

Eine letzte Kontrolle der Uhrzeit. In Ordnung, jetzt war alles überstanden. Langsam richtete sie sich auf. Ihr Mantel war nun keine Tarnung mehr, er schmiegte sich erstaunlich eng um ihren Körper. Seine Daunenjacke lag hingegen ausgebreitet auf dem Schnee.

Auch er erhob sich mühsam und blieb dicht neben ihr stehen.

»Satellit«, sagte sie. »Einer von vielen.«

Er blinzelte entschlossen, als wollte er damit die Reste seiner Verwirrung vertreiben. Dann öffnete er den Mund, aber er brachte kein Wort heraus. Sie packte ihn unterm Arm und führte ihn zurück zur Hütte.

Ein Pol der Unzugänglichkeit ist ein Ort, der so weit von den Räumen der Zivilisation entfernt liegt wie nur irgend möglich. Es gibt beispielsweise einen Pol der Unzugänglichkeit im Meer, der »Point Nemo« genannt wird und im südlichen Pazifik liegt, das ist jene Stelle auf der Erdoberfläche, die am weitesten von Festland und Inseln entfernt ist.

Aber auch jedes Land hat seinen Pol der Unzugänglichkeit. Der Schwedens befindet sich im Padjelanta-Nationalpark, im südöstlichen Abschnitt des Kåbtåjaure-Sees. Der gehört zur Kommune Jokkmokk und liegt unweit der provisorischen Schneehöhle, die das Paar soeben verlassen hatte.

Als sie die Tür der kleinen Hütte aufstieß, fuhr ihr ein Windstoß aus dem Inneren in die blonden Haare.

Das Bett war leer, das Laken und die Decke zerknüllt. Die Tabletten lagen noch auf dem Nachttisch. Die Uhrenschatulle war zum ersten Mal geöffnet worden, seit sie hierhergekommen waren. Der golden verchromte Verschluss glänzte schwach im Licht der Wintersonne.

Der Mann drängte sich an ihr vorbei, sank hinter der provisorischen Toilettennische zu Boden und kauerte sich zusammen, den Rücken gegen die Wand gepresst, die Arme um die Knie geschlungen und den Blick in die Ferne gerichtet. An seinem Handgelenk trug er zum ersten Mal seit Langem eine Armbanduhr.

»Es ist jetzt über zwei Wochen her, Sam«, sagte die Frau.

»Trotzdem sind wir nicht in Sicherheit. Ich habe eine Tabelle, die anzeigt, wann Satelliten vorbeikommen. Dann sollten wir nicht im Freien sein.«

Er betrachtete sie, strich sich über den massiven Bartwuchs, reckte den Hals und sagte, ohne sie anzusehen: »Dieser Scheiß muss ein Ende haben.«

»Ich kann nicht behaupten, dass du in letzter Zeit sonderlich ansprechbar gewesen wärst, Sam. Nimmst du deine Medikamente nicht mehr?«

Er schüttelte den Kopf.

»Verdammt, Molly.«

Sie ging neben ihm in die Hocke. So saßen sie eine Weile, sie hockte vor ihm, er lehnte sich an die Wand. Nur das Brummen des Heizlüfters war zu hören.

»Ich glaube, sie geht langsam zur Neige«, meinte Sam nach einer Weile und deutete auf die Autobatterie.

»Mal abgesehen von dem Satelliten, war dein Aufwachen gut getimt«, sagte Molly Blom. »Das macht mir ein bisschen Hoffnung für die Zukunft.«

»Ich habe keinen blassen Schimmer, wovon du redest.«

»Du hast recht«, entgegnete Blom und stand auf. »Es ist deine fünfte Batterie, und sie geht zur Neige. Also wird es Zeit für ein wenig Zivilisation. Solange wir nicht vergessen, dass wir uns nicht frei bewegen können. Wir verstecken uns. Wir werden gejagt. Daran erinnerst du dich doch, oder?«

Sam Berger sah sie an, und sein Blick war ein Füllhorn voller Fragen.

»Immer diese Albträume und Halluzinationen«, sagte er schließlich. »Ständig sehe ich dieses ausdruckslose Gesicht vor mir. Ist Cutter wirklich tot? Von der Säpo ermordet? Mit einer Scheißsocke im Mund?«

Blom musterte Berger. Er sah ausgezehrt aus.

»Ich hoffe wirklich, dass das Zeug, das ich dir gegeben habe, nicht zu heftig war, Sam. Aber du warst unkontrollierbar. Erinnerst du dich an gar nichts mehr?«

»Ich weiß noch, dass wir einen Mörder aus unserer Vergangenheit ausgeschaltet haben. Ich erinnere mich, dass wir Geiseln befreit haben. Dass wir aus dem Polizeidienst geflogen sind. Ich erinnere mich auch, dass wir in einem Ruderboot saßen und Pläne für die Zukunft geschmiedet haben. Aber weiter will mein Gehirn nicht mehr gehen.«

Blom holte einen schmutzigen Campingkocher und stellte ihn auf den Tisch. Dann setzte sie sich auf einen der schmalen Stühle, goss Wasser aus einer Plastikflasche in einen übel zugerichteten Topf und zündete die Gasflamme an. Das Fauchen übertönte sogar den Heizlüfter.

»Du musst etwas essen«, sagte sie.

»Was zur Hölle hab ich da an?«, knurrte er, erhob sich mühsam vom Boden und sah an sich herunter. »Eine zerschlissene rote Daunenjacke und eine dreckige Fleecehose? Hab ich einen Penner ausgeraubt?«

»Wir mussten die Klamotten unterwegs kaufen. In Geschäften, die garantiert keine Überwachungskameras haben. Das hat die Auswahl eingeschränkt. Aber lass die rote Jacke ab jetzt lieber hier, wir haben noch eine weiße.«

Blom zog eine kleine Tüte aus einer Tasche ihres weißen Mantels, schüttelte sie und hielt sie hoch.

»Fleischsuppe?«

Berger antwortete mit einem Achselzucken und ließ sich auf der anderen Seite des Tisches nieder. Blom sah die Verwirrung in seinem Blick, aber jetzt hatte sich endlich der Wille dazugesellt, mehr Details zu erfahren. Nicht zu fliehen, ohne zu wissen.

Er war bereit zur Konfrontation.

»Ich weiß, dass ich ziemlich lange in dieser miesen Hütte gewohnt habe«, sagte er. »Ich bin mehrmals am Tag auf dieses stinkende Plumpsklo gegangen, ich habe abgekochtes Seewasser getrunken und später Schnee geschmolzen, der oft nach Pulversuppe geschmeckt hat. Außerdem habe ich kein einziges Mal geduscht. All das weiß ich. Aber mehr nicht. Wo sind wir?«

»Ich habe dich gewaschen«, sagte Molly Blom.

Er sah sie an und blinzelte.

Sie fuhr fort: »Der See heißt Kåbtåjaure und liegt im Padjelanta-Nationalpark. Das ist so weit entfernt von jeglicher Zivilisation wie irgendwie möglich.«

»Padjelanta?«, rief Berger. »Lappland? Wir sind nördlich des Polarkreises?«

»Ja«, antwortete Blom. »Wir mussten weg, weit weg. Die Typen, die Katharina Andersson umgebracht haben, sind allem Anschein nach Experten im Aufspüren von Leuten.«

»Geheimdienst!«

»Oder eine Instanz, die mit dem Geheimdienst kooperiert, ja. Erinnerst du dich an die Zusammenhänge?«

»Nicht wirklich«, gestand Berger. »Sie haben Cutter umgebracht und ihre fünfjährige Tochter zur Waisen gemacht. Und das ist meine Schuld.«

»Katharina war eine erwachsene Frau«, entgegnete Blom und schüttete das Pulver für die Fleischsuppe ins kochende Wasser. »Und außerdem Polizistin. Sie war in der Lage, ihre eigenen Entscheidungen zu treffen. Eine Bedingung für den nächsten Schritt ist, dass du mit den Selbstvorwürfen aufhörst. Und dass du wieder in die Spur kommst.«

»Ich habe sie zu sehr unter Druck gesetzt.«

»Erinnerst du dich denn noch, worum es ging?«

»Geheimdienstdateien. Sie sollte ein paar gelöschte Dokumente rekonstruieren.«

»Und weißt du noch, warum?«

Berger kniff die Augen zu. Er war wirklich ein anderer geworden, Blom erkannte ihn nicht wieder.

»Das hatte mit unserem Mörder zu tun«, brachte er schließlich hervor. »Mit dem Ellen-Savinger-Fall.«

»Bist du jetzt bereit zuzuhören? Zum ersten Mal seit zwei Wochen?«

Er nickte. Und sie legte los.

»Der Mörder im Ellen-Savinger-Fall arbeitete indirekt für den Geheimdienst, bei der Wiborg Detaljist AG, einer Zulieferfirma für technische Geräte. So weit erinnerst du dich noch, oder?«

Er nickte wieder.

Sie fuhr fort: »Am Anfang dachten wir, das sei ein Zufall, bis uns klar wurde, dass er doch viel aktiver für den Geheimdienst gearbeitet hatte, und zwar als Leibwächter für eine Familie namens Pachachi. Und bei diesem Job sind ihm dann offenbar die Sicherungen durchgebrannt. Kannst du mir folgen?«

»Ja«, sagte Berger. »Das weiß ich noch. Das erste Mädchen, das er gekidnappt hatte, war Aisha Pachachi.«

»Gut«, erwiderte Blom zufrieden. »Wir konnten auch seinen Vater identifizieren. Er war ein norwegischer Söldner: Nils Gundersen. Dieser Gundersen wurde bereits in den Siebzigerjahren von einem jungen Geheimdienstler namens August Steen rekrutiert und lieferte lange Zeit wichtige Informationen aus dem Nahen Osten. Kannst du mir immer noch folgen?«

Berger nickte mit gerunzelter Stirn.

»August Steen, der inzwischen ein hohes Tier beim Geheimdienst ist?«

»Chef der Abteilung für Nachrichtendienste«, bestätigte Blom. »Er hat uns höchstpersönlich rausgeschmissen.«

»Aber davon findet sich nichts mehr im Archiv des Geheimdienstes?«

»Das wurde alles entfernt, und zwar erst vor Kurzem. Cutter war im Begriff, die Details herauszufinden. Inklusive der rätselhaften Einreise von Ali Pachachi und seiner Familie aus dem Irak während des Golfkriegs. Warum war das ein so großes Geheimnis? Und warum scheint August Steen bereit zu sein, über Leichen zu gehen, damit niemand etwas über den Agenten Gundersen in den Archiven findet?«

Berger hatte nicht aufgehört zu nicken. Und das tat er auch jetzt nicht.

»Was ist dann passiert?«, fragte er. »Warum sind wir hier?«

»Du erinnerst dich ja noch an das Ruderboot«, sagte Blom. »Wir waren auf dem See und schmiedeten Zukunftspläne. Erinnerst du dich an das Bootshaus?«

»Ja«, sagte Berger. »Das Bootshaus werde ich wohl nie vergessen.«

»Wir haben sogar davon gesprochen, es zu kaufen und dort ein Business zu starten. Wir wollten Privatdetektive werden. Stattdessen wartete Katharina Andersson, deine Cutter, im Bootshaus auf uns. Tot. Mit einer schwarzen Socke im Mund, genau wie die demente alte Dame, die uns den Namen Nils Gundersens verraten hatte.«

»Scheiße«, sagte Berger.

Sie schwiegen eine Weile. Die verdrängte Vergangenheit bahnte sich ihren Weg zurück in ihre Erinnerung, bis ihnen das Atmen schwerfiel.

»Irgendetwas ist dort mit dir passiert, Sam«, sagte Blom schließlich. »Du hast dich verändert.«

»An die Zeit nach der Fahrt mit dem Ruderboot kann ich mich nur fragmentarisch erinnern.«

»Dieser Fall hat ganz viele Schleusen geöffnet und alle Schutzwälle niedergerissen, die wir uns beide errichtet hatten, um die Vergangenheit zu verdrängen. Deine Schuldgefühle haben dich wieder eingeholt. Schuldgefühle mir und anderen Mädchen gegenüber. Aber wir haben den Fall gelöst. Und dann kam dieser Schlag mitten ins Gesicht. Du fühltest dich für Cutters Tod verantwortlich und hattest ihrer Tochter Moira gegenüber furchtbare Schuldgefühle. Kein Wunder, dass du zusammengebrochen bist, Sam. Kein Wunder, dass du zusammengebrochen bist.«

»Zusammengebrochen?«

»Ich kann es nicht anders beschreiben«, entgegnete Blom und goss die Fleischsuppe in eine Schale. »Ich bin meinem

Agenteninstinkt gefolgt und wusste, dass wir abhauen mussten, wir mussten so unsichtbar werden wie möglich. Sie hatten Cutter aus einem bestimmten Grund im Bootshaus platziert. Entweder, um uns einen Mord anzuhängen, oder als Warnung, dass auch wir zum Tode verurteilt sind. Wir waren ein leichtes Ziel, da draußen auf dem See in unserem Ruderboot, sie hätten uns ohne Weiteres auch erwischen können. Wir sind da in eine große Sache hineingeraten, was auch immer es ist. Der Aufhänger war dieser Wahnsinnige, aber er war nicht die Hauptperson. Hierbei geht es um etwas Größeres, und wir sind nur das Bauernopfer.«

»Du bist deinen Instinkten gefolgt, und ich – bin zusammengebrochen?«

»Iss jetzt ein bisschen Fleischsuppe, du wirst es brauchen.«

Angewidert hob Berger die Schale an die Lippen und nahm einen Schluck von der heißen Flüssigkeit. Wie üblich bei diesen Produkten hatte der Geschmack sehr wenig mit Fleisch zu tun.

Blom trank ebenfalls ein wenig davon und fuhr fort: »Du bist buchstäblich zusammengebrochen. Der Anblick traf dich mit voller Wucht. Und ich stand mit Cutters Leiche und deinem ohnmächtigen Körper da und wusste, dass wir beobachtet werden. Ich hätte untertauchen können, aber dann hätte ich dich zurücklassen müssen. Also musste ich dir schnell wieder Leben einhauchen, Sam. Die Wunde ist zum Glück schon wieder verheilt.«

»Du hast mich verwundet, um mich aufzuwecken?«

»Sagen wir, ich habe einen wirkungsvollen Schmerzpunkt gefunden, ja. Aber du warst vollkommen verwirrt und hast nicht begriffen, was das Beste für dich war – das Beste für uns. Du wolltest dich um jeden Preis an August Steen rächen. Und du wolltest damit zur Presse gehen. Ich musste dich beruhigen.«

»Lass mich raten«, sagte Berger. »Eine Spritze in den Hals?«

»Du durftest nicht wieder bewusstlos werden, aber ich musste dich unter Kontrolle bekommen. Deshalb habe ich nur die halbe Dosis genommen, das hat funktioniert. Du warst unsicher auf den Beinen, aber gefügig. Wir sind durch den Wald geflohen. Die Espen, erinnerst du dich an die Espen?«

»Das Rascheln des Espenlaubs«, sagte Berger. »Aber es war schon abgefallen.«

»Ich habe dich gestützt, wir sind durch den Wald gestolpert, das Auto haben wir einfach auf dem Parkplatz zwischen den Reihenhäusern stehen lassen. Dann sind wir in ein Haus eingebrochen und haben uns dort den Autoschlüssel ausgeliehen.«

»Im Ernst? Habe *ich* das gemacht?«

»Nein, ich habe dich auf die Terrassentreppe gesetzt und gehofft, dass dich niemand sieht und für einen verdächtigen Landstreicher hält. Seitdem habe ich mehrmals das Auto gewechselt. Und jetzt fahren wir den hier.«

Blom wedelte mit einem Schlüssel vor Bergers Gesicht herum. Die Automarke war unverkennbar.

»Ein Jeep«, sagte er. »Darf ich raten: mit Allradantrieb?«

»Ich habe überlegt, wo wir uns verstecken könnten. Wir müssen ja unter dem Radar bleiben. Da sind mir diese beiden Hütten wieder eingefallen, ich bin hier mal vor Jahren auf einer Wanderung gewesen. Hier kommt nie jemand vorbei, jedenfalls nicht im November. Seitdem halten wir uns im Verborgenen: kein Internet, keine Anrufe, keine Transaktionen, keine Kontakte mit der Außenwelt. Das bedeutet sehr viel Zeit für sehr existenzielle Gedanken, das kann ich dir sagen. Und ein bisschen Langlauf.«

Berger zeigte auf den Autoschlüssel.

»Aber jetzt fahren wir wieder weg?«

»Wie meinst du das?«, fragte Blom.

»›Iss jetzt ein bisschen Fleischsuppe, du wirst es brauchen.‹ Das hast du gesagt.«

Blom leerte ihre Schale und sah auf. Sie starrten einander an. Jeder versuchte, die Gedanken des anderen zu lesen. Schließlich trank auch Berger seine Suppe aus.

»Und warum brauche ich mehr Energie als sonst?«, fragte er.

Blom stellte ihre leere Schale auf dem Tisch ab und antwortete: »Weil ich eine Überraschung für dich habe.«

6

Mittwoch, 18. November, 11:14

Der Raum ist karg, klaustrophobisch eng und eiskalt, wie in den Fels gesprengt. Nur das Licht der Monitore erhellt ihn. Es sind zwei, sie stehen auf einem winzigen Schreibtisch übereinander und zeigen dieselbe Ansicht, nur aus unterschiedlicher Höhe. Mit einem Joystick lassen sich Richtung, Zoom und Schärfe der Kameraeinstellung steuern. Momentan rührt sich nichts auf den Bildschirmen, es ist vor allem Schnee zu sehen. Auf dem oberen sind außerdem zwei schneebedeckte, versetzt stehende Hütten zu erkennen, auf dem unteren nur die näher gelegene.

Dann plötzlich kommt Bewegung in die Bilder. An der weiter entfernten Hütte passiert etwas. Zwei Menschen sind herausgetreten. Sie sind sehr klein, sehr weit entfernt.

Die Hand mit dem dünnen Lederhandschuh zoomt sie routiniert heran. Die Frau trägt dicke weiße moderne Skikleidung und eine eng anliegende Mütze, der barfüßige Mann hat nur ein Handtuch um die Hüfte gewickelt.

Die Frau führt ihn um die Hausecke, hält ihm einen Eimer hin und kehrt wieder vor die Hütte zurück.

Die Kamera bleibt eine Weile an der Frau hängen.

Dann zoomt die linke Hand den Mann heran. Die rechte Hand, ebenfalls in einem dünnen Lederhandschuh, tippt Notizen auf einer kleinen Tastatur.

Auf dem sehr kleinen Bildschirm erscheint: »11:15: ♂ hellwach; ♂ vermutlich Hygienemaßnahmen; ♀ hilft aus Distanz.«

Dann nimmt der Mann neben der Hütte das Handtuch ab und hängt es an einen Nagel in der Wand. Sein brauner Bart hat graue Flecken. Er stellt sich in Position, zögert einen Augenblick und betrachtet den Eimer eine Weile.

Dann gießt er sich den Inhalt über den Kopf.

7

Mittwoch, 18. November, 11:16

Das Aufwachen geschieht in mehreren Phasen. Totales Erwachen erlangt man in der Regel mittels eines heftigen Schocks, vor allem eines Kälteschocks.

Als sich der Eimer mit dem Schmelzwasser über seinen nackten Körper ergoss, fühlte Berger sich, gelinde gesagt, hellwach. Wie auf ein Zeichen hin schoss eine Shampooflasche um die Ecke. Er tauschte sie gegen den leeren Eimer, die Frauenhand verschwand wieder.

Dann seifte er sich von Kopf bis Fuß ein, während sich die Kälte Mikrometer um Mikrometer in seinen Körper fraß, nur nicht an den Füßen, dort kam sie millimeterweise voran, was sich wie Siebenmeilenschritte anfühlte. Nach einer Weile tauchte die Hand wieder hinter der Ecke auf, diesmal erneut mit einem vollen Eimer. Er goss ihn sich schnell über den Kopf und hängte ihn an die ausgestreckte Hand zurück.

»Noch einen?«, fragte Bloms Stimme.

»Wenn es nicht zu viel verlangt ist«, antwortete Berger mit klappernden Zähnen.

Der Eimer wurde ihm abermals hingestreckt. Er goss den Inhalt über sich, packte das Handtuch vom Nagel an der Wand und begann sich abzutrocknen, während das Wasser an seinen Schienbeinen hinunterlief, um das Festfrieren seiner Füße am Boden vorzubereiten.

Aber dem Wasser blieb keine Zeit dazu. Berger benötigte nur wenige Sekunden, dann stürzte er, zur Hälfte abgetrocknet, an Blom vorbei zurück in die Hütte.

»Deine Klamotten liegen in der Tasche!«, rief Blom von draußen. Er fand sie sofort und zog sich an. Die Kleidung fühlte sich verblüffend normal an, abgesehen von den dicken Schneestiefeln, die er noch nie zuvor gesehen hatte, die ihm jedoch hervorragend passten. Als er in die fast lautlose Winterlandschaft hinaustrat, zog er sich eine weiße Windjacke über die weiße Daunenjacke.

Molly Blom stand im Freien, musterte ihn kritisch und sagte: »Was machen wir mit diesem Bart?«

»Kommt drauf an, was wir vorhaben«, antwortete Berger.

Sie nickte nur und lief los. Ein nach wie vor gut geräumter Weg führte sie über einen Hügel, scheinbar geradewegs hinein in die eisige Wildnis. Stattdessen tauchte eine Hütte auf, etwas größer als seine eigene. Davor stand eine Schneeschaufel, sonst nichts. Blom öffnete die Tür und trat ein. Berger blieb in der Tür stehen.

Während Blom einige Sachen zusammenkramte und in einen Rucksack stopfte, sah er sich in der Hütte um. Hinter der Tür waren ein paar Autobatterien übereinandergestapelt, und obenauf lagen zahlreiche normale Batterien, vermutlich für Lampen. Wie in seiner eigenen, deutlich versiffteren Hütte gab es einen Holzofen, der aber offensichtlich nicht benutzt werden durfte. Berger begriff trotz seines betrüblichen Zustands, dass dies wohl mit der Rauchentwicklung zu tun hatte. Mit der Rauchentwicklung und mit den Satelliten.

Hier hatte Molly Blom also zwei Wochen lang gelebt, ohne irgendeinen Kontakt zur Außenwelt, abgesehen von einem Irren, allerdings auf gehörigem, dennoch überschaubarem Abstand. Berger versuchte, Spuren ihrer Anwesenheit zu entdecken. Von einer Autobatterie gleich neben ihrem Bett liefen Kabel zu seinem Transformator, von dem aus wiederum andere Kabel zu einem Laptop auf dem Nachttisch führten sowie zu einem primitiven Drucker, der darunter stand.

»Keine Internetverbindung?«, fragte Berger.

»Nur ganz selten«, gestand Blom. »Und extrem gesichert. Es war notwendig.«

»Hast du die Satelliten gegoogelt?«

»Ja, ich weiß jetzt, zu welchen Satelliten der Geheimdienst Zugang haben könnte. Sie kommen zu bestimmten Uhrzeiten vorbei, ich habe dir eine Übersicht aufs Handy geschickt.«

»Du willst mich also auf die Folter spannen?«

Blom warf sich ihren Rucksack über die Schulter, und als sie sich an ihm vorbeischob, streckte sie ihm eine Sonnenbrille hin. Dann folgten sie dem Weg durch den Schnee, der aber zunehmend vom Schnee überdeckt wurde. Bald mussten sie ganz ohne Weg auskommen.

»Zum Glück ist der Schnee nicht so tief«, sagte sie und stapfte weiter. »Aber es sind etwa fünfzig Kilometer bis zur nächsten richtigen Straße.«

Sie liefen weiter. Die Sonne schien mit jenem eiskalten Licht, das vom Schnee reflektiert wurde und dadurch noch kälter wirkte. Die Sonnenbrille schützte zwar vor Schneeblindheit, konnte aber nicht verhindern, dass das Licht in den Augen stach.

Berger sah auf sein Handy und prägte sich den Zeitplan der Satelliten ein. Dreimal am Tag kamen sie vorbei. Aber nicht in den nächsten zwei Stunden.

Die Landschaft war rau, hügelig, wild und bergig. Hier kam kein Auto durch, nicht einmal mit Allradantrieb.

»Wie zum Teufel hast du mich den ganzen Weg hierhergeschleppt?«, fragte Berger schnaufend. »Ich kann mich überhaupt nicht erinnern, hier entlanggelaufen zu sein.«

»So wie beim Bootshaus«, erklärte Blom. »Eine Spritze mit angemessener Dosis. Du konntest gehen, aber auch nicht viel mehr. Und es lag noch kein Schnee, die Landschaft sah vollkommen anders aus.«

Blom konsultierte den Kompass ihres Handys und bog nach Süden ab. Eine ganze Weile liefen sie weiter, ohne ein Wort zu wechseln. Nach und nach wurde die Schneedecke dünner, es wurde leichter zu gehen. Diese Gegend schien starken Winden ausgesetzt zu sein. Ein paar Bäume tauchten auf, zwar klein und krumm, aber offensichtlich hatten sie die Baumgrenze überquert.

In der Ferne sah Berger eine Art Unterstand. Blom steuerte mit entschlossenen Schritten darauf zu. Dort angekommen, fing sie an, den Schnee wegzufegen. Als sie begann, einige Baumstämme zur Seite zu räumen, legte auch Berger Hand an. Physisch war er eindeutig nicht in Hochform, zum ersten Mal im Leben verspürte er körperliche Schwäche.

»Hast du das gebaut?«, fragte er und warf den Stamm einer Zwergbirke zur Seite.

»Für den Fall, dass sie wirklich die Satellitenüberwachung einsetzen sollten«, sagte Blom. »Aber eigentlich bezweifle ich das. Auch der Geheimdienst muss an sein Budget denken. Und im Moment ist hier oben, wie gesagt, nicht gerade Hochsaison. Aber ich wollte kein Risiko eingehen.«

Das Heck des Jeeps wurde sichtbar. Armeegrün, was sonst? Hatte sie ihn aus einem Militärlager gestohlen?

Blom zwängte sich auf den Fahrersitz, startete den Wagen ohne Probleme und fuhr rückwärts aus dem Unterstand. Während Berger auf den Beifahrersitz kletterte, wühlte Blom in ihrem Rucksack. Sie holte ein Blatt Papier hervor.

»Ist ein bisschen holprig hier am Anfang«, erklärte sie und gab ihm den Zettel. »Halt dich fest.«

»Was soll ich damit machen?«, fragte Berger und wedelte mit dem Blatt.

»Wie wäre es mit Lesen?«, entgegnete Blom und gab Gas.

»An Kommissarin Desiré Rosenkvist?«, stieß Berger fassungslos hervor und las weiter.

Als der zum Teil nicht existente Weg nach etlichen Kilometern endlich einer befahrbaren Straße glich, hielt Blom an und wechselte die Autokennzeichen. Kurz darauf hatten sie die Stadt erreicht.

Im Sommer war Kvikkjokk ein beliebter Ausgangspunkt für Ausflüge und Wanderungen in die Nationalparks Sarek und Padjelanta, aber jetzt, in den Wintermonaten, war die Stadt deutlich leerer. Als der Jeep in die Ortschaft rollte, war kein Mensch auf den Straßen zu sehen.

Die fünfzig Kilometer lange und sehr holprige Fahrt durch die Weite Lapplands hätte Berger eigentlich in viel größeres Erstaunen versetzen müssen. Der Grund, weshalb dies nicht der Fall war, lag in seinem Schoß. Er hatte gerade einen sonderbaren, auf einer Schreibmaschine getippten Brief gelesen. Dessen Inhalt hatte ihn sogar davon abgehalten, reisekrank zu werden.

Jetzt las er laut vor: »*Zum ersten Mal habe ich das Geräusch vor zwei Monaten gehört. Es ist schwer zu beschreiben. Es klingt, als befände sich jemand in der Wand und im Boden. Das Geräusch kommt weder von innen noch von außen, und es ist nicht menschlich.*«

Blom warf ihm nur wortlos einen Blick zu.

»Wer hat das geschrieben?«, fragte er, während sie an einem Schild vorbeifuhren, das die Bergstation von Kvikkjokk ankündigte.

»Und was ist mit ihr passiert?«, entgegnete Blom und bog auf einen Parkplatz zwischen roten Holzpfählen ein.

»Du antwortest mir doch jetzt nicht allen Ernstes mit einer neuen Frage?«, sagte Berger. »Du hast mir doch eben den Brief gegeben, der angeblich an meine ehemalige Kollegin Deer geschickt wurde.«

»Ist der Detektiv in dir in Pension gegangen, oder was? Ja, das ist auf einer Schreibmaschine geschrieben worden, aber ist der Brief auch das Original? Oder stammt er aus dem kleinen Drucker in meiner Hütte?«

Berger musterte seine ehemalige Kollegin, während sie aus dem Auto stieg.

»Ist das hier sicher?«, fragte er.

»Laut Auskunft, ja. Halte dich zurück, stell keine Fragen. Und bitte sei in den nächsten Minuten vorsichtig mit dem, was du sagst, ja?«

»Laut Auskunft?«, wiederholte Berger, aber er saß mittlerweile allein im Auto, bei geschlossenen Türen.

Als er ausstieg und Blom hinterherrannte, stach die eiskalte Luft bei jedem Atemzug in seinen Lungen. Das fühlte sich überraschenderweise belebend an.

Eine Treppe führte in den ersten Stock eines roten Holzhauses. Blom lief zielstrebig auf eine Tür zu und klopfte an. Während sie auf eine Reaktion warteten, drehte sie sich zu Berger um.

»Ich hoffe, dein Herz ist stark genug!«

Berger starrte sie an. Da wurde die Tür geöffnet, und sein Blick fiel auf eine Frau mit dunkelbraunem Pagenkopf und klugen braunen Augen. Sie grinste verlegen und bat sie einzutreten.

Blom folgte der Einladung. Berger nicht. Seine Füße waren am Boden festgefroren, als hätten sie nur auf den richtigen Augenblick dafür gewartet.

»Deer?«, sagte er zögernd.

»Ja, genau«, entgegnete die. »Jetzt komm rein, bevor jemand diesen Bart sieht und die Polizei ruft.«

»Was zum Teufel machst du hier in Kvikkjokk?«

»Jetzt komm schon«, wiederholte Desiré Rosenkvist geduldig.

Sie zeigte auf die drei Stühle, die um einen sehr kleinen Schreibtisch standen. Darauf lagen ein Fernglas, drei Aktenmappen unterschiedlichen Umfangs sowie ein maschinengeschriebener Brief, der Berger stark an den erinnerte, den er vor Kurzem in der Hand gehabt hatte. Sie setzten sich.

»Natürlich bin ich nicht zufällig hier in Kvikkjokk«, sagte Deer. »Wir haben beschlossen, dass es ein geeigneter Ort für ein Treffen wäre.«

»Wir?«, wiederholte Berger und sah aus dem Fenster in die verlassene, unendliche Landschaft. »Geeignet?«

»In and out«, erwiderte Deer geheimnisvoll. »Ich hatte ein veritables Marathonwochenende mit der Leitung der NOA, der Nationalen Operativen Abteilung. Deshalb habe ich jetzt einen Tag frei. Direktflug nach Kiruna, Mietwagen und Rückflug.«

Berger sah sie an und spürte, wie leer sein Blick wirken musste.

»Auch wenn ich jedes deiner Worte kenne, Deer, verstehe ich kein einziges.«

Deer holte tief Luft.

»Du bist rausgeschmissen worden, das hattest du ja erwartet. Nach Cutters tragischem Tod bist du untergetaucht. Ich habe dir nach ein paar Tagen eine SMS geschickt, und Blom hat mir geantwortet. Und über diese Antwort habe ich eine ganze Weile nachgedacht.«

Berger sah aus dem Fenster, die Aussicht war das einzig Begreifbare in diesem Moment.

»Und wieder sind es einfach zu viele Fragen. Ich bin raus.«

»So, wie ich es verstanden habe, warst du eine ganze Zeit lang raus. Und ihr wart in vollem Tempo dabei, eure Abfindungen in einen Neustart im privaten Sektor zu investieren. Aber so, wie ich es außerdem verstanden habe, war es alles andere als klar, dass du an diesem Treffen teilnehmen kannst.«

»Ich wusste gar nichts von diesem Treffen«, sagte Berger.

»Aber du hast den Brief bekommen?«

»Ich habe ihn gerade auf der Fahrt gelesen. Wer hat den geschrieben?«

»Das ist nebensächlich. Die Hauptsache ist, ob dir ein bestimmtes Detail aufgefallen ist?«

»Viele, natürlich. Lebt die Verfasserin noch?«

»Mach dir keine Sorgen. Der Brief wurde vor ein paar Wochen geschrieben, und sie hat tatsächlich die Polizei gerufen. Die Kollegen aus Jokkmokk waren bei ihr. Aber nichts deutete darauf hin, dass sich sonst noch jemand in dem Haus aufhielt. Und definitiv kein Hausbock.«

»Danach hat sie dir den unfertigen Brief geschickt? Und dich auch noch zur Kommissarin gemacht?«

»Ich *bin* Kommissarin. Falls du das vergessen hast. Jetzt sogar in höherer Position.«

»Wie das denn?«

»Unsere Gruppe hat sich ja aufgelöst, Allan ist in Pension gegangen, und Cutter hatte den tödlichen Schlaganfall …«

»Schlaganfall?«, rief Berger und spürte in derselben Sekunde Bloms Hand auf seinem Oberschenkel, die ihn fest drückte.

»Ja?« Deer sah ihn fragend an.

»Ich kannte die Todesursache noch nicht«, sagte Berger mit belegter Stimme.

»Und du warst auch nicht auf ihrer Beerdigung … Was macht ihr hier oben? Versteckt ihr euch? Wildes Liebesnest im Iglu?«

Blom kam Berger zuvor.

»Wir haben uns zusammengetan, um Zukunftspläne nach dem Ausscheiden aus dem Polizeidienst zu schmieden. Unser Verhältnis ist rein professionell.«

Deer sah sie an, schüttelte dann den Kopf und wandte sich demonstrativ an Berger.

»Die Nationale Operative Abteilung hatte eine Stelle ausgeschrieben. Ich habe mich beworben und sie bekommen.«

»Glückwunsch«, sagte Berger.

»Das Erste, was ich auf den Tisch bekam, war Jessica Johnsson aus Porjus. Wie sie selbst sagt, ist sie bekannt als Querulantin und Verschwörungstheoretikerin. Meine Kollegen haben alle den Kopf geschüttelt, als ich ihnen den Brief gezeigt habe. Sie meinten, ich solle ihn am besten sofort verbrennen.«

»Aber das hast du nicht getan.«

»Und du weißt bestimmt auch, warum, Sam, oder?«

Berger rümpfte die Nase, erwiderte aber nichts.

»Wenn dieser Brief an mich adressiert ist«, fuhr Deer fort, »ist er automatisch auch an dich adressiert, oder?«

»Ich sehe nur einen Haufen Verschwörungstheorien«, mischte sich Blom ein.

Berger und Deer sahen einander sehr lange an, ohne auf den Einwand zu reagieren.

»Ja, Jessica Johnsson hat viele Verschwörungstheorien zur Hand«, sagte Deer schließlich. »Aber ein Name sticht dabei aus der Menge hervor, stimmt's, Sam?«

»Karl Hedblom«, murmelte Berger.

»Und da steht: *Auch die Erwähnung der Kugelschreiberzeichnung auf Lisa Widstrands Gesäß in der Lokalpresse führte nicht dazu, dass die Polizei Karl Hedbloms Schuld erneut überprüfte.*«

»Das war unser erster gemeinsamer Fall, Deer.«

»Und das war ein besonders grausamer Fall. Der hat Spuren hinterlassen. Tiefe Spuren. Obwohl er über acht Jahre her ist, kommt es mir so vor, als wäre es erst gestern gewesen. Viele schlaflose Nächte später.«

»Und du glaubst wirklich, sie hat dir den Brief nur wegen Karl Hedblom geschickt?«

»Ach so, stimmt!«, ließ Blom da verlauten.

Berger und Deer wandten sich ihr zu.

»Ich habe den Namen Hedblom nicht einordnen können«, erklärte sich Blom. »Das war dieser Doppelmord, richtig? An einer Mutter und ihrem Kind?«

»Wir waren damals an eine andere Einheit ausgeliehen worden«, erzählte Deer. »In einem Graben außerhalb von Orsa waren die übel zugerichteten Überreste der Leichen von Helena Gradén, fünfunddreißig, und ihrem Sohn Rasmus, vierzehn Monate, gefunden worden. Das Kind lag in seinem Kinderwagen, zumindest Teile von ihm. Die Frage war, welche Tötung im Vordergrund stand: der Mord an dem Kind oder an der Frau? Die Ermittler haben jeden Stein umgedreht. Der Fall war erschütternd, der von Trauer überwältigte Vater und Ehemann Emmanuel Gradén war der Hauptverdächtige. Erst als die ermittelnden Beamten anfingen, nicht mehr geradlinig, sondern um die Ecke zu denken, kam Bewegung in die Sache. Der Mörder hatte es nicht auf ein Kind oder auf eine Frau abgesehen, sondern auf eine Mutter. Es handelte sich um einen Mutter-Sohn-Mord. Das erforderte ein großes Maß an psychologischer Expertise – alle waren bemüht, nicht die Fehler, die im Thomas-Quick-Fall gemacht worden waren, zu wiederholen. Am Ende kam man einem Mann mit schweren Verhaltensstörungen auf die Spur, der sich zur selben Zeit mit seiner Wohngruppe nicht weit entfernt von Orsa aufgehalten hatte. Der Mann hieß Karl Hedblom, war vierundzwanzig Jahre alt und hatte eine schreckliche Kindheit gehabt. Mit einer Mutter, die direkt aus der Hölle kam. Helena und Rasmus Gradén wurden erst zwei Tage nach ihrem Verschwinden gefunden. Karl Hedblom hatte also vollkommene Bewegungsfreiheit gehabt. Erst nach einiger Zeit fanden die Kollegen zwischen dem Fundplatz der Leichen und dem Aufenthaltsort der Wohngruppe eine Hütte, die neu errichtet worden war. Und darin entdeckten die Techniker Blutspuren. Auch Hedbloms DNA wurde dort sichergestellt.«

Blom nickte mit gerunzelter Stirn.

»Und damit ist dies doch wohl einer der eindeutigsten Fälle in der schwedischen Rechtsgeschichte, oder?«, sagte sie. »Das Gerichtsverfahren war wahnsinnig kurz, trotz des umfangreichen Materials.«

»Nein, das Urteil ist tabu, nicht nur weil Jessica Johnsson eine berühmt-berüchtigte Querulantin ist«, sagte Deer. »Der Fall ist auch deshalb so unantastbar, weil die Ergreifung von

Karl Hedblom die Karriere von einigen Polizisten gekrönt hat. Allen voran die unseres guten Allan Gudmundsson. Man müsste schon einiges aufzubieten haben, um ihn von seinem Bridgeturnier auf Tahiti nach Hause zu holen.«

»Bridgeturnier?«, rief Berger.

»Wusstest du nicht, dass Allan und seine Frau zu der Bridgeelite Schwedens zählen? Seit seiner Pensionierung sind sie deswegen in der ganzen Welt unterwegs.«

»Ich glaub es nicht!«

Blom warf die Arme in die Luft.

»Aber warum sollte ein wie nebenbei erwähnter Hinweis in dem Brief einer Verschwörungstheoretikerin so drastische Folgen haben?«

»Diese eine Detailfrage blieb allerdings immer ungelöst«, sagte Berger. »Die Ermittlungen kamen an dem Punkt nicht weiter, weshalb die Kollegen die Information schließlich für sich behielten. Auf Helena Gradéns linker Pobacke hatte man in der Tat eine kleine Kugelschreiberzeichnung gefunden.«

»Ich kannte den Fall von Lisa Widstrand bisher nicht, den Jessica Johnsson in ihrem Brief erwähnt«, ergänzte Deer. »Offenbar war sie eine Prostituierte aus Göteborg, die von einem Kunden brutal ermordet wurde. Der Fall wurde nie aufgeklärt, aber ich habe die Akte eingesehen. Und auf einem der Fotos sieht man deutlich eine kleine Kugelschreiberzeichnung auf ihrer linken Pobacke.«

»Und was ist das für eine Zeichnung?«, fragte Blom. »Wie kann das sein, dass die Kollegen diesen Zusammenhang übersehen haben?«

»Nun ja«, Deer zuckte mit den Schultern, »Mord an Prostituierten kommt häufiger vor, als man denkt, und die Öffentlichkeit wird nicht immer informiert. Diese Fälle haben leider selten höchste Priorität.«

»Das war ein sehr sauber gezeichnetes Kleeblatt«, erklärte Berger.

Sie schwiegen und sahen einander an.

»Jessica Johnsson hat ihren Brief an mich bei der Nationalen Operativen Abteilung adressiert. Ich habe dort aber erst kurz vor dem Eintreffen ihres Briefes angefangen. Sie muss sich also über mich informiert haben. Also weiß sie wohl auch, dass ich in den Fall Gradén involviert war. Am wahrscheinlichsten ist demnach, dass sie uns mit ihrem Brief eine bestimmte Botschaft zukommen lassen wollte: dass Karl Hedblom vielleicht unschuldig ist. Und sie möchte, dass ausgerechnet ich das weiß. Aber warum?«

Berger nickte. »Und warum bist du zu diesem geheimen Treffen mit zwei ehemaligen Bullen gekommen, von denen du glaubst, dass sie sich hier oben verstecken?«, ergänzte er.

»Es existiert eine Anweisung von ganz oben, dass sich niemand mit dieser Jessica Johnsson beschäftigen soll. Sie ist ein klassischer Paria, eine Aussätzige. Mit anderen Worten, ich kann mich nicht selbst darum kümmern. Außerdem glaube ich, dass sie mit diesem Brief auch dich anspricht, Sam. Sie weiß etwas. Ich möchte, dass ihr sie ganz inoffiziell verhört. Ich will wissen, ob es die Mühe und das Leid wert ist, den Fall wieder aufzurollen.«

»Und darüber habt ihr beide euch also schon verständigt?«, fragte Berger. »Ich weiß nicht, ob ich schon wieder fit genug bin, um Privatdetektiv zu spielen.«

Deer schob ihm die drei Aktenmappen über den Tisch zu, die linke war wesentlich dicker als die anderen beiden.

»Das ist der Fall Gradén«, erklärte sie und trommelte mit den Fingern auf den Deckel. »Das hier der Fall Widstrand. Und dies ist Jessica Johnssons Akte. Ihr fahrt zu ihr als Vertreter der Nationalen Operativen Abteilung und bezieht euch auf mich. Ich habe gefälschte Papiere und Visitenkarten vorbereitet. Die Aktion ist absolut inoffiziell. Ich werde jede Verbindung zu euch leugnen, wenn ihr die Sache in den Sand setzt. Jessica Johnsson habe ich schon angerufen und ihr mitgeteilt, dass ihr kommt. Euer offizieller Auftrag lautet, diesem mysteriösen Mann auf die Spur zu kommen, von dem sie sich bedroht fühlt. Aber eigentlich sollt ihr herausfinden, was sie über den Mord an Helena Gradén, Rasmus Gradén und Lisa Widstrand weiß.«

Berger sah Blom an. Die nickte.

»Bitte, wo zum Teufel liegt Porjus?«, fragte er.

»Ganz in der Nähe!«, entgegnete Deer, stand auf und legte ein kompaktes Satellitentelefon auf den Tisch.

8

Mittwoch, 18. November, 14:08

In Lappland hat die Beschreibung »in der Nähe« nichts mit unmittelbarer Nachbarschaft zu tun. Im Gegenteil, sie steht für eine gehörige Portion Ironie.

Im Vergleich zu dem Feld-und-Wiesen-Pfad, den sie vom Pol der Unzugänglichkeit nach Kvikkjokk benutzt hatten, war die Strecke nach Vaikijaur äußerst gepflegt und befahrbar. Als die Sonne hinter den Bergen versank und sich mit einem Zaubertrank aus Farben verabschiedete, war es kurz nach zwei Uhr, und sie hatten es nicht mehr weit bis zur längsten Straße Europas.

Die Europastraßen verlaufen kreuz und quer über den Kontinent, aber keine von ihnen führt so lange quasi senkrecht von Norden nach Süden wie die E45. Fast fünftausend Kilometer erstreckt sie sich von Gela an der Südküste Siziliens bis nach Karesuando, zur nördlichsten Siedlung Schwedens. Von Europas Südspitze bis zu seiner Nordspitze. Im Norden Schwedens wird die Europastraße auch »Inlandstraße« genannt, und von Vaikijaur in Lappland führt sie kerzengerade nach Norden in Richtung Porjus.

Bis Vaikijaur hatten sie kein Wort gesprochen. Offenbar mussten die Informationen auf beiden Seiten der Gangschaltung erst noch verarbeitet werden.

»Du wusstest es also nicht vorher?«

»Nur, dass sie etwas von dir wollte. Aber nicht, was.«

»Deer hat mir also eine SMS an mein privates Reservehandy geschickt? Von ihrem, nehme ich an? Zwei anonyme Prepaidhandys im unendlichen Cyberraum. Was genau hat sie geschrieben?«

»*Wie geht es dir? Ich kann dich nicht erreichen. Wichtig!*«

»Wichtig?«

»Deshalb habe ich auch geantwortet. Kurz und knapp. Damit es klingt, als würdest du nicht gestört werden wollen.«

»Wir hatten oben in Kabeljau also Netz?«

»Kåbtåjaure! Und eigentlich nicht, nein. Aber unter bestimmten atmosphärischen Umständen kann man ein Signal empfangen, wenn man an der richtigen Stelle steht. Rosenkvist bat, ihre inoffizielle Mailadresse zu benutzen. Ich habe mich zu erkennen gegeben und erzählt, dass wir sehr weit weg sind und du zurzeit außer Gefecht bist – ich habe es ›Magen-Darm-Grippe‹ genannt –, und habe als Antwort diesen Brief bekommen. Als sie fragte, ob wir eventuell im Norden seien, bin ich stutzig geworden. Vielleicht war die Säpo ihr auch schon auf den Fersen. Aber sie beschrieb kurz die Umstände, und ich habe den Wahrheitsgehalt überprüft und dann gesagt, wir seien flexibel. Schließlich habe ich für das Treffen Kvikkjokk vorgeschlagen, einen neutralen Ort zwischen unserem Versteck und Porjus.«

»Ich gehe davon aus, dass du den Namen Jessica Johnsson schon via E-Mail erfahren hast? Hast du sie überprüft? Wer ist das?«

»Unantastbar, wie Rosenkvist schon gesagt hat. Sie schickt seit Jahren solche Briefe an die Polizei. Das ist eine, die man nie zu fassen kriegt. Eine von den Unmöglichen.«

»Ich habe den Brief noch einmal gelesen. Unsere Jessica scheint ›wirklich am Boden‹ zu sein.«

»Und hätte gern Frau Rosenkvist zu Besuch, damit sie sich ›fast wie zu Hause‹ fühlt.« Blom nickte.

»Erzähl mir mal von dem Fall Helena Gradén.«

Berger starrte aus dem Fenster in die Dunkelheit.

»Ich habe versucht, die Sache zu vergessen.«

»So schlimm?«

»Es gab ein Video ...« Schweigen breitete sich im Jeep aus. Es vergingen einige Minuten, ehe Berger fortfuhr: »Auf dem Video macht der vierzehn Monate alte Rasmus seine ersten Schritte. Helena Gradén freut sich so, sie lacht ihren Sohn an, der lacht auch. Das verfolgt mich seitdem. Das Lachen von Mutter und Sohn, das sich vereint zu einer wie selbstverständlichen Lebensverbindung. Ich kann das nicht anders beschreiben. Das ist mir sehr an die Nieren gegangen. Und eine Woche später waren beide tot. Abgeschlachtet.«

Blom schwieg eine Weile, dann sagte sie mit einem Blick zu Berger: »Wir können umdrehen, wenn du willst.«

»Nein. Auf keinen Fall. Ich war damals bei dem Verhör von Karl Hedblom Allans Beisitzer. Damals war Allan knallhart, er hat die schlimmsten Seiten von Hedblom zum Vorschein gebracht. Und es stellte sich heraus, dass dieser nicht nur geisteskrank, sondern auch gewalttätig war. Und er hasste Mütter aus tiefstem Herzen. Dass er in dieser viel zu offenen Wohngruppe untergebracht war und mit denen auch noch in den Urlaub gefahren ist, war ein Riesenfehler – die Beurteilung seines Geisteszustands muss total schiefgelaufen sein, der zuständige Oberarzt wurde auch sofort entlassen. Gleichzeitig aber wirkte Hedblom sonderbar teilnahmslos, als es um die Tat ging. Allan erhöhte den Druck, alle Indizien passten, bis zu dem Moment, wo es um diese zwei Tage in der Holzhütte ging.«

»Warum, was ist dann passiert?«

»Karl Hedblom hat gestanden. Allerdings ließ die Überprüfung der konkreten Umstände der Tat einiges zu wünschen übrig. Da aber die forensischen Beweise überwältigend waren, entschied das Gericht, dass sich der Täter in einem psychotischen Zustand befunden haben musste und sich deshalb an keine Details erinnern konnte.«

»Und du warst auch davon überzeugt?«

»Damals ja. Und zwar felsenfest.«

»Sagte Hedblom etwas zu der Kugelschreiberzeichnung?«

»Er berichtete davon, und das Thema wurde dann nicht weiter diskutiert. Im Vergleich zu dem Rest war diese kleine Zeichnung auf Gradéns Pobacke auch extrem marginal.«

»Ich gehe davon aus, dass du mir von diesem Rest noch erzählen wirst ...«

»Das wird alles hier drinstehen«, entgegnete Berger und hob die Akten hoch. Dabei fielen ihm Visitenkarten in den Schoß. Berger nahm eine, las und verzog angewidert das Gesicht.

»Wir sind da«, sagte Blom.

Die Scheinwerfer ihres Jeeps glitten über eine Hausfassade. Als Blom den Schlüssel aus dem Zündschloss zog, gab es nur noch eine einzige Lichtquelle. Die befand sich über einer Treppe auf der Terrasse vor diesem einsamen Haus mitten in der Wildnis. Der Mond hatte sich hinter düstere Wolken verzogen.

Sie stiegen aus. Ein kleiner Weg führte zu einer Garage, ein Pfad direkt zum Haus. Blom schaltete ihre Taschenlampe ein und leuchtete ihnen den Weg. Die Schneedecke war dick und unberührt. Würde hier ein Stalker herumstreichen, hätte er zweifellos Spuren hinterlassen.

Blom klingelte, und Berger drehte der Tür den Rücken zu und sah hinaus in die bitterkalte lappländische Nacht. Es war Nachmittag, erst kurz nach drei Uhr, aber schon vollkommen dunkel. Mühsam versuchte er, mit seinen Gedanken in der Gegenwart zu bleiben, aber die Dunkelheit zwang ihn unerbittlich zurück zu dem Graben außerhalb von Orsa.

Der Kinderwagen. Die Hand der Mutter, die ihn festhielt, trotz ihrer verdrehten Körperhaltung. Das ganze Blut.

Berger hatte den Tatort nicht unmittelbar nach dem Fund gesehen. Er hatte zunächst nur die Fotos der Kriminaltechniker zu Gesicht bekommen, all die unerträglichen und abstoßenden Aufnahmen. Den Fundort hatte er erst später besichtigt, als er schon lange kein Fundort mehr war. Das hatte die Sache aber nur schlimmer gemacht. Seine Fantasie füllte seither die Lücken.

Abrupt wurde hinter ihm eine Tür aufgerissen und riss ihn damit aus dem Dunkel seiner Erinnerungen. Die Frau hatte sich schon wieder umgedreht, ehe Berger sie richtig sehen konnte. Ihm fielen nur ein dicker Strickpullover und passende Wollsocken auf.

Kurz darauf saßen sie an einem dunklen Esstisch in einem noch dunkleren Wohnzimmer. Berger legte sein Handy mit dem Display nach oben auf den Tisch und rührte zerstreut in seinem Tee. Sein Blick fiel ins Schlafzimmer, wo ein Tisch mit einer alten Schreibmaschine stand.

»Sind Sie gekommen, um mit mir über Hausböcke zu sprechen?«, fragte die Frau und zündete ein paar Kerzen an.

Jetzt konnte Berger Jessica Johnsson auch zum ersten Mal richtig ansehen. Der Schein der Kerzen beleuchtete ihr blasses Gesicht. Sie war zwischen dreißig und vierzig Jahre alt und ein eher nervöser Typ, ungeschminkt, mit dunklen, ziemlich kurz geschnittenen Haaren und wachen blauen Augen, trotz ihrer flatternden Augenlider.

»Nicht über Hausböcke«, sagte Blom.

»Dafür möchte ich mich besonders bei Ihnen bedanken, Frau Kriminalkommissarin Lundström.«

»Was ist passiert, nachdem Sie aufgehört hatten zu tippen?«, fragte Berger. »Sie haben mitten im Satz abgebrochen.«

»Ich weiß nicht, was …«

»Na, Ihr letzter Satz in dem Brief lautete: *Als die kleine Flamme meiner Kerze erlischt, höre …* Dann bricht es ab. Und danach haben Sie den Brief so an die Polizei geschickt – ohne ihn zu beenden. Warum?«

Jessica Johnsson heftete ihren Blick auf die Visitenkarte statt auf ihr Gegenüber.

»Kriminalkommissar Lindbergh, richtig?«, sagte sie. »Mit ›h‹? Und wofür steht denn das C? *C. Lindbergh*?«

»Beantworten Sie bitte meine Frage«, sagte Berger. »Was haben Sie gehört, als der kalte Wind durch Ihr Schlafzimmer fuhr? Und die Flamme der Kerze erlosch?«

»Jemand öffnete die Eingangstür«, antwortete Jessica Johnsson und sah ihm zum ersten Mal in die Augen. Ihr Blick war offen, verbarg aber dennoch etwas.

»Und was haben Sie dann gemacht?«

»Ich bin zur Kellertür gestürzt und habe mich dort eingeschlossen. Dann habe ich von der Kellertreppe aus die Polizei angerufen. Ich wollte nicht hinunter in den Keller, da war ich schon seit Jahren nicht mehr.«

»Aber wenn ich glaube, dass gerade ein Mörder in mein Haus eingedrungen ist, dann verstecke ich mich doch instinktiv, oder?«

»Ich habe nicht rational gedacht. Verzeihen Sie. Außerdem ist der Handyempfang auf der Treppe besser als unten.«

»Dann haben Sie also doch rational gedacht?«

»Eher instinktiv. Ich wusste nicht, dass ich rational denke.«

Berger nickte und musterte Jessica Johnsson eingehend. Er hatte in seiner aktiven Zeit als Polizist seine Menschenkenntnis geschult und konnte die Leute einschätzen. Diese Fähigkeit war ihm wohl kaum im Laufe der letzten Wochen verloren gegangen. Aber bei dieser Frau fiel es Berger denkbar schwer. Ihr fehlte dieser manische Irrsinn, den er in den Augen von paranoiden Menschen zu finden gewohnt war. Auf der anderen Seite fehlte aber auch eindeutig das Licht glasklarer Intelligenz, das zum Beispiel aus den Augen von Molly Blom strahlte. Es wirkte fast so, als würde Jessica Johnsson sich innerlich abkapseln. Ihr Blick war apathisch und nervös zugleich, und ihre Lippen umspielte ein sonderbares leises Lächeln. Berger bemerkte Bloms analytischen Blick, mit dem sie die Zeugin musterte, und er fragte sich, ob auch sie Schwierigkeiten hatte, Johnsson einzuschätzen.

»Wie lange haben Sie denn auf der Kellertreppe ausgeharrt?«, fragte Berger.

»Bis die Polizei kam.«

»Und in der Zwischenzeit haben Sie keine weiteren Geräusche gehört?«

»Ich habe den Heizkessel gehört.«

»Den Heizkessel?«

»Ja, den Kessel im Keller. Der brummt. Ich mag das Geräusch überhaupt nicht. Deshalb gehe ich auch nie in den Keller.«

»Aber von oben haben Sie keine Geräusche wahrgenommen?«

»Wie ich den Beamten schon gesagt habe: nichts. Ich hatte mich eingeschlossen und eine alte Axt gefunden, die auf einer der Stufen stand. Die habe ich so fest umklammert, dass die Männer mir die Finger aufbiegen mussten.«

»Sie waren auf der Treppe, bis die Kollegen kamen?«

»Ja. Die Beamten haben gerufen: ›Hier ist die Polizei, Jessica, wo sind Sie?‹«

»Klangen sie besorgt?«

»Nein. Ich weiß ja, was die von mir denken. Das Erste, was ich von denen gehört habe, war ›Hausbock‹.«

»Und da steckte der Brief noch in der Schreibmaschine?«

»Ja, den haben die gar nicht gesehen. Als sie dann wieder gegangen waren, habe ich beschlossen, den Brief an die Polizei zu schicken, damit Sie erfahren, wie es mir geht, und andere Polizisten schicken als diese jämmerlichen Jokkmokk-Bullen.«

»Das haben Sie ja nun erreicht. Also, dann erzählen Sie mal. Warum haben Sie den Brief ausgerechnet an Desiré Rosenkvist adressiert?«

»Ich habe sie vor ein paar Wochen im Fernsehen gesehen«, antwortete Johnsson. »Da ging es um eine Entführung in Stockholm, eine Ellen Irgendwas. Sie wurde interviewt und machte einen sehr guten Eindruck. Und kurz darauf habe ich herausgefunden, dass sie Kommissarin bei der Nationalen Operativen Abteilung ist. Ich dachte, vielleicht würde sie mich ernst nehmen, im Gegensatz zu diesen Dorfpolizisten.«

Berger nickte.

»Aber der Mann, der hier herumschleicht, ist Ihnen natürlich kein Unbekannter. Sie kennen ihn? Warum wollen Sie uns nichts über ihn erzählen?«

Jetzt sah ihn Jessica Johnsson lange an. Und Berger entdeckte doch so etwas wie Wachsamkeit in ihrem Blick, aber da war noch etwas anderes. Angst?

»Aber ich habe wirklich keine Ahnung«, antwortete sie.

Berger warf sich demonstrativ gegen die Rückenlehne seines Stuhls und schwieg. Er hoffte, dass Blom seine Geste verstand und übernahm.

Und so war es auch.

»Sie leben hier sehr zurückgezogen, Jessica«, sagte sie. »Soweit ich weiß, haben Sie weder Job noch Mann und Kinder. Sind Sie vor irgendetwas auf der Flucht?«

»Ich will einfach nur meine Ruhe haben«, murmelte Johnsson.

»Ruhe wovor? Sie sind hierhergezogen, um jemandem zu entkommen?«

»Den Menschen im Allgemeinen. Ich will einfach nur meine Ruhe haben.«

Blom beobachtete sie scharf, ihr Blick folgte jeder kleinsten Regung. Berger schielte auf sein Handy, die Aufnahme des Gesprächs schien problemlos zu funktionieren.

»Sie stammen ursprünglich aus Stockholm, Jessica«, sagte Blom. »Sind in Rågsved aufgewachsen, aber Ihre Akte ist eigentlich ziemlich dünn.«

»Warum haben Sie überhaupt eine Akte von mir? Ich bin doch noch nie angeklagt oder verdächtigt worden.«

»Wir behalten die Leute im Auge, die sich überdurchschnittlich oft bei der Polizei melden«, erklärte Blom. »Beim Verdacht auf eine Straftat sind wir allerdings gezwungen, eine detailliertere Personenkontrolle durchzuführen.«

»Verdacht auf eine Straftat?«

»Das Unterschlagen von Beweisen«, präzisierte Blom und sah zu Berger. Der nickte bedeutsam.

»Ich glaube, wir müssen ein bisschen tiefer in Ihrer Vergangenheit graben, Jessica. Dort werden wir dann auch den Hausbock finden.«

Jessica Johnsson sah ihn durchdringend an, schwieg aber. Niemand redet so viel und gern wie Querulanten und Verschwörungstheoretiker. Es ist quasi ein Naturgesetz, dass sie um jeden Preis ihre Stimme erheben wollen, um alle Wahrheiten herauszuposaunen, die uns die Machthaber vorenthalten. Aber Johnsson war äußerst zurückhaltend und sagte kein Wort zu viel. Trotzdem hatte sie ordentlich Lärm geschlagen, um die Aufmerksamkeit von höherrangigen Polizisten zu bekommen.

Um Deers Aufmerksamkeit zu bekommen.

Doch jetzt schwieg sie.

Warum?

»Was glauben Sie denn, wer Ihnen da nachstellt?«, fragte Berger.

Jessica Johnsson schüttelte stumm und düster den Kopf. Berger versuchte, alle Nuancen ihres Verhaltens, die Blicke und die unausgesprochenen Worte zu speichern. Zwischen ihrem Brief und ihrem Gebaren jetzt herrschte eine große Diskrepanz. Dasselbe galt auch für ihren paranoiden Charakter und ihren Blick.

Er musste herausbekommen, warum ihre Augenlider flatterten.

Ihm fiel das Verhör einer Frau namens Nathalie Fredén ein. Er sah zu Molly Blom, sie erwiderte seinen Blick und nickte unmerklich.

Berger stand auf, griff nach seinem Handy, schaltete die Tonaufnahme aus und ließ das Telefon in die Innenseite seines alten Sakkos gleiten.

»Ich glaube, wir werden einen Termin für ein etwas formelleres Verhör ansetzen, mit Videoaufnahme und richtigem Licht. Wir können das auf der Polizeiwache in Jokkmokk vornehmen, wenn Sie wollen. Das ist ja ganz in der Nähe.«

Jessica Johnsson sah ihn wortlos an.

»Aber wir können es auch hier machen«, fuhr Berger fort. »Dann sind Sie uns schneller wieder los. Das liegt ganz bei Ihnen, Jessica.«

»Hier«, antwortete sie.

»Prima. Wir bauen unser Equipment auf, aber vorher machen wir eine Hausbesichtigung.«

»Hausbesichtigung?«

»Sie zeigen uns das Haus und die Umgebung. Ich gehe davon aus, dass sich die Kollegen aus Jokkmokk diese Mühe nicht gemacht haben?«

Jessica Johnsson stand ebenfalls auf. Als er ihren Blick sah, bereute Berger zum zweiten Mal, dass er das Gespräch nicht auf Video aufnehmen konnte.

Johnsson führte die beiden in den ersten Stock. Dort gab es allerdings nicht viel zu sehen. Blom fotografierte unentwegt mit ihrem Handy.

Die Besichtigung führte sie in zwei Schlafzimmer, die beide über Abseiten verfügten. Im ersten Schlafzimmer stand ein nacktes Bett, der Lattenrost erinnerte an entblößte Rippen. Berger steckte seinen Kopf in die Abseite. Die Taschenlampe, die zu Bloms Fluchtausstattung gehörte, fing nur Staubkörnchen ein, die auf Luftbewegungen reagierten, die jenseits des menschlichen Empfindungsvermögens lagen. Sie wirbelten durch die Luft und sanken dann auf einen der vier uralten Koffer hinab, die aussahen wie Auswandererkoffer, die von ausgezehrten Kleppern durch die Prärie geschleppt worden waren.

»Die standen da schon, als ich eingezogen bin«, sagte Jessica Johnsson.

»Und Sie haben nicht nachgesehen, ob etwas darin ist?«

Sie schüttelte den Kopf. Die Abseite des zweiten Schlafzimmers war leer, dafür aber waren das Bett und ein Sessel mit einem weißen Stoffüberzug bedeckt. Wie im Sommerhaus einer Kaufmannsfamilie aus dem 19. Jahrhundert, die ihre Bleibe winterfest gemacht hatte.

»Waren Sie das?«, fragte Berger.

Jessica Johnsson schüttelte den Kopf. Aber Berger ließ nicht locker und beobachtete sie dabei unermüdlich im unbarmherzigen Licht der Taschenlampe.

»Das war schon so, als ich eingezogen bin«, wiederholte sie beharrlich. »Ich habe den Überwurf nur ein paarmal gewaschen, das ist alles.«

Als sie das Schlafzimmer wieder verließen, fuhr Berger im Vorbeigehen mit seinen Fingern über den weißen Stoff. Dann ging auch er wieder in den Flur hinaus. Auf dem Treppenabsatz stand eine Sitzgruppe, die schon seit der Jahrhundertwende nicht mehr benutzt worden war. Nacheinander stiegen sie die Treppe hinunter und gelangten in die Küche, die zwar ziemlich heruntergekommen, aber sehr sauber war. Berger beobachtete, wie Blom verstohlen mit dem Finger über ein Regal strich.

Das Erdgeschoss bestand aus einem offenen Raum rund um die Treppe: Ein kleiner Vorraum verschmolz mit einem Wohnbereich, in dem drei Stühle standen. Frei im Raum war ein Sofa vor einem Fernseher platziert, der an der Wand hing, und dann gab es die Essecke, wo die kurze Vernehmung stattgefunden hatte. Schließlich betraten sie das dritte Schlafzimmer. Berger sah die alte Schreibmaschine und das Bett, das so ordentlich gemacht und glatt gestrichen war, wie er es erwartet hatte.

»Jetzt der Keller«, forderte er.

»Muss das wirklich sein?«

»Ja«, entgegnete Molly Blom und schaltete ihr Handy an. »Wir sind bei Ihnen, keine Sorge.«

Johnsson führte sie zu einer weiß gestrichenen Tür. Ein alter Schlüssel steckte im Schloss. Sie drehte ihn herum und warf Blom und Berger einen fast vergnügten Blick zu. Wieder hatte sie dieses sonderbare leise Lächeln auf den Lippen. Endlich öffnete sie die Tür.

»Ich bin sonst eigentlich gar nicht so feige«, sagte sie.

Aus der Tiefe des Kellers stieg eine Dunkelheit empor, die sich schwer über sie wälzte. Berger und Blom traten einen Schritt zur Seite, als wollten sie die Düsternis passieren lassen. Dann betraten sie die Treppe. Schon nach den ersten Stufen stieg ihnen dieser Geruch entgegen. Der Geruch großer Leere.

Blom schaltete ihre starke Taschenlampe ein und leuchtete nach unten. Dann ließ sie Johnsson und Berger vorbei und befestigte ihr Handy provisorisch am Treppengeländer.

Danach folgte sie den anderen beiden hinab in den Keller.

9

Mittwoch, 18. November, 21:44

Am Anfang ist die Aufnahme ziemlich verwackelt. Eine weiße Tür ist zu sehen, im Schloss steckt ein alter Schlüssel. Eine Hand dreht ihn um.

Dann folgt Dunkelheit, sehr düstere Dunkelheit. Das Licht einer starken Taschenlampe strahlt auf, man sieht Treppenstufen, die nach unten führen. Sehr verwackelt.

Schließlich werden die Bilder scharf. Die rechte Bildseite wird wieder dunkel, wahrscheinlich ist das ein Stück von der Kellertreppe.

Man sieht einen Frauenrücken, der die Treppe hinuntergeht. Ihr folgt eine zweite Gestalt, ein Mann, schließlich eine weitere Frau, mit blonden, langen Haaren. Sie hält die Taschenlampe. Auf halbem Weg dreht sie sich um und sieht hoch, direkt in die Kamera.

Sie scheint alles unter Kontrolle zu haben.

Die drei Personen bleiben am Fuß der Treppe stehen, der Abstand zur Kamera ist groß, ihr Abstand zueinander nicht. Als würden sie sich nahezu magnetisch anziehen. Sie sprechen leise miteinander, was aber vom Brummen eines altertümlichen Heizkessels übertönt wird. Eine zweite Taschenlampe wird eingeschaltet. Die Lichtkegel wandern über den Kellerboden.

Der Mann mit der Taschenlampe folgt der Frau mit den dunklen Haaren. Der andere Lichtkegel biegt nach rechts ab. Die blonde Frau ist selten im Bild, aber wenn man sie sieht, ist sie damit beschäftigt, Gerümpel zu durchsuchen. Uralte Gartenmöbel, rostige Fahrräder, viele Autoreifen, mottenzerfressene Persenninge, die nicht erkennbare Gegenstände bedecken.

Der Mann und die Dunkelhaarige verschwinden aus dem Bildausschnitt. Immer wieder ist ihr Taschenlampenlicht zu sehen, aber sonst nichts. Doch dann kommen sie zurück und stehen vor der Tür, hinter der das laute Brummen zu hören ist. Die dunkelhaarige Frau winkt die blonde Frau zu sich, auch der Mann bedeutet ihr zu kommen. Stimmenfragmente übertönen das dumpfe Brummen.

Der Mann streckt die Hand aus, um die Tür zu öffnen. Aber es gelingt ihm nicht.

Es gelingt ihm nicht.

Denn in diesem Moment wird die Tür mit voller Wucht von innen aufgestoßen, und das Grollen des Heizkessels wird noch lauter. Die Tür trifft den Mann am Kopf, und er stolpert rückwärts. Die blonde Frau hebt ihre Taschenlampe, als wollte sie damit zuschlagen, aber sie ist nicht schnell genug, ein Holzscheit trifft sie an der Schläfe. Der Mann hat sich wieder aufgerappelt, bekommt jedoch mit demselben Holzscheit einen Schlag auf den Kopf und stürzt zu Boden.

Erst da wird die Gestalt aus dem dunklen Heizkesselraum sichtbar. Es ist eine große, schattenhafte Gestalt, kaum mehr als eine Silhouette. Der Heizkessel brüllt, man kann keine Stimmen hören, weshalb die Szenerie wie eine Pantomime wirkt. Wie in einem Stummfilm sind alle Bewegungen abgehackt und kantig.

Die Gestalt versetzt dem am Boden liegenden Mann einen zweiten Schlag mit dem Holz und dreht sich zu der blonden Frau um, die auf den Knien kauert und sich duckt. Der Fremde schlägt ihr auf den Hinterkopf, sie stürzt nach vorn und bleibt reglos auf dem Kellerboden liegen.

Er überprüft den Zustand der beiden Bewusstlosen hastig und zieht etwas aus seiner Jackentasche. Die dunkelhaarige Frau hat ihre Hände vors Gesicht geschlagen. Jetzt zerrt der Mann sie zum Treppengeländer und fesselt sie mit einem Kabelbinder. Sie sinkt auf die Knie, die Arme in einem schiefen Winkel verdreht. Ihr Gesicht kann man nicht erkennen.

Die Gestalt schleppt den Mann an die Wand und fesselt seine Handgelenke an ein Heizungsrohr. Dasselbe wiederholt sie mit der blonden Frau. Sie sind nur fünf Meter voneinander entfernt. Dann wendet sich die Gestalt wieder der dunkelhaarigen Frau am Treppengeländer zu. Jetzt zieht der Kerl ein großes Jagdmesser aus seiner Tasche und geht auf sie zu. Zum ersten Mal übertönt eine menschliche Stimme das wilde Grollen des Heizkessels. Der durchdringende Schrei einer Frauenstimme gellt durch den Keller.

Er stapft auf sie zu, hebt das Messer und zerschneidet den Kabelbinder. Dann packt er sie und trägt ihren strampelnden Körper die Treppe hoch. Sein Gesicht wird kurz von der Linse der Kamera eingefangen, als er in dem schwachen Licht vorbeigeht, das durch die Kellertür fällt. Aber es ist gar kein Gesicht.

Nur eine schwarze Sturmmaske ist zu sehen, und das auch nur etwa eine halbe Sekunde lang. Dann hört man, wie eine Tür zuschlägt, und wird Zeuge einer chaotischen Flugbewegung. Danach kehrt Ruhe ein. Nur noch die Ecke einer schwach beleuchteten Plastiktüte ist zu sehen.

Eine metallische Frauenstimme übertönt das Brummen des Heizkessels.

»War das alles?«

»Die Kamera ist vom Geländer gefallen«, stellt eine absolut natürlich klingende Frauenstimme fest.

»Und Jessica Johnsson? Was ist passiert?«

»Blutspuren im Haus und draußen im Schnee, Reifenspuren und ein geöffnetes Garagentor. Zu viel Blut, als dass sie noch am Leben sein könnte, es ist das reinste Blutbad. Alles deutet darauf hin, dass dieser Irre sie umgebracht hat und mit der Leiche abgehauen ist.«

Erst als die metallische Stimme einen tiefen Seufzer von sich gab, war Berger sich sicher, dass er mit Deer am Satellitentelefon sprach. Das Gerät stand auf dem Esstisch, an dem sie noch vor wenigen Stunden gesessen und versucht hatten, Jessica Johnsson zu vernehmen. Berger ließ die Hand mit der Serviette sinken und betrachtete das Blut darauf. Die verschiedensten Abstufungen, unterschiedlich schnell geronnen und getrocknet. Er hatte ein Déjà-vu-Erlebnis.

Blom saß auf der anderen Seite des Tisches und drückte sich eine Serviette gegen die Stirn.

»Ihr solltet sie doch nur verhören!«, brüllte Deer. »Stattdessen knallt ihr mir so einen Scheiß hin.«

»Er hat uns überfallen, Desiré«, sagte Blom. »Wir waren vollkommen unvorbereitet.«

Eine Weile herrschte Schweigen. Berger konnte sogar auf diese Entfernung hören, dass Deer zahlreiche unausgesprochene Worte herunterschluckte.

»Ihr seid also in einen pechschwarzen Keller in einer einsamen Hütte gestiegen, deren Besitzerin der Polizei einen Stalker gemeldet hat? Und das *vollkommen unvorbereitet*?«, fragte sie schließlich.

Das Schweigen fühlte sich an, als säße es wie eine dritte Person mit im Raum, und eine besonders aufdringliche noch dazu.

»Das ist also alles, was auf dem Film zu sehen ist?«, fragte Deer nach einer Weile.

»Der Film läuft noch etwa zehn Minuten in dieser Einstellung«, antwortete Blom. »Bis der Akku leer war. Ich bin vor Sam wieder zu Bewusstsein gekommen, da war ich drei Stunden lang ausgeschaltet gewesen. Ich habe etwa zehn Minuten gebraucht, um den Kabelbinder durchzubeißen, dann bin ich zu Sam und habe ihn wach gerüttelt.«

Berger sah sich im Esszimmer um. Das Haus war zu einem ganz anderen Ort geworden. Die Welt hatte sich verändert.

»Und ihr seid euch sicher, dass sonst niemand mehr im Haus ist?«, fragte Deer.

»Wir waren vollkommen groggy, als wir zu uns gekommen sind«, sagte Blom. »Und da waren – wie gesagt – bereits drei Stunden seit dem Überfall vergangen. Wir wussten nicht, wie stark wir verletzt worden waren. Vielleicht hatten wir Schädelfrakturen davongetragen. Nach einer Weile haben wir uns aus dem Keller hinaufgeschleppt und versucht, das Haus, so gut es ging, zu sichern. Dann haben wir die Handys aufgeladen und das Satellitentelefon aus dem Auto geholt. Dabei habe ich die Blutspuren im Schnee entdeckt. Aber das waren keine gewöhnlichen Blutspuren. Es sah aus, als wäre jemand in einem Sarg getragen worden, der immer wieder abgesetzt wurde.«

»Aber ihr wart nicht im ersten Stock?«

»Wir haben es versucht …«

»Sagt mir jetzt nicht, dass das schon alles ist!«, brüllte Deer.

Blom blinzelte, rümpfte die Nase und entgegnete: »Wir waren nicht im ersten Stock, haben aber das Erdgeschoss gesichert und aufgenommen.«

»Mit der Kamera?«

»Ja.«

Deer seufzte laut. Berger verzog das Gesicht zu einer Grimasse. Er schmeckte Blut im Mundwinkel und wischte es ab. Die Serviette war vollgesogen und nicht mehr zu gebrauchen.

Blom schaltete ihr Handy ein und verband es mit der Station des Satellitentelefons.

»So, jetzt«, sagte sie.

Das Wohnzimmer ist maximal erhellt, als würde jemand einen uralten Albtraum verscheuchen wollen. Die Kamera schwenkt zum Esstisch. Dort steht noch kein Satellitentelefon, dafür ist der Tisch mit blutverschmierten Servietten bedeckt. Sie schwenkt weiter, vorbei am Sofa und am Fernseher an der Wand. Auf dem Boden vor dem Sofa glänzt etwas und reflektiert das Licht der Lampen. Als die Kamera näher kommt, ist eine große Blutlache zu erkennen, die an den Rändern bereits angetrocknet ist. Von der Lache gehen mehrere Spuren aus, drei große Fußabdrücke, mindestens Größe fünfundvierzig. Aber auch zwei Schleifspuren, zuerst in Richtung Flur, dann aber die Treppe hinauf in den ersten Stock. Die Kamera folgt ihnen auf den ersten Treppenstufen. Dann verwackelt das ohnehin nicht scharfe Bild, dreht sich im Kreis, und schließlich sieht man nur noch die Decke. Bergers panisches Gesicht gleitet vorbei. Ein Tropfen fällt von seiner Schläfe und wird größer. Dann trifft er auf die Linse, und das Bild wird rot.

»Bist du ohnmächtig geworden?«, fragte Deer.

»Wir können auf jeden Fall festhalten, dass wir noch nicht im ersten Stock waren«, erklärte Blom kühl.

»Wir sind abwechselnd immer wieder bewusstlos geworden«, ergänzte Berger.

»Eure DNA ist ja praktisch überall im Haus, es wird schwer, all diese Spuren zu beseitigen. Aber ihr dürft auf keinen Fall in diese Ermittlungen hineingezogen werden. Schon gar nicht als Verdächtige.«

»Wir brauchen Stunden, um das alles zu beseitigen«, sagte Blom.

»Habt ihr die Lampen wieder ausgemacht?«, fragte Deer. »Die Aufnahmen waren so hell, vielleicht konnte man das in der Gegend sehen. Sind bisher noch keine Schaulustigen aufgetaucht?«

»Es ist alles wieder ausgeschaltet«, erklärte Blom. »Und es gibt auch keine Schaulustigen. Meiner Einschätzung nach kann niemand das Haus sehen, der nicht zielstrebig auf dem Weg dorthin ist.«

»Und wie sieht eure Einschätzung des Tathergangs aus?«

»Der Täter hat sich Zugang zum Haus verschafft, wann, ist nicht zu ermitteln, wahrscheinlich, als Jessica Johnsson nicht zu Hause war. Er hat sich im Heizkesselraum versteckt und gewartet. Dort fand er ein Holzscheit, das er als Waffe benutzen wollte, wenn sie auftauchte.«

»Habt ihr das Holzscheit gefunden?«

»Nein.«

»Das klingt aber alles nicht besonders nach Vorsatz und Plan. Ein Holzscheit?«

»Wir müssen dieser Frage später nachgehen.«

»Ihr werdet überhaupt keiner Frage nachgehen. Ihr sollt von dort verschwinden und euch ruhig verhalten, das ist alles. Wir übernehmen.«

»Wer, die NOA?«, fragte Berger.

»Wir werden die Kollegen aus Jokkmokk kaum aus der Sache heraushalten können«, erwiderte Deer. »Aber ihr geht jetzt verdammt noch mal ins Obergeschoss, damit wir wissen, was dort los ist. Es besteht schließlich die Möglichkeit, dass der Täter dort hockt. Vielleicht ist er ein Vollpsycho, der da oben auf euch wartet und sich Jessica Johnssons Haut als Mäntelchen umgelegt hat. Und ich darf mir hier die Nacht um die Ohren schlagen, um mir eine plausible Erklärung für meine Kollegen auszudenken, weshalb ich nach Lappland fliegen muss. Ich hätte euch nie involvieren dürfen. Amateure!«

»Und was ist mit den Blutspuren im Schnee und den Reifenspuren vor der Garage?«

»Hast du schon mal was von einer *falschen Fährte* gehört, Sam? Nehmt wenigstens ein Küchenmesser mit. Und ruft mich an.«

»Wir schicken dir einen Film«, sagte Berger, aber die Verbindung war bereits unterbrochen.

Da klirrte etwas auf dem Esstisch. Ein Küchenmesser dreht sich in aller Ruhe um seine Achse. Blom hatte ein weiteres in der Hand.

»Zwei. Wir nehmen zwei mit.«

Berger ging vor, Blom filmte über seine Schulter. Von der mittlerweile fast getrockneten Blutlache im Wohnzimmer ging eine Düsternis aus, die direkt aus den Tiefen der Erde kam. Berger schaltete seine Taschenlampe ein. Auf jeder Treppenstufe waren Schleifspuren zu sehen, wie von Wollsocken.

Sie erreichten den oberen Treppenabsatz. Alles sah so verändert aus in dem fahlen Licht der Taschenlampe. Als wären es nicht dieselben Räume, dasselbe Haus, dasselbe Universum. Die Schleifspuren führten in das Schlafzimmer auf der linken Seite. Die Tür stand offen.

Berger hielt das Küchenmesser im Anschlag und vom Lichtkegel weg. Er hörte Bloms Atem dicht hinter sich.

Das Erste, was sie sahen, war der Überwurf auf dem Sessel, der fast unnatürlich weiß leuchtete. Berger richtete die Taschenlampe darauf. Kein Geräusch war zu hören, nichts deutete auf die Anwesenheit eines anderen Menschen hin. Dann schwenkte er die Lampe zu dem Bett, auf dem ein ähnlicher Überwurf lag. Und sah die Konturen.

Es waren die Konturen eines Menschen. Es sah aus, als würde ein Mensch mit ausgestreckten Armen und Beinen auf dem Bett liegen. Als würde er unverdrossen versuchen, einen Schneeengel auf den weißen Untergrund zu malen.

Aber es war kein Mensch. Die Konturen hatten keine Tiefe. Berger spürte, wie seine Hand mit der Taschenlampe zitterte, als er näher heranging. Er berührte den Überwurf und fuhr die Konturen entlang. Sie waren wie auf den Stoff gemalt. Aber die Farbe war getrocknet.

Das Rot war noch vor ein paar Stunden bedeutend kräftiger gewesen. Mittlerweile war das Blut geronnen und getrocknet. Und hatte so die Kontur eines liegenden Menschen gezeichnet.

Berger hörte Blom hinter sich aufstöhnen. Der Mensch, der dort gelegen hatte, war definitiv nicht mehr am Leben.

Berger leuchtete durch das Zimmer, dann stieß er die Tür zur Abseite auf, das Messer nach wie vor im Anschlag. Die Abseite war so leer wie ein paar Stunden zuvor. Auch die Staubschicht war unberührt.

Sie gingen weiter ins nächste Schlafzimmer, wo das leere Bett jetzt noch nackter aussah und der Lattenrost noch deutlicher an Rippen erinnerte. Aber die schmale Tür zur Abseite hatte sich verändert.

Sie war angelehnt.

Beide hoben ihre Messer. Berger riss die Tür auf und leuchtete mit der Taschenlampe hinein. Auch hier war die Staubschicht weitestgehend unberührt. Aber irgendetwas war dennoch anders. Berger zählte die Koffer durch. Es waren nicht mehr vier, sondern nur noch drei.

»Einer der Koffer ist weg«, sagte er und ging rückwärts aus der Abseite. Blom hatte mittlerweile das Messer weggelegt und die Taschenlampe eingeschaltet, um das leere Zimmer zu durchsuchen. Offensichtlich hatte sie etwas in einer Ecke entdeckt, denn sie ging in die Hocke und schob sich hinter das Bettgestell.

Dann gab sie ein entsetztes Stöhnen von sich.

»Oh Gott!«

Berger lief zu ihr und ging neben Blom in die Hocke. Aber er konnte nicht sofort erkennen, was dort lag. Auf den ersten Blick sah es aus wie eine gestrandete Qualle.

Das Objekt lag auf einem Veloursteppich und hatte einen roten Ring um sich gebildet. Blom richtete die Taschenlampe direkt darauf.

»Verdammte Scheiße!«, entfuhr es Berger. »Ist das Haut?«

Blom zoomte mit dem Handy näher heran, dann konzentrierte sie sich auf einen Bereich, der eine andere Farbe hatte. Es sah aus wie eine Zeichnung.

Da erkannte Berger, was es war: eine kleine Kugelschreiberzeichnung.

Ein Kleeblatt.

Er sprang auf, und ein stechender Schmerz fuhr ihm durch den Kopf. Schnell schloss er die Augen, er befürchtete, das Bewusstsein zu verlieren. Unter seinen Lidern flimmerte ein sich geradezu hysterisch drehendes Mosaik.

Aber er wurde nicht ohnmächtig. Also öffnete er die Augen wieder. Und wie durch einen Schleier hindurch sah er in einigen Metern Entfernung einen Mann stehen. Er sah vollkommen wahnsinnig aus. Berger hob das Messer. Der Mann tat es ihm nach.

Es dauerte Sekunden, bis Berger sein Spiegelbild in der dunklen Fensterscheibe erkannte. Diese Sekunden verfolgten ihn noch lange in seinen Albträumen.

II

10

Donnerstag, 19. November, 10:02

Vollkommene Stille. Vollkommener Stillstand. Auf keinem der Monitore in dem eiskalten Zimmer ist eine Bewegung auszumachen. Nicht einmal der eisige Wind fegt über die Landschaft. Die vordere Hütte liegt so verlassen da wie die hintere.

Jetzt ist alles Warten. Es ist der Moment, in dem sich anderes erhebt. Andere Bilder. Innere Bilder.

Der Duft der Pinienbäume gesellt sich zu den Sommerstrahlen, die auf der Terrasse tanzen und das neblige Licht von der Morgendämmerung befreien. Durch den Dunst über dem Meer kann man die hohen Felsen in der Ferne erahnen. Eine schemenhafte Silhouette, die am Horizont über der stillen Meeresoberfläche schwebt.

Das ist das Haus. Das ist dieses Haus. Noch ein weiteres Mal in der Morgensonne auf der Terrasse sitzen zu dürfen und sehen zu können. Wirklich zu sehen. Jede Bewegung, jede Strapaze weist in diese Richtung. Es gibt einen Abgabetermin. Eine Deadline.

Das hier hat ein Ende. Ein gutes Ende.

Nicht aber die Einsamkeit. Sie wechseln Blicke, sie sehen einander, und für einen kurzen, kurzen Augenblick ist diese Grenze zwischen zwei Menschen nicht mehr absolut.

Aber das war nie real. Es hat nur im Traum stattgefunden. In den Bildern des Wartens. In den unzähligen Minuten, die verstreichen.

Es gibt ein Ziel. Es gibt einen Augenblick, in dem alles klar sein wird. Dann wird sich die Anspannung der letzten Monate lösen. Und dann wird es keine Einsamkeit mehr geben, das ist schon seit Langem vorbestimmt.

In diesem Augenblick taucht der Mann auf dem oberen Monitor auf, er hat die hintere Hütte verlassen und an die zehn Schritte zurückgelegt. Die Bilder des Wartens verklingen, die unbarmherzige Wirklichkeit kehrt zurück. Die dünnen Lederhandschuhe werden übergestreift. Das Bild wird herangezoomt.

Der Mann trägt eine weiße Windjacke und kämpft sich durch den Schnee. Nur die Silhouette des Mannes ist zu sehen. Wie ein Engel im Schnee.

Jetzt ist der Mann auf dem unteren Monitor zu sehen, er dreht den Kopf zur Seite und bleibt stehen, als würde er etwas sehen oder hören. Dann kommt die Frau ins Bild, auf dem oberen Monitor, und wird noch näher herangezoomt. Ihren Langlaufstil hat sie in den vergangenen Wochen nahezu perfektioniert. Unter der engen Skikleidung sind ihre Muskeln zu erkennen.

Sie ist es. Sie soll die Grenze zwischen zwei Menschen aufheben.

Aber dann klickt der Lederhandschuh auf den Joystick und wechselt den Monitor. Beide Gestalten sind jetzt auf dem unteren Bildschirm zu sehen. Ein Seufzen schwebt durch den eiskalten Raum. Tastatur, Entweihung.

Die andere Hand schreibt: »10:24: ♂ und ♀ erreichen die Hütte von ♀. Keine besondere Aktivität sichtbar. Die vermutete Zusammenarbeit wird initiiert.«

Die Hand beendet das Schreiben und legt eine Pistole des Modells Sig Sauer P226 auf den Tisch.

11

Donnerstag, 19. November, 10:02

Als Berger aufwachte, wirbelten die Traumsegmente noch wie ein Schneesturm durch sein Bewusstsein. Aber er konnte keine einzelne Schneeflocke erkennen, kein Muster. Das Einzige, was er sehr bewusst wahrnahm, waren die stechenden, pulsierenden Kopfschmerzen.

Er setzte sich auf, und zum ersten Mal registrierte er, wie klein die Hütte tatsächlich war. Auch der Schlafsack, in dem er lag, fühlte sich einengend an. Die Wände bedrängten ihn. Seine Hand streckte sich aus, um die Klinke einer Tür herunterzudrücken, die zur Toilette führte, aber ehe er die Klinke erreichte, wurde die Tür aufgestoßen und traf ihn an der Stirn. Erneuter Wirbel. Und ein fürchterliches Gebrüll, das ihm entgegenschlug – von außen, von dem Heizkessel, den man jetzt sehen konnte, und von innen, da sein Gehirn vollkommen durcheinandergeriet. Er lag auf dem Boden und sah, wie das Holzscheit Bloms Schläfe traf. Verzweifelt versuchte er, sich aufzurappeln, aber sein Kopf und sein Körper gehorchten ihm nicht. Er bekam einen zweiten Schlag und spürte, wie sein Bewusstsein sich verabschiedete. Mit letzter Anstrengung konzentrierte er sich auf das Gesicht des Angreifers, aber er konnte es nicht erkennen. Es war zu dunkel. Er sah nur das Holzscheit in der Hand der schwarzen Gestalt, die ein weiteres Mal auf ihn zukam. Dann wurde alles schwarz.

»Unvorbereitet«, hatte Deer gesagt. Er erinnerte sich an jedes ihrer Worte: »Ihr seid also in einen pechschwarzen Keller in einer einsamen Hütte gestiegen, deren Besitzerin der Polizei einen Stalker gemeldet hat? Und das *vollkommen unvorbereitet*?«

Dabei waren sie nicht zu Jessica Johnsson gefahren, weil die sich verfolgt fühlte, ihr Auftrag war ein anderer gewesen. Deshalb hatten sie diese Gefahr nicht beachtet, vor allem, weil Berger sich an Johnssons schwer einzuschätzender Persönlichkeit festgebissen hatte. Sie waren davon ausgegangen, dass sie es mit einer Verschwörungstheoretikerin zu tun hatten und der vermeintliche Stalker nur in ihrer paranoiden Fantasie existierte. Und als das in der Vernehmung nur zu offensichtlich geworden war, hatte sie die Wahrheit einfach gedehnt und verformt.

Deshalb hatte er selbst beschlossen, die Vernehmung zu beenden, statt gleich die Videokamera zu holen und ohne Pause fortzufahren. Er, ein Idiot, hatte eine *Hausbesichtigung* vorgeschlagen, bevor die Kugelschreiberzeichnung auch nur einmal angesprochen worden war.

Und jetzt gab es eine weitere.

Und die befand sich aller Wahrscheinlichkeit nach auf Jessica Johnssons abgetrennter Pobacke.

Der grenzenlose Schmerz, der Sam Berger jetzt überflutete, hatte nichts mit seinen Kopfschmerzen zu tun. Berger krümmte sich zusammen, weil er seine Inkompetenz erkannte und auch, was für ein jämmerliches Duo Molly und er abgaben. Sie waren von einem Irren ausgeschaltet worden, unfähig zu jeder Selbstverteidigung. Und außerdem auf der Flucht vor einer Rechtsprechung, die schon lange nicht mehr gerecht war.

Jetzt war er wieder in der Hütte, aber sie war leer. Vollkommen leer. Obwohl er selbst darin war.

Verzweifelt suchte er nach etwas, das ihn beruhigen könnte. Keine Medikamente, keinen Alkohol, das nicht. Er brauchte etwas, das sein verwüstetes Inneres wieder in Ordnung bringen konnte. Also öffnete er die Holzschatulle mit seinen Uhren, betrachtete die sechs Armbanduhren, die unverdrossen weitertickten, und wartete, bis sich die unbarmherzige Zeit veränderte und zu einem behutsamen, fast synchronen Ticken formte.

Erschöpft von der wahnsinnigen Wanderung durch die verschneite Winterlandschaft, schwindelig von den Schlägen auf den Kopf, zugrunde gerichtet von der gewalttätigen Raserei, mit der er überfallen worden war, brachte er dennoch die Kraft auf, jede einzelne Uhr neu zu stellen, auf das richtige Datum und die korrekte Uhrzeit. Das dauerte ausreichend lange. Und es verschaffte ihm die Ruhe, die er benötigte. Als hätten die kleinen Zahnräder nur darauf gewartet, die reale Zeit wieder einzuholen, um ihn mit trügerischer Milde Schritt für Schritt dem Tod näher zu bringen.

Er hielt sich die Schatulle ans Ohr, problemlos konnte er das Ticken der einzelnen Uhren unterscheiden: zwei IWC, zwei Rolex, eine Jaeger-LeCoultre, eine Patek Philippe.

Aber die Ruhe hielt nicht an. Er brauchte eine stärkere Quelle und nahm sein Handy aus der Tasche. Er öffnete sein Fotoarchiv und blätterte, bis er die richtigen Bilder gefunden hatte. Die Zwillinge in einem mit Huflattich bewachsenen Graben. Sie waren acht Jahre alt und trugen viel zu dicke Kleidung, Oscar lächelte, Marcus lachte. Es war das letzte Foto von ihnen, der Fixpunkt. Damals hießen sie auch noch nicht Babineaux mit Nachnamen. Sie wohnten noch nicht in Paris, und ihr leiblicher Vater glitt noch nicht langsam, aber sicher ins mitleidlose Reich des Vergessens. Für Sam Berger aber würden sie immer seine Polarsterne bleiben, *the still point of the turning world.*

Sie waren für ihn wie der Himmel, den er nie erreichen würde.

Denn er befand sich am Pol der Unzugänglichkeit. So weit

entfernt von anderen Menschen wie möglich. Am Tiefpunkt. Nullpunkt.

Schmerzpunkt.

Er sah aus dem Fenster in das unendliche Weiß. Leere, eine Welt ohne Eigenschaften. So wie Sam Berger als Vater. Marcus und Oscar hatten jetzt einen anderen Vater, einen Franzosen. Wahrscheinlich war es äußerst einfach gewesen, Sam Berger zu ersetzen.

Die Vaterrolle unterschied sich so elementar von der Rolle des Polizisten. Der Polizist Sam Berger war ein besserer Vater als der Mensch Sam Berger.

Er musste wieder Polizist werden, das war seine einzige Chance, auch wieder ein Mensch zu werden. Er vermisste seine Söhne so sehr, dass sein ganzer Körper schmerzte. Und dieser Schmerz war größer als die Schmerzen von der Gehirnerschütterung und qualvoller als das Gefühl des beruflichen Scheiterns. Er vermisste die beiden, ihr Lachen, ihre Streiche, ihre Lebendigkeit. Jetzt war er nicht mehr Teil des Lebens eines anderen Menschen. Er war ein Einzelgänger, ein gescheiterter Einzelgänger.

Den Molly Blom gerettet hatte. Ihr war es gelungen, sie aus dem Schussfeld der Säpo zu ziehen, die sie in ihr Versteck getrieben hatte. Und er hatte ihr vertraut. Das glaubte er zumindest, auch wenn seine Erinnerung ziemlich verschleiert war seit dem Moment, in dem er Cutter im Bootshaus gefunden hatte. Über zwei Wochen war er mehr oder weniger bewusstlos gewesen. War das überhaupt möglich?

Aber er hatte keine andere Wahl, er *musste* Blom vertrauen. Sie war sein letzter Strohhalm.

Entschlossen stand er auf, warf sich die Jacke über, entschied sich für die Patek Philippe und zog sich die unförmigen Schneestiefel an. Sein Blick fiel auf sein Spiegelbild. An den irren Bart hatte er sich schon gewöhnt, aber seine Frisur sah vollkommen anders aus. So asymmetrisch, er wandte sich ab. In der Nacht musste er wie ein Wahnsinniger geschwitzt haben.

Er öffnete die Tür. Vor ihm nichts als Schnee.

Das war das schwedische Inland. So öde und verlassen.

Eine Welt ohne Zeichen, ohne Orientierung.

Er zog die weiße Windjacke enger um seinen Körper und folgte dem kleinen Pfad durch den Schnee. Wenigstens hatte es in den letzten Stunden, die er halb tot in seiner Hütte verbracht hatte, nicht geschneit. Kurz darauf tauchte Bloms Hütte vor ihm auf. Sie wirkte merkwürdig verlassen.

Da bemerkte er eine weiße Gestalt, die sich schnell über den Schnee auf ihn zubewegte. Für einen Moment irritierten ihn die eckigen Bewegungen, bis er begriff, dass die Person auf Langlaufskiern unterwegs war.

Sie erreichten die Hütte fast zeitgleich. Blom schnallte sich die Skier ab.

»Sieh mal einer an«, sagte Berger.

»Mit irgendetwas musste ich mich doch beschäftigen, während ich darauf gewartet habe, dass du dich erholst«, schnaufte Blom. »Die Satelliten können Skispuren nicht erkennen.«

»Aber ich habe sie gestern auch nicht gesehen.«

»Du siehst nicht alles, was mit mir zu tun hat.«

»Das ist mir mehr als bewusst«, erwiderte Berger schlicht, um das Lied der Anspielungen und Untertöne nicht zu laut werden zu lassen.

Blom öffnete eine kleine Tür neben dem Eingang. Dahinter verbarg sich eine sehr kleine Abseite, die ausschließlich für Skier gedacht sein musste.

»An deiner Hütte gibt es auch so einen Verschlag«, erklärte Blom und ging zur Haustür.

»Mit oder ohne Skier?«, fragte Berger.

»Mit.« Blom lachte und betrat ihr Kabuff.

Der Rechner war eingeschaltet. Berger sah, dass Blom den Monitor mit Deers Satellitentelefon verbunden hatte.

»Du warst also Ski laufen«, sagte Berger. »Keine Probleme mit dem Kopf?«

Blom strich sich über die weiße Skimütze.

»Doch, ich hatte schon ein bisschen Angst, ich könnte eine Schädelfraktur haben, Risse in der Schädeldecke oder so.«

»Und als Reaktion auf diese Angst hast du dich auf Skiern in die Einöde aufgemacht? Stell dir vor, du wärst ohnmächtig geworden. Du wärst erfroren. Und dann hätte der Halbelf-Uhr-Satellit deinen toten Körper entdeckt.«

»Ich musste mich bewegen«, entgegnete Blom mit blau gefrorenen Lippen.

Berger schüttelte den Kopf und zeigte auf den Rechner. »Deer hat doch gesagt, wir sollen die Finger von dem Fall lassen.«

Blom antwortete nicht. Sie zog sich die dicken Handschuhe aus und strich mit ihren verschwitzten Fingern über das Touchpad. Das Bild eines Menschen erschien.

Es war Jessica Johnsson.

Berger hatte das Gefühl, einer Toten von Angesicht zu Angesicht gegenüberzustehen.

Und doch war es nicht einmal einen Tag her, dass er ihr gegenübergesessen hatte, allerdings war sie da lebendig gewesen. Dieser überraschend scharfe und gleichzeitig unverbindliche Blick, das leise Lächeln in den Mundwinkeln. Und dazu diese unbeirrbare Widerspenstigkeit.

»Ich habe große Lücken in ihrer Biografie gefunden«, sagte Blom, zerrte sich die Windjacke vom Körper und setzte sich.

Berger zog sich den anderen Stuhl heran. Blom scrollte durch eine Datei.

»Geboren 1980«, sagte sie und zeigte auf die betreffende Stelle. »Alles sieht nach einer ganz normalen Kindheit in Rågsved aus. Keine Auffälligkeiten, keinen Kontakt mit der Polizei. Krankenpflegeschule und danach eine Ausbildung zur Krankenschwester. Während der Ausbildung hat sie den ganzen Sommer über im Krankenhaus gejobbt, Nachtwachen in der Psychiatrie und in der Langzeitpflege.«

»Also ein stringenter Lebenslauf bis zum fünfunddreißigsten Lebensjahr?«

»Mit achtzehn oder neunzehn war sie ein Jahr lang in den USA. Aber es ist nicht klar, wo und was sie dort gemacht hat. Wohl so eine Art Sabbatjahr. Danach hat sie ihre Ausbildung begonnen und anschließend ein paar Jahre im St.-Görans-Krankenhaus gearbeitet, in einer Art Pflegeeinheit. Aber dann geschieht etwas, wie ich herausgefunden habe, während du deinen Schönheitsschlaf gehalten hast.«

»Nicht einmal meine Mutter würde das als Schönheitsschlaf bezeichnen«, brummte Berger. »Was geschieht?«

»Das habe ich allerdings nicht in der Akte gefunden, die uns Rosenkvist gegeben hat. Ich musste einen anderen Weg gehen. Mit etwa fünfundzwanzig trifft Jessica Johnsson, wie es so schön heißt, ›den falschen Mann‹. Er heißt Eddy Karlsson und scheint ein Vollblutfixer und hundertprozentiger Psychopath zu sein. Das ist etwa zehn Jahre her. Sie hat ihn wegen Körperverletzung angezeigt. Er bekam Besuchsverbot. Es kommt zu weiteren Zwischenfällen, auch eine Anzeige wegen Vergewaltigung wird aufgenommen, und die Polizei von Söderort macht sich auf, um Eddy Karlsson festzunehmen. Danach ist Funkstille.«

»Funkstille?«

»Eddy Karlsson hat ein Polizeiregister von hier bis Südschweden, aber damals, vor zehn Jahren, fuhr er nicht in den Bau. Er verschwand von der Bildfläche. Die Polizei vermutet eine Flucht unter falscher Identität ins Ausland.«

»Und ich nehme an, dass sich die Lücke in Jessica Johnssons Biografie genau an dieser Stelle offenbart?«

»Ganz genau. Ein klassischer Fall von Opferschutz.«

»Aber irgendwann hat sie ihre wahre Identität wieder angenommen? Das muss ja bedeuten, dass Eddy Karlsson gestorben ist und sie sich zurück in ihr richtiges Leben gewagt hat. Dann kann dieser Eddy also nicht unser Mann mit dem Holzscheit sein. Und es war nicht Eddy, vor dem sie nach Porjus geflohen ist und sich in dem verlassenen Haus in Lappland versteckt hat.«

Blom sah ihn eine Weile mit gerunzelten Augenbrauen an.

»Willkommen zurück! Schön, dass du wieder dabei bist.«

»Keiner von uns beiden ist zurück und dabei«, polterte Berger los. »Nicht nach diesem Scheißkeller. Wie konnte uns das passieren, wie konnten wir so wenig auf einen Angriff vorbereitet sein?«

»Ist es dir denn nicht in den Sinn gekommen, dass wir auch wegen deiner Desiré Rosenkvist unvorbereitet waren? Dass sie dafür gesorgt hat, dass wir nicht vorbereitet waren?«

Jetzt musste Berger sich beherrschen. Er starrte sie einen Moment an.

»Was redest du da?«

»Die Säpo jagt uns!«, entgegnete Blom. »Wir können von ihrer Seite durchaus mit etwas unorthodoxen Methoden rechnen. Und wenn wir neutral an die Sache hätten herangehen können, ohne die Information, Jessica sei eine Spinnerin, dann hätten wir uns doch bei der Durchsuchung des Kellers ganz anders benommen, oder?«

»Aber wenn Deer für die Säpo arbeiten würde, hätten wir doch niemals den Auftrag bekommen. Dann hätten die uns bei unserem inoffiziellen Treffen in Kvikkjokk einfach einkassiert. Außerdem wäre Deer dort gar nicht aufgetaucht, sondern nur *fucking* Kent und *fucking* Roy wären erschienen.«

»Also gut, zurück zu Eddy Karlsson«, sagte Blom. »Du hast richtig geraten, er ist tatsächlich tot, vor vier Jahren an einer Überdosis gestorben. Niemand hatte mitbekommen, dass er wieder nach Schweden zurückgekehrt war, aller Wahrscheinlichkeit nach aus Thailand.«

»Und kurz darauf wurde Jessica Johnsson wiedergeboren?«

»Die in der Versenkung verschwundene Sozialversicherungsnummer taucht wieder auf, genau. Allerdings ohne jedes Einkommen. Jessica ist arbeitslos, und ich habe keine Ahnung, wie sie über die Runden kommt. Es gibt keinen Vermerk über Beihilfe, Sozialhilfe, Arbeitslosengeld, nichts. Und doch ist die erste Aktivität in Verbindung mit der wiederbelebten Sozialversicherungsnummer ein Hauskauf. In bar.«

»Porjus?«

»*Yes.*«

»Kaum ist die Bedrohung überstanden, geht sie in die Isolation? Ist das nicht paradox?«

»Vielleicht hat sie ja die Wahrheit gesagt. Eventuell wollte sie wirklich ›den Menschen im Allgemeinen‹ entkommen«, meinte Blom.

»Aber den Eindruck hatten wir bei unserer Vernehmung nicht, oder?«

»Nein, stimmt. Sie hat jemanden kennengelernt. Wahrscheinlich in der Zeit im Opferschutzprogramm, aber darüber Informationen zu bekommen ist schwer.«

»Aber nicht unmöglich.«

»Nicht, wenn wir es wagen, uns auf dies hier zu verlassen«, sagte Blom und tippte auf das Satellitentelefon.

»Du meinst, auch wenn Deer eventuell dafür gesorgt hat, dass wir *unvorbereitet* waren?«, erwiderte Berger ärgerlich. »Wie ich es auch drehe und wende, das ergibt keinen Sinn. Es wäre viel zu kompliziert und umständlich. Es würde heißen, dass es der Säpo gelungen wäre, Deer mit Beförderungen und Versprechungen für sich zu gewinnen und sie dazu zu bringen, uns diesen komischen Auftrag zu erteilen und dafür zu sorgen, dass wir unvorbereitet in diesen Keller laufen, damit wir von einem Killer im beschissenen Porjus umgebracht werden. Nein, ehrlich, das ist doch irre.«

Blom zuckte mit den Schultern.

»Ich habe einfach das Gefühl, dass nichts so ist, wie es scheint.«

Berger biss sich auf die Zunge und schüttelte den Kopf.

»Wenn wir dem Satellitentelefon vertrauen, komme ich an die Archive heran«, fuhr Blom fort. »Der Zugang stammt noch aus meiner Zeit als Undercoveragentin und ist total sicher. Wir bauen deinen Rechner auf und verbinden ihn damit. Und dann gehen wir der Sache richtig auf den Grund. Einverstanden?«

Berger riss sich zusammen und nickte.

12

Donnerstag, 19. November, 13:47

Das Bild wackelt, dann witscht die Ansicht eines ziemlich unordentlichen Wohnzimmers vorbei. Schließlich wird auf einen kleinen Jungen gezoomt, der ein paar Meter entfernt steht. Er trägt Jeans und einen gelben Pullover mit einer Banane darauf. Auf wackligen Beinen richtet er sich auf und stützt sich dabei auf einem Buchstapel ab. Aber er steht. In einer Hand hält er ein Bilderbuch. Er dreht sich zur Kamera und lächelt, als würde er ein Geheimnis kennen. Eine milde Frauenstimme fragt: »Willst du das Buch über die Tiere lesen, Rasmus?« Und der Junge macht einen Schritt auf sie zu, dann noch einen, das Buch fest in der Hand. Er schwankt, findet aber das Gleichgewicht wieder. Noch fünf Schritte, dann wirft er sich nach vorn auf ein Sofa, das plötzlich ins Bild kommt. Zwei Frauenarme fangen ihn auf, und dieselbe Stimme jubelt: »Das waren deine ersten Schritte, Rasmus. Das war super.« Während der Junge auf den Schoß gehoben wird, schlägt er das Buch auf und sagt: »Lesen Tiere.« Erst jetzt sieht man das Gesicht der Frau, sie lächelt und wischt sich Tränen aus den Augen. Ihre Wangen sind gerötet, ihr braunes Haar ist relativ kurz geschnitten. Der Junge sieht sie erwartungsvoll an und wiederholt seine Aufforderung, »Lesen Tiere«, aber die Frau ist wie versunken in seinen Anblick. Sie umarmt ihn zärtlich, und seine kleine Hand lässt das Buch für einen Augenblick los und legt sich auf ihr Haar.

Sie lacht, aus tiefstem Herzen glücklich, was auch ihn zum Lachen bringt. Ihr Lachen verbindet sich zu einem gemeinsamen Lied. Die Frau gibt dem Jungen einen innigen Kuss auf die Wange, dann friert das Bild ein.

»Bist du bereit für die nächste Sequenz?«, fragte Berger.

»Eigentlich nicht«, antwortete Blom.

Das Bild des innigen Mutterkusses und der runden Kinderwange weicht einem neuen, vollkommen anderen. Ein Graben, grün, dunkel, feucht. Der Körper einer Frau, die mit der Hand den Griff eines umgestürzten Kinderwagens umklammert. Der kleine gelbe Pullover, auf dem noch vage die Banane zu erkennen ist, ist keineswegs mehr gelb.

»Oh Gott«, stöhnte Blom. Während Berger das Bild näher heranzoomte, lief ihm eine Träne über seine linke Wange. Er wischte sie nicht weg.

»Das war Deers und mein erster gemeinsamer Fall«, sagte er mit gepresster Stimme. »Wir waren aber nur marginal beteiligt. Allan Gudmundsson war einer der drei Hauptverantwortlichen, die unter Staatsanwalt Ragnar Ling tätig wurden. Aber ich erinnere mich noch wie heute an diesen Kontrast. Dieser nahtlose Übergang. Zuerst Rasmus Gradéns erste Schritte im Alter von vierzehn Monaten, die grenzenlose Begeisterung seiner Mutter Helena und ihre überschäumende Liebe – und dann die beiden verstümmelten Leichen im Graben. Das habe ich bis heute nicht richtig verarbeitet.«

»Wurde die Mordwaffe gefunden?«, fragte Blom und übernahm das Zoomen.

»Nein, man hat sie nie sichergestellt«, antwortete Berger und zeigte auf den Monitor. »Aber in diesem Menschenbrei hat man kleine Holzsplitter gefunden. Birke.«

»Birke? Wie von einem … Holzscheit?«

»Eventuell, ja. Solche Holzsplitter wurden auch in der Hütte gefunden.«

»Kannst du mir mehr von dieser Hütte erzählen?«

»Ganz neu errichtet, nicht professionell, aber sehr gut verborgen in den Tiefen der Wälder bei Orsa. Sie lag ziemlich genau auf halber Strecke zwischen dem Fundort der Leichen und dem Aufenthaltsort der Wohngruppe, mit der Karl Hedblom unterwegs war. In der Hütte wurden Blutspuren von Helena Gradén und ihrem Sohn gefunden. Und Hedbloms DNA wurde anhand von Hautpartikeln identifiziert. Zu diesem Zeitpunkt gab es keinen Zweifel, dass wir den Täter gefunden hatten.«

»Ich werde mir die Ermittlungsakte durchlesen, aber kannst du mir einen kurzen Überblick geben? Warum wurde der Vater verdächtigt?«

»Emmanuel Gradén.« Blom nickte. »Es gab einige Ungereimtheiten darüber, warum die Mutter allein mit ihrem Sohn zum Einkaufen aufgebrochen war. Der Vater wehrte sich nicht gegen die Verdächtigungen, sie interessierten ihn überhaupt nicht. Sein Leben war zerstört worden.«

»Wirklich?«

»Offensichtlich. Ein halbes Jahr später hat er Selbstmord begangen, da war Karl Hedblom schon längst verurteilt. Gradén bohrte ein Loch in den Orsasee und versenkte sich darin mit fünfzig Kilo Blei am Körper.«

»Mit Blei?«

»Ein paar Wochen vor seinem Tod hatte er seinen Bruder in Skellefteå besucht. In der Schmelzhütte Rönnskärsverken in Skelleftehamn hatte er sich das Blei gekauft. Das war alles minutiös geplant.«

»Seine Leiche wurde also gefunden? Und die Polizei war sicher, dass es sich um Emmanuel Gradén handelte?«

»Ich weiß, worauf du hinauswillst. Aber ja, ein DNA-Test hat es bestätigt.«

»Sonst hätte man sich ja vorstellen können, dass er mit seiner eigenen Familie anfing, auf den Geschmack gekommen ist, weitergemacht hat und acht Jahre später zu Jessica Johnssons Mörder mutierte. Der Mann im Heizungskeller. Aber gut. Was meintest du vorhin mit Ungereimtheiten?«

»Sie hatten sich gestritten«, erklärte Berger. »An jenem Tag hatte das Ehepaar Gradén eine ernste Auseinandersetzung. Helena Gradén hatte sogar eine Freundin angerufen und ihr anvertraut, dass Emmanuel sie angeschrien und behauptet habe, dass Rasmus gar nicht sein Sohn sei.«

»Echt? Dann war er natürlich vom ersten Tag an der Hauptverdächtige.«

»Die Freundin meldete sich erst Tage nach der Tat, sie hatte irgendwelche Probleme mit dem Handy gehabt. Aber danach stand Gradén im Fokus, ja. Für einige Wochen.«

»Wissen wir denn, ob er Rasmus' Vater war?«

»Als dieser Verdacht aufkam, wurde sofort ein Vaterschaftstest gemacht. Und er war der Vater. Dass ausgerechnet dieser ungerechtfertigte Vorwurf seine letzten Worte an seine Frau waren, hat ihm wahrscheinlich den Rest gegeben.«

Blom nickte.

»Was ist denn über den Tathergang bekannt?«, fragte sie weiter.

Berger seufzte.

»Das ist acht Jahre her, aber meinetwegen, ich versuch es. Also, Helena Gradén hat am 18. Oktober um Viertel nach eins das Haus verlassen und wurde am Morgen des 20. kurz nach neun Uhr von einer Suchmannschaft gefunden, die gerade ihre Aktion beendet hatte. Die Mannschaft war nur sechs Stunden zuvor, mitten in der Nacht, an derselben Stelle vorbeigekommen. Da hatte noch keine Leiche im Graben gelegen. Und sie sind nicht am Fundort gestorben. Aber die Obduktion hat ergeben, dass sie nach ihrem Verschwinden noch etwa vierzig Stunden am Leben waren. Wahrscheinlich in der Hütte. Beide Opfer starben an vorsätzlicher Körperverletzung mit Todesfolge.«

»Suchmannschaft? Wann wurde die denn eingesetzt? Wie konnten die diese Hütte übersehen?«

»In der Tat wurde da geschlampt, aber die Wälder von

Orsa sind auch tief und undurchdringlich, das darf man nicht unterschätzen.«

Blom nickte. »Wie ist man denn auf Karl Hedblom gestoßen?«

»Durch die Mitarbeit von Psychologen«, sagte Berger. »Niemand hatte Kenntnis darüber, dass sich eine Wohngruppe aus Falun in der Gegend aufgehalten hatte. Sie waren schon wieder abgereist, ehe andere Verdächtige als der Ehemann in Betracht gezogen wurden. Daher wurde die Wohngruppe erst nach einiger Zeit einbestellt und vernommen. Man suchte nach einem bestimmten Muster der Persönlichkeitsstörung – Hass und wiederholte Gewalt gegen Mütter und Kleinkinder –, und die größte Übereinstimmung mit so einem Profil hatte der vierundzwanzigjährige Karl Hedblom. Als herauskam, dass er zum fraglichen Zeitpunkt in Orsa gewesen war, nahm man eine DNA-Probe. In der Hütte war ja auch Material gefunden worden, das dann tatsächlich mit Hedbloms übereinstimmte. Der Rest war Verhörtaktik.«

»Gab es zu irgendeinem Zeitpunkt noch weitere Verdächtige außer Emmanuel Gradén?«

»Eigentlich nicht. Aber es gab sehr viele Vernehmungen.«

»Und du hast also mit Rosenkvist einige dieser Vernehmungen durchgeführt? War niemand dabei, der besonders auffällig gewesen ist?«

»Ich glaube, die Polizei hat praktisch die Hälfte der Bevölkerung von Orsa vernommen. Deer und ich haben mindestens zwanzig Leute verhört, vielleicht dreißig. Anwohner, Nachbarn und Arbeitskollegen des Ehemannes, andere aus der Wohngruppe, Personen, die morgens in der Nähe vorbeigefahren sind, Lkw-Fahrer und so weiter.«

»Aber ihr wurdet zu den Ermittlungen hinzugezogen, als Emmanuel Gradén schon als Hauptverdächtiger gestrichen war?«

»Soweit ich mich erinnere, ja. Er spielte kaum noch eine Rolle. Deer hatte ihr Hauptaugenmerk auf die Kugelschreiberzeichnung gerichtet, das Kleeblatt, während ich mich um die Hütte kümmerte. Also wer hatte sie gebaut, hatte jemand diese Tat von langer Hand geplant? Wer hätte sie bauen können?«

»Und von allen Vernehmungen gibt es Abschriften in den Ermittlungsakten?«

»Müsste es, ja. Aber dann ebbte das Interesse ab. Ich war dabei, als Allan das ausschlaggebende Verhör mit Karl Hedblom führte, in dem der sich für schuldig erklärte. Ich war Allans Beisitzer, habe aber kein Wort gesagt, glaube ich.«

Sie schwiegen eine Weile.

»Hast du noch was über Lisa Widstrand herausbekommen?«, fragte Berger schließlich.

»Sie war eine Prostituierte aus Göteborg. Vor fünf Jahren wurde sie brutal misshandelt und kurz vor der Buchmesse im September in den Gothia Towers gefunden. Ihre Leiche lag in einem Zimmer, das auf ihren Namen gebucht und bar bezahlt worden war. Es gab keine Angehörigen, und die Betreiber des Hotels hatten kein Interesse an negativen Schlagzeilen, deshalb wurden auch keine Informationen an die Medien weitergegeben. Aber das Kleeblatt ist Fakt. Das Einzige, was ich nicht finden konnte, ist der Artikel in der Lokalpresse, auf den Jessica Johnsson in ihrem Brief verweist. Auf der anderen Seite gibt es bestimmt zahlreiche Lokalzeitungen, deren Redaktionen seitdem geschlossen wurden und zu deren Archiven ich keinen Zugang habe.«

»Es kann sich auch um einen Trittbrettfahrer handeln«, gab Berger zu bedenken. »Jemanden, der damals über die Verurteilung von Karl Hedblom in der Zeitung gelesen hat und so von dem Kleeblatt auf dem Gesäß erfuhr.«

»Klar.«

»Gab es noch andere Übereinstimmungen zwischen den Frauen?«

»Rein äußerlich eine gewisse Ähnlichkeit, das schon. Aber sonst nichts. Es besteht doch eine große Diskrepanz zwischen einer Grundschullehrerin und Mutter aus Orsa und einer alkoholabhängigen Prostituierten aus Göteborg.«

»Aber stimmt die Todesursache überein?«

»Ja, zumindest ist sie ähnlich. Stumpfe Gewalteinwirkung, Quetschungen am Körper, vor allem im Gesicht, und Schnittverletzungen. Aber zum Glück wurde kein Kind getötet.«

»Hatte Lisa Widstrand denn Kinder?«

»Ich habe keine Hinweise darauf gefunden. Und Jessica Johnsson ist auch kinderlos. Oder war.«

»War«, wiederholte Berger. »Es deutet alles darauf hin, dass sie umgebracht wurde, während wir im Haus waren.«

»Wir müssen nach vorn sehen«, sagte Blom. »Schuldgefühle und Reue führen nur zu Stillstand. Rosenkvist hat zwar gesagt, dass sie uns von diesem Fall abzieht, aber es würde mich nicht überraschen, wenn sie eine heimliche Parallelermittlung begrüßen würde. Sie vertraut dir.«

»Als einzigem Menschen im Universum«, knurrte Berger.

Blom sah ihn schräg von der Seite an.

»Es ist jetzt zwei Uhr. Die Kriminaltechniker sind bestimmt schon fertig in Porjus. Wollen wir sie mal anrufen?«

Berger musterte Blom. Aber er konnte keine andere Triebkraft entdecken als die einer ermittelnden Polizistin. Sie wollte diesen Fall um jeden Preis lösen und den Mann fassen, der ihr einen Holzscheit über den Kopf gezogen und in ihrer Gegenwart eine Frau ermordet hatte. Hintergedanken oder eine andere Absicht konnte er nicht erkennen.

Allerdings wusste er auch, dass gerade Molly Blom eine Expertin darin war, ein Pokerface zu wahren.

Er nickte. Natürlich wollte er ebenfalls von Deer wissen, wie die Ermittlungen voranschritten. Auch er hatte ein sehr großes Interesse daran, diesen Mann zu erwischen, der sie beide mit einem Holzscheit niedergestreckt hatte. Aber in erster Linie wollte er wieder Polizist sein und von einem Fall absorbiert werden, um sein leeres Inneres zu füllen.

»Am besten machst du das«, sagte Blom und reichte ihm das Satellitentelefon.

Das war ein Durchbruch in ihrer Beziehung.

13

Donnerstag, 19. November, 14:09

Nach dem zehnten Klingelsignal war Berger gerade im Begriff, das Satellitentelefon wieder auf den Tisch zu legen, als eine laute Stimme aus dem Lautsprecher rief: »Was bitte habe ich über diese Ermittlung und eure Rolle dabei gesagt?«

»Dass wir auf keinen Fall damit in Verbindung gebracht werden dürfen!«, antwortete Berger. »Und? Haben die eine Spur von uns gefunden?«

Deer seufzte.

»Noch nicht. Ihr habt ordentlich hinter euch aufgeräumt und geputzt. Aber es war vorher schon sorgfältig sauber gemacht worden.«

Blom lehnte sich vor, und Berger hielt das Telefon so, dass sie mithören konnte. Sie nickte, und Berger verstand den Hinweis sofort.

»Johnsson hat uns Tee angeboten«, erzählte er Deer. »Und später waren die Teebecher abgespült. Es war aber tatsächlich schon sehr sauber, als wir kamen. Das stimmt. Wir haben auch die hintersten Ecken in der Küche überprüft. Und was ist mit dem Badezimmer? Da findet man doch in der Regel die meisten DNA-Spuren.«

»Ich werde deine forensischen Insiderinformationen an Robin weiterleiten«, entgegnete Deer spöttisch. »Vorläufige Ergebnisse zeigen, dass wir tatsächlich nur dort verwertbare DNA gefunden haben, unter anderem in der Zahn- und

Haarbürste, die aller Wahrscheinlichkeit nach mit der DNA des Blutes übereinstimmt. Von Jessica Johnsson haben wir keine Daten gespeichert, aber die beiden Proben stammen eindeutig von derselben Person.«

»Und was ist mit dem Heizkesselraum? In dem sich der Täter versteckt hat?«

»Robin hat gerade damit begonnen. Seine erste Reaktion war, dass es in Heizkesselräumen normalerweise wesentlich schmutziger ist als in diesem.«

»Jessica Johnsson hatte gesagt, dass sie seit Jahren nicht mehr dort unten gewesen ist«, berichtete Berger.

»Entweder hat sie gelogen«, erwiderte Deer, »und sie wollte verbergen, dass sie einen Putzzwang hat – was ganz gut zu den paranoiden Persönlichkeitszügen passen würde –, oder der Täter hat den Tatort gereinigt. Was am wahrscheinlichsten ist.«

»Aber dann wohl vor der Tat, oder? Immerhin hatte er im Keller zwei vermeintliche Polizisten an Heizungsrohre gefesselt und war dabei, einen scheußlichen Mord zu begehen. Ich kann mir kaum vorstellen, dass er danach noch in aller Seelenruhe sauber gemacht hat.«

Deer seufzte, eindeutig noch tiefer als zuvor.

»Da seht ihr mal, wohin ihr mich gebracht habt«, platzte es dann aus ihr heraus. »Jetzt sitze ich hier mit einem verdammten Fall, von dem ich viel mehr weiß als die ermittelnden Beamten, ihnen aber nicht sagen kann, dass der Täter im Heizkesselraum auf euch gewartet hat. Das ist wie bei deinem Ellen-Savinger-Fall, Sam. Aber im Gegensatz hierzu war das wirklich dein Fall.«

»Aber das hast du dir selbst eingebrockt, genau wie ich damals, Deer. Du hast uns hinzugezogen, nicht andersherum. Mach dir das zum Vorteil, und sieh zu, dass du denen immer einen Schritt voraus bist. Dann können wir dieses Schwein vor den anderen fassen, und du bekommst die Lorbeeren.«

»Klar, ihr seid mir bisher auch wirklich eine große Hilfe gewesen ...«

»Wenn er den Heizkesselraum geputzt hat, war er auch derjenige, der das Haus geputzt hat«, sagte Berger. »Und er muss es so getan haben, dass Jessica Johnsson es nicht bemerkt hat, als sie nach Hause kam. Das war unglaublich detailliert geplant. Und dann nimmt er ein Holzscheit als Mordwaffe. Das kann man dagegen nur als Notlösung bezeichnen.«

»Doch, auch das kann passen. Es ist konsequent.«

»Du denkst an ...?«

»Und das hast du auch, Sam. Ich denke an Orsa und Helena Gradén, und ich denke an Allan Gudmundssons Verhör von Karl Hedblom.«

»Können wir mit ihm sprechen?«

»Allan? Ja, das sollte schon machbar sein. Es hat sich nämlich herausgestellt, dass sein Bridgeturnier doch nicht auf Tahiti, sondern auf Frösön stattfindet.«

»Ich meine nicht Allan«, seufzte Berger. »Können wir mit Karl Hedblom sprechen und uns als NOA-Leute ausgeben?«

»Er sitzt in der größten geschlossenen Psychiatrie Schwedens, in Säter. Ich weiß ja nicht genau, wo ihr euch aufhaltet, aber ich bin mir sicher, dass es ziemlich weit ist dorthin.«

»Ungefähr tausend Kilometer quer durchs Land«, sagte Berger. »Wir können morgen früh bei ihm sein.«

Er warf Blom einen kurzen Blick zu, die zu seiner Überraschung nicht einmal die Andeutung eines Protestes zeigte.

»Außerdem wissen wir doch noch gar nicht, ob das Holzscheit die Mordwaffe war«, knurrte Deer. »Wir wissen nur, dass ein sehr scharfes Messer benutzt wurde, um das Gesäß abzutrennen. Was nach einer ersten Einschätzung post mortem geschehen ist. Die Blutmenge auf dem Bettlaken deutet allerdings darauf hin, dass das Messer bereits eingesetzt wurde, als Jessica Johnsson noch lebte.«

»Das ist also wirklich eine Arschbacke gewesen? Ich muss kotzen ...«

»Das Messer haben wir noch nicht gefunden. Auch das Holzscheit nicht. Wofür ihr dem Himmel danken könnt. Denn das ist auf jeden Fall mit dem Blut von zwei Exbullen getränkt.«

»Wisst ihr schon, wann er ins Haus eingedrungen ist?«

»Da wir mit den Ermittlungen noch am Anfang stehen, gibt es keinen *er*. Aber wir wissen, dass Jessica Johnsson gestern zwischen zehn Uhr vormittags und ein Uhr mittags in drei Läden gewesen ist und in Porjus einen Happen gegessen hat.«

»Und wir waren gegen drei Uhr bei ihr ...«

»Aber das wissen *wir* nicht. Das wisst nur *ihr*.«

»Mir ist klar, dass es schwer ist, nichts sagen zu dürfen, Deer.«

»Das Haus liegt etwa zehn Kilometer außerhalb von Porjus«, fuhr Deer fort. »Sie wird also gegen zwanzig vor zehn aufgebrochen und gegen zwanzig nach eins zurückgekommen sein. Demnach war das Haus gut dreieinhalb Stunden lang leer. In der kurzen Zeit, in der es da oben überhaupt hell wird. Sie hat sich vor eurem Eintreffen also anderthalb Stunden in einem DNA-gesäuberten Haus mit einem Mörder im Keller aufgehalten, ohne etwas zu bemerken.«

»Ist sie mit dem Auto gefahren?«, fragte Berger. »Hat sie überhaupt ein Auto?«

»Ja, die Garage ist eine Doppelgarage. Ihr Ford Fiesta steht auch noch dort. Aber der zweite Garagenstellplatz ist der weitaus interessantere. Wenn ihr euch wie Polizisten verhalten hättet, wäre euch das zweite Fahrzeug aufgefallen. Dann hättet ihr unter Umständen eine eurer illegalen Waffen mitgenommen, die ihr selbstredend besitzt. Damit hätte das alles verhindert werden können. Und Jessica Johnsson wäre noch am Leben.«

»Du hast vollkommen recht. Wir hätten in der Garage

nachsehen müssen«, gab Berger zu. »Offensichtlich sind wir ein wenig eingerostet.«

»Ihr seid überhaupt keine Polizisten!«, brüllte Deer. »Ihr macht das hier doch nur aus Nostalgie, damit ihr euch Gutenachtgeschichten erzählen könnt. Ich habe keinerlei Verwendung für euch, Sam. Zieht euch die Decke wieder über den Kopf.«

»Was ist mit dem zweiten Auto?«

»Die Blutspur führt vom Haus direkt dorthin, wie ihr berichtet habt. Auch die Spuren von einem Koffer, der in Abständen abgesetzt werden musste, weil er zu schwer war. An den Stellen wurden auch immer wieder Blutspuren sichergestellt. Die Größe der Abdrücke entspricht den drei Koffern in der Abseite, die übrigens allesamt leer waren. Die letzte Blutspur findet sich auf dem Betonboden der Garage und endet dort abrupt. Wahrscheinlich ist der Koffer ins Auto gehoben worden. Von diesem Wagen haben wir Reifenspuren gefunden, die auf einen kleineren Kastenwagen hindeuten, einen VW Caddy oder etwas in der Art, und eventuell auch Lackspuren. Vielleicht hat der Wagen die Garagenwand beim Rückwärtsausparken touchiert. Leider finden sich auch andere Reifenspuren, welche Robin zu folgender Aussage veranlassten: ›Wenn das kein Jeep ist, dann schlürfe ich ein halbes Jahr lang Botulinumtoxin.‹ Ich habe keine Ahnung, was das ist, aber ich frage mich, ob die Herrschaften unter Umständen einen Jeep fahren.«

»Botulinumtoxin ist eines der stärksten Gifte, die wir kennen«, sagte Berger und warf Blom einen Blick zu. »Eine Messerspitze würde genügen, um die gesamte Bevölkerung Schwedens zu töten. Botox ist eine abgespeckte Version davon.«

»Habt ihr *einen Jeep?*«

»Das weißt du doch«, erwiderte Berger. »Du hast uns schließlich in Kvikkjokk gesehen. Mir ist dein Fernglas nicht entgangen!«

»Was ich allerdings nicht weiß, ist, wie ich den Jeep aus den Ermittlungen heraushalten soll. Ein weiterer Punkt auf meiner Dankesliste für die Herrschaften. Hättet ihr den Wagen nicht ein Stück entfernt abstellen können?«

»Wir haben alle Spuren im Haus beseitigt«, entgegnete Berger, »du bist nach wie vor im aktiven Polizeidienst, und niemand hat mitbekommen, dass du zwei Dissidenten engagiert hast. Deine Dankbarkeit ist also berechtigt, und sie freut mich.«

»Heute früh um halb fünf habe ich einen ehemaligen Informanten angerufen, Sam, einen unserer Strohmänner. Er sollte sich anonym bei der Polizei melden, ich hatte ihm den Text diktiert. Die Kollegen aus Jokkmokk waren eine Stunde später vor Ort, die Information wurde sofort an die NOA weitergegeben. Wir haben den ersten Flug genommen, vier Ermittler, Kommissar Conny Landin als Untersuchungsleiter und ein ganzes Heer von Kriminaltechnikern unter der Leitung von Robin. Das ist ein großes Aufgebot, besonders für das norrländische Inland. Meine Aufgabe bestand in erster Linie darin, keinerlei Verdacht gegen euch aufkommen zu lassen. Deshalb wäre ich auch erfreut über ein bisschen Dankbarkeit.«

»Dieser kannst du dir sicher sein, Deer. Ja oder Nein?«

Da knackte es im Telefon, und aus der Ferne war eine Männerstimme zu hören.

»Mit wem telefonierst du da, Desiré? Mach Schluss jetzt, wir brauchen dich hier.«

»Stress mit der Babysitterin!«, rief Deer zurück. »Sorry, Conny, ich bin gleich da.« Und in den Apparat flüsterte sie: »Ich muss Schluss machen.«

»Ja oder nein, Deer? Säter oder nicht?«

Deer runzelte die Stirn und richtete den Blick in den wolkenverhangenen Himmel. Schnee drang in ihre halb hohen Stiefel, und sie spürte die Feuchtigkeit an ihren Waden.

Die Sonne war bereits wieder auf dem Weg zum Horizont

hinab und ließ die schneebedeckten Baumwipfel des Waldes, von dem Jessica Johnssons Haus umgeben war, leuchten. Es überraschte Deer nicht, dass die jüngste Eiszeit diese Region als letzte freigegeben hatte.

Als sie an der untersten Stufe der Treppe, die ins Haus führte, angekommen war, antwortete sie: »Ja.«

Dann beendete sie das Telefonat und betrat das abgelegene Haus etwa zehn Kilometer außerhalb von Porjus. Eine Kiste mit blauen Schuhüberziehern stand direkt am Eingang, damit Ermittler sie nicht übersahen. Sie zog ihre Stiefel aus und hoffte, dass sie schnell trocknen würden, dann streifte sie sich die Überzieher über ihre klitschnassen Socken und ging ins Wohnzimmer.

Zur Linken, auf dem Boden vor dem Sofa, hatten die Kriminaltechniker ein paar starke Scheinwerfer aufgestellt. Einige der Kollegen knieten in weißer Schutzkleidung und mit Pinzetten bewaffnet neben der mittlerweile getrockneten Blutlache. Deer musterte die drei Fußabdrücke und blieb vor der Treppe stehen. Von oben drangen Licht und Laute herunter, Robins Crew war auch oben zugange. Deer folgte den Schleifspuren, die in den ersten Stock führten, mit dem Blick. Schritt für Schritt. Jessica Johnsson hatte wahrscheinlich Wollsocken getragen. Sie war zu diesem Zeitpunkt wohl nicht mehr bei Bewusstsein gewesen.

Deer wandte sich von der Treppe ab und ging zu Conny Landin, der den Esstisch untersuchte. Landin war ein breiter Mann mit einem noch breiteren Schnurrbart.

»Ich würde zu gerne wissen, womit dieser Tisch gereinigt wurde«, sagte er.

Deer schwieg, ganz in der Rolle der unwissenden Untergebenen, und wartete darauf, dass Onkel Conny seine Weisheiten vortragen würde, während sie an etwas anderes dachte.

Und zwar an Berger und Blom. Wider besseres Wissen hatte sie den beiden aus nostalgischen Gründen vertraut –

und dabei Kopf und Kragen riskiert. Obwohl. Berger vertraute sie in der Tat. Blom hingegen wirkte zwar wesentlich stabiler, aber die Begegnung mit ihr hatte Deer nicht gerade überzeugt.

Warum waren sie hier oben, nördlich des Polarkreises? Sie hatten eine ansehnliche Abfindung erhalten und hätten zusammenlegen und eine hübsche private Ermittlungsagentur eröffnen können. Die Zeiten waren gut für solche Unternehmungen – und es gab wenige, die geeigneter dafür wären –, aber warum ausgerechnet hier oben? Warum im Inneren von Norrland? Im Zentrum der Entvölkerung? Die Chancen für Aufträge wären doch in Stockholm, Göteborg oder Malmö viel größer.

Oder gab es einen anderen Grund? Waren sie tatsächlich – wie Deer es vermutet hatte – auf der Flucht? Hatten sie sich hier oben versteckt, waren sie untergetaucht? Und hatte das etwas mit Cutters plötzlichem Tod zu tun?

Blom hatte zwar angedeutet, dass Berger nicht in bester Verfassung war – aber dieser Magen-Darm-Infekt hätte schon eine massive Dysenterie sein müssen, um jenen Sam flachzulegen, den Deer kannte. Als sie ihn dann mit dem Wildwuchs im Gesicht gesehen hatte, hatte sie begriffen, dass sich tatsächlich etwas verändert hatte. Und zwar grundlegend.

Dabei lag ihre letzte Begegnung nur drei Wochen zurück. Deer versuchte, sich so detailliert wie möglich an den Ausgang des Ellen-Savinger-Falles zu erinnern. Die Säpo hatte den Tod Cutters zur Verschlusssache erklärt, aber Deer wusste, dass Berger und Blom damit zu tun gehabt hatten. Die Frage war nur, inwiefern.

Cutters Tod. Der hatte auch sie tief erschüttert und fast zu Boden gezwungen. War es wirklich ein natürlicher Tod gewesen?

Den Gradén-Fall wollte sie eigentlich um keinen Preis wieder aufrollen. Der hatte sie damals, vor acht Jahren, zu sehr mitgenommen. War sie dennoch bereit dazu, sich ihrem jüngeren, neurotischen Ich aus der Zeit zu stellen und sich daran zu erinnern, was genau sie damals so aufgewühlt hatte? Sie versuchte, sich an ihren ersten gemeinsamen Fall zu erinnern, in dem Sam und sie nur Randfiguren gewesen waren. Sie waren schnell ein gutes Team geworden, und er hatte sich bald den Spitznamen Deer ausgedacht (den sie, ohne es jemals offen zuzugeben, von Anfang an gemocht hatte). Ihre Zusammenarbeit war immer gut gewesen.

Es war ihr um die Mutter gegangen. Die Mutter, die ihr Kind aus tiefstem Herzen geliebt hatte. Das hatte sie so erschüttert.

Und das Kleeblatt. Nachdem Deer in Robins behütender Gesellschaft in den ersten Stock gestiegen war, erfasste sie der Schock weniger stark als erwartet. Das abgetrennte Gesäß einer Frau. Mit dem identischen Kleeblatt, der identischen Kugelschreiberzeichnung. Schon damals, vor acht Jahren, hatte sie sich auf das Kleeblatt konzentriert. Es hatte etwas Entschlossenes. Eine verborgene Bedeutung. Aber dann hatte Karl Hedblom alles gestanden, und Deer hatte wie alle anderen das Licht am Ende des Tunnels gesehen. Alle Puzzlestücke waren an ihren Platz gefallen, Hedblom war der Schuldige.

Aber er hatte nie, zumindest nicht ausreichend, das Kleeblatt erklären können. Doch das hatte keinerlei Zweifel geweckt.

Kriminalkommissarin Desiré Rosenkvist wollte in der Tat, dass ihr alter Chef Sam Berger in die Psychiatrie in Säter fuhr. Er sollte mit Karl Hedblom ein Gespräch führen, das so vor acht Jahren nicht möglich gewesen war. Und sie dürfte im Hintergrund bleiben und würde sich keine Kritik und keine Standpauken von irgendwelchen Vorgesetzten anhören müssen.

Ganz offensichtlich war sie dabei, eine geheime Parallelermittlung in die Wege zu leiten, genau wie Sam vor ein paar Wochen.

Plötzlich drang eine Stimme durch die Mauern ihrer Gedankenwelt. Und die hatte es nicht zum ersten Mal versucht.

»Verdammt noch mal, Desiré, jemand zu Hause? Wer hat den Notruf getätigt?«

»Entschuldigung«, stammelte Deer. »Mich nimmt das hier alles ein bisschen mit.«

»Hör auf, mitgenommen zu sein«, dröhnte Conny Landin. »Ein Mann ohne norrländischen Dialekt ruft also die Polizei an und meldet, dass er gesehen hat, wie in diesem Haus ein Mord begangen wurde. Aber hier kann man kein Mordzeuge sein, ohne direkt vor der Tür zu stehen. Und da war niemand, weil wir eine geschlossene Schneedecke vorgefunden haben.«

»Glaubst du, dass der Mörder angerufen hat?«, fragte Deer und sah ihm mit eingeschalteten Rehaugen ins Gesicht.

Conny Landin blinzelte sie überrascht an, stutzte, schnappte sich den Gedankengang und machte ihn zu seinem eigenen.

»Ich beginne, zu überlegen, ob es nicht genau so gewesen ist. Außerdem ist diese Bude einfach unfassbar sauber. Der Täter will die gesamte Aufmerksamkeit, er verlangt nach Bewunderung und erschafft quasi eine Bühne für seine Szenerie. Wir sind sein Publikum. Die Bullen.«

»Das erinnert mich an einen anderen Fall«, sagte Deer leise.

Conny Landin strich sich langsam über den Schnurrbart, dann hob er den Arm und zeigte auf eine weiße Tür.

»Er will übrigens, dass du runterkommst.«

Deer nickte und öffnete die Tür, in deren Schloss ein alter Schlüssel steckte. Dahinter führte eine Treppe hinunter in den Keller. Deer erkannte sie von der Videoaufnahme wieder, die sie erst gestern Abend an ihrem zweiten Arbeitsplatz in ihrer Garage im Stockholmer Vorort Skogås gesehen hatte. Jetzt stand dort ein sehr dicker Mann in weißer Schutzkleidung und wartete am Fuß der Treppe auf sie. Diesmal war der Raum hell erleuchtet von Scheinwerfern – aber im Übrigen war er ihr wohlbekannt.

Berger hatte recht gehabt.

Jetzt war sie an der Reihe und führte eine geheime Ermittlung.

Und wahrscheinlich würde es nicht leicht werden.

Als sie unten ankam, empfing sie ein gewaltiges Brummen. Der Chef des Nationalen Forensischen Instituts stampfte in seiner ganzen imposanten Erscheinung wütend im Keller umher.

»Man kann mit diesem Ronny Lundén einfach nicht reden«, schnaubte Robin.

»Conny Landin«, korrigierte ihn Deer.

»Wir beide sind doch immer super zurechtgekommen, Deer. Ich glaube, du wirst mein Verbindungsoffizier im Porjus-Fall.«

»Ich fühle mich geehrt. Was soll ich denn übermitteln?«

Robin zeigte auf die angelehnte Tür des Heizkesselraums, aus dem ein gewaltiges Dröhnen drang.

»Da drinnen ist es picobello. Ich habe praktisch keinen einzigen scheiß Krümel, mit dem ich etwas anfangen kann. Hier hat jemand gearbeitet, der weiß, wie man DNA-Spuren beseitigt. Und dieser Jemand hat Schuhgröße fünfundvierzig, wie wir oben sehr schön sehen können. Außerdem war das hier *nicht sein erstes Mal.*«

»Und das nennst du ›praktisch keinen Krümel‹?«, hakte Deer nach.

»Ich habe wirklich nichts Konkretes. Noch nicht. Aber dieser Heizkesselraum fühlt sich an wie … ich weiß nicht …«

»Fühlt sich an?«

»Schon gut, aber Intuition ist ja auch nichts anderes als …«

»… konzentrierte Erfahrung, jaja.«

»Du kennst das?«

»Du darfst davon ausgehen, Robin, dass auch ich Erfahrungen gesammelt habe.«

»Oh, natürlich, entschuldige. Es ist nur so, dass …«

»Jetzt komm mal auf den Punkt.«

Robin füllte seine Lunge von beträchtlichem Volumen mit Luft, zeigte erneut auf den Heizkesselraum und sagte: »Irgendjemand hat länger dort drinnen gewohnt.«

14

Freitag, 20. November, 08:27

Der Inlandsweg lag vor ihm in der Dunkelheit. Irgendwann im Laufe der Nacht hatten sie die Schneegrenze hinter sich gelassen, und die Felder entlang der E45 waren jetzt graubraun und herbstlich karg. Berger hatte vergessen, wie viele Jahreszeiten man in diesem lang gezogenen Land an einem Tag durchqueren konnte.

Sie hatten sich beim Fahren abgewechselt. Denn das Problem war nicht die Länge der Strecke, sondern das Finden von Tankstellen ohne Überwachungskameras. Jedes Mal hatten sie die Kennzeichen ausgetauscht und die Kapuzen tief ins Gesicht gezogen. Außerdem verließen sie sich darauf, dass die meisten Tankstellen ihre Aufnahmen nicht besonders lange speicherten.

Als sie Orsa passierten, hatte Blom auf dem Beifahrersitz das erste Mal die Augen geschlossen. Sie fuhren auch an der Abfahrt zum Fundplatz im Gradén-Fall vorbei, aber Berger hatte nicht vor, Blom zu wecken. Sie hatten noch eine ziemlich lange Strecke vor sich, und wenigstens ein Fahrer sollte ein paar Stunden Schlaf bekommen. Außerdem hatte es auch keinen Sinn, sich den Ort jetzt anzusehen. Sie würden dort auf dem Rückweg anhalten.

Ob die Hütte noch stand?

Doch aus den paar Stunden Schlaf wurde nichts. Als sie hinter Mora die E45 verließen und an der Nordküste des

Siljan-Sees entlangfuhren, wurde Blom wieder munter und richtete sich mit einem Schlag hellwach auf.

»Noch hundertzwanzig Kilometer«, sagte Berger. »Eine gute Stunde. Schlaf weiter.«

Statt einer Antwort öffnete sie den Ordner auf ihrem Schoß und blätterte in den Akten, als hätte sie nie eine Pause gemacht. Plötzlich zuckte sie zusammen.

»Was tun wir, wenn er dich wiedererkennt?«, fragte sie.

»Wie meinst du das?«

»Du kommst zwar als ›C. Lindbergh‹ von der NOA – Desirés gelungener Scherz –, aber was ist, wenn er sich an dich als Sam Berger erinnert?«

Berger nickte.

»Nennen wir es ein kalkulierbares Risiko. Das ist acht Jahre her, Karl war damals schon verloren und eingeschränkt. Vielleicht erkennt er mich trotz Bart wieder, aber die Wahrscheinlichkeit, dass er sich an meinen Namen erinnert, ist gering.«

»Wir müssen wirklich etwas mit diesem Bart machen!«

Etwas über eine Stunde später fuhren sie auf den Parkplatz des riesigen gelben Gebäudekomplexes der Rechtsmedizinischen Kliniken von Säter. Er bestand aus zehn Abteilungen, von denen sieben Hochsicherheitstrakte waren. Was hoffentlich nicht den mentalen Zustand dieses Landes widerspiegelte.

»Ich fange an und bereite ihn vor«, sagte Berger. »Und wenn es zur Sache geht, übernimmst du.«

»Eine Frau.« Blom nickte. »Und auch noch im richtigen Alter.«

Deer hatte ihr Eintreffen gut vorbereitet. Eine Wache führte sie durch eine Sicherheitskontrolle nach der anderen und schließlich in einen kahlen Vernehmungsraum. Dort setzten sie sich auf die eine Seite des Tisches, der übervoll mit Kritzeleien war. Dann warteten sie.

Nach etwa zehn Minuten öffnete sich eine Tür, und zwei

muskelbepackte Wärter führten einen Mann herein, der zwar nicht älter als zweiunddreißig, aber schon ergraut war. Doch trotz der Furchen in seinem Gesicht waren seine jungenhaften Züge erhalten geblieben. Er zögerte, sah Berger an, aber erst, als sein Blick zu Blom sprang, ohne dass sich seine Miene verzog, dachten beide sofort an Drogen.

In den psychiatrischen Anstalten war der Schmuggel von Messern, Schusswaffen, Drogen und sogar Benzin und Drohnen leider absurde Realität. Die Dinge kamen mit der regulären Post, weil die Klinikleitung die Kontrolle jeder einzelnen Sendung persönlich beantragen musste. So gelangten gefährliche Güter und Gegenstände in die Psychiatrie, in der die gefährlichsten und unberechenbarsten Gewaltverbrecher des Landes saßen. Ohne eine Gesetzesänderung waren den Zuständigen jedoch die Hände gebunden.

Nicht nur die Zeit hatte ihre Spuren in Karl Hedbloms Gesicht hinterlassen. Oder die verordneten Medikamente. Sondern noch etwas anderes. Mit ziemlich großer Wahrscheinlichkeit Methamphetamin. Crystal Meth.

»Erkennen Sie mich wieder, Karl?«, fragte Berger.

Karl Hedbloms linkes Augenlid zuckte, er kratzte sich ununterbrochen am linken Mundwinkel, und die großen Pupillen in seiner einst leuchtend blauen Iris jagten hin und her. Dieser Mann war definitiv nicht auf dem Weg, Buße zu tun und sich zu bessern.

»Nein«, flüsterte er.

Berger nickte.

»Wir sind Polizisten. Wir wollen Ihnen ein paar Fragen stellen.«

»Alle stellen Fragen«, sagte Hedblom und grinste. Ihm fehlte eine ganze Reihe von Zähnen.

»Wissen Sie, warum Sie verurteilt worden sind, Karl?«

»Ich werde jeden Tag verurteilt, das können Sie mir glauben.«

»Von wem werden Sie verurteilt?«

»Von allen, die es wissen.«

»Sie werden jeden Tag an das erinnert, was Sie getan haben? Das tut bestimmt weh?«

»Nicht mehr«, sagte Karl Hedblom und kratzte sich wieder im Mundwinkel.

»Die Post bringt Linderung? Können Sie sich das leisten?«

»Das kostet nichts.«

»Bezahlen Sie in natura?«

»Hä?«

»Was müssen Sie tun, damit Sie Ihre Briefe bekommen?«

»Nichts. Die kommen einfach in meine Zelle.«

»Haben Sie noch einen dieser Briefe, Karl?«

»Darf ich nicht sagen. Sonst kommen keine mehr.«

»Woher wissen Sie das?«

»Das stand im ersten.«

Berger und Blom wechselten Blicke. Blom nickte ihm auffordernd zu.

»Können Sie sich erinnern, was genau in dem Brief stand?«

»Ich erinnere mich an gar nichts mehr, und das ist schön.«

»Aber Sie erinnern sich noch an den ersten Brief.«

»Nicht genau. Aber an ... an den Sinn.«

»Können Sie mir beschreiben, wie der Brief aussah?«

»Das darf ich nicht.«

»Sie dürfen mir den Brief nicht zeigen. Aber Sie dürfen ihn mir doch beschreiben?«

»Das weiß ich nicht ...«

»Ich glaube nicht, dass es Kristalle sind. Ist es Pulver? Passt das in ein gefaltetes Blatt Papier? Steht etwas auf dem Papier?«

»Ich will jetzt gehen.«

»Steht der Absender auf dem Umschlag, Karl?«

»Das ist ein normaler weißer Umschlag. Da steht nichts. Ich will jetzt gehen.«

»Aber Sie *können* sich doch erinnern, Karl. Das war doch

großartig. Erinnern Sie sich auch, warum Sie verurteilt wurden?«

»Das schreien die mir jeden Tag ins Gesicht.«

»Wer schreit es Ihnen ins Gesicht?«

»Die Idioten. Die Deppen im Gemeinschaftsraum. Der Abschaum.«

»Der Abschaum?«

»Stefan, der seine Brüder umgebracht hat, als er noch ein Kind war. Åke, der in der U-Bahn zwölf Menschen mit einer Eisenstange verprügelt hat. Kjell, der seine Mutter aufgegessen hat.«

»Und dieser Abschaum findet trotzdem, dass Ihre Tat die schlimmste war?«

»Weil ... wegen dem Kind.«

»Erinnern Sie sich daran? Wissen Sie noch, was genau passiert ist?«

»Keine Ahnung ...«

»Sie haben gestanden, Karl. Ich war dabei. Erzählen Sie uns von der Hütte.«

»Hütte? Ich habe vor allem von meiner Mutter erzählt.«

»Können Sie das noch einmal tun?«

»Man wird geboren. Und weiß nichts. Jemand muss sich um einen kümmern. Aber dieser Jemand tut einem nur weh. Die ganze Zeit. Wenn sie nicht schon gestorben wäre, hätte ich sie getötet.«

»Wie alt waren Sie, als sie starb, Karl?«

»Acht. Aber als sie vor den Zug gesprungen ist, war schon alles zu spät. Es konnte nicht wieder gut werden.«

»Eigentlich wurde es doch wieder gut. Sie waren in einer freundlichen Pflegefamilie in Falun untergebracht, haben die Schule besucht. Aber Ihre Schmerzen und Ihre Wunden verheilten nicht?«

»Darüber quatscht Andreas immerzu.«

»Andreas?«

»Ihr müsst doch Andreas kennen. Den neuen Arzt?«

»Natürlich kennen wir den, Karl. Wann haben Sie angefangen, Mütter mit Kinderwagen zu hassen?«

»Das war die schlimmste Zeit. Andreas sagt, dass meine erste Erinnerung die ist, dass ich im Kinderwagen lag und der Schlag kam. Mit einem Holzscheit.«

»Immer mit einem Holzscheit?«

»Oft ...«

»Dann aber kam es zu ein paar Zwischenfällen, oder? Und deswegen sind Sie in der Wohngruppe untergebracht worden?«

»Ich weiß nicht ...«

»Doch, natürlich erinnern Sie sich, Karl. Es gab ein paar Zwischenfälle mit Müttern und Kindern.«

»Ich habe niemandem wehgetan.«

»Aber nur, weil Sie sich zurückgehalten haben, nicht wahr? Sie waren sechzehn, Ihre Angst hatte sich in Wut verwandelt. Dann sind Sie in eine Wohngruppe gezogen, obwohl Sie eigentlich in einer Klinik hätten untergebracht werden müssen. In einer wie dieser hier. Aber der Platz in so einer Wohngruppe bedeutet mehr Freiheit, da kann man kommen und gehen, wann man will. Nachdem Sie also ein paar Jahre dort gelebt hatten, fand diese Reise nach Orsa statt, wo Sie in einer großen Herberge untergebracht waren. Sie haben dort im Wald eine Hütte gebaut, das hat bestimmt Spaß gemacht, aber eines Tages haben Sie von Weitem diese Frau gesehen, die einen Kinderwagen schob ...«

Berger lehnte sich zurück, und Blom übernahm.

»Was ist dann passiert, Karl? Als Sie die beiden gesehen haben? Was haben Sie da empfunden?«

»Ich weiß es nicht, ich kann mich nicht erinnern«, antwortete Karl Hedblom und starrte sie eigentümlich an.

»Sie haben also gerade die schöne Hütte gebaut und freuen sich darüber. Und dann sehen Sie diese Mutter mit ihrem Kinderwagen. Was geschah da mit Ihnen?«

»Haben Sie Kinder?«

Berger sah, wie diese Frage Blom durcheinanderbrachte, aber sie fing sich schnell wieder.

»Was glauben Sie, Karl?«

»Nein.« Karl Hedblom schüttelte den Kopf. »Sie sind mehr wie ein Mann.«

Unter anderen Umständen hätte Berger laut gelacht, aber die Umstände waren nicht danach. Blom warf ihm einen kurzen Blick zu.

»Zurück in den Wald, Karl«, sagte sie. »Sie haben also die Hütte fertig gebaut. Dann sehen Sie die Frau mit dem Kinderwagen. Was geschah dann?«

»Darauf habe ich schon geantwortet.«

»Aber war das die Wahrheit?«

»Ich glaube. Mit mir passiert etwas, wenn ich so etwas sehe. Es ist besser für mich, dass ich hier in Säter bin. Andreas findet auch, dass es das Beste für mich ist.«

»Sehen Sie es denn oft, Karl?«

»Hier sehe ich gar nichts. Manchmal sehe ich fern.«

»Und werden Sie dann auch wütend, wenn Sie im Fernsehen eine Mutter mit Kinderwagen sehen?«

»Ich weiß nicht ...«

»Aber wir müssen noch einmal zurück in den Wald. Es ist Herbst und schon ein bisschen frisch draußen. Können Sie den Wald riechen? Das gelbe Laub bedeckt den Boden. Es riecht etwas modrig. Gab es schon Pilze, Karl, war Pilzzeit?«

»Die Pilze waren faulig. Die haben gestunken.«

»Was haben Sie da draußen im Wald gemacht, Karl?«

»Ich durfte dort allein sein. Das war schön.«

»Es ist bestimmt ziemlich schwierig gewesen, so eine Hütte zu bauen. Wer hat Ihnen das denn beigebracht?«

»Ich habe keine Hütte gebaut.«

»Haben Sie die einfach so im Wald entdeckt? Als Sie dort allein unterwegs waren?«

»Ich weiß nicht ...«

»Vor acht Jahren haben Sie gesagt, dass Sie die Hütte

gebaut haben, Karl. Was ist passiert, nachdem sie fertig war? Was ist in der Hütte passiert?«

»Ich will jetzt gehen.«

»Es sind zwei ganze Tage gewesen, Karl. Das muss auch ganz schön laut gewesen sein?«

Hedblom gab keine Antwort mehr. Er nickte vor sich hin und kratzte sich am Mundwinkel. Blom machte einen letzten Versuch.

»Hatten Sie die ganze Zeit vorgehabt, das Holzscheit zu benutzen? Wie Ihre Mutter damals?«

In diesem Moment wurde die Tür aufgestoßen, und die beiden Muskelberge kamen herein. Sie traten einen Schritt zur Seite, und ein Mann um die vierzig wurde zwischen ihnen sichtbar, der im Gehen seinen Blick von einem iPad hob und sich die Brille auf der Nase zurechtrückte.

»Jetzt wird es kritisch. Kommen Sie bitte mit.«

Sie hatten keine Wahl, gar keine. Die Wärter begleiteten sie mit Nachdruck zur Tür. Berger warf einen letzten Blick in den Raum, bevor sich die Tür schloss. Die Aufseher gingen auf Karl Hedblom zu, der unverändert am Tisch saß und nickte.

Berger und Blom folgten dem Mann, der lässig in Zivil gekleidet war – Jeans und ein weites Hemd. Auf der beträchtlichen Strecke durch die Gänge der Klinik verlor er kein einziges Wort. Nach dem Passieren etlicher Sicherheitskontrollen standen sie schließlich vor einer Tür mit dem Namensschild »Andreas Hamlin«, ohne einen akademischen Titel. Der Mann öffnete das Büro mit einer Karte und einem Code und zeigte dann auf zwei Stühle vor seinem Schreibtisch, hinter dem er Platz nahm.

»Sie haben da einige Grenzen überschritten«, sagte er und tippte auf seinem iPad.

»Ich frage mich, ob dasselbe nicht auch für Sie gilt, da Sie es zugelassen haben«, konterte Blom.

Andreas Hamlin zuckte mit den Schultern.

»Es ist lange her, dass Karl mit Außenstehenden gesprochen hat. Ich dachte, vielleicht würde es Ihnen ja gelingen, einen bisher übersehenen Aspekt zu finden. Aber leider war dem nicht so.«

»Sie haben uns die ganze Zeit beobachtet?«, fragte Berger.

»Ich gehe davon aus, dass Sie davon ausgegangen sind«, erwiderte Hamlin und lachte. Kurz und freudlos.

»Welche Grenzen meinen Sie denn?«, fragte Blom.

»Grenzen, bei deren Überschreitung er sich verschließt. Und Sie kannten die ganz genau. Die Hütte, die Mutter, die zwei Tage. Das Holzscheit. Aber Ihre Schilderung der Herbststimmung war schön, diese Richtung hätten Sie weiterverfolgen sollen.«

»Schilderung der Herbststimmung?«, wiederholte Berger aufgebracht und spürte sofort Bloms Hand auf seinem Oberschenkel.

»Überprüfen Sie seine Post?«, fragte sie.

Andreas Hamlin zuckte erneut mit den Schultern.

»Wir haben schon bemerkt, dass er etwas anderes einwirft als nur Lofepramin und Nortriptylin, aber wie er an den Stoff kommt, konnten wir nicht ermitteln.«

»Warum habe ich das Gefühl, dass Sie Karl nicht besonders häufig sprechen?«, fragte Berger.

»Vermutlich, weil es zutrifft«, entgegnete Hamlin mit derselben fast unbeteiligten Stimme. »Dieser Patient benötigt eigentlich eine intensive Psychoanalyse, aber wir sind so unterbesetzt, dass wir außer einer Medikamentierung nichts unternehmen können. Als ich die Stelle hier vor drei Jahren übernahm, habe ich mit Karl ganz von vorn angefangen. Ich habe mir von Grund auf ein Bild gemacht. Eine Hütte hat dieser Mann jedenfalls nicht gebaut. Der hat zwei linke Hände.«

»Und sonst?«

»Unberechenbar!«, sagte Hamlin. »Bei bestimmten Themen mauert er einfach. Ich bin fast davon überzeugt, dass er sich wirklich nicht erinnern kann. Aber ich habe seine Wut erlebt, und da ist mit ihm nicht zu scherzen. Selten habe ich eine so starke Gefühlsäußerung gesehen.«

»Bezieht sich die auf seine Mutter oder auf alle Mütter?«

Andreas Hamlin nickte eine Weile nachdenklich, und zum ersten Mal sah er wirklich wie ein Arzt aus.

»Vor allem gegen die leibliche Mutter. Aber wie Sie wissen, steht in seiner Akte etwas über Angriffe gegen Mütter.«

»Zwei Vorfälle sind bekannt, beide, als er sechzehn Jahre alt war«, sagte Berger.

»Und dann diese eine Gelegenheit«, ergänzte Hamlin. »Und die hat er ergriffen.«

»Ist das Ihre professionelle Einschätzung?«

»Das war die Einschätzung der Polizei und des Gerichts. Ich behandle Hedblom nur.«

»Hören Sie auf!«, fuhr ihn Berger an.

Andreas Hamlin musterte ihn – der Blick eines Arztes.

»Sich damit zu befassen wäre interessant.«

Berger übertönte Bloms unerwartetes Kichern.

»Allerdings würde ich mich nicht mit weniger als ›einer intensiven Psychoanalyse‹ zufriedengeben. Ist er schuldig oder nicht?«

»Ich weiß es nicht. Ich weiß es wirklich nicht. Er hat so viel Wut in sich – seine Gewaltbereitschaft ist unverkennbar, daher ist es für uns alle das Beste, dass er hier untergebracht ist. Aber seine Ausbrüche sind kurze, sich heftig entladende Feuerwerke. Jemanden zwei Tage lang in einer Hütte gefangen zu halten ist etwas vollkommen anderes. Dahinter steckt eine ganz andere Psyche.«

»Dann glauben Sie also, dass er unschuldig ist?«

»Das werden Sie mich niemals sagen hören.«

»Das habe ich mir gedacht.«

»Aber ich mache mir über etwas ganz anderes Gedanken«, sagte Hamlin leise. »Wie gründlich ich auch in den Akten über den Doppelmord an Helena und Rasmus Gradén lese, ein Detail konnte ich nirgends finden.«

»Und welches?«, fragte Berger mit erhöhtem Puls.

»Es gibt keinen Polizisten namens C. Lindbergh.«

»Was?«

»Ich habe die Unterlagen durchgesehen, aber keinen Beamten namens C. Lindbergh in den Ermittlungsakten gefunden. Und Sie haben vorhin im Gespräch mit Karl behauptet, dass Sie bei seinem Geständnis damals dabei gewesen seien. Aber Sie waren an den Ermittlungen gar nicht beteiligt?«

»Ich war nur am Rande involviert«, erwiderte Berger und runzelte die Stirn.

»Ich habe überlegt, ob ich Ihre Vorgesetzte kontaktiere, wie heißt sie noch gleich, Kriminalkommissarin Rosenkvist? Oder ich gehe direkt an die höchste Stelle. Wofür steht ›C.‹?«

»Charles«, antwortete Berger sauer.

»Charles Lindbergh? Mit ›h‹? Ist das Ihr Ernst?«

In diesem Augenblick kniff Blom so fest in Bergers Oberschenkel, dass er zusammenzuckte.

»Eine letzte Sache noch«, sagte er. »Warum wurde Karl im Kinderwagen misshandelt? Findet häusliche Gewalt nicht in der Regel in der Abgeschiedenheit der eigenen vier Wände statt?«

»Da hatte Ulla, die Mutter, wohl ihre Ruhe«, brummte Andreas Hamlin.

»Ihre Ruhe, um ihren Sohn auf Spaziergängen durch Falun zu misshandeln? Mit einem …«

»Holzscheit, wie es scheint. Ja. Offensichtlich lag das immer zugedeckt auf dem Untergestell. Aber das können wir natürlich nicht überprüfen, solange man ihn nicht findet.«

»Ihn?«

»Ich beschäftige mich, wie gesagt, erst seit drei Jahren mit diesem Fall, aber da habe ich es festgestellt. Niemand hatte sich vorher offenbar die Mühe gemacht, nach ihm zu suchen.«

»Von wem reden Sie eigentlich?«, fragte Blom.

Doktor Andreas Hamlin lehnte sich auf seinem Stuhl zurück und musterte die beiden Polizisten vor sich.

»Es gab einen Vater. Und einen Bruder.«

15

Freitag, 20. November, 12:08

Acht Jahre sind keine so lange Zeit, aber aus der Perspektive eines Hauses können acht Jahre einen großen Unterschied ausmachen. Den zwischen Aufstieg und Fall. Bei diesem Exemplar handelte es sich eindeutig um Fall. Verfall.

Sie standen vor einem großen, verwahrlosten Schuppen und blickten auf das einst großzügig geschnittene Grundstück. Mittlerweile hatte der Wald den Großteil davon eingenommen, gierig und unbarmherzig. Berger hatte keine Ahnung, in welche Richtung sie gehen mussten.

»Die Wohngruppe kam also ursprünglich aus Falun?«, fragte Blom.

»Herbstfahrt«, antwortete Berger und lief einfach los. »Sie waren zu neunt, fünfzehn Leute mit dem Personal. Zwei Wochen waren sie hier in den Herbstferien.«

Während sie immer tiefer in den dichten Wald vordrangen, begann es zu schneien. Die Schneeflocken bahnten sich ihren Weg zwischen den Baumwipfeln hindurch, und bald schon waren die Äste um sie herum weiß. Die Schneegrenze war im Begriff, sich nach Süden zu verschieben.

»Einen Vater und einen Bruder also«, sagte Blom.

»Davon stand nichts in den Akten. Die müssen früh untergetaucht sein.«

»Aber bei der psychiatrischen Untersuchung muss das doch zur Sprache gekommen sein.«

»Das Protokoll davon haben wir nur als Auszug in den Akten. Also wurde dem damals keine größere Bedeutung beigemessen.«

Sie liefen weiter. Der Schnee fiel atemlos durch das All. Der Wald wurde immer dichter, und die Stille legte sich um Berger und Blom.

»Die Mutter schlug den kleinen Karl also im Kinderwagen«, sagte Blom nach einer Weile. »Weil sie es zu Hause nicht tun konnte? Weil dort die anderen Familienmitglieder waren?«

»Genau, der Vater und der ältere Bruder. Aber nach dem Tod der Mutter kam Karl Hedblom sofort in eine Pflegefamilie. Offenbar stand der Vater als Erziehungsberechtigter nicht zur Debatte. Aber warum?«

»Das müssen wir unbedingt überprüfen. Eines steht auf jeden Fall fest.«

»Und was?«

»Karl Hedblom bietet sich nicht wirklich als Vorbild für einen Trittbrettfahrer an.«

»Nein.« Berger nickte. »Zwar ist er heute noch kaputter als damals, ein Volljunkie, aber viel besser wird er früher auch nicht ausgesehen haben, ein psychisches Wrack. Ein Trittbrettfahrer sucht sich doch einen Mörder mit etwas Charisma aus.«

»Dann liegt es doch nahe, dass es in der Familie liegt«, sagte Blom. »Ein Bruder, der dasselbe erlebt hat. Mit einem Vater, der noch schlimmer war als die Mutter.«

»Und der, ohne zu zögern, den Bruder beziehungsweise den Sohn einen Mord verbüßen lässt, den er gar nicht begangen hat? Ich weiß nicht ...«

Sie ließen die Worte sacken, während sie mit jedem Schritt tiefer im Schnee versanken. Berger überprüfte auf seiner Kompass-App ihre Position und änderte die Richtung.

»Das würde zumindest das Holzscheit erklären«, warf Blom ein.

»Ich bin mir nicht sicher …«, meinte Berger.

»Aber wenn Karl unschuldig ist, wer kann außer ihm und seiner Familie davon gewusst haben?«

Berger seufzte und zeigte auf eine zugewachsene Lichtung.

»Oder Karl Hedblom ist tatsächlich eine Woche lang jeden Tag hierhergelaufen. Zuerst um die Hütte zu bauen, dann um zwei Tage lang dorthin zurückzukehren und seine beiden Gefangenen Helena und Rasmus Gradén zu Tode zu quälen und sie in den Graben zu schleppen.«

Mit ein bisschen Fantasie konnte man erahnen, dass das Gebilde unter den schweren, vom Schnee bedeckten Nadelzweigen einmal eine Hütte gewesen war. Etliche Stämme von Nadel- und Laubbäumen lagen kreuz und quer übereinander wie die Mikadostäbe eines Riesen.

Berger berührte eine der Sägeflächen und ließ seine Hand über ein verrottetes Seil gleiten.

»Er hat Baumstämme zersägt, sie von Ästen befreit, dann zusammengebunden und so eine solide Konstruktion errichtet, in der er eine Mutter und ihr Kind zwei Tage lang gefangen hielt, ohne dass jemand etwas davon mitbekam. Hättest du das geschafft? Hätte ich das geschafft?«

»Vielleicht hat die Hütte ja schon vorher hier gestanden? Vielleicht hat er sie doch durch Zufall entdeckt?«

»Erstens war sie praktisch neu, und zweitens hat sich auch kein anderer Baumeister gemeldet. Aber natürlich ist das möglich. Und es ist auch nicht endgültig geklärt, ob die Opfer tatsächlich zwei Tage lang in dieser Hütte waren. Aber ihr Blut und das von Karl Hedblom wurde dort gefunden, und andere Spuren gab es nicht.«

Blom nickte und lief durch den tanzenden Schnee auf und ab. Berger zog an einem dicken Stamm, bis ein lautes Knacken zu hören war. Der Stamm glitt zur Seite und gab den Blick auf das Innere der Konstruktion frei, das sich als solider kleiner Raum entpuppte.

»Wenn Wände sprechen könnten …«, meinte Berger.

»Sie sprechen zu mir«, erwiderte Blom mit Nachdruck. »Sie sagen: ›Hier wurde niemand zwei Tage lang gefangen gehalten.‹ Sie sagen: ›Anderer Täter, anderer Tatort.‹ Sie sagen: ›Die Beweise wurden vorsätzlich platziert.‹ Es war Oktober. Wie dick das vierzehn Monate alte Kind auch angezogen war, es hätte niemals zwei Tage in dieser Hütte überlebt. Der Junge wäre erfroren, bevor jemand ihn hätte umbringen können. Dasselbe gilt wahrscheinlich auch für die Mutter. Wenn sie nicht vorher schon vor Sorge und Angst gestorben ist.«

»Es gab Anzeichen von Erfrierungen …«

»Und erst jetzt«, fuhr Blom unbeirrt fort, »nachdem wir erkannt haben, dass das Töten weitergeht, können wir Karl Hedblom mit neuen, klaren Augen betrachten. Jemand schickt ihm Drogen in die Anstalt. Jemand will dafür sorgen, dass er so wenig wie möglich mit anderen in Kontakt treten kann. Wer sollte das sein, außer dem eigentlichen Täter? Karl hatte überhaupt nicht die Fertigkeiten, so eine Hütte zu errichten, und es wäre ihm auch nicht gelungen, zwei unberechenbare Lebewesen zu fesseln und zu knebeln. Er ist ein ganz anderer Typ, seine Gewaltausbrüche sind spontan. Diese Polizeiermittlung stinkt zum Himmel, und das Gerichtsurteil auch.«

Berger sah sie an. Ihr blondes Haar war eingehüllt von Schneeflocken, die so leicht waren, dass sie auf ihrem Kopf zu schweben schienen wie ein kosmischer Nebel. Er hasste das Gefühl, dass er ihr nicht voll und ganz vertrauen konnte.

»Du brennst ja richtig für diesen Fall«, sagte er.

Blom starrte ihn an, dann schüttelte sie den Kopf.

»Keiner von uns fand Jessica Johnsson sympathisch, wir haben zugegebenermaßen auch nur ein paar Minuten mit ihr gesprochen. Sie war verschlossen und unwillig. Aber alle Indizien deuten darauf hin, dass sie in ihrem eigenen Haus abgeschlachtet wurde, während wir bewusstlos im Keller lagen. Wir waren da, Sam, wir haben es zugelassen. Die Person, die Helena und Rasmus Gradén massakriert hat, hat in den letzten acht Jahren einfach weitergetötet. Und ich wette, dass Lisa Widstrand aus Göteborg nur die Spitze des Eisbergs ist.«

Berger sah weder Lüge noch Schauspiel in Bloms Augen. Was nach den Ereignissen im Bootshaus passiert war, war eine Sache, das hier eine vollkommen andere. Ihm musste es gelingen, sein Gehirn in zwei Hälften zu spalten. Die eine sollte Molly vertrauen, die andere nicht.

»Ich habe mich sehr angestrengt, nicht an einen Serienmörder zu denken ...«

Blom zog das Handy aus ihrer Jackentasche, tippte etwas ein und reichte Berger das Telefon. Es zeigte ein Foto, ein dunkles Gesicht vor zwei Lichtquellen, die am Fuß einer Treppe lagen. Es war gar kein Gesicht, es war eine Sturmmaske, und aus dieser Sturmmaske stachen zwei Augen hervor, wie von einem inneren Licht erhellt. Berger zoomte sie näher heran. Sie waren leuchtend blau.

»Was diese Augen alles gesehen haben«, sagte Blom.

»Denkst du an Karl Hedbloms Augen?«

»Obwohl die jetzt ganz trüb sind.« Blom nickte. »Aber sie waren mal leuchtend blau.«

»Vater Hedblom müsste mittlerweile an die sechzig sein. Kann dieser Mann hier sechzig sein?«

»Könnte. Aber er wirkte jünger. Der Schlag fühlte sich jünger an.«

»Der Bruder? Ach, das ist ja alles nur Spekulation.«

»Wir müssen uns diese Familiengeschichte genauer ansehen.«

»Und was für eine beschissene Familiengeschichte!«

Blom schloss das Fenster mit der Aufnahme.

»Ich will hier nicht länger sein.«

Kurz vor Brunflo sah Berger das Schild, ehe die E45 sich für ein paar Kilometer zur E14 gesellte. Zuerst machte es keinen größeren Eindruck auf ihn, setzte sich aber trotzdem in seinem Gedächtnis fest, denn als es wenig später ein zweites Mal auftauchte, sagte er: »Frösön.«

Blom sah von der Landkarte auf, die sie studiert hatte, erwiderte aber nichts.

»Warum klingelt bei ›Frösön‹ etwas in mir?«, fuhr Berger fort.

Blom faltete die Karte zusammen und zog die Augenbrauen hoch.

»Jetzt, wo du es sagst …«, erwiderte sie, verstummte aber gleich wieder.

Europas längste Straße würde gleich nach rechts abbiegen und ihre vorübergehende Begleiterin hinter sich lassen. Zur Linken lag Östersund. Und Frösön.

»Nicht Tahiti«, sagte Blom.

»Ah ja!«

In dem Saal, der normalerweise als Versammlungsraum oder Tanzsaal fungierte, befanden sich zahlreiche Tische. An jedem der Tische standen vier Stühle, auf denen Menschen saßen, die fast ausnahmslos grau- oder weißhaarig waren. Unerbittlich droschen Spielkarten auf die quadratischen Tischplatten ein.

Berger hätte ihn fast nicht wiedererkannt. Er hatte sich einen Bart wachsen lassen und trug ein lose sitzendes Hawaiihemd. Gerade reckte er seine Hand in einer Siegergeste in die Luft, stand auf, legte einen Arm um eine Frau und kam dann auf sie zu.

Doch nach ein paar Schritten fiel dem pensionierten Kriminalkommissar Allan Gudmundsson die Kinnlade herunter.

»Sam!«, stieß er hervor.

»Und du erinnerst dich doch bestimmt noch an Molly Blom?«, fragte Berger.

Allan flüsterte der Frau in seinem Arm etwas zu, wahrscheinlich war es seine Ehefrau. Daraufhin schlenderte sie zu einem Tisch mit Kaffee und Kuchen. Allan zog die beiden zur Seite.

»Ein ganzes Jahresgehalt als Abfindung. Eine ausgezeichnete Möglichkeit, Bridge zu erlernen. Ein sensationeller Sport.«

»Können wir irgendwo ungestört reden?«, fragte Berger.

»Lieber nicht«, erwiderte Allan. »Wir sind keine Polizisten mehr. Wir haben nichts Berufliches miteinander zu besprechen.«

Berger sah ihn unverwandt an. Lange. Bis Allan schließlich ergeben mit den Schultern zuckte.

»Kommt mit.«

Sie wurden in einen kleineren Konferenzraum geführt und setzten sich an einen quadratischen Tisch, der sehr an einen der Bridgetische erinnerte.

»Und ich dachte, du würdest nach Paris gehen!«, sagte Allan.

»Erinnerst du dich an Karl Hedblom?«, fragte Berger ohne lange Vorrede.

Allan Gudmundsson verzog das Gesicht.

»Ich habe keinerlei Veranlassung, mich an ihn oder an dich zu erinnern, Sam. Du hast mich hintergangen. Und belogen.«

»Du weißt genau, warum, Allan. Du weißt, dass es nicht anders ging.«

»Das sagst du, ja. Und warum zeigst ausgerechnet du, der unehrenhaft entlassene Exbulle, auf einmal Interesse an dem widerlichsten Mörder aller Zeiten?«

»Es sind neue Erkenntnisse aufgetaucht ...«

»Wenn dem tatsächlich so wäre, hätte sich schon längst die Kripo bei mir gemeldet.«

»Wir versuchen gerade, uns als private Ermittler einen Namen zu machen. Und wir haben den Auftrag bekommen, diese neuen Informationen zu überprüfen.«

»Auftrag von wem?«

Berger warf Blom einen kurzen Blick zu.

»Von Karl Hedbloms Vater.«

»Von Rune?«, rief Allan. »Was zum Teufel?«

»Rune Hedblom«, bestätigte Berger.

»Lebt der noch?«

»Er fand es sonderbar, dass er überhaupt nicht in den Ermittlungsakten von damals auftaucht.«

»Das Detail wurde verworfen, es hatte keinen Sinn, die Familiengeschichte weiterzuverfolgen. Ist *das* eure neue Spur?«

»Natürlich nicht. Warum hatte es keinen Sinn, die Spur Rune Hedblom weiterzuverfolgen?«

»Schwerer Alkoholiker. Obdachlos. Hing in Borlänge herum. Aber dann hat er jetzt also die Kurve gekriegt?«

»Ja. Aber er muss damals doch etwas gesagt haben, das euch dazu veranlasst hat, ihn aus den Ermittlungen herauszuhalten.«

»Er ist von zu Hause ausgezogen, als Karl sieben Jahre alt war. Wollte nur weg von dort und landete auf der Straße.«

»Und der andere Sohn?«

»Anders, ja.« Allan nickte. »Drei Jahre älter. Der verschwand noch früher aus der Familie und wuchs bei einer Tante in Schonen auf. Ich meine mich zu erinnern, dass jemand mit ihm telefoniert hat und er daraufhin ebenfalls aus der Ermittlung gestrichen wurde. Auch diese Spur wurde verworfen. Findet sich bestimmt alles in den Archiven in Stockholm.«

»Kannst du dich an seine Aussage erinnern? Irgendetwas Wichtiges?«

»Nein. Wirklich nicht.«

»Versuch es.«

»Seit er nach Schonen gezogen war, hatte er keinen Fuß mehr in die Region Dalarna gesetzt. Er lebte in Malmö und arbeitete irgendwo als Vertreter. Ich erinnere mich, dass er etwas sagte, was allerdings nichts mit dem Fall zu tun hatte, deshalb haben wir ihn beiseitegelassen. So, und jetzt erzählst du mir bitte mal, worum es hier geht.«

»Er hat etwas gesagt? Was war das?«

»Das war etwas Eigenartiges, aber ich kann mich nicht erinnern.«

»Natürlich erinnerst du dich daran, Allan. Du hast damals die Ermittlungen geleitet, du warst der Adler – du hattest die Lufthoheit und die Kontrolle.«

»Aber doch nicht die alleinige. Kollege Ling, der Wahnsinnige, schwebte doch wie ein geisteskranker Helikopter über allem, hoch über dem Adler. Erinnerst du dich noch an Robertsson? Den Spinner?«

Ein Lächeln schlich sich in Bergers Mundwinkel.

»Der Katalog«, sagte er.

»Das komplette Angebot aller Escortservices des Landes«, ergänzte Allan. »Sogar während der Mittagspause, zum Henker.«

»Ich frage mich, was so ein Mann heute so macht, acht Jahre später.«

»Der hat doch auch die Verhöre der Kollegen heimlich gefilmt.« Allan lachte. »Mit so einer alten VHS-Kamera. Durch das Fenster in diesem verrückten Hotel in Orsa.«

Darauf hatte Berger gewartet. Einen kurzen Augenblick des Einvernehmens, um das Eis zu brechen. Er brauchte einen entspannten Allan als Gesprächspartner.

»Was für neue Erkenntnisse sind das denn jetzt?«, fragte der alte Kommissar, nun wieder ernst.

»Jemand schickt Karl Hedblom Drogen in die Klinik.«

»Was denn für Drogen?«

»Ich bin mir nicht ganz sicher. Methamphetamin ist auf

jeden Fall ein Bestandteil. Irgendwer scheint ein besonderes Interesse daran zu haben, dass sein Bewusstsein und seine Erinnerung vernebelt sind.«

»Du warst doch dabei, als Karl gestanden hat. Du hast neben mir gesessen, Sam.« Allan starrte ihn an. »Hast du auch nur eine Sekunde daran gezweifelt, dass wir den Schuldigen gefasst hatten?«

»Nein«, gab Berger zu. »Damals nicht.«

»Aber jetzt hat sich daran etwas geändert? Der offensichtlichste Verbrecher des Landes ist plötzlich zum Unschuldslamm geworden? Bist du dir sicher, dass du den Fall heute richtiger einschätzt?«

»Sicher und sicher.«

Allan schüttelte den Kopf, bedächtig und lange.

»Kennst du den Unterschied zwischen Polizisten und Privatdetektiven?«

Er machte eine Kunstpause, Berger schwieg.

»Der Unterschied liegt im Auftraggeber. Ein Polizist dient dem Volk, ein Privatdetektiv ist gekauft. Und weil du jetzt von Rune Hedblom gekauft worden bist, ist sein Sohn auf einmal unschuldig. Kämm dich. Und rasiere dir diesen schrecklichen Bart ab.«

Berger strich sich über das Kinn, aufs Neue überrascht von der Existenz seines Bartes.

»Das Kleeblatt«, sagte er dann.

Daraufhin starrte Allan eine nicht genau zu definierende Zeit ins Leere. Dann erst schien der Groschen zu fallen.

»Aber das war doch nur so eine dämliche Kugelschreiberzeichnung. Ihr beide hattet euch da in etwas verrannt und verbissen, aber es stellte sich doch als irrelevant heraus. Hast du dir die Leichen angesehen? Und ihr lamentiert über eine Zeichnung auf einer Arschbacke?«

»Die identische Zeichnung ist ein paar Jahre später erneut aufgetaucht, bei einem Opfer aus Göteborg …«

»Und schon wieder dieses Lamentieren!«, rief Allan.

»Schon wieder?«

»Das war doch eine Farce. Diese verrückte Tante, die den Mord an der Buchmessennutte immer wieder aufs Neue durchgekaut hat. Als würde eine kleine Kugelschreiberzeichnung den entscheidenden Hinweis auf einen Serienmörder bieten. Wie du ja sicher weißt, gibt es in Schweden keine Serienmörder. Am Ende mussten wir dafür sorgen, dass sie aufhörte.«

»Und diese verrückte Tante, hat sie sich nur über die Zeichnung ausgelassen? Hat sie keine weiteren Verschwörungstheorien vorgebracht?«

»Das war schon noch etwas anderes. Jedenfalls waren wir gezwungen, sie auszubremsen.«

»Erinnerst du dich noch an den Namen dieser lästigen Tante?«

»Johanna, Josefin oder so. Und der Nachname klang auch so ähnlich.«

»Könnte es Jessica Johnsson gewesen sein?«

Allan nickte.

»Ja, genau. Obwohl sie erst ein Jahr nach der Tat damit anfing.«

»Wenn ich dir jetzt erzähle, dass es seit gestern ein weiteres Kleeblatt auf einer weiteren Arschbacke gibt, was würdest du dazu sagen?«

Allan zog die Augenbrauen hoch.

»Ich habe nie ganz aufgehört, Polizist zu sein«, sagte er. »So schnell geht das nicht. In der Tageszeitung stand ein Artikel, der roch förmlich nach *gedeckelter Information*. Das war in der Provinz Norrbotten, nicht wahr?«

»Und das Opfer war Jessica Johnsson«, erklärte Berger. »Ihr Körper fehlt, aber die Pobacke haben wir gefunden.«

Allan glotzte ihn unverhohlen an.

»Verdammte Scheiße!«, sagte er nach einer Weile.

»Bist du jetzt immer noch vollkommen überzeugt von Karl Hedbloms Schuld?«

Der ehemalige Kriminalkommissar Allan Gudmundsson zerrte am Kragen seines Hawaiihemds.

»Jetzt ist es mir wieder eingefallen«, sagte er.

»Was ist dir eingefallen?«

»Was Anders Hedblom am Telefon gesagt hat.«

»Und was hat er gesagt?«

»Dass Karl den Kinderwagen von ihm geerbt hat.«

Berger saß hinter dem Steuer, als sie in der Dämmerung wieder über die Inlandstraße fuhren.

»Bridge scheint keinen förderlichen Einfluss auf das Denkvermögen zu haben«, sagte Blom.

Berger lachte.

»Aber dafür haben wir etwas erfahren.«

»Dass dieser Robertsson heimlich die Vernehmungen gefilmt hat. Hätten nicht alle gefilmt werden müssen?«

»Es waren zu viele. Das waren größtenteils nur Routinevernehmungen. Meiner Meinung nach hat Robertsson sowieso lediglich die Dekolletés der Zeuginnen gefilmt. Ich werde versuchen, ihn ausfindig zu machen. Was noch?«

»Der Vater heißt Rune Hedblom. Ein Obdachloser in Borlänge.«

»Der Bruder, Anders Hedblom, ist Vertreter in Malmö.«

»Der mehr oder weniger spontan gesagt haben soll, dass Karl ›den Kinderwagen von ihm geerbt hat‹. Womit er wahrscheinlich ausdrücken wollte, dass er auch das Verprügeltwerden mit Holzscheiten geerbt hat.«

»Es ist ziemlich weit bis Malmö«, sagte Berger.

»Er hat dort vor acht Jahren gewohnt. Vertreter ziehen doch immer durchs Land. Wir müssen rauskriegen, wo er jetzt lebt. Was noch?«

»Als wir Jessicas Brief gelesen haben, haben wir den Hinweis auf Karl Hedblom am Anfang als nebensächlich abgetan. Aber offensichtlich hat sie sich da nicht zum ersten Mal über ihn geäußert und auch schon früher das Kleeblatt erwähnt.«

»Allerdings hat sie erst ein Jahr nach dem Mord an Lisa Widstrand damit angefangen. Warum? Was ist passiert?«

»Jessicas Peiniger Eddy Karlsson ist gestorben«, sagte Berger. »Erst nachdem sie ihre richtige Identität wieder annehmen konnte, begann sie damit, der Polizei ihre Theorie über das Kleeblatt vorzulegen, das ihrer Meinung nach die Fälle miteinander verband.«

»Sie wollte mitteilen, dass der wahre Mörder noch auf freiem Fuß ist. Aber das konnte sie nicht explizit tun, weil sie in irgendeiner Form mit ihm verbunden war. Mit anderen Worten: zurück auf Los.«

»Das sehe ich noch nicht so«, murmelte Berger.

»Aber Allan hat noch etwas sehr Interessantes gesagt«, fügte Blom an.

»Und was?«

»Dass ihr beide, du und Desiré, euch bei dem Kleeblatt *verrannt und verbissen* habt.«

16

Samstag, 21. November, 09:01

Als er aufwachte, lag sie auf dem Nachttisch. Allerdings hatte er sie dort nicht hingelegt.

Und das Wort »aufwachen« traf es auch nicht ganz. Für ihn existierte diese Grenze zwischen Träumen und Wachen nicht mehr. Alles glitt ineinander.

Sie waren mitten in der Nacht angekommen. Als schließlich der Kåbtåjaure die hügelige Landschaft mit seiner glatten, dunklen Oberfläche durchbrach, waren sie beide so müde, dass sie nur noch aus dem Wagen stiegen und wortlos auseinandergingen.

Berger war auf sein Bett gesunken, ohne sich die Jacke auszuziehen. Er hatte es noch geschafft, sein Handy auf den Tisch zu werfen, bevor er wie ein Toter einen tiefen dunklen Schlaf sank.

Doch dann verändert sich die Dunkelheit des Schlafs. Plötzlich schießt ein Paar leuchtend blaue Augen daraus hervor. Dann, wie ein weißer Lichtstreif, die schnelle Bewegung eines nur fragmentarisch zu erkennenden Holzscheits. Schließlich zeichnen sich in der Dunkelheit Konturen ab, es sind die Umrisse eines Menschen, ein blutiger Abdruck auf einem Bettlaken. Dann spiegelt sich der Mond in der Klinge eines Messers, aber es ist eher ein Dolch, und dieser Dolch dringt tief in die Haut ein, bis sie aufreißt. Eine Zeichnung wird sichtbar, umrahmt von blutigen Linien, ein Kleeblatt, dessen vier Blätter zu den vier Rädern eines Kinderwagens werden, der vor einem Haufen lose zusammengefügter Holzstämme steht, durch deren Zwischenräume Lichtstreifen dringen. Zwei gefesselte Hände verschwinden in einem sehr hellen Lichtkegel und geben den Blick frei auf eine Frau, die an einem Tisch sitzt. In ihrem Mund steckt eine schwarze Socke. So schwarz wie grenzenlose Dunkelheit.

Im Niemandsland zwischen Träumen und Wachen befahl das Reptiliengehirn der Hand, nach dem Gegenstand auf dem Nachttisch zu greifen. Aber der Gegenstand hatte eine ganz andere Struktur als ein kaltes Handy. Und zwar so ausreichend anders, dass er sich sofort kerzengerade in dem primitiven Bett aufrichtete, die Lampe anschaltete und vollkommen verwirrt die schwarze Socke anstarrte, die ausgebreitet auf seinem Nachttisch lag.

Wie ein Stück Tod lag sie da.

Sein Mund war ganz trocken. Man hätte ihm ohne Weiteres die Socke hineinstopfen können, als er mit offenem Mund geschlafen hatte. Er wäre nicht einmal aufgewacht, um Widerstand zu leisten.

Er bemühte sich, rational zu bleiben. Hatte er die Socke dort hingelegt? Hatte er in letzter Zeit überhaupt eine schwarze Socke in der Hand gehabt?

Auf der anderen Seite hatte er ordentlich in seinem Klamottenhaufen herumgewühlt, bevor sie sich auf ihre lange Reise durch das Inland begeben hatten. Außerdem hatte Molly davor diverse fragwürdige Kleidungsstücke besorgt.

Jedenfalls lag diese schwarze Socke nun da. Ausgestreckt wie eine Fahne auf dem Sarg des gefallenen Kriegers.

Nein, er bildete sich das nur ein. Niemand war in seine Hütte eingedrungen, nicht hier oben am Pol der Unzugänglichkeit. Das war unmöglich.

Niemand außer Molly Blom.

Er stand auf. In was für einer Welt lebte er? Nichts war mehr sicher. Nichts war mehr, wie es schien, am wenigsten er selbst. Wieder tauchten Bilder vor seinem inneren Auge auf, vergessene, verdrängte. Die Jungs, die Zwillinge. Freja, seine ehemalige Lebensgefährtin, ihre langen wehenden Haare. Ihre Aktion, die eher wie eine Flucht nach Frankreich aussah. Eine beängstigende Gestalt, die ihr und den Kindern auf dem Flughafen Arlanda hinterherjagte und in der er sich erst sehr viel später selbst wiedererkannte. Der havarierte Vater.

Als wäre er zwei Personen in einer.

Als würde er zwei verschiedene Leben leben.

Berger schwankte, aber auch das spürte er nur wie aus großer Entfernung.

Hatte er die schwarze Socke selbst dort hingelegt, mitten in der Nacht?

In einem anderen Geisteszustand?

Zwei Wochen lang war er bewusstlos gewesen. War das die Reaktion auf einen psychischen Schock gewesen? Die Schuldgefühle wegen Cutters Tod waren stark, aber gab es wirklich so traumatische Schockzustände, dass man zwei Wochen ausgeschaltet war? Und war er die ganze Zeit über bewusstlos gewesen?

Oder hatte er in dieser Zeit ein anderes Leben geführt?

Verwirrt stolperte er auf die Toilette und schaltete die schwache batteriebetriebene Lampe ein. Der Raum war eng und winzig, und die Komposttoilette roch modrig. Am Rand des dreckigen Waschbeckens stand eine halb volle Wasserflasche neben einer kleinen Seife, der es auch nicht gelungen war, den Schmutz auf Abstand zu halten. Sie lag da wie eine Insel im angefrorenen Wasser. Und über dieser Misere hing ein Spiegel, der so verschmiert war, dass Berger kaum sein Gesicht unter dem merkwürdigen grauen Bart erkennen konnte.

Was ging hier vor sich? Bisher hatte er alle Erklärungen akzeptiert – die Wochen der Bewusstlosigkeit, die irre Flucht ans Ende des Landes, Mollys Heldenstatus –, weil er ihr vertraut hatte. Aber dieses Vertrauen begann zu bröckeln.

Er musterte sich im Spiegel und schaute genauer hin. Dieser Bart war in der Tat bizarr, konnte ein Bart in zwei Wochen so schnell wachsen? Auch seine Frisur war mehr als sonderbar. Er zog an den Haaren über seinen Ohren. Auf der linken Seite waren sie kürzer. Zudem hatte er abgenommen, wodurch die alte, verhängnisvolle Bisswunde an seinem Oberarm deutlicher zum Vorschein kam. Und unter dem Bart ahnte er eingefallene Wangen.

Nein, dachte er, versetzte dem Spiegel einen Stoß und wandte sich ab. Nein, es war an der Zeit, wieder Ordnung herzustellen. Er wusste auch, dass ihm das nur gelingen würde, indem er arbeitete. Er musste ermitteln, als Kriminalist denken und handeln, sich tief in einen alles absorbierenden Fall vergraben.

Und jetzt hatte er die Chance dazu bekommen.

Er sah aus dem Fenster. Die Sonne war noch nicht aufgegangen, aber ihre Strahlen trennten bereits die Bergspitzen vom Himmel und ließen die vereiste Oberfläche des Kåbtåjaure glänzen. Dieses rosa schimmernde Licht erinnerte ihn daran, seine Lampe am Bett auszuschalten.

Er warf einen schnellen Blick auf die Tabelle mit den Satellitenzeiten, die an der Wand hing, und stellte fest, dass keine davon mit der Zeit auf seiner Armbanduhr übereinstimmte, die er soeben angelegt hatte. Dann warf er einen letzten Blick auf die groteske Socke und verließ die Hütte.

Die Morgendämmerung war eine kurze Angelegenheit. Noch im Halbdunkel ging er los und erreichte die andere Hütte bei hellem Tageslicht. Als er anklopfte, reagierte niemand. Da öffnete er die Tür, allerdings nicht die zur Hütte, sondern die schmale daneben. Die Skier waren weg. Danach machte er die andere Tür auf und trat ein.

Der Schlafsack lag ordentlich ausgebreitet auf dem Bett, das Kissen lehnte sich aufgeplustert gegen die Wand und sah frisch gewaschen aus. Gegenüber dem Bett befand sich Bloms Whiteboard-Ersatz, also eine Wand, die von oben bis unten mit Zetteln bestückt war, die mit Nadeln im Kiefernholz befestigt waren. Dort hing alles, was sie wussten, aber Berger hatte das Gefühl, dass die Fläche seit gestern gewachsen war.

Seit wann war Molly schon wach?

Es gab eine Zeitleiste von Jessica Johnssons Leben, einen Grundriss des Hauses in Porjus, eine Liste der vernommenen Personen im Helena-Gradén-Fall, einige ausgewählte Fotos aus der Ermittlungsakte, ein sehr lebendiges Porträt der verstorbenen Lisa Widstrand und das eines Mannes mit Sturmmaske, der eine Kellertreppe hochrannte. Neben einem alten Foto eines jungen Karl Hedblom hing eine neue Aufnahme von einem acht Jahre älteren Drogenabhängigen. Aber das war nicht die einzige Ergänzung an der Wand. Es hatten sich auch ein betagter Schuppen dazugesellt, drei Bilder von einer mit Schnee bedeckten, klapprigen Hütte und sogar ein brandneuer Abzug von Allan in Hawaiihemd.

Molly Blom wurde immer besser darin, heimlich zu fotografieren.

Berger sah aus dem Fenster und beobachtete die Sonne, wie sie langsam weiter über den Bergen aufstieg. Er hatte keine Ahnung, wie lange Blom schon unterwegs war. Sie könnte jeden Augenblick zurückkommen. Trotzdem überkam ihn dasselbe Gefühl wie in seiner Hütte. Jenes Gefühl, dass die Ordnung wiederhergestellt werden musste.

Einen Moment lang stand er mitten in der Hütte, die genau wie seine geschnitten war. Der ausgebreitete Schlafsack erinnerte ihn an die schwarze Socke. Da fasste er einen schnellen Entschluss. Zuerst ging er in ihr Badezimmer, das natürlich deutlich sauberer war als seines. Er klopfte mit den Knöcheln gegen die Wände, die Decke und den Boden, kniete sich hin und überprüfte alle nur erdenklichen Hohlräume rund um die Komposttoilette. Erst als er sich ganz sicher war, dass sich nichts in dem Verschlag versteckte, ging er in den Raum zurück. Hier untersuchte er eingehend die Garderobe, schaute unter die Matratze und wiederholte dann die Prozedur vom Badezimmer. Nichts. Keine auffälligen Unterschiede, als er gegen Wände und Decke klopfte. Blieb nur noch der Boden. Wieder kniete er sich hin und hielt das Ohr dicht an die Holzplanken. Dann klopfte er systematisch, aber immer resignierter über die überschaubare Fläche.

Doch plötzlich veränderte sich der Klang.

Direkt unter dem Kopfende ihres Bettes. Er lauschte erneut, dann sprang er auf, sah aus dem Fenster, lief aus der Hütte und blickte sich um. Die Welt hier draußen war kalt, weiß und still. Berger kehrte in die Hütte zurück, zog das Bett von der Wand, kroch dahinter und lokalisierte durch weiteres präzises Klopfen den Bereich in der Ecke. Er suchte ihn nach Spalten ab, konnte aber nur eine natürliche Fuge zwischen zwei Holzplanken entdecken. Also nahm er ein Taschenmesser, schob die Klinge in die Fuge und bewegte sie hin und her. Die Messerklinge drohte jeden Augenblick abzubrechen, aber dann bewegte sich die Planke und gab nach. Endlich konnte er seine Fingerspitzen in die Spalte schieben und ein unregelmäßig geschnittenes Stück Holz anheben, nicht mehr als dreißig Zentimeter lang.

Darunter war ein dunkler Hohlraum. Berger konnte die Konturen eines Gegenstandes erkennen und angelte ihn heraus.

Auf dem Tisch, zwischen ihren Laptops, stand das Satellitentelefon, das sie von Deer bekommen hatten. Daneben stellte Berger nun eine etwas kleinere und modernere Version.

Blom hatte also von Anfang an ein eigenes Satellitentelefon gehabt.

In den zwei Wochen, in denen Berger in seinem Dornröschenschlaf gelegen hatte, war sie mit Telefon und Internetzugang ausgestattet gewesen. Das war ihre erste, unverkennbare Lüge.

Ein dumpfes Rasseln an der Treppe ließ ihn erstarren. Die Tür wurde geöffnet.

Aber nicht die zur Hütte. Sondern die der Abseite für die Skier. Das verschaffte Berger die Zeit, die er brauchte. Er griff nach dem Satellitentelefon und legte es so lautlos wie möglich in das Geheimfach zurück. Während er hörte, wie die Tür der Abseite geschlossen wurde, drückte er das Holzstück an seinen Platz und schob dann das Bett leise darüber. In diesem Moment hörte er, wie die Türklinke heruntergedrückt wurde. Er stürzte zum Tisch, klappte seinen Laptop auf und stellte sich in nachdenklicher Pose vor das improvisierte Whiteboard. Als Blom hereinkam, riss er die Arme in die Luft und zeigte an die mit Papierzetteln übersäte Wand.

»Du hast expandiert«, sagte er und hoffte inständig, dass er nicht zu übermütig klang.

»Und du hast lange geschlafen«, erwiderte sie und zog sich die Skistiefel aus.

»Ich komme einfach nicht dahinter, was du Neues entdeckt hast«, sagte er, ging dabei einen Schritt auf die Wand zu und versuchte, seinen Puls unter Kontrolle zu bekommen. Als Geheimagent war er jedenfalls nicht geboren worden.

»Das Wichtigste wirst du dort sowieso nicht finden«, sagte sie und lief auf Strümpfen durch die Hütte.

»Weshalb?«

»Weil es das ist, was ich *nicht* gefunden habe.«

»Nämlich ...?«

»Anders Hedblom«, erklärte Blom und klappte ihren Rechner auf.

»Ich habe den Vater ausmachen können, er starb vor zwei Jahren in einem Obdachlosenasyl in Borlänge, hat sich regelrecht zu Tode gesoffen. Aber Anders Hedblom, den Vertreter aus Malmö, gibt es einfach nicht. Dafür jedoch zwanzig andere Anders Hedbloms in Schweden, von denen er natürlich auch einer sein kann. Ich habe sein Geburtsdatum leider nicht herausgefunden.«

»Hier ist also klassische polizeiliche Ermittlungsarbeit am Schreibtisch gefragt?«

»Wenn du gerade keine weiteren Reisepläne hast?«, entgegnete Blom, nahm einen kleinen Stapel Notizzettel vom Tisch und stellte sich neben ihn vor die Ermittlungswand.

Berger musterte sie aus dem Augenwinkel. Ihre Wangen waren rosig von der Kälte.

»Du warst wohl lange unterwegs. Bist du schon bei Dunkelheit aufgebrochen?«, fragte er.

»Die Satelliten kommen erst in der Morgendämmerung. Du musst dir keine Sorgen machen, ich habe eine Stirnlampe. Außerdem hat es schon seit Tagen nicht mehr geschneit, die Spur ist also noch intakt. Weitere Fragen?«

»Wann wirst du duschen gehen?«

»Wenn ich ausreichend nachgeschwitzt habe«, antwortete Blom leidenschaftslos und begann, die Notizzettel an der Wand anzubringen. Währenddessen zählte sie auf.

»Erstens: die unsichtbaren Jahre der Jessica Johnsson durchleuchten. Zweitens: weitere kriminaltechnische Ergebnisse vom Haus in Porjus aus der NOA herauskitzeln. Drittens: alle Verhöre aus dem Helena-Gradén-Fall durcharbeiten. Viertens: Kontakt mit Andreas Hamlin in Säter aufnehmen, damit nach den Umschlägen an Karl Hedblom gesucht wird. Fünftens: am Fall Lisa Widstrand aus Göteborg dranbleiben. Sechstens: das Polizeiregister des ganzen Landes nach einem Kleeblatt auf einem beliebigen Körperteil durchforsten. Siebtens: Anders Hedblom finden. Welche Aufgaben übernimmst du?«

Berger seufzte.

»Was ist im Fall Gradén besser? Dass du ihn dir mit einem neuen Blick ansiehst oder ich mit einem *neu-alten*?«

»Du mit einem *neu-alten*, glaube ich. Du hattest immer Schwierigkeiten, dich mit der Vergangenheit auseinanderzusetzen. Wenn du gezwungen bist, dich dem Verdrängten zu stellen, kommt vielleicht etwas ganz Neues dabei heraus.«

»Das ist eine der größeren Aufgaben. Die andere große ist das Durchleuchten der unsichtbaren Jahre in Jessica Johnssons Leben. Das ist mehr eine Geheimdienstsache. Du hast doch nach wie vor gute Kontakte dorthin?«

Er hoffte, dass er möglichst ungezwungen klang.

»Kann schon sein«, antwortete Blom nur. »Du nimmst also Punkt zwei, drei, vier und sechs. Wenn ich mit Widstrand weitermache, kümmerst du dich um das Kleeblatt? Okay?«

»Okay!«

Von der leicht brodelnden Oberfläche stieg Dampf auf. Vorsichtig reichte er den Eimer um die Ecke. Eine Hand schoss dahinter hervor und griff danach.

»Warmes Wasser? Dein Ernst?«, sagte eine Stimme.

»Ich habe es nur ein bisschen angewärmt«, entgegnete Berger.

Statt Dankbarkeit hörte er ein Plätschern, dann ein Prusten. Schließlich tauchte der leere Eimer wieder auf. Berger nahm ihn und füllte ihn erneut mit Schnee und Wasser aus dem Topf.

»Punkt eins?«, fragte er.

Das unmissverständliche schmatzende Geräusch von gehetztem Einseifen wurde von einer ziemlich undeutlichen Stimme übertönt: »Bisher nichts Neues. Die unsichtbaren Jahre in Jessica Johnssons Leben bleiben unsichtbar. Und ich bin bei der Säpo nicht richtig ins System gekommen. Geheimhaltungsstufe ersten Grades. Punkt zwei?«

»In Porjus wurde keine weitere DNA gefunden«, sagte Berger und reichte ihr den zweiten Eimer um die Ecke. »Dafür hat der Chefkriminaler Robin herausgefunden, dass in diesem Heizkesselraum jemand tatsächlich *gewohnt* hat. Robin hat den dröhnenden Raum mit so einem hypermodernen Präzisionsstaubsauger bearbeitet, den er sich vom FBI ausgeliehen hat. Im Laufe des Tages wird es wohl auch eine Antwort wegen des Autolacks geben, sagt Deer.«

»Und Punkt drei?«, fragte die Stimme hinter dem zweiten, ebenfalls leeren Eimer.

»Ich habe den Fall Helena Gradén noch einmal genauestens durchgelesen«, berichtete Berger und mischte einen dritten Eimer an. »Du hattest natürlich recht, dass es viele alte Erinnerungen wachgerufen hat. Deer und ich waren bei den Ermittlungen zwar nie im Zentrum des Geschehens, wir waren für den Personenkreis an der Peripherie zuständig. Was mich allerdings wirklich überrascht hat, ist, wie *gut* Allan damals gewesen ist. Er hat immer die richtigen Fragen zur richtigen Zeit gestellt. Sein Kollege Robertsson hingegen hat sich ein paar echte Patzer geleistet.«

»Hast du Kontakt mit ihm aufgenommen?«

»Nein, aber ich habe ihn gefunden. Nicht ganz unerwartet ist er ein paar Stufen die Dienstleiter hinuntergeklettert und jetzt Polizeimeister in der Asservatenkammer. Ich werde ihn anrufen. In der Zwischenzeit sehe ich mir noch einmal seine Verhöre an, einige schienen ganz vielversprechend zu sein.«

»Was für Leute habt ihr denn eigentlich vernommen?«

»Ich gehe davon aus, dass du keine Namen hören willst, obwohl ich mir mittlerweile ein paar gemerkt habe.«

»Doch, ich will Namen hören! Und wissen, warum sie jeweils vernommen wurden.«

»Es gibt vier Kategorien. Ich nenne dir jetzt nur die, an die ich mich erinnere. Zuerst die potenziellen Baumeister dieser Hütte, Tischler, Zimmerleute und so weiter: Lennart Olsson, Magnus Bladh, Peter Öberg. Zweitens Patienten aus der Wohngruppe: Linnéa und Elin Sjögren, Reine Danielsson, Johan Nordberg und natürlich Karl Hedblom. Dann die Betreuer der Wohngruppe: der Leiter Sven-Olof Lindholm, Juana Galvez, Lena Nilsson, Sofia Trikoupis. Und dann die Nachbarn und Freunde: Per Eriksson, Göras Egil Eriksson, Elisabeth Hellström, Grop Åke Ek, Olars Fredrik Alexandersson und so fort.«

»Nicht ganz so detailliert ...«

»Aber jetzt mal ehrlich, was sagst du zu diesen Namen aus der Region Dalarna? Göras, Grop, Olars ...«

»Es wird langsam kalt hier ...«

»Oh«, sagte Berger zu dem nackten Frauenarm und reichte den nächsten Eimer weiter.

»Punkt vier«, fuhr er dann fort. »Also, Andreas Hamlin wird Ausschau nach weiteren Briefsendungen an Karl Hedblom halten und hat entsprechende Anweisungen gegeben. Außerdem wird er einen Bluttest bei Karl durchführen lassen. Punkt fünf?«

»Das sind die Höfe«, antwortete Blom.

»Wie bitte?«

»Das ist typisch für die Region Dalarna, dass man den Namen der Höfe dem Eigennamen voranstellt. Viele haben diesen Brauch übernommen.«

»Da sieh mal einer an«, sagte Berger erstaunt.

»Punkt fünf also«, nahm Blom den Faden wieder auf. »Lisa Widstrand. Ich hatte eine recht effektive Korrespondenz mit einem Kommissar Sjölund aus Göteborg, der zugab, dass die Ermittlungen damals äußerst schlampig geführt wurden. Niemand interessierte sich für das Kleeblatt, da sich niemand für das Mordopfer interessierte. Es war kurz vor der Buchmesse, da wollte keiner den Fall einer ermordeten Prostituierten groß publik werden lassen. Ich bin jetzt gleich zu einem Skype-Gespräch mit Sjölund verabredet.«

»Dann solltest du vielleicht mal fertig werden.«

»Gib mir das Handtuch und Punkt sechs.«

»Sechs«, wiederholte Berger und hielt ihr das Handtuch hin. »Das Kleeblatt. Zuerst musste ich die Suchparameter variieren und nicht nur nach ›Kleeblatt‹ suchen, sondern auch nach ›Klee‹, ›Kugelschreiberzeichnung‹, ›Zeichnung auf dem Körper‹, ›Tintenskizze‹, ›Pobacke‹, ›Arschbacke‹, ›Gesäßhälfte‹, ›Hinterteil‹ und so weiter. Und so habe ich ein paar ganz interessante Treffer erzielt. Kann ich mal eben um die Ecke kommen?«

Das Brummen hinter der Ecke deutete er als Zustimmung. Sie hatte sich das Handtuch um den Körper gewickelt, ihr blondes Haar stand zu Berge, und an den Füßen trug sie leuchtend blaue Crocs. Verwundert starrte er sie an.

»Gefährliche Kälte kommt von unten«, sagte sie.

»Altes sibirisches Sprichwort!«, konterte er.

»Weiter!«

»Die Suche läuft noch. Ich hatte ein paar Treffer, aber ich weiß nicht, wo die mich hinführen. Bevor ich die Sache weiterverfolgen konnte, wurde ich zum Duschassistenten.«

In der Hütte tuckerte die Heizung und verbreitete eine willkommene Wärme. Das Außenthermometer zeigte minus achtzehn Grad, die Kälte hatte das Inland jetzt fest im Griff.

Blom hockte sich vor den Heizkörper und streckte ihre Hände aus, sodass sie ihn fast mit den Fingerspitzen berührte.

»Wer ist es? Was will er?«, fragte sie.

»Wer es ist, wissen wir nicht«, erwiderte Berger. »Wir müssen erst ein bisschen Licht in Jessica Johnssons Vergangenheit bringen. Denn dort werden wir ihn finden. Aber was will er? Alles deutet auf einen Sexualmord hin. Außerdem scheint mir das Motiv ein anderes zu sein als bei Karl. Dahinter steckt kein Hass auf Mütter oder eine Rache für Misshandlungen in der Vergangenheit. Nein, diese Tat hier ist viel zu genau geplant. Hier geht es um Genuss. Dieser Täter misshandelt und tötet, um einen Kick zu bekommen. Vieles weist darauf hin, dass wir es hier mit einem waschechten Triebtäter zu tun haben. Ist es sicher, dass an keinem der Tatorte Sperma gefunden wurde?«

»Soweit ich weiß, noch nicht einmal bei der Prostituierten in Göteborg.«

»Sonderbar«, sagte Berger. »Man hat den Eindruck, dass es hier nur um eine einzige Sache geht: Sex.«

Blom nickte.

»Punkt sieben«, sagte sie dann. »Ich glaube, ich habe Karls großen Bruder Anders gefunden. Er war die einzige Person im richtigen Alter. Außerdem wohnt er ganz in der Nähe. Aber erreicht habe ich ihn noch nicht.«

»Ganz in der Nähe? Wohnt denn jeder Idiot hier in der Gegend?«

»In Sorsele. Ich stelle mir das alles folgendermaßen vor: Vor acht Jahren lebt Anders noch in Malmö und fährt nach Orsa, um seinen Bruder zu besuchen. Dort sieht er im Wald eine Frau mit einem Kinderwagen spazieren gehen, was seine Mordlust weckt. Er plant seine Tat, baut eine Hütte – er ist von Haus aus Tischler und wurde später erst Werkzeugverkäufer – und entführt Mutter mit Kind. Nach vollbrachter Tat beseitigt er alle DNA-Spuren aus der Hütte, hinterlässt aber Hinweise auf die DNA seines Bruders und der Opfer. Irgendwie lernt er dann Jessica Johnsson kennen, die unter neuem Namen in Porjus lebt und ein Händchen für die falschen Männer hat. Sie beginnen ein Verhältnis, er zieht in die Nähe, nach Sorsele, aber beichtet ihr irgendwann seine Tat, vielleicht erzählt er sogar von dem Kleeblatt und bedroht sie. Jessica beendet die Beziehung, will ihn aber nicht anzeigen. Stattdessen schickt sie ihre versteckten Hinweise, in Verschwörungstheorien verkleidet, an die Polizei. Bis die Wirklichkeit sie einholt. Und zwar genau in dem Moment, als wir bei ihr sind.«

Berger nickte.

»Nicht unmöglich. Allerdings erklärt es nicht, warum Jessica den Brief ausgerechnet an Deer geschickt hat. Ich habe ihr die Antwort nicht abgekauft, dass sie Deer im Fernsehen gesehen und als vertrauenserweckend empfunden hat.«

»Ja, daran habe ich auch schon gedacht. Wir müssten uns diesen Beitrag anschauen. Erinnerst du dich, wann der gesendet wurde?«

Berger schüttelte den Kopf.

»Nein, aber ich kann versuchen, es herauszubekommen. Allerdings bin ich der Ansicht, dass sich in Anbetracht deiner Theorie über Anders Hedblom eine Fahrt nach Sorsele anbieten würde.«

Jetzt nickte Blom.

»Aber vorher habe ich noch ein Skype-Gespräch.«

»Willst du so bleiben?«, fragte Berger und zeigte auf das Handtuch.

»Nein, eigentlich nicht«, erwiderte Molly Blom und ließ es fallen.

17

Samstag, 21. November, 14:13

Der Mann und die Frau halten sich schon sehr lange in der Hütte auf. Die Nahaufnahme auf dem unteren Monitor zeigt die hintere Hütte, aber genau genommen gibt es dort gar nichts zu sehen.

Wie immer schweift er ab in der Zeit des Wartens. Zu den Bildern des Wartens. Und ihnen gelingt es sogar, die gespenstige Kälte des winzigen Raumes zu verdrängen.

Die Abenddämmerung legt sich über die große Terrasse, der Pinienduft vermischt sich mit Thymian und Rosmarin, die an den steilen Hängen hinunter zum Meer und hinauf in die Berge wachsen. Ein Hauch von Lavendel würzt die Luft, die auch heute Nacht wieder warm bleiben wird. Sie können entscheiden, ob sie im Haus oder unter freiem Himmel schlafen wollen. Hier ist alles möglich, alles erlaubt, alles so unfassbar lebendig. Sie werden dieselben Dinge erleben, mit derselben, gleichsam verstärkten, verdoppelten Wahrnehmung.

Während sie einander noch sehen können.

Der Vertrag bleibt für eine Weile auf dem Schreibtisch des Anwalts auf dem Balkon Europas liegen. Der Namenszug leuchtet in silberner Schrift. Der Anwalt kommt zurück, die Bank hat die Einzahlung bestätigt, und er notiert das auf dem Vertrag in goldener Schrift.

Als die Tür der schneebedeckten Hütte geöffnet wird, übermannt ihn die Kälte mit aller Kraft. Die Tür wird wieder geschlossen, aber die milde Wärme des Mittelmeerklimas will sich nicht wieder einstellen. Erneut sitzt der Beobachter allein in seinem kahlen Raum.

Das Leder an seiner linken Hand spannt, als er näher an die Tür der Hütte heranzoomt. Zuerst kommt die Frau heraus, in ein Handtuch gehüllt und mit einem Eimer in der Hand, den sie abstellt, bevor sie um die Ecke verschwindet. Dann kommt der Mann, er ist dick eingepackt und trägt einen Campingkocher unter dem Arm. Den stellt er auf den Boden und hockt sich daneben. Der Mann zündet den Campingkocher an und schüttet Schnee in den Topf, bis Dampf aufsteigt. Die Frau wartet, und der Beobachter zoomt auf ihr Gesicht, er kann sehen, wie die Kälte in ihren Körper kriecht.

Ich kann dich wärmen, denkt er plötzlich. Es gibt einen Ort, an dem wir uns gegenseitig wärmen können.

Jetzt legt sie das Handtuch ab und hängt es an einen Haken. Der Mann kippt das Wasser aus dem Topf in den Eimer, mischt es mit Schnee, prüft die Temperatur und reicht ihr den Eimer um die Ecke. Die Frau hebt ihn sich über den Kopf, und kurz bevor sich sein Inhalt über sie ergießt, sieht er das sternförmige Muttermal unter ihrer rechten Brust.

Mit einer Hand wühlt er in der Schreibtischschublade und holte etwas Schwarzes heraus. Es ist aus elastischem Stoff. Er legt die Socke glatt auf den Schreibtisch.

Die Sig Sauer P226 liegt ebenfalls auf dem Tisch des Beobachters. Er lässt die Pistole vor sich rotieren. Eine etwas eigenwillige Version von *Wahrheit oder Pflicht*. Die Pistole dreht sich immer langsamer, bis sie wieder still liegt. Ihr Lauf zeigt auf seinen Körper, zielt direkt auf sein Brustbein. Der Beobachter wählt immer Pflicht, die Wahrheit ist viel zu kompliziert, vor allem die Wahrheit über Krankheiten.

Reine Profanisierung.

Seine rechte Hand tippt: »14:24: Nach mehreren Stunden Beisammensein in der Hütte von ♀ wird nun Hygiene verrichtet. ♂ assistiert ♀. Kein sichtbares Ergebnis der Zweisamkeit.«

Der Beobachter gibt sich damit zufrieden. So lautet schließlich sein Auftrag.

Einer seiner Aufträge.

18

Samstag, 21. November, 14:24

Der große, weiß gekleidete Mann bewegte sich wie in Zeitlupe in seinem ziemlich begrenzten Raum. In dem ultravioletten Licht sah er aus wie ein Siamesischer Kampffisch in einem Aquarium. Unter anderen Umständen hätten seine Bewegungen ihr Interesse geweckt, aber im Moment dachte sie nur an den Anpfiff des Fußballspiels um drei Uhr. Mädchenfußball.

Es war nämlich Samstag.

Sie musste auf schnellstem Wege vom Polizeipräsidium quer durch die Stadt nach Hause fahren, in ihr Reihenhaus in Skogås, um dort eine hoffentlich fertig angezogene Lykke vorzufinden und dann mit Bleifuß zum Fußballplatz Nytorps Mosse IP zu rasen, wo die neunjährigen Mädchen des Vereins Skogås-Trågsunds FF bereitstanden, um auf ihre Gegnerinnen des Boo FF zu treffen.

Stattdessen stand sie in dem winzigen Labor und war Zeugin einer eigenartigen Choreografie.

»Der hing an der Wand«, sagte Robin und beugte sich über etwas, das auf dem eigentlich leer wirkenden Tisch lag.

»Der?«, wiederholte Deer und zupfte an ihrem weißen Kittel, der sie bei jedem Besuch irritierte. »Und warum ist *der* dann nicht in Linköping?«

Das NFC, die Zentrale der Forensik, hatte nach der großen Fusion sein Hauptquartier in Linköping behalten, aber es gab auch eine kleine Filiale in der Polhemsgatan, im Stockholmer Polizeipräsidium.

Robin sah auf und wirkte fast beleidigt.

»Es ist Samstag!«

Ohne jeden Ehrgeiz, diese Äußerung verstehen zu wollen, fragte Deer: »Was ist *der* denn?«

Jetzt richtete Robin sich auf.

»Man kann es durchaus einen ›Faden‹ nennen.«

»Und warum bitte ist dieser Faden so wichtig, dass ich auf der Stelle vorbeikommen musste?«

»Das ist er vielleicht gar nicht«, erwiderte Robin und wandte sich wieder dem unsichtbaren Faden zu. »Zumindest jetzt noch nicht. Aber ich habe noch nicht alle Möglichkeiten ausgeschöpft.«

»Du willst also, dass ich Fragen stelle«, leitete Deer daraus ab. »Der Faden hing also an der Wand? Kann ich davon ausgehen, dass du die Wand des Heizkesselraumes in Porjus meinst?«

»Dies war das Einzige, was ich dort überhaupt gefunden habe. Ich kann also nicht wirklich beweisen, dass jemand dort gewohnt hat. Daher kann ich es auch nicht Benny Lundin berichten, dem quadratschädligsten und unflexibelsten Kommissar des gesamten schwedischen Polizeiwesens.«

»Conny Landin«, korrigierte ihn Deer geduldig. »Warum hast du gezögert, den Faden als ›Faden‹ zu bezeichnen?«

»Weil er so winzig ist. Es handelt sich eher um ein Fadenfragment, eine Faser. Die ist an der rauen Betonwand hängen geblieben, etwa in Kopfhöhe eines ziemlich großen Mannes, sofern dieser auf dem Boden gesessen hat.«

Deer sah Filmaufnahmen vor sich, in denen ein Mann mit einer schwarzen Sturmhaube vorkam, ein Film, den sie auf keinen Fall hätte sehen sollen. Für den Bruchteil einer Sekunde hätte sie um ein Haar ihr neues doppeltes Spiel vergessen und ausgerufen: »Schwarz?«, aber es gelang ihr gerade noch, sich auf die Zunge zu beißen.

»Welche Farbe hat der Faden denn?«

»Weiß«, antwortete Robin.

Deer starrte Robin ein bisschen zu lange an, ehe sie hervorstieß: »Was ist das denn für ein Faden?«

»Es ist dasselbe Material, das man auch für Mullbinden verwendet. Deshalb muss ich ihn mir ja auch so genau ansehen. Es kann sich natürlich auch um etwas ganz anderes handeln.«

»Mullbinde? Mit Blut?«

Robin nickte.

»Daher wollte ich auch mit dir darüber reden und nicht mit Sonny Landén. Aber die Antwort ist Nein. Eine erste Analyse hat kein Blut ergeben, was aber nicht heißen muss, dass keines darauf ist. Wir müssen genauer vorgehen, auf molekularer Ebene.«

»Und deswegen hast du mich angerufen? Um mir mitzuteilen, dass du *kein* Blut gefunden hast?«

»Nein, nicht deshalb. Sondern deswegen.«

Robin hob eine kleine Plastiktüte hoch, die genauso leer aussah wie der Tisch vor ihm. Deer trat näher heran. Das ultraviolette Licht wurde von winzigen Partikeln reflektiert.

»Bei dem hier hatten wir ein bisschen mehr Glück«, sagte Robin und wedelte mit der Tüte.

»Stammt das von den Wagenspuren?«

Robin nickte.

»Lackspuren vom Fluchtwagen, ganz genau. Kennst du den Ausdruck ›Vollverklebung‹?«

»Das kann ich nicht behaupten, nein.«

»Man kann sein Fahrzeug mit einer ganz dünnen farbigen PVC-Folie komplett beziehen. Einige Fragmente in dieser Tüte konnten der hellblauen Folie der Serie Oracal 970 Premium zugewiesen werden, und die Farbe wurde als *Fjord Blue* identifiziert. Zusätzlich haben wir Reste des Originallacks gefunden, die sind cremeweiß. Der Farbtyp konnte noch nicht festgestellt werden, die chemische Analyse dauert.«

»Also ein cremeweißer Wagen, der mit einer hellblauen Folie beklebt wurde?«

»Wenn die Vollverklebung legal vorgenommen und gemeldet wurde, dann dürfte es für einen ambitionierten, auch samstags arbeitenden Polizisten möglich sein, die entsprechende Werkstatt herauszufinden«, erklärte Robin und wandte sich wieder seinem unsichtbaren Faden und ihr seinen gekrümmten Rücken zu.

»Steh hier nicht rum und verschwende meine Zeit«, fügte er hinzu.

Deer starrte die Rückseite des korpulenten Chefs der Kriminaltechnischen Abteilung an.

»Danke, Robin«, entgegnete sie dann.

»Der Bericht liegt in der Akte am Ausgang«, sagte dieser, ohne sich umzudrehen.

Ab dem Zeitpunkt nahm dieser Samstag eine sonderbare Form an. Deer zog ihre Schutzkleidung aus, rannte hinunter in die Tiefgarage des Polizeipräsidiums und fuhr hinaus in einen trostlosen europäischen Novembernebel, kompakt wie ein erstarrter Platzregen. Während sie unangemessen schnell über den Nynäsvägen raste, spürte sie eine große Sehnsucht nach der klaren, unbarmherzigen Luft des norrländischen Inlands, dem sie bereits allzu zahlreiche Besuche abgestattet hatte – vielleicht auch, weil aus dem Nebel immer wieder Bilder auftauchten. Eine schwarze Sturmhaube, aus der zwei blaue Augen hervorleuchteten, aber auch ein mikroskopisch kleiner Faden mit Blutspuren. Ein hellblauer Kastenwagen der Marke VW Caddy fuhr rückwärts aus einer Garage und hatte eine cremeweiße Schramme an der Seite. Daher jubelte Deer mindestens zwei Sekunden zu spät, als Lykke zum ersten Mal in ihrem neunjährigen Leben den Führungstreffer gegen Boo FF mit einem Kopfball erzielte.

Sam, verdammt noch mal, was läuft da oben in Lappland? Was hast du vor?

Tief in ihrem Inneren ahnte Deer weit mehr, als sie zugeben wollte. Als ihr die attraktive Stelle bei der NOA angeboten worden war, war sie bereit gewesen, dafür den Fall zu den Akten zu legen. Trotzdem brannte sie darauf, den Zusammenhang zwischen Cutters plötzlichem Tod und Sams und Mollys Verschwinden herauszufinden. Es gab wohl keinen Zweifel, dass sich die beiden dort oben versteckten, vielleicht sogar vor dem Geheimdienst. Deers doppeltes Spiel hatte sich also – im unverschleierten Rückblick – weit weniger zufällig ergeben, als sie es sich eingeredet hatte. Doch jetzt würde sie zwei Fliegen mit einer Klappe schlagen: Die Untersuchung von Karl Hedbloms Schuld sollte neu aufgerollt werden, und sie wollte nebenbei eine Antwort auf die Frage erhalten, weshalb Cutter gestorben war und Sam und Molly untergetaucht waren.

Stattdessen war ihr der ganze Mist nun auf die Füße gefallen.

Und zu ihrer Überraschung saß sie auf einmal hinter dem Steuer ihres Wagens und blickte in ihr eigenes, bedeutend jüngeres Spiegelbild. Dieselben braunen Augen – die Sam immer »Rehaugen« genannt hatte –, dasselbe glatte braune Haar und ebenfalls ein Pagenkopf. Wenn sie ihre Tochter ansah, hatte Deer ganz oft das Gefühl, in eine Art *Zeitspiegel* zu sehen, der sie in verschiedenen Altersstufen zeigte. In diesem Augenblick war Deer neun Jahre alt, nur dass die Neunjährige im Spiegel nicht Ballett tanzte. Sie spielte Fußball, war beeindruckend dreckig, saß hinter ihr auf der Rückbank und sah sie auffordernd an.

»Das hast du so toll gemacht, Lykke«, sagte Deer etwas bemüht.

»Weißt du überhaupt, wie das Spiel ausgegangen ist?«, entgegnete das Mädchen vorwurfsvoll.

»Acht zu vier, oder?«

Schlagartig veränderte sich Lykkes Gesichtsausdruck zu einem strahlenden Lächeln.

»Ich habe drei Tore geschossen«, bestätigte sie.

»Ich bin sehr stolz auf dich, Lykke«, sagte Deer, vielleicht etwas zu feierlich.

Lykkes Lächeln verriet ihr, dass ihre Tochter ihr verziehen hatte. Doch einen zweiten Fauxpas würde sie sich an diesem Samstag nicht erlauben dürfen.

»Familienabend.« Sie hatte schon immer ihre Schwierigkeiten gehabt mit diesem Leuchtturm der Spießbürgerlichkeit. Aber mit den Jahren hatte sie erkannt, dass die Zeit der Gemeinsamkeit begrenzt war. In ein paar Jahren würde ihre Tochter den Samstagabend lieber mit ihren Freundinnen verbringen. Deer hatte sich daher geschworen, die verbleibenden Familienabende zu genießen und zu nutzen.

Während sie warteten, bis die rechte Garagentür der Doppelgarage hochfuhr, betrachtete sie das Reihenhaus in der Abenddämmerung. Ein anonymes Reihenhaus in einem Vorort war nicht unbedingt das, was sich Deer für ihre Zukunft vorgestellt hatte. Auf der anderen Seite hatte sie aber auch keinen besseren Plan gehabt. Sie hatte einfach ein schönes Leben haben und eine richtig gute Mutter und Ehefrau werden wollen. Und ein guter Bulle.

Deer gelang es in der Regel viel besser als den meisten anderen Kollegen, die Arbeit nicht im Kopf mit nach Hause zu nehmen. Aber heute war das anders, und das spürte sie. Irgendetwas hing schief. Sie hatte nicht nur eine konkrete Ermittlung, sondern sich auch in eine schwierige Situation gebracht, aus der sie dringend einen Ausweg finden musste. Noch nie war sie gezwungen gewesen, die Regeln zu brechen und den Kollegen Ermittlungsergebnisse vorzuenthalten.

Plötzlich führte sie ein Doppelleben.

Sie hatte Lykke unter die Dusche geschickt, und während sie das Wort »Doppelleben« dachte und die restlichen Lebensmittel aus dem Kühlschrank nahm, wurde die Tür aufgestoßen. Johnny kam mit ausgestreckten Armen auf sie zu, sie umarmten sich, und Johnny wuschelte ihr durchs Haar, wie er es immer tat, irritierend und wunderbar zugleich.

»Wie ist es gelaufen? Haben sie gewonnen?«, fragte er.

»Acht zu vier«, antwortete Deer und schaltete den Herd an. »Sie hat drei Tore geschossen. Eines sogar per Kopfball.«

»Kopfball? Das ist ja der Hammer. Ich hab doch gesagt, dass ein wenig Spezialtraining zum Erfolg führt.«

»Und in deinen Augen ist ein bisschen Dribbeln im Garten schon ein Spezialtraining?«

»Die Menge macht's!«, entgegnete Johnny und schälte sich aus seiner Arbeitskleidung. »Quantität ist der Schlüssel zum Erfolg.«

Deer sah ihrem Mann nach, während dieser ins Wohnzimmer schlenderte. Noch nicht einmal ihn konnte sie einweihen.

Doppelleben …

Beim Abendessen berichtete Lykke ausführlich von dem Spiel. Deer betrachtete ihre kleine Familie. Sie hätten gern mehr Kinder bekommen, aber so war es nicht gekommen. Und Lykke war wunderbar. Deer konnte sich nicht daran erinnern, dass sie selbst als Neunjährige so viel Energie gehabt hätte. Auf der anderen Seite war Johnny tausendmal besser, als es ihr eigener Vater gewesen war. Wahrscheinlich war er für Lykkes einzigartigen Energiehaushalt verantwortlich. Rein äußerlich hatte Lykke lediglich eine kleine Rundung am Ohrläppchen von ihm geerbt. Ansonsten war Deers Tochter eine Kopie ihrer selbst.

Eine bessere Kopie.

Eine, die kein Doppelleben führte.

Sie hatten ihre Mahlzeit beinahe beendet, Deer goss Weißwein in ihre Gläser nach und fischte die letzten Spaghetti aus dem Topf. Dabei hoffte sie, dass Lykke ihr einen freien Abend bescheren würde.

Endlich sprudelte das Mädchen heraus: »Können wir uns Liverpool ansehen, Papa? Bitte!«

Lykke liebte dieses legendäre Spiel zwischen dem FC Liverpool und Manchester United aus dem März 2009. Vier zu eins. Es war einer der Schätze in Johnnys wirklich absurd umfangreicher Videosammlung von Spielen des FC Liverpool. Und Deer wusste, dass ihre Anwesenheit dabei nicht zwingend erforderlich war. Das gab ihr ein Zeitfenster von neunzig Minuten. Danach würde der Familienabend allerdings ihre ungeteilte Aufmerksamkeit verlangen.

Auch Lykke wusste das. Sie umarmte ihre Mutter entschuldigend und sagte: »Bis nachher.«

Deer strich ihrer Tochter über die Wange, ehe das Mädchen ins Wohnzimmer hüpfte. Johnny gab ihr einen Kuss und folgte Lykke.

»Ich räume die Küche auf und mache dann noch einen kurzen Abstecher in die Garage.«

Johnny blieb abrupt stehen und drehte sich um.

»Am Samstagabend?«

»Nur ganz kurz«, log Deer und bemühte sich, selbst daran zu glauben.

Kaum hatte es sich ihre kleine Familie vor dem Fernseher bequem gemacht, machte sich Deer in die hintere Hälfte der Doppelgarage auf. Das hier war ihr Heiligtum. Oder etwas profaner ausgedrückt: ihr Arbeitsraum.

Er war äußerst asketisch eingerichtet: ein Schreibtisch, ein Stuhl, ein Rechner und ein Whiteboard. Auf diesem waren die Ereignisse der vergangenen Tage skizziert. Die Personen waren alle auf irgendeine Weise miteinander verknüpft: Jessica Johnsson, Helena Gradén, Lisa Widstrand und Karl Hedblom. Außerdem Sam Berger und Molly Blom.

Neben dem Rechner lag Robins Akte. Deer schlug sie auf und warf einen Kontrollblick auf die Uhr. Noch achtzig Minuten.

Eine schnelle Recherche im Internet ergab, dass die Fahrzeugvollverklebung von einer ganzen Reihe Firmen in Schweden angeboten wurde und die meisten auch die Farbserie Oracal 970 Premium sowie die Farbe *Fjord Blue* im Angebot hatten. Das brachte sie also nicht weiter.

Als Nächstes durchforschte sie eine Datenbank für Autokennzeichen nach Wagen, die einmal als cremefarben registriert worden waren und sich im Laufe des Jahres in ein hellblaues Gefährt verwandelt hatten. Möglicherweise, aber nicht notwendigerweise in einen VW Caddy.

Während diese umfangreiche Suche lief und ihren Rechner – der wesentlich moderner war als ihr Dienstrechner – das Schnaufen lehrte, blätterte sie Robins Akte durch.

Sie enthielt knappe chemische Analysen sowie mehrseitige Skizzen des Hauses in Porjus, auf denen sämtliche Funde vermerkt waren. Deer registrierte, dass der weiße Faden noch fehlte. Robin wollte ihn offenbar nicht anführen, bevor er nicht das letzte Molekül bestimmt hatte. Aber die Skizzen bildeten den Tathergang nur unvollständig ab. Sie ergänzte ihn in Gedanken um ihr Wissen aus einer neuen dunklen und geheimen Welt.

Jessica Johnsson schleicht mit Berger und Blom die Kellertreppe hinunter. Es ist pechschwarz, sie haben Taschenlampen, und wenn im Heizkesselraum Licht gewesen wäre, hätten sie das durch den Spalt zwischen Tür und Rahmen sehen müssen. Im dröhnenden Inneren des Heizkesselraumes wartet ein blauäugiger Mann auf sie, etwa einen Meter fünfundachtzig groß, Schuhgröße fünfundvierzig, der *dort gewohnt hat* – hier verließ sich Deer auf Robins hoch entwickelte Intuition. Der Mann steht hinter der Tür, ein Holzscheit erhoben in den Händen, und greift an, noch bevor Berger die Tür öffnen kann. Er agiert erstaunlich effektiv, Berger und Blom haben keine Chance. Jessica schreit offenbar sehr laut, und der Mann bindet sie mit einem Kabelbinder ans Treppengeländer. Dann schleppt er Berger und Blom zu einer Heizung und fesselt ihre bewusstlosen Körper daran. Danach durchtrennt er Jessicas Fesseln und trägt die Frau die Treppe hinauf. Offensichtlich zerrt er sie ins Wohnzimmer, wo er sie vor dem Sofa mit einem Holzscheit bewusstlos schlägt. Die große Blutlache zeugt von schweren Verletzungen. Wahrscheinlich fügt er dem Opfer dort auch schon mit einem Messer oder Skalpell tiefe Schnittwunden zu. Leider stirbt sie aber nicht bereits unten im Wohnzimmer, die Misshandlung wird im oberen Stockwerk fortgesetzt. Als er sie hinaufschafft, tritt der Täter in die Blutlache und hinterlässt Fußspuren auf dem Parkett. Diese Unachtsamkeit ist sonderbar, da er zuvor das Haus so gründlich geputzt hat. Auf der Treppe finden sich auch Schleifspuren von Wollsocken, die Jessica laut Sam trug. Sie führen in den ersten Stock, wo die Tortur weitergeht, wobei Jessicas Körper so viel Blut verliert, dass er eine rote menschliche Silhouette auf dem Bettlaken hinterlässt. Hier stirbt Jessica, und der Täter zeichnet ihr ein Kleeblatt aufs Gesäß, bevor er es abtrennt und zurücklässt. Warum nimmt er es nicht mit? Er ist extrem sorgfältig darauf bedacht gewesen, keine DNA-Spuren zu hinterlassen, aber er entfernt weder seine Fußspuren noch dieses fundamentale Indiz. Weshalb? Es könnte sich um vorsätzlich zurückgelassene Spuren handeln, eine Botschaft, die gelesen werden soll.

Eine Botschaft an jemanden, der sich vor langer Zeit wegen der Zeichnung eines Kleeblattes auf einem Gesäß verrannt hatte.

Warum um alles in der Welt hatte die ermordete Jessica Johnsson ihren sonderbaren Brief ausgerechnet an sie adressiert?

Deer schüttelte diesen Gedanken ab und konzentrierte sich wieder auf die Geschehnisse.

Nach der Tat holt er einen der Koffer aus der Abseite und verstaut die Leiche darin. Er schleppt ihn die Treppe hinunter, und als er ihn vor dem Haus im Schnee abstellen muss, sickert das Blut hindurch. Mit Pausen gelangt er zur Garage. Glücklicherweise steht der Jeep von Berger und Blom nicht im Weg. Kaum hat er den Koffer in seinen Caddy gehievt, fährt er rückwärts heraus und macht sich davon. Dabei touchiert er die Garagenwand und hinterlässt eine Lackspur.

Plötzlich schoss Deer ein schrecklicher Gedanke durch den Kopf. Wenn Berger und Blom in ihrem Eifer nicht nur ihre DNA-Spuren beseitigt hatten, sondern auch die des Täters? Dann hätte sie nicht nur die Ermittlung behindert, sondern sie regelrecht sabotiert. Wenn ihre parallelen Nachforschungen ans Licht kämen, würde sie hochkant rausfliegen und sich obendrein vor Gericht verantworten müssen. Das würde ihr bisheriges Leben zerstören.

Zum Glück wurde dieser schreckliche Gedanke von einem Geräusch unterbrochen, das sie in die Wirklichkeit zurückholte. Der Rechner hatte ein Signal von sich gegeben.

Der Suchlauf war beendet. Auf dem Bildschirm war eine Liste mit Autos aus ganz Schweden erschienen. Fahrzeuge, die mehr oder weniger wie Kastenwagen aussahen, eine mehr oder weniger cremefarbene Lackierung hatten und mit einer mehr oder weniger hellblauen Folie überklebt waren.

Es gab neun Exemplare.

In Örebro, Helsingborg, Lund, Fittja, Umeå, Sorsele, Borås, Karlstad und Halmstad.

Deer betrachtete die Liste lange und dachte nach. Am Anfang waren die Gedanken noch wortlos, doch dann bildete sich allmählich ein Wort heraus: »Inland«.

Das norrländische Inland.

Sorsele.

Sie griff nach ihrem Telefon. Ein Blick auf die Uhr sagte ihr, dass es sechzehn Minuten nach sieben war. Ihr blieben noch genau acht Minuten liverpoolscher Zeit.

Sie wählte die Nummer und rief in der Welt ihres Doppellebens an.

19

Samstag, 21. November, 18:03

Sorsele lag in der Tat an der Inlandstraße, der allgegenwärtigen E45, aber auch für einen Bewohner der Provinz Norrbotten war die Beschreibung »in der Nähe« in Anbetracht der rund dreihundert Kilometer, die Porjus von dem kleinen Kirchdorf trennten, eine Übertreibung. Vom Pol der Unzugänglichkeit war Sorsele sogar noch weiter entfernt, aber nun näherte sich der Jeep endlich seinem Ziel.

Sie waren lange durch die Dunkelheit gefahren, doch jetzt verriet ein schwacher Schimmer am Horizont die Existenz von Zivilisation. Ungewöhnlich viele Elche hatten sie entlang der Wildschutzzäune begleitet, die jedoch jederzeit enden konnten. Als wären die Tiere von einem kollektiven Selbstmordtrieb erfasst worden. Glücklicherweise waren die Zäune intakt, und so blieben die beiden Reisenden von dem direkten Kontakt mit der wilden, unergründlichen Natur des Inlandes verschont.

Verschont, aber nicht unbeeindruckt.

Blom fuhr. Berger beobachtete sie heimlich aus den Augenwinkeln. Vielleicht bemerkte sie es, vielleicht auch nicht. Ihr konzentrierter Gesichtsausdruck wurde von dem bläulichen Schein des Armaturenbretts erhellt. Berger konnte ihn nicht deuten, ihre Geheimnisse verbarg sie.

»Der Bikini war eine Überraschung«, sagte er. »Den hatte ich nicht erwartet.«

Molly Blom lächelte und zog dann eine kleine Grimasse.

»Das ist kein Bikini. Das ist Sportunterwäsche, Top und Slip.«

»Ich kann immer noch nicht begreifen, dass ich so lange bewusstlos gewesen bin«, sagte Berger.

»Du warst ja nicht die ganze Zeit bewusstlos, du warst auch unter Drogeneinfluss. Es tut mir wirklich leid, aber mir blieb keine Wahl. Du wolltest dich umbringen.«

Berger starrte sie entgeistert an.

»Ich wollte mich umbringen?«, rief er.

»Jedes Mal, wenn ich deine Dosis verringert habe, hast du es versucht. Du hattest eine Psychose. Das musst du akzeptieren, und dir muss auch klar sein, welche Mühe ich mit dir hatte. Das war eine emotionale Berg- und Talfahrt. Ja, ich habe dich mit Schlafmitteln und Drogen vollgepumpt, es ging nicht anders. Ich war so froh, als ich dich endlich ... wiedererkannt habe.«

Berger schwieg und starrte aus dem Fenster in die stockfinstere Nacht. Ein Schild flog vorbei und verkündete, dass sie ab jetzt die Provinz Västerbotten durchquerten. Aber sie waren nach wie vor in Lappland und umgeben von Wäldern. Wäldern und Bergen.

»Ich kann mir überhaupt nicht erklären, dass ich so unkontrolliert war«, sagte Berger.

Blom schüttelte den Kopf.

»Psychose kann man nicht erklären. Die Wahrnehmung wird extrem verzerrt.«

»Das klingt, als hättest du damit Erfahrung«, entgegnete Berger. »Aber offensichtlich habe ich die Sache dank deiner Behandlung ohne größere Schäden überstanden. Musstest du eine Apotheke überfallen?«

»Ja, ich habe Erfahrungen damit. Ich habe einen kleinen Bruder ...«

»Oh Scheiße.«

»Man nennt das ›posttraumatische Psychose‹ oder ›akute

reaktive Psychose‹. Diese Zustände habe ich schon oft gesehen und auch behandelt. Es war Teil meiner Kindheit.«

»Kann man das einfach so bekommen?«

Blom lächelte ein freudloses Lächeln.

»Psychosen treten eigentlich nur bei Menschen auf, die bereits einen dissoziativen Umgang mit ihren Lebensproblemen haben.«

»Ich habe keine Ahnung, wovon du sprichst.«

»Menschen, die Schwierigkeiten haben, verschiedene Teile ihrer Persönlichkeit zu integrieren. So ist das.«

Berger verstummte. Sie hatte recht. Er dachte nach und tauchte in sein nicht integriertes, dissoziatives Ich ab. Dieses Gefühl kannte er, schon in früheren Zeiten hatte er verschiedene Persönlichkeiten in sich vereint und quasi parallele Leben geführt. Aber jetzt war sein Über-Ich wieder zum Leben erwacht, er überwachte sich selbst mit einer Stimme, die in ihm sagte: »Ich erkenne jetzt, in diesem Augenblick, dass ich eine Krankheit habe.«

Er war sich jedoch nicht sicher, ob ihn die Stimme überzeugen konnte.

»Ich wusste gar nicht, dass du einen kleinen Bruder hast«, meinte er, zu Blom gewandt.

Sie grinste nur.

»Hast du noch mehr gekauft als die Sportunterwäsche?«, fragte er.

»Wie meinst du das?«

»Ob du noch andere Sportutensilien gekauft hast?«

»Ja, so einiges. Skier, Skistiefel, eine Stirnlampe. Bei Intersport außerhalb von Sundsvall, wenn du es genau wissen willst. Denn die haben keine Überwachungskameras.«

»Hast du auch Sportsocken gekauft?«

Blom wandte den Blick von der Straße, die allerdings so kurvenreich war, dass sie Berger nur kurz mit zusammengekniffenen Augen musterte.

»Ja, ich habe in der Tat Sportsocken gekauft. Schwarze

Tennissocken. Die sind schlicht und eignen sich für die meisten Sportarten. Aber nicht für alle.«

»Hm«, brummte Berger.

»Jetzt hör mir mal gut zu, Sam. Ich weiß, dass Katharina Andersson, deine Cutter, deine Freundin aus den fröhlichen Tagen auf der Polizeihochschule, an einer schwarzen Socke erstickt ist. Ich war dabei, falls du dich erinnerst. Das bedeutet aber nicht, dass sich alle schwarzen Socken in Mordwaffen verwandeln. Was ist nur los mit dir?«

»Hast du heute Nacht eine schwarze Socke auf meinen Nachttisch gelegt?«

»Du verdammter Idiot, hast du sie noch alle?«

»Ich dachte, du fluchst nicht?«

»Man passt sich an seine Umgebung an«, fauchte Blom. »Wie kommst du denn darauf?«

Berger schüttelte den Kopf.

»Als letzte Tat, bevor ich wie ein Toter aufs Bett gefallen bin, voll bekleidet übrigens, habe ich mein Handy auf den Nachttisch geworfen. Heute Morgen bin ich in exakt derselben Position wieder aufgewacht, aber da lag eine schwarze Socke ausgebreitet auf meinem Handy.«

Blom warf ihm einen kurzen Blick zu.

»Ich habe sie nicht dort hingelegt«, entgegnete sie mit Nachdruck und schüttelte den Kopf. »Ich bin schon lange nicht mehr in deiner Hütte gewesen. Wahrscheinlich hast du geschlafwandelt. Du hast noch Nachwirkungen von deiner Psychose, außerdem hast du ein Holzscheit über den Kopf gezogen bekommen. Kein Wunder, dass dir dein Gehirn hin und wieder einen Streich spielt. Dazu zählen auch absurde Verdächtigungen gegen dein Umfeld.«

Berger schnitt eine Grimasse. Das Auto fuhr weiterhin auf das Licht zu, das mittlerweile nicht mehr nur eine kleine Kuppel am Horizont bildete, sonst sich über das ganze Firmament erstreckte. »Hast du noch was über Anders Hedblom herausbekommen?«, fragte Berger.

»Ein bisschen. Er ist drei Jahre älter als Karl und, wie gesagt, gelernter Tischler, der zuletzt Werkzeuge verkaufte. Er hat das Haus außerhalb von Sorsele vor vier Jahren gekauft und bar bezahlt, und zwar praktisch zur selben Zeit, als sein Arbeitgeber in Malmö in Konkurs ging. Seitdem bezieht er Arbeitslosengeld. Keine nennenswerten Aktivitäten in der Kommune, außer einer Mitgliedskarte im Fitnessklub. Ich habe mit dem Leiter des Klubs telefoniert, wobei ihm rausgerutscht ist, dass Anders der am besten trainierte Einwohner von ganz Sorsele ist, obwohl er schon eine ganze Weile nicht mehr gekommen ist. Und er schätzt ihn auf circa einen Meter fünfundachtzig.«

»Hat er noch mehr über ihn erzählt?«

»Nur, dass er ein Einzelgänger ist. Und dass keiner ihn so richtig kennt.«

»Stimmt es, was Deer gesagt hat?«

»Was meinst du?«

»Dass wir im Besitz ›illegaler Waffen‹ sind? Ich will den Fehler von Porjus nicht wiederholen. Sollte der durchtrainierte Anders erneut auf mich zustürmen, will ich ihn erschießen können.«

Blom beugte sich zu ihm herüber und öffnete das Handschuhfach. Es war leer.

»Das ist wie bei deiner Uhrenschatulle«, sagte sie.

Berger spürte, dass sein Blick so leer und hohl war wie das Handschuhfach. Bis der Groschen fiel. Er fasste den Boden des Handschuhfachs an den Kanten und hob ihn hoch. Darunter lagen zwei veritable Handfeuerwaffen. Berger nahm eine heraus und wog die Pistole in der Hand.

»Wahrhaftig«, sagte er.

»Wir sind gleich da.«

Blom drosselte das Tempo und bog auf einen kleinen Weg ab. Sie fuhren weiter durch den dichten Nadelwald, bis vor ihnen ein schwaches Licht zu erkennen war. Da bremste Blom abrupt ab und schaltete die Scheinwerfer aus.

»Der hat uns doch längst gehört«, brummte Berger.

»Nicht unbedingt«, entgegnete Blom und beugte sich erneut zum Handschuhfach hinüber. Sie nahm die zweite Pistole heraus, überprüfte das Magazin, entsicherte die Waffe und öffnete die Tür.

Sie schlichen den Waldweg entlang. Berger blieb dicht hinter Blom und mühte sich in der Dunkelheit mit seiner Waffe ab, bis auch er sie entsichert hatte. Nach einer leichten Kurve strahlte das Licht plötzlich deutlich heller. Es schien aus den Fenstern eines kleinen, ziemlich verfallenen Hauses. Sie konnten eine kleine Treppe zu einer Terrasse und eine Haustür ausmachen. Ein schmaler Pfad schlängelte sich über das Grundstück und verzweigte sich. Ein Weg führte zum Haus, der andere zu einer Garage.

Während sie den Weg nahmen, der zum Haus führte, begann es zu schneien. Es war ein feiner, milder Schnee, der die hässliche Wirklichkeit überpuderte.

Die Waffen entsichert und im Anschlag, postierten sie sich rechts und links der Treppe und lauschten. Kein Laut war zu hören. Zudem war es vollkommen windstill. Nur die Schneeflocken schwebten atemlos zu Boden.

So leise wie möglich nahm Berger die erste Stufe. Er spürte Blom hinter sich, sie gab ihm Rückendeckung. Als sie die Haustür erreicht hatten, bückte Blom sich und überprüfte das Schloss. Sie streckte die Hand nach der Türklinke aus und sah zu Berger. Der hob die Waffe und nickte.

Blom drückte die Klinke herunter, hob ihre Waffe und öffnete die Tür. Der Brodem aus den dunkelsten Tiefen der Hölle warf sich über sie – als hätte das Haus die Gelegenheit genutzt, seinen Überdruck und seinen unerträglichen Atem loszuwerden.

In diesem Haus lag ohne jeden Zweifel eine Leiche.

Blom würgte, Berger wurde kurz schwarz vor Augen, aber er riss sich zusammen. Nur weil eine Leiche im Haus lag, bedeutete das noch lange nicht, dass keine Gefahr lauerte.

Im Gegenteil, der Täter konnte noch im Haus sein und sich gerade an der Leiche vergehen. Vielleicht handelte es sich auch nicht nur um eine einzelne Leiche, sondern sie hatten ein Massengrab geöffnet, in dem sich obendrein ein wahnsinniger Täter aufhielt.

Ein hochintelligenter Irrer mit einem Holzscheit.

Sie sammelten ihre Kräfte, drängten den Geruchssinn in den Hintergrund, schärften alle übrigen Sinne und arbeiteten sich langsam voran. Das Innere des Hauses war eine typische versiffte und geschmacklos eingerichtete Junggesellenbruchbude. Ein kleiner Flur, eine Küche, beide leer. Kein Laut zu hören. Ein Wohnzimmer mit äußerst sparsamer Möblierung. Auch das leer.

Eine Treppe führte nach oben, hinter einer angelehnten Tür ging es hinunter in den Keller. Aber Berger und Blom hatten nicht vor, sich zu trennen, beide folgten ihrem Instinkt, erst den Keller zu untersuchen.

Berger riss die Tür auf und richtete seine Waffe in den dunklen Raum. Blom probierte den uralten Lichtschalter aus. Er funktionierte nicht. Also zog sie ihre Taschenlampe aus der Jacke, und Berger die seine. Zwei Lichtkegel huschten über die niedrige Decke.

Eine weitere Kellertreppe.

Mit höchster Wachsamkeit stiegen sie Stufe für Stufe hinab. Sie konnten nicht feststellen, ob der Gestank zu- oder abnahm, ihre Nasenschleimhäute waren heillos überfordert.

Das dunkle Grün an der Decke und den Wänden deutete an, dass hier ein ganz anderer Geruch vorrangig sein müsste. Schimmel. Das war ein Schimmelhaus, aber der Schimmelgeruch hatte keine Chance.

In einer Spirale wand sich die Treppe in den zweiten Keller hinunter, weshalb sie immer nur ein Stück weit sehen konnten. Berger bemerkte, dass Bloms Lichtkegel ebenso zitterte wie sein eigener.

Am Fuß der Treppe befand sich ein großer, dunkler, leerer und feuchter Raum.

Zuerst leuchteten sie die Wände ab, um Nischen und Verschläge auszumachen, dann trafen sich die Lichtkegel in der Mitte des Raumes.

Und dort lag er. Sie erstarrten und lauschten. Doch diesmal hörten sie nicht das dumpfe Dröhnen aus einem Heizkesselraum, sondern das viel hellere Brummen von Insekten.

Er lag mit dem Gesicht am Boden, eine zottelige Haarsträhne fiel ihm über das Ohr. Über ihm lag ein schwerer Eisenstuhl, und bei genauerer Betrachtung sahen sie, dass seine Knöchel mit Kabelbindern an die massiven Stuhlbeine gefesselt waren. Seine Arme lagen unter dem kräftigen Oberkörper, als wäre er mit zum Gebet gefalteten Händen nach vorn gekippt.

Dieser Körper war zu Lebzeiten sehr durchtrainiert gewesen.

Das Blut, das ihn umrahmte, war seit Langem getrocknet und vom Betonboden aufgesogen worden. Nur noch vage Ränder waren zu erkennen.

Berger untersuchte den Stuhl. An der linken Armlehne hing der Rest eines abgerissenen Kabelbinders.

Blom räusperte sich und sagte heiser: »Er ist im Sitzen gefoltert worden. Arme und Beine gefesselt. Aber Anders Hedblom war stark. Daran ist er nicht gestorben. Mit letzter Kraft gelang es ihm, die Kabelbinder an seinen Handgelenken zu zerreißen. Er versuchte aufzustehen, stürzte kopfüber auf den Betonboden, konnte sich nicht mehr aufrichten. So ist er gestorben.«

»Der Täter muss angenommen haben, dass er schon tot war«, erwiderte Berger leise. »Aber als er verschwunden war, sammelte Anders Hedblom seine Kräfte für eine letzte Handlung. Irgendetwas wollte er noch um jeden Preis erledigen, bevor er starb. Bist du bereit für das Schwerste?«

Blom machte ein Zeichen, noch zu warten.

»Wir sollten kurz nachdenken«, sagte sie. »Wollen wir nicht zuerst das Haus sichern? Oben nachsehen?«

Berger zeigte auf den Leichnam von Anders Hedblom.

»Auf ihm liegt Staub. Hier war schon wochenlang niemand mehr. Aber die Waffen bleiben entsichert.«

Doch Blom hielt ihn erneut zurück.

»Die Polizei wird früher oder später den Tatort finden. Wo haben wir überall Spuren hinterlassen?«

»An der Eingangstür. Hast du sonst noch etwas angefasst?«

»Hier gilt doch das Gleiche wie in Porjus. Wir haben bestimmt Haare und Hautpartikel verloren. Und wenn wir ihn jetzt anfassen, hinterlassen wir noch mehr Spuren.«

»Hast du einen besseren Vorschlag?«

»Nein«, antwortete Blom, zog Gummihandschuhe aus der Jackentasche und reichte Berger ein Paar. Mit zitternden Händen zogen sie sich die widerspenstigen Handschuhe über.

Dann packten sie die Leiche an der Seite und holten Schwung. Gemeinsam drehten sie den einst so massiven Körper um. Es ging überraschend leicht. Die Insekten, die um ihre Köpfe schwirrten, hatten den Großteil des Fleischlichen bereits verspeist. Der Rest war getrocknet. Mittlerweile hatten die Maden das sinkende Schiff schon wieder verlassen.

Berger und Blom standen vor einer ägyptischen Mumie. Berger schätzte, dass Anders Hedblom schon seit mindestens drei Wochen tot war, vielleicht sogar schon seit einem Monat.

Und niemand hatte ihn vermisst.

An den Armen war kaum noch Fleisch. Die Hände lagen tatsächlich auf dem Brustbein wie zum Gebet gefaltet. Aber Hedblom hatte nicht gebetet, die Hände hielten krampfhaft etwas fest.

In der Rechten steckte ein Stift, die Linke hielt ein Stück Papier. Es war eine Rechnung, eine Stromrechnung. Vorsichtig drehte Berger die unbeschriebene Rückseite des Blattes ins Licht der Taschenlampe. Aber sie war nicht leer. Mit der krakeligen Handschrift eines sterbenden Mannes war ein Wort daraufgekritzelt worden.

»Berger«.

Sie starrten beide auf den Zettel.

»Was zum Henker!«, stieß Berger hervor.

Blom zitterte.

»Der Täter lässt ihn zurück, weil er ihn für tot hält«, sagte sie leise. »Aber er hat noch Kraft genug für diese eine letzte Handlung. Mit bloßer Muskelkraft befreit er sich von den Fesseln, fischt einen Stift und irgendeinen Zettel aus der Hosentasche, weil er dieses eine Wort unbedingt zu Papier bringen muss. Er musste den Namen ›Berger‹ hinterlassen.«

»Aber ich bin noch nie in meinem Leben hier gewesen«, entgegnete Berger verzweifelt. »Als dieser Zettel geschrieben wurde, haben wir noch den Entführer von Ellen Savinger gejagt.«

»Wir müssen ihn wieder in die Ausgangslage zurückrollen.«

»Aber nicht mit diesem Zettel in der Hand.«

»Wir dürfen kein Beweismaterial vom Tatort entfernen.« Blom schüttelte den Kopf. »Außerdem würde Robin das herausbekommen. Und wenn er dann deine DNA findet, wird er seine Schlüsse ziehen. Bisher bist du sicher, es gibt viele Berger in Schweden. Und vielleicht meinte Hedblom einen anderen. Wir rollen ihn so zurück, dass es aussieht, als wäre er nie bewegt worden.«

Berger musterte sie. Es war nicht der Ort für Zwischentöne und Nuancen, aber er fand ihre Reaktion sonderbar. Warum drängte sie so zur Eile? War ihre Theorie logisch?

Wieder entschied er sich für Vertrauen, außerdem wollte er selbst auch so schnell wie möglich aus diesem Höllenhaus verschwinden. Also rollten sie den Toten zurück auf den

Bauch. Blom schob und drückte die Leiche zurecht, und schließlich sah alles so aus wie bei ihrem Eintreffen.

Mit gezogenen Waffen verließen sie den Keller, gaben einander Deckung, verzichteten auf das Obergeschoss und wollten nur noch an die Luft. Als sie vor das Haus traten, war die Luft so frisch und kristallklar wie nie zuvor. Berger nahm mehrere tiefe Atemzüge. Mit jedem Atemzug wurde sein Kopf klarer.

Er drehte sich um. Blom wischte gerade ihre Fingerabdrücke von der Türklinke. Dann ging sie zum Wagen. Berger folgte ihr. Beide schwiegen.

Sie warfen ihre Waffen ins Handschuhfach, wendeten auf dem schneebedeckten schmalen Waldweg und fuhren los. Es dauerte eine ganze Weile, bis sie ihre Sprache wiedergefunden hatten.

»Bitte, was war das gerade?«, fragte Berger, als sie die Europastraße erreicht hatten.

Blom schüttelte den Kopf.

»Ich bin im Moment nicht in der Lage, darüber zu sprechen, ich versuche nur, meine Atmung zu normalisieren. Aber es ist wohl eindeutig, dass Anders Hedblom nicht unser Mörder sein kann.«

»Wenn er kein Zombie ist«, sagte Berger. »Allerdings sah er so aus.«

Blom schüttelte erneut den Kopf, als würde sie ihn zurechtrücken wollen.

»Warum hat er ausgerechnet meinen Namen aufgeschrieben?«, fuhr Berger fort. »Und zwar mit letzter Kraft, es muss ihm also wahnsinnig wichtig gewesen sein. Ein letzter Hinweis für die Polizei. Hat sich sein Mörder ›Berger‹ genannt? Ist damit überhaupt ein Name gemeint? Oder etwas ganz anderes? Der Anfang eines Wortes? Oder das Ende?«

Berger spürte Bloms Abwesenheit geradezu physisch. Wie die Anwesenheit einer zusätzlichen Person, die sich zwischen sie geklemmt hatte. Einer sehr unterkühlten Person.

Das Telefonklingeln hatte etwas Befreiendes. Suchend sah er sich nach dem Verursacher um und registrierte dabei die Uhrzeit auf dem Armaturenbrett, es war 07:16 Uhr. Dann sah er das blinkende Satellitentelefon, das im Fach zwischen den Sitzen lag und den unterkühlten blinden Passagier aus dem Wagen katapultierte. Er erkannte die Nummer und schaltete auf Lautsprecher.

»Ja, Deer?«

»Sorsele«, sagte die.

Berger und Blom sahen einander an.

»Ich höre«, antwortete Berger.

»Der Wagen, mit dem Jessica Johnssons Leiche abtransportiert wurde, stammt mit großer Wahrscheinlichkeit aus Sorsele. Ist das nicht bei euch in der Gegend?«

»Ganz in der Nähe«, erwiderte Berger und registrierte hochgezogene Augenbrauen. »Erzähl.«

»Mehr habe ich nicht«, entgegnete Deer. »Von dieser Wagensorte gibt es in ganz Schweden nur neun Exemplare. Die anderen acht sind über das ganze Land verteilt. Ich lese mal vor: *Cremefarbener VW Caddy, mit hellblauer Folie beklebt.* Das Kennzeichen lautet LAM 387.«

»Hast du vielleicht den Namen des Halters?«

»Warte mal, ich muss blättern ... Ah, hier ist er. Äh, warte mal ...«

»Ich warte.«

»Der Halter des Wagens heißt Anders Hedblom. Hedblom?«

In dem Moment wurde Berger mit voller Wucht nach vorn geschleudert und spürte einen harten Druck auf dem Brustkorb. Es dauerte eine Sekunde, bis er begriff, was passiert war. Der Jeep stand quer auf der Straße, und Berger sah sich sofort nach dem fliehenden Elch um. Aber da war keiner. Um sie herum nur Dunkelheit und Schneeflocken, die im Scheinwerferlicht zu Boden trudelten. Außerdem Molly Bloms Profil mit einem starren, in die Ferne schweifenden Blick im blauen Licht des Armaturenbretts.

»Was ist denn passiert?«, hallte Deers metallische Stimme durch den Wagen. »Du hast geschrien, Sam. Was ist los?«

Berger betrachtete Blom, die unverändert starr hinterm Steuer saß. Schließlich setzte sie zurück und gab wieder Gas. Zunächst folgten sie ihrer eigenen Spur, dann wechselten sie auf die andere Fahrbahnseite.

»Ein Elch«, sagte Berger, ohne den Blick von Blom abzuwenden. »Alles okay.«

»Gut …«, sagte Deer zögernd. »Also, Hedblom?«

»Ja, das ist Karls Bruder. Wir haben ihn gefunden und waren in seinem Haus in Sorsele.«

»Wie bitte? Was habe ich euch gesagt? Habt ihr gar nicht zugehört?«

»Du hast uns angerufen, Deer, nicht deine Kollegen bei der NOA. Können wir mit dem Quatsch endlich aufhören? Du fährst hier zweigleisig, das kannst du nicht länger leugnen. Eigentlich willst du doch, dass wir weitersuchen.«

»Ihr seid in sein Haus eingedrungen?«

»Ich befürchte, du hast heute einen langen Samstagabend vor dir.«

Sie hörten einen tiefen Seufzer.

»Ich habe genau vier Minuten«, entgegnete Deer.

»Anders Hedblom ist tot. Er wurde zu Tode gefoltert, und zwar vor etwa einem Monat. Seine Leiche liegt im Keller seines Hauses.«

In diesem Augenblick spürte er Bloms Hand auf seinem Bein. Er blickte wieder zu ihr hin. Sie sah ihn nicht an. Ihr Gesichtsausdruck war so abwesend wie zuvor, aber sie schüttelte den Kopf. Berger begriff sofort. Und schwieg.

Deer seufzte ein zweites Mal.

»Was würde passieren, wenn ich die Kollegen erst morgen früh aktiviere? Ich habe heute Familienabend.«

»Das haben wir hier nicht gerade«, entgegnete Berger, fügte aber nach einer kurzen Pause hinzu: »Gar nichts wird passieren, Deer.«

»Danke. Habt ihr sonst noch was?«

»Nein, nichts.«

Blom parkte an derselben Stelle, und sie betraten zum zweiten Mal das verwilderte Grundstück von Anders Hedblom. Diesmal gingen sie zur Garage. Blom leuchtete mit der Taschenlampe durch das Fenster.

Kein Wagen.

Sie nickte, dann sah sie Berger an.

»Und jetzt gehen wir rein und holen den Zettel.«

20

Samstag, 21. November, 19:46

Bei dem kleinen Ort Slagnäs verließ Molly Blom plötzlich die Inlandstraße und fuhr nach Norden. Als dann ein Straßenschild aus dem verschneiten Dunkel auftauchte und verkündete, dass sie in fünfzig Kilometern Arjeplog erreichen würden, konnte sich Berger nicht länger zurückhalten.

»Du musst mir jetzt sofort erzählen, was du vorhast.«

Es dauerte eine Weile, ehe er eine Antwort bekam.

»Ich hatte doch angedeutet, dass ich einige zuverlässige Kontakte zur Säpo habe.«

Berger musterte Blom von der Seite und versuchte, jede kleinste Nuance ihres Mienenspiels zu deuten.

»Aber sie sind nicht in der Lage, dir bezüglich der zweiten Identität von Jessica Johnsson zu helfen.«

»Das sind sie schon, aber sie hatten noch keine Gelegenheit. Immerhin sollen sie im Verdeckten für eine inoffiziell gesuchte Verräterin ermitteln! Ich nehme an, dass du dir die Schwierigkeit vorstellen kannst?«

»Inoffiziell, aber in der ganzen Behörde bekannt? Alle Mitarbeiter wissen, dass wir gesucht werden? Und du meinst, die anderen, also die NOA, haben davon noch nichts mitbekommen?«

»Offenbar. Aber der Sondereinsatz hat ungefähr die Dimension, die wir befürchtet haben. Zwei Kollegen sind allein damit beschäftigt, uns aufzuspüren. Dabei handelt es sich um zwei meiner ehemaligen Kollegen, zwei Externe. Kent und Roy, erinnerst du dich an sie?«

»Ich hatte sogar Körperkontakt.«

»Vor ein paar Tagen, kurz bevor du wieder zu dir gekommen bist, hatten die beiden offensichtlich einen Treffer gelandet. Sie haben deinen Namen im Netz gefunden.«

Berger sah in seinen Schoß, wo die Stromrechnung lag, auf dessen Rückseite ein sterbender Mann seinen Namen geschrieben hatte.

»Einen Treffer?«

»Ein Mann wurde in eine psychiatrische Einrichtung in Lappland eingeliefert, in die Klinik Lindstorp, außerhalb von Arjeplog. Sein Name war Sam Berger.«

Berger schwieg. Er tauchte tief in sein Inneres hinab, oder vielleicht verließ er es auch und befand sich weit außerhalb seines Selbst. Er musste an die Kräfte einer posttraumatischen Psychose denken, an das Radikale, Grenzenverwischende einer akuten reaktiven Psychose.

Wie stark war die menschliche Psyche?

Er hatte nie an Übernatürliches geglaubt. Alle Probleme und Mysterien ließen sich rational erklären. Davon war er immer überzeugt gewesen. Aber auf einmal erschien es möglich, dass seine Psyche mit aller Kraft die Grenzen der Wirklichkeit gesprengt hatte und sich ein Eigenleben eingerichtet hatte. Aus ihm waren zwei Personen geworden. Er hatte einen Doppelgänger bekommen. War es möglich, dass seine Niederträchtigkeit und seine Schuld und sein Egoismus und seine Verdorbenheit Gestalt angenommen hatten? Dann stellte sich die Frage, wer nun wer war.

Vielleicht war er selbst der Doppelgänger.

»Was ist dann passiert?«, fragte er.

»Kent und Roy sind dort hingefahren. Aber das warst nicht du. Nach einer kurzen Überprüfung haben sie es als zufällige Übereinstimmung abgetan und nichts weiter unternommen. Es gab keine Verbindungen zu dir.«

»Nichts weiter unternommen?«

»Nach einem kurzen Verhör bekam Kent die Order, so schnell wie möglich nach Stockholm zurückzukehren und kein Aufsehen zu erregen.«

»Einem kurzen Verhör?«

»Sie haben rasch erkannt, dass sie da einen Vollblutirren vor sich hatten. Niemand weiß, wer er tatsächlich ist, seine Fingerabdrücke erzielen keinen Treffer. Zunächst habe ich die Geschichte als einen Zufall abgetan. Der Mann ist offenbar schizophren und wechselt immer wieder zwischen fiktiven Persönlichkeiten.«

»Doch dann ...«

»Nichts dann. Noch nicht einmal, als wir den Zettel in der Hand der Mumie gefunden haben, habe ich darüber nachgedacht. Erst als Desiré von dem Auto erzählt hat, ist bei mir der Groschen gefallen. Plötzlich stehen die Orte miteinander in Verbindung. Sorsele – Arjeplog – Porjus. Aber ich habe keine Ahnung, auf welche Weise.«

»Ich auch nicht. Du bist also der Meinung, dass unser Mörder ein Psychopath ist? Der aus bisher noch ungeklärten Gründen meinen Namen benutzt?«

»In diesem Fall würde es sich um eine extreme Form der Bipolarität handeln. Klarheit, Scharfsinn, Phasen von Mordlust, dazwischen Psychosen, Ängste, totale Verwirrung. Aber das müssen wir uns genauer ansehen. Deshalb fahren wir jetzt auch in diese Klinik in Arjeplog.«

»Nur, damit ich auch mitkomme«, sagte Berger und rieb sich die Stirn. »Wie stellst du dir den Tathergang vor?«

»In etwa so: Während ihrer Zeit im Opferschutzprogramm lernt Jessica Johnsson den Mörder kennen, sie haben ein Verhältnis, aber sie spürt schnell, wie gefährlich er ist, und beendet die Beziehung. Doch der Mann verfolgt sie. Sie trifft Anders Hedblom – vielleicht nimmt sie sogar Kontakt zu ihm auf, weil sie davon überzeugt ist, dass sein Bruder unschuldig ist. Schließlich kennt sie den wahren Mörder von Helena und Rasmus Gradén. Dieser bekommt allerdings mit, dass Jessica und Anders Kontakt haben, fährt nach Sorsele und bringt Anders Hedblom um. Während der Tat befindet sich der Mörder auf dem Weg in eine psychotische Phase, gibt sich als Sam Berger aus, stiehlt Anders' Wagen, fährt zu dieser Klinik, die Psychose bricht aus, er wird aufgenommen und verbringt einige Wochen in Lindstorp. Aber dann erholt er sich wieder, wird entlassen oder haut ab, schnappt sich wieder Anders Hedbloms Wagen und fährt zu Jessica Johnsson nach Porjus. Er beobachtet sie, und als sie das Haus verlässt, dringt er dort ein. Er befindet sich in einer manischen Phase, reinigt das Haus wie besessen, versteckt sich im Heizkesselraum und schlägt dann zu. Und zwar ausgerechnet in dem Moment, als wir Jessica einen Besuch abstatten.«

»Verdammt!«

Sie sahen den Bus viel zu spät. Plötzlich tauchte er in der Kurve auf und jagte mit einem höllischen Donnern an ihnen vorbei. Sofort waren sie von einer undurchdringlichen Schneewolke eingehüllt. Blom bremste ab und fuhr vorsichtig um die Kurve. Langsam legten sich die tanzenden Schneeflocken.

Und dahinter tauchte ein Gutsherrenhaus auf. Vor dem riesigen Gebäude erstreckte sich ein schneebedecktes Feld.

Sie fuhren weiter, an dem Acker und am Herrenhaus vorbei und hielten schließlich auf dessen Rückseite vor einem feudalen Haupteingang. Dort überraschte sie ein äußerst sonderbarer Anblick. Auf der Veranda stand ein älterer Herr im Smoking und mit weißem, gewelltem Haar und erwartete sie offensichtlich. Hinter ihm hatten sich zwei Wärter postiert, die Arme vor der breiten Brust verschränkt.

Es war eine stattliche Veranda mit dorischem Säulengang, einer Balustrade mit vasenförmigen Stützpfeilern, gekrönt mit Urnen, Krügen und sogar mit der Statue eines alten Griechen, wahrscheinlich dem Vater der Medizin, Hippokrates. Aber auch er konnte nicht von den Überwachungskameras ablenken, die überall am Dachfirst angebracht waren.

Berger war gerade aus dem Wagen gestiegen, als er zögerte. Ihn hatte ein vollkommen irrationaler Gedanke gepackt. Was wäre, wenn sie ihn wiedererkennen würden? Wenn tatsächlich Sam Berger hier gewesen war. Wenn er einen richtigen Doppelgänger hatte, der ihm auch äußerlich glich?

Der Weißhaarige ließ sie nicht aus den Augen, während sie die Treppe zur Veranda hinaufgingen. Sein Gesichtsausdruck war streng, fast mürrisch. Aber er schien Berger nicht wiederzuerkennen.

Blom streckte dem Weißhaarigen die Hand entgegen, der zögerte zwei Sekunden, ehe er sie ergriff.

»Ich bin heute Abend Gastgeber für eine große Gesellschaft und hoffe sehr, dass ich hier zeitig aufbrechen kann.«

»Es ist sehr freundlich von Ihnen, Herr Doktor Stenbom, dass Sie uns empfangen. Ich bin Kriminalkommissarin Eva Lundström, und das ist mein Kollege Lindbergh. Wir hoffen, dass die Angelegenheit hier so schnell wie möglich erledigt ist.«

»Was Sie unter ›die Angelegenheit hier‹ auch immer verstehen mögen«, erwiderte Doktor Stenbom und führte sie, flankiert von den Wärtern, durch den Haupteingang.

Der Flur stand mit seiner Raufasertapete und dem Linoleumboden in einem drastischen Kontrast zu dem glamourösen Äußeren der Klinik. Doktor Stenbom führte sie zu einem Büro, an dessen Tür ein Schild verkündete, dass Chefarzt Jacob Stenbom dort residierte.

Das Büro war äußerst spartanisch eingerichtet, aber mit Büchern und Stapeln von Papieren und Unterlagen übersät, wahrscheinlich wissenschaftlichen Artikeln, die jeden freien Platz belegten. Der Besitzer dieses Büros lebte offensichtlich für seine Arbeit.

Vor dem Schreibtisch standen zwei Besucherstühle. Berger und Blom befreiten sie vorsichtig von Material und setzten sich.

»NOA, ja?«, sagte Doktor Stenbom und betrachtete ihre falschen Visitenkarten. »Nationale Operative Abteilung?«

»Das war früher die Reichskripo«, sagte Berger hilfsbereit.

»Ja, vielen Dank!«, erwiderte Stenbom mürrisch und schob ihre Visitenkarten über den Tisch zurück.

»Wir sind gekommen, um mit Ihnen über einen Ihrer Patienten zu sprechen. Sam Berger. Erinnern Sie sich an ihn?«

»Mal sehen, was ich für Sie tun kann«, antwortete Stenbom in einem Tonfall, der nichts Gutes verhieß. Er blätterte in einem hohen Stapel, fand das Gesuchte, las es durch, nickte und sah die beiden an.

»Die Akte liegt vor. Aber ich kann Ihnen nicht weiterhelfen.«

Damit schob er ihnen ein Papier zu. Sie erkannten sofort den Briefkopf der Säpo und überflogen den Inhalt. Es war eine klassische Verschwiegenheitsklausel.

»Dennoch sind Sie hier«, stellte Berger fest. »Trotz Abendgesellschaft und bereits im Smoking.«

Stenbom blickte ihn lange und intensiv an. Für einen Moment hatte Berger das Gefühl, als würde der Chefarzt ihn doch wiedererkennen.

»Und was schließen Sie daraus?«, fragte Stenbom.

»Neugierde«, übernahm Blom. »Professionelle Neugierde. Sie waren mit der Erklärung der Säpo nicht zufrieden.«

»Erklärung?«, wiederholte Stenbom und lachte heiser.

»Ich weiß.« Blom nickte. »Die Kollegen können ziemlich schroff sein. Ich vermute, sie sind ohne Anmeldung vorbeigekommen, haben Sie quasi überfahren und sind ohne ein Wort der Erklärung wieder abgezogen. Und ich würde sogar vermuten, dass es die Kollegen Roy Grahn und Kent Döös waren.«

Jetzt beugte sich Jacob Stenbom über seinen Schreibtisch und klopfte auf das Papier.

»Auch wenn alles richtig wäre, was Sie gesagt haben, Fräulein Lundström, ich habe das hier unterschrieben!«

»Das lässt sich nicht leugnen«, erwiderte Blom. »Unser Besuch verfolgt allerdings zwei Ziele. Zum einen wollen wir den viel zu rudimentären Bericht der beiden Kollegen vervollständigen, zum anderen wollen wir der Leitung der Klinik Lindstorp eine, wenn auch sehr verspätete, Erklärung geben. Auch wir unterliegen der Schweigepflicht. Dieses Papier ist in erster Linie für Journalisten gedacht und gilt nicht für die interne polizeiliche Kommunikation. Wir wollen ebenfalls auf keinen Fall, dass Sie mit der Presse sprechen. Unsere Ziele sind also identisch. Aber die Erklärung dafür bekommen Sie jetzt.«

»Das hatte ich gehofft«, entgegnete Doktor Stenbom und richtete seine ganze Aufmerksamkeit auf seine Gesprächspartnerin.

»Erzählen Sie mir doch bitte alles über diesen Sam Berger«, sagte diese mit einem Lächeln, das Berger gar nicht gefiel.

Dafür aber Chefarzt Stenbom umso mehr, denn er legte sofort los: »Sam Berger war in einem besorgniserregenden Zustand, als die Pfleger ihn vor der Tür auflasen. Er war sowohl kraftlos als auch aggressiv, und außer seinem Namen war nichts Verständliches aus ihm herauszubekommen. Es handelte sich unverkennbar um eine Psychose, und seine Gewalttendenz hat uns dazu veranlasst, ihn zu sedieren. Wir haben ihm auch Psychopharmaka verabreicht. Nach einiger Zeit haben wir etwa alle drei Tage die Dosis der Schlafmittel reduziert, um zu überprüfen, ob er sich wieder beruhigt hatte. Das war jedoch erst vor etwa zwei Wochen der Fall, am 12. November. Die Prognose war optimistisch, als er aufwachte, ich hatte den Eindruck, einen neuen Grad der Aufmerksamkeit zu erkennen, und der Patient wirkte ausgeglichen. Leider wurde die diensthabende Schwester zu einem akuten Fall gerufen, nachdem sie gerade seine Zimmertür aufgeschlossen hatte. Berger nutzte die Gelegenheit und haute ab. Er schlich in die Küche, zog sich ein paar weiße Kittel und viel zu kleine Stiefel an und kletterte über die Balustrade des Balkons. Dann rannte er in Richtung Straße, auf der er offenbar den Bus gesehen hatte. Er hat versucht, den Bus mit bloßen Händen zu stoppen, dabei hat sich Sam Berger schwere Verletzungen an der rechten Hand und im Gesicht zugezogen. Ich entschied also, ihn erneut mit Schlafmitteln ruhigzustellen, aber er verbog die Infusionsnadel, überwältigte am darauffolgenden Vormittag die Krankenschwester und konnte fliehen. Zu diesem Zeitpunkt waren Ihre Kollegen hier vor Ort. Einer von ihnen konnte Berger draußen auf dem Feld überwältigen. Danach fand ein Gespräch hinter verschlossenen Türen statt, Grahn und Döös haben Berger verhört und verschwanden dann wieder, nachdem sie alle Beteiligten gezwungen hatten, die Verschwiegenheitsklausel zu unterschreiben. Anschließend hatte ich ein längeres Gespräch mit Sam Berger, und es bestand kein Zweifel daran, dass er sich nicht nur deutlich erholt hatte und stabil wirkte, sondern ihm auch sehr daran gelegen war, Lindstorp schnellstmöglich zu verlassen. Wir haben ihn noch einen Tag zur Beobachtung hierbehalten und ihn dann am Sonntag, dem 15. November, entlassen.«

»Entlassen?«, rief Berger aufgebracht.

»Für uns war er ein Max Mustermann, wir hatten ja nur sein Wort, dass er tatsächlich Sam Berger hieß, eine Personennummer hat er uns nie genannt. Es gab keinerlei Dokumente. Wir sind zwar eine Privatklinik, spezialisiert auf psychiatrische Behandlungen und vor allem die Rehabilitation von Abhängigen, aber wenn wir freie Betten haben, nehmen wir auch Patienten aus öffentlichen Einrichtungen auf. Dann benötigen wir allerdings die Personennummer.«

»Damit Sie die Kosten von der Kommune einfordern können?«

»Das ist jetzt vielleicht doch ein bisschen vereinfacht ausgedrückt«, entgegnete Doktor Stenbom. »Aber tatsächlich hat er uns in den zwei Wochen ja viel Geld gekostet.«

»Sie hatten also nichts dagegen einzuwenden, einen Patienten zu entlassen, der mitnichten gesund war?«

»Wir konnten nichts mehr für ihn tun.«

Berger spürte Bloms Hand auf seinem Bein. Erneut gelang es ihm, sich zu beherrschen. Er verstummte.

»Stimmt es, dass die Kollegen Bergers Fingerabdrücke genommen haben?«, übernahm Blom.

»Ja, allerdings ohne Erfolg. Was nicht wirklich überraschend ist. Er hatte versucht, einen Bus mit der Hand anzuhalten.«

»Mit der rechten«, präzisierte Blom. »Und die linke?«

»Die Fingerkuppen der linken Hand waren bereits beschädigt.«

»Beschädigt?«

»Sie waren so vernarbt, dass man keine Abdrücke nehmen konnte.«

»Vernarbt? So, als hätte er absichtlich seine Fingerkuppen zerschnitten, oder wie meinen Sie das?«

»Das kann ich nicht beantworten.«

»Und was ist mit DNA? Haben Grahn und Döös DNA-Proben genommen?«

»Soweit ich weiß, nicht. Und wir auch nicht.«

»Aber Sie sind noch im Besitz von organischem Material? Sie haben noch Urinproben, Blutproben oder Hautproben von Sam Berger?«

Stenbom schüttelte den Kopf.

»Leider nicht. Es gibt keine Spur mehr von ihm.«

»Wollen wir dann jetzt das Haus besichtigen?«, schlug Berger vor und erhob sich.

Chefarzt Jacob Stenbom starrte ihn an.

»Wir möchten Sam Bergers Wege nachvollziehen«, sagte Sam Berger.

Stenbom schnitt eine Grimasse und sah auf die Uhr.

»In einer knappen Stunde soll ich eine Rede vor der Geschäftsführung von Goodyear halten.«

»Goodyear?«

»Die sind wichtig für uns«, erklärte Stenbom. »Sie testen ihre Winterreifen hier oben. Und schließen hier bei uns ihre Alkoholkranken und psychischen Problemfälle weg.«

Sie folgten Stenbom, vorbei an einer Treppe, die früher einmal imposant und herrschaftlich gewesen sein musste – jetzt war sie mit Linoleum bezogen. Dann bogen sie in einen beigen Flur mit einer Reihe identischer Türen, an denen robuste Schlösser hingen. Stenbom schloss eine davon auf.

»Im Moment liegt in Bergers ehemaligem Zimmer der Sohn des Geschäftsführers von Audi zum Kokainentzug. Aber die Zimmer sind identisch.«

An der Stirnseite des Raums standen ein Bett, ein Infusionsgestell und ein kleiner Tisch auf Rollen. An der gegenüberliegenden Wand, neben der Tür, hingen ein Spiegel und ein kleines Waschbecken, und daneben befand sich die Tür zur Toilette. Das Fenster ging auf das schneebedeckte Feld hinaus, das man bei dem dichten Schneefall kaum ausmachen konnte.

Berger blieb am Fenster stehen und sah hinaus. Er hatte das Gefühl, als hätte er hier schon einmal gestanden.

»Er hat oft aus dem Fenster geschaut«, berichtete Stenbom.

»Aufs Feld?«, fragte Berger. »Wo man auch den Bus sehen kann?«

»Ja, ich glaube, sein Fluchtinstinkt war sehr ausgeprägt.«

»Fällt Ihnen noch etwas ein?«

»Er hat immer eine bestimmte Geste gemacht. Das haben wir oft beobachtet.«

»Eine Geste?«

»Ja, vielleicht meinte er sein Spiegelbild. Mit den Fingern

der rechten Hand hat er einen Pistolenlauf gebildet und sich dann erschossen.«

Berger legte seine Hand an die eiskalte Fensterscheibe.

»Wie ist er das erste Mal von hier geflohen?«, fragte er.

Sie folgten Doktor Stenbom zurück in den Flur, die Treppe hinauf und einen weiteren Flur hinunter bis zu einer Tür, die kein Schloss hatte, dafür aber einen sehr großen Griff. Stenbom öffnete sie.

»Das ist die Küche. Hier hat er sich wohl kurz aufgehalten. Vermutlich suchte er Schuhe, weil er barfuß war, und fand schließlich ein Paar viel zu kleine Stiefel in der Abstellkammer. Und hier hängen solche Kittel, wie er sie sich genommen hat. Das war ein rationaler Akt, er wusste, dass er sonst auf seinem Weg durch den Schnee in die Freiheit frieren würde.«

Blom berührte die weißen Kittel.

»Es waren aber nicht diese hier?«

»Nein, die sind natürlich sofort in der Wäsche gelandet.«

Blom nickte, ging dann in die Abstellkammer und sah sich dort um. Berger zog es zu dem Fenster über der Spüle. Von hier aus, ein Stockwerk höher, war das Feld noch besser zu sehen. Die große weiße Fläche.

Das Feld der Freiheit.

Eine Weile stand er dort und sah hinaus, so lange, bis sich seine Perspektive veränderte, grundlegend. So, als würde man in Freuds Gesicht plötzlich die liegende nackte Frau erkennen.

»Berger stand also immer am Fenster?«

»Ja, aber natürlich in seinem Zimmer.«

Berger hielt seine Hand mit gespreizten Fingern vor die Fensterscheibe, ohne sie zu berühren.

»Berührte er das Fenster auch dabei?«, fragte er.

»Das hat er. Aber wie ich schon sagte, in seinem Zimmer.«

»Ich frage mich, ob er das hier nicht auch getan hat. Wie oft wird die Küche geputzt?«

»Täglich ... Obwohl, wenn Sie die Fenster meinen, dann bei der Kälte im Moment wohl seltener.«

Berger nickte und streifte sich Plastikhandschuhe über. Dann holte er ein Taschenmesser und eine sehr kleine Tüte mit Zippverschluss aus der Tasche. Er kratzte ein bisschen auf der Fensterscheibe herum.

»Berger stand also hier, sah hinaus aufs Feld und presste seine Hand gegen das eiskalte Fenster. Seine Finger müssen sehr feucht gewesen sein.«

»Ja, Psychopharmaka führen zu stark schwitzenden Händen.« Stenbom nickte.

»Kommen Sie mal hierher«, bat Berger. »Man kann das gegen das Licht ganz gut erkennen. Dies ist der Abdruck von den fünf Fingern seiner rechten Hand, bevor er sich verletzt hat. Aber er muss die Hand schnell weggerissen haben, und ich glaube, dass dieser Abdruck zum Großteil aus Hautzellen besteht.«

Damit schabte er die angefrorenen Hautzellen in die kleine Tüte und verschloss sie sorgfältig. Stenbom runzelte die Stirn.

»Wenn Sie wollen, kann ich die DNA-Probe einschicken und eine Schnellanalyse veranlassen.«

»Sie sind aber neugierig«, sagte Berger und steckte die Tüte ein.

»Ich bin doch nicht umsonst Psychiater geworden. Ich habe sehr wohl den Machtkampf zwischen Säpo und NOA wahrgenommen. In diesem Fall würde ich allerdings die NOA vorziehen. Wir lassen unsere Analysen von privaten Anbietern erstellen, die gelangen niemals in offizielle Kanäle.«

Berger und Blom wechselten Blicke. Dann war ein Entschluss gefasst. Blom nickte, holte aus ihrer Tasche eine identische Tüte mit Zippverschluss und hielt sie Berger hin. Der füllte mit seinem Taschenmesser die Hälfte der mikroskopisch kleinen Hautfetzen aus seiner Tüte um. Dann reichte Blom Stenbom ihr Tütchen.

»Wir vertrauen Ihnen zur Hälfte.«

Stenbom lächelte.

»Ich kann es heute Abend noch losschicken. Express sozusagen.«

»Aber Sie sollen Ihren großen Auftritt nicht verpassen«, sagte Berger.

»Ich habe geflunkert«, gestand Stenbom. »Ich muss keine Rede halten. Ich muss nur mit ein paar wichtigen Geschäftsleuten ein Glas trinken. Aber die können warten.«

»Okay, noch mal von vorn«, griff Blom den Faden wieder auf. »Sam Berger stand also hier, legte seine verschwitzten Hände an die Fensterscheibe und zog sich dann die Kittel an. Anschließend ist er aber durch eine andere Tür geflohen?«

»Richtig. Auf den großen Balkon hinaus. Da wird kein Schnee geschippt, nur eine Ecke für die Raucher hält man frei. Er selbst hatte da auch schon gestanden und geraucht. Als ich den Fehler gemacht hatte, die Dosis zu reduzieren. Er hatte einen Wutausbruch bekommen, und wir hatten ihn wieder sediert. Dieser Balkon muss ihn an irgendetwas erinnert haben. Wollen wir eben hinausgehen?«

»Das ist nicht notwendig«, sagte Blom. »Aber mir fällt gerade eine andere Sache ein. Ich habe draußen beim Haupteingang Überwachungskameras gesehen. Könnten wir uns den Tag seiner Ankunft ansehen?«

»Die Säpo hat den Film beschlagnahmt. Und sie haben sichergestellt, dass es keine Kopien gibt.«

Blom sah aus dem Augenwinkel, wie Berger das Gesicht zu einer Grimasse verzog.

»Erinnern Sie sich an die Aufnahmen? Mit was für einem Wagen ist er denn gekommen?«

»Er war nicht in der Lage, Auto zu fahren.«

»Wie meinen Sie das?«

»Er ist nicht selbst gefahren. Er wurde abgesetzt.«

»Jemand hat ihn also hierhergebracht? Haben Sie den Wagen gesehen?«

»Es war so ein Kastenwagen, helle Lackierung, vielleicht hellblau oder hellgrün.«

»Haben Sie auch die Person gesehen, die ihn abgesetzt hat?«, fragte Blom atemlos.

»Ja, aber nur flüchtig. Es war eine Frau.«

»Eine Frau?«, rief Blom.

»Zweifellos eine Frau.«

»Und wie sah sie aus?«

»Blond. Genau genommen sah sie ein bisschen aus wie Sie, Frau Kommissarin Lundström.«

Berger spürte, wie der Boden unter ihm schwankte. Er sah zu Blom und meinte, ihre Gedanken hinter den weit aufgerissenen blauen Augen lesen zu können.

Gab es doch ein Paralleluniversum?

III

21

Sonntag, 22. November, 09:41

Sie waren schon lange vor der Morgendämmerung aktiv gewesen. Die Nachtaufnahmen der Kameras hatten den Mann gezeigt, wie dieser unsicherer als sonst durch den Schnee zur Hütte der Frau gestolpert war. Seither findet eine nicht näher identifizierbare Aktivität in der Hütte statt, der Beobachter hat seine Unkenntnis darüber protokolliert, aber nicht seinen Schmerz. Jetzt heißt es wieder nur warten.

Dieses wahnsinnige Warten.

Endlich wechseln die Kameras in den Tageslichtmodus. Sie sind auch besser in Hinblick auf die Krankheit, diese Krankheit, die seine Zukunft bedroht.

RP, die verfluchte *Retinitis pigmentosa*, zwingt den Beobachter, den Abstand zum Bildschirm immer wieder zu optimieren. Der Krankheitsverlauf ist in letzter Zeit so schnell vorangeschritten, dass der Beobachter das Bedürfnis hat, jeden Sinneseindruck zu bewahren und zu hegen. Und er will auf der Terrasse in der warmen Abenddämmerung sitzen und die Klippen von Gibraltar im zarten Dunst sehen, ehe es dafür zu spät ist.

Ein gemeinsamer Blick. Danach wird sich der Beobachter auf ihren Blick verlassen müssen, die Schönheit und die Ruhe durch ihre Augen sehen müssen.

Er lässt die Zeit verstreichen, die Minuten ziehen dahin. Wie in goldener Schrift sieht er das Datum vor sich. Alles, was noch übrig ist. All das muss wie perfekt sein.

Jeder Moment.

Gestern erschien alles so vielversprechend. Der Beobachter war sich sicher, es noch einmal sehen zu können. Aber als sie das Handtuch fallen ließ, trug sie einen Bikini, und er konnte nur das sternförmige Muttermal unter ihrer verborgenen rechten Brust erkennen. Er hoffte, dass seine Enttäuschung in seinem Bericht nicht zwischen den Zeilen zu lesen wäre.

Jetzt wird endlich die Tür geöffnet, und sie kommt heraus. Die Hand mit dem dünnen Lederhandschuh zoomt nah an ihr Gesicht heran. Es ist so schön. Dann wird der Beobachter wieder zu einem einfachen Beobachter, er zoomt zurück und tippt: »09:50: ♀ draußen auf der Veranda, nimmt das Telefon, wählt. Bei der Begebenheit ist ♂ nicht anwesend.«

Der Beobachter schreibt nicht dazu, dass es sich um den von ihm bevorzugten Zustand handelt.

♂ nicht anwesend.

22

Sonntag, 22. November, 09:41

Berger hatte die Stimme sofort wiedererkannt. Die Jahre und vermutlich so einiges andere auch hatten sie rauer werden lassen, aber es war unverkennbar dieselbe Stimme. Es war Robertsson, der vor acht Jahren jedem Rock in Schweden hinterhergegafft hatte.

»Ich kenne keinen scheiß Berger«, sagte die Stimme bockig.

»Das glaube ich aber doch, streng dich ein bisschen an, Robertsson«, sagte Berger. »Ich war damals bei den Zeugenvernehmungen in Orsa dabei. Und du hast die Verhöre alle mit deiner VHS-Kamera durchs Fenster gefilmt.«

»Ich kapiere immer noch nicht, warum man nicht einfach alle gefilmt hat.«

»Aber du hast es getan. Und jetzt arbeitest du im Archiv. Hast du da Zugang zu den Filmen?«

»Der Karl-Hedblom-Fall ist ein einziges scheiß Durcheinander. Ich habe keinen Bock, alle Filme durchzusehen. Außerdem ist es Sonntagmorgen.«

»Wenn du dir die Mühe machst, heute Nachmittag ins Archiv zu kommen und mir die Filme zu geben, ist eine Stange Geld für dich drin.«

»Warum sollte mir die NOA unter der Hand Geld für etwas geben, was ihr während der Öffnungszeiten von mir umsonst bekommen könnt?«

»Es ist ein bisschen eilig«, sagte Berger und verzog das Gesicht. »Außerdem ist die Sache auch nur halb offiziell.«

Jetzt wurde es ganz still am anderen Ende.

»Fünftausend bar auf die Hand. Um fünf«, sagte er und beendete das Gespräch.

Berger nickte und wandte sich wieder seinem Monitor zu. Eine Trefferliste tauchte auf. Und verschwand plötzlich wieder.

Blom stand mit dem Verbindungskabel in der einen und dem Satellitentelefon in der anderen Hand vor ihm.

»Ich muss Stenbom anrufen«, sagte sie und ging vor die Tür.

Draußen war es beißend kalt. Aber die Sonne hatte ihren Weg über das blaue Himmelszelt angetreten und schickte scharfe Strahlen über die schneeweiße Landschaft. Blom suchte unter dem kleinen Vordach Schutz vor dem starken Sonnenlicht und hielt das Telefon in den Schatten. Dann wählte sie.

Berger beobachtete sie durch den Türspalt. Als er hörte, dass sie jemanden erreicht hatte, zog er die Tür lautlos zu. Dann wandte er sich ihrem improvisierten Whiteboard zu. Es waren noch neue Dokumente dazugekommen. Papiere, Fotos. Unter Punkt acht hingen Aufnahmen, die Blom heimlich in der Klinik gemacht hatte. Zuoberst hatte sie das wenig schmeichelhafte Foto eines Mannes mit wehenden weißen Haaren gesteckt, Chefarzt Jacob Stenbom. Mit dem Blom gerade telefonierte.

Bergers Blick wanderte über die etwas chaotisch anmutende Struktur an der Wand. Daran hatte er immer geglaubt, felsenfest, vielleicht sogar mehr als an so manches andere. Es war die Kunst der Polizeiarbeit, das Chaos zu ordnen, an den richtigen Fäden zu ziehen, um ein rationales, verständliches Muster entstehen zu lassen, um Motive und Beweggründe zu begreifen und den Täter zu fassen.

Um die Wahrheit herauszufinden.

Aber auch die stärkste Überzeugung konnte erschüttert werden, das hatte Berger auf die harte Tour lernen müssen. Und zum ersten Mal in seinem Leben war er sich nicht mehr so felsenfest sicher. Konnte es überhaupt eine rationale Lösung geben, wenn ein paralleles Universum existierte?

In der Nacht hatten ihn wieder Albträume gequält – mittlerweile der Normalzustand –, aber in dieser Nacht hatte sich ein neues, aufreibendes Element dazugesellt. Er hatte sexuelle Handlungen gesehen, extrem lebendige Szenen, abstrakte Körper in konkreten Situationen, als würde sein Gehirn ihn an die krankhafte Verbindung von Mord und Sex erinnern wollen.

Er deutete den Traum als Mahnung. Er sollte nicht vergessen, dass alles auf einen Sexualmord hindeutete.

Und er wie ein Polizist handeln musste.

Berger schüttelte den Kopf, vertrieb alle unwillkommenen Gedanken und Eindrücke und wandte sich wieder der Wand zu.

Als Blom wieder hereinkam und ihre Arme um den Körper schlang, umgab sie eine Wolke aus Dampf.

»Ich brauche Internet«, sagte Berger.

»Jaja«, erwiderte Blom und verband das Satellitentelefon erneut mit den Rechnern.

»Und?«, fragte er, als sie sich hinsetzte und anfing, auf dem Touchpad herumzudrücken.

»Die Proben wurden noch gestern Nacht auf den Weg gebracht. Nach England. Das schnellste Labor der Welt, wenn Doktor Jacob die Wahrheit sagt.«

»Prima. Sonst noch etwas?«

»Eigentlich nicht. Außer dass ich mir die ganze Zeit darüber Gedanken mache, was wir gestern eigentlich herausbekommen haben. Dieser ›Sam Berger‹ wurde also von einer Frau zur Psychiatrie gebracht. Wenn wir alle unangenehmen Konnotationen und alle Parallelen zu uns beiseitelassen, bleibt die Frage: Wer war sie? Ich sehe zwei mögliche

Szenarien. Bei Nummer eins bleiben wir unserer Grundthese treu: Der Mörder handelt allein und befindet sich beim Mord an Anders Hedblom bereits in einem psychotischen Zustand, es gelingt ihm aber, das Auto zu stehlen und zu fliehen. Vielleicht hat ihm eine Freundin geholfen und den zunehmend Wahnsinnigen nach Lindstorp gebracht. Das andere Szenario ist etwas komplizierter. Denn demzufolge war diese Frau bei ihm, als er den Mord begangen hat. Sie war mit in Sorsele. Was bedeutet das für unsere Theorie?«

Berger schüttelte den Kopf.

»Ich weiß nicht. Das klingt alles so weit hergeholt. Sie sitzt also daneben und wartet, während er im Keller einen Mann zu Tode foltert? Das bezweifle ich. Was gibt es Neues an der Jessica-Johnsson-Front?«

»Ich habe heute früh ein kurzes Gespräch mit meinem Säpo-Kontakt geführt. Es war noch nicht möglich, an das Register mit den Tarnidentitäten zu kommen. Aber er hat mir die Nummer einer Sozialarbeiterin gegeben, die in einem frühen Stadium die Beziehung zwischen Jessica Johnsson und Eddy Karlsson begleitet hat. Ihr Name ist Laura Enoksson, sie ist frühpensioniert, wahrscheinlich Burn-out. Ich habe eine Handynummer bekommen und versuche später, sie anzurufen.«

»Interessant.«

»Absolut. Aber weißt du, was mir gerade einfällt? Kommissar Sjölund aus Göteborg hat mir gestern erzählt, dass Lisa Widstrand schwanger war, als sie starb.«

»Das glaube ich nicht.«

»Vielleicht führt uns doch die Mutterspur weiter?«

»Wir haben beide Jessica Johnsson gegenübergesessen«, entgegnete Berger. »Sie war auf keinen Fall schwanger.«

»Das wissen wir aber nicht. Sie hatte einen weiten Pullover an, unter dem sie ohne Probleme eine viermonatige Schwangerschaft hätte verbergen können.«

»Kann man das nicht im Blut nachweisen?«

»Es ist Sonntag«, antwortete Blom und zuckte mit den Schultern.

Berger nahm das Telefon und wählte die vertraute Nummer. Es meldete sich niemand, und er versuchte es erneut. Nach fünf Klingelzeichen hörten sie Deers metallische Stimme.

»Keine unnötigen Anrufe.«

»Dieser ist nicht unnötig«, erwiderte Berger. »Was machst du gerade?«

»Ich werde auf jeden Fall keinen Small Talk mit dir führen. Was willst du?«

»Wurde in Jessica Johnssons Blut eine Schwangerschaft nachgewiesen?«

Schweigen. Sie hörten nur, dass Deer wie wild in Unterlagen blätterte. Unterlagen, die sie offenbar direkt vor sich liegen hatte. Was bewies, dass sie heimlich arbeitete. Und zwar zu Hause in der Garage, in der Berger in seinem früheren Leben so oft zu Besuch gewesen war.

»Ja«, sagte sie nach einer Weile.

»Ja?«

»Ich hatte das übersehen«, gab Deer zu. »Es steht bei Robin im Kleingedruckten. Was bedeutet das für die Ermittlungen?«

»Keine Ahnung. Aber Lisa Widstrand war auch schwanger. Im fünften Monat.«

»Dann tötet er doch nur Mütter? Folgen wir wieder dieser Spur?«

»Keine Ahnung. Danke, Deer.«

Sie beendeten das Gespräch. Berger und Blom sahen beide über den Rand ihrer Bildschirme.

»Es könnte nach wie vor Anders Hedblom sein«, sagte Blom schließlich. »Holzscheit, Mutterhass, Kinderwagen. Er tötete Helena und Rasmus Gradén und Lisa Widstrand. Dann kam ›Sam Berger‹ und ahmte ihn nach. Vielleicht waren sie sogar so etwas wie *partners in crime*. Und Anders wusste zwar, dass der andere sich ›Berger‹ nannte, aber plötzlich wollte ›Berger‹ alleine arbeiten. Er hatte keine Lust, die Lust zu teilen.«

Berger wiegte den Kopf hin und her.

»Der eigenbrötlerische Bodybuilder Anders Hedblom in einer kreativen Zusammenarbeit mit einem Irren und dessen Freundin? Gestatte mir, dass ich zweifle.«

»Lass uns wenigstens in Betracht ziehen, dass Anders nicht zu Gottes liebsten Kindern gehörte. Apropos Gottes Kinder, wir haben eine Nachricht über seinen Bruder.«

»Karl in Säter? Die Blutproben?«

»Ja. Wir hatten recht, was die Metamphetamine angeht. Aber es handelt sich um einen Cocktail, der auch aus ansehnlichen Mengen von Phenazepam besteht.«

»Das kenne ich doch«, sagte Berger. »Eine alte sowjetische Droge, oder?«

»Die ist ganz neu auf dem schwedischen Markt«, bestätigte Blom. »Hat eine beruhigende und angsthemmende Wirkung, wird aber nur noch in Russland und angrenzenden Ländern hergestellt. Zu den häufigsten Nebenwirkungen gehört Amnesie.«

Berger nickte.

»Derjenige, der Karl Hedblom Drogen in die Anstalt schickt, will mit dafür sorgen, dass er sein Gedächtnis verliert. Ich habe übrigens vermutlich noch weitere Opfer gefunden.«

Blom sah ihn ungläubig an.

»Du hast mir das Internet abgestellt«, erklärte er und zeigte auf das Satellitentelefon. »Ich wollte gerade meine umfangreichen Suchergebnisse durchgehen. Aber jetzt kommen die ›Kleeblatt‹-Treffer. Lass mich mal sehen … Der kann weg, der auch, falsche Zeichnung, die auch. Aber vielleicht diese hier. *Eine Blume auf dem Hintern*, Frau Blom.«

»Blume? Sehr witzig!«

»Warum, ein Polizist kann doch leicht mal eine Blume

mit einem Kleeblatt verwechseln. Außerdem sind die Ereignisse von Orsa ziemlich lange her, und dies hier stammt vom März letzten Jahres. Deshalb hat niemand einen Zusammenhang hergestellt. Eine Elisabeth Ström aus Växjö, vorbestraft, sie hatte Verbindungen zu einer Motorradgang und wurde in einem verlassenen Haus gefunden, das die Gang nach Auseinandersetzungen mit einer anderen Bande aufgegeben hatte. Ström war mit Kabelbindern an einen Stuhl gefesselt. Das Haus war von den Schusswechseln durchlöchert, und überall gab es Blutspuren. Und Ström saß mittendrin, erschlagen und zerschunden. Die Polizei brachte die Tat sofort in Verbindung mit den Kämpfen der rivalisierenden Gangs und hatte auch mehrere Verdächtige, konnte aber keine ausreichenden Beweise vorbringen. Der Fall ist noch nicht abgeschlossen. Sie starb in einer ziemlich regnerischen Nacht, außerhalb des Hauses ließen sich keine Spuren mehr sicherstellen, und im Inneren gab es einen Überfluss an DNA-Spuren von verschiedenen Seiten.«

»Auch da kein Sperma?«

»Soweit ich es sehen kann, nicht. Aber ich versuche einmal, an die Originalermittlungsakte heranzukommen. Elisabeth Ström hatte auf jeden Fall eine Kugelschreiberzeichnung – eine sogenannte ›Blume‹ auf ihrer rechten Arschbacke. Hoffentlich gibt es Fotos in den Unterlagen. Sie war zum Zeitpunkt ihres Todes fünfunddreißig Jahre alt und Mutter eines vierzehnjährigen Sohnes.«

»Schon wieder eine Mutter. Und ein Sohn.«

»Ich fass es nicht. Nehmen wir Elisabeth Ström einmal provisorisch in die Liste auf. Für alle vier Opfer gilt: Sie waren oder wurden Mütter, drei von Söhnen, bei Jessica Johnsson ist das Geschlecht des Kindes unbekannt.«

»Aber der Mörder konnte doch nicht wissen, welches Geschlecht die ungeborenen Kinder von Lisa Widstrand und Jessica Johnsson haben würden.«

»Stimmt«, entgegnete Berger. »Obendrein finde ich es

merkwürdig, dass Jessica schwanger gewesen sein soll. Von wem bitte? Vom Mörder? Das würde die Sache ja noch dramatischer machen. Oder war der Mörder vielleicht der Vater all dieser Kinder?«

»Wir sollten uns mit wilden Spekulationen vielleicht ein bisschen zurückhalten …«

»Das sind keine Spekulationen. Das nennt sich Brainstorming. Basis der Polizeiarbeit.«

»Nur sind wir keine Polizisten mehr. Hast du noch was?«

»Ich suche wie ein Wahnsinniger.« Berger wendete sich wieder dem Bildschirm zu. »Okay, das hier könnte etwas sein: *Tintengekritzel auf dem Hintern*. April 2009, nur etwa anderthalb Jahre nach Orsa. Eine Dänin in Malmö.«

»Malmö, sieh mal an«, meinte Blom.

»Zu der Zeit wohnte Anders Hedblom noch in Malmö«, sagte Berger. »Vielleicht liegen wir doch nicht so falsch mit unserer Theorie von den *partners in crime*. Vielleicht haben Hedblom und der sogenannte ›Berger‹ zusammengearbeitet? Hedblom ist rational, ›Berger‹ total irre. Aber ist er am Ende auch irre genug, um seinen eigenen Partner zu ermorden?«

»Nachdem er sein Nest beschmutzt hat, haut Hedblom aus Malmö ab. Er flieht so weit, wie man in diesem Land nur kommen kann. Nach Sorsele. Der Irre geht mit, Anders lernt Jessica Johnsson kennen, ist vielleicht auch der Vater ihres ungeborenen Kindes, Anders und der Irre planen einen neuen Mord, diesmal in Porjus, doch dann läuft der Irre Amok und tötet seinen Partner. Aber sie hatten einen Plan, und dem folgt der Irre.«

»Siehst du, geniales Brainstorming. Und gar nicht so abwegig.«

»Erzähl von der Dänin.«

»Mette Hækkerup, vierundvierzig, Kinderärztin, lebte zusammen mit ihrem Mann und ihrem Sohn in Malmö. Der Mann arbeitete in Kopenhagen, der Sohn ging dort zur Schule. Sie selbst war beim Universitätskrankenhaus in

Malmö angestellt. Das Sonderbare ist, dass ihr Tod nicht als Mord, sondern als Verkehrsunfall anzeigt wird. Unfall auf der E6 bei Tygelsjö. Hækkerup war übers Wochenende allein und hatte eigentlich keine Veranlassung, sich auf der E6 in Richtung Norden zu begeben. Mitten in der Nacht kam sie von der Straße ab, touchierte die Leitplanke und prallte gegen ein Straßenschild. Als der Gerichtsmediziner das ›Tintengekritzel auf dem Hintern‹ entdeckte, wurde neu ermittelt. Ein Kollege von ihr lebte in Tygelsjö, und es stellte sich heraus, dass die beiden eine Affäre gehabt hatten. Er gab das sofort zu, hatte aber mit dem Gekritzel nichts zu tun. Der Fall wurde dann als Verkehrsunfall eingestuft, und die Akte geschlossen.«

»Hm. Wenn das wirklich unser Täter war«, resümierte Blom, »dann hat er also zunächst im Oktober 2007 in Orsa auf clevere Weise einen Unschuldigen vorgeschoben und dann im April 2009 in Malmö einen Mord als Verkehrsunfall kaschiert. Das kann wohl kaum ein lallender Irrer gewesen sein, der nicht weiß, wie er heißt.«

»Außer in seinen sogenannten ›wachen Phasen‹«, sagte Berger. »Da ist er klar im Kopf, gefährlich und vollkommen wahnsinnig. Eine schlimme Kombination. Und schon ein Jahr später, im September 2010, liegt Lisa Widstrand ermordet im Hotelzimmer in Göteborg. Was ist da passiert? Will er die Polizei herausfordern?«

»Allerdings handelte es sich bei ihr ja um eine Prostituierte«, warf Blom ein, »und die Buchmesse stand vor der Tür. Der Mörder muss gewusst haben, dass die Polizei dem Fall nicht höchste Priorität einräumen würde. Also ist auch dieser Mord quasi im Verborgenen geschehen.«

»Aber schräge Privatermittler wie Jessica Johnsson finden so etwas trotzdem heraus. Genau genommen wurden wir nur in diesen irren Fall verwickelt, weil sie Widstrand erwähnte.«

»Dass sie sich dabei auf irgendwelche Artikel in der Lokalpresse berufen hat – die es ja offensichtlich gar nicht gibt –, deutet daraufhin, dass sie Insiderinformationen hatte. Ich finde, unsere Theorien klingen ganz vernünftig.«

»Wir müssen unbedingt herausbekommen, wie ihre Tarnidentität hieß«, sagte Berger. »Zwischen 2005 und 2011. Das waren sechs Jahre eines uns vollkommen unbekannten Lebens.«

»Dabei dürfen wir aber nicht vergessen, dass sie eines der Opfer in einer leider ständig anwachsenden Schar ist ...«

»Aber sie ist auch der Schlüssel. Sie kannte den Mörder, sie wusste, wer er ist. Kaum in Lindstorp zu sich gekommen, fuhr er zu ihr nach Porjus, reinigte wie besessen das ganze Haus, richtete sich im Heizkesselraum ein und wartete darauf, dass sie nach Hause kam.«

»Obwohl, einen Moment mal!«, warf Blom ein. »Er wurde doch abgesetzt. Das Auto stand nicht in Lindstorp auf dem Parkplatz. Die blonde Frau muss ihn auch wieder abgeholt haben. Und wir wissen, dass der Wagen in der Garage in Porjus stand, als Jessica Johnsson ermordet wurde. Wenn diese Frau ihn also dort hingefahren hat, dann war sie auch bei dem Mord dabei.«

»Aber es war keine blonde Frau in dem Haus, als wir es mit Johnsson überprüft haben.«

»Wir waren überall, nur nicht im Heizkesselraum«, sagte Blom. »Sie kann ja dort mit ihm zusammen gewartet haben.«

»Ist es nicht weitaus wahrscheinlicher, dass sie ihn zwar abgeholt hat, er sie dann aber unterwegs abgesetzt hat? Er hatte sich ja erholt – wenn das überhaupt der richtige Ausdruck ist – und konnte wieder selbst fahren. Von Sorsele ist er ja auch weggekommen. Vermutlich ist die Frau einfach nur eine Freundin – oder seine Freundin.«

»Vermutlich.« Blom zuckte mit den Schultern.

»Lassen wir diese Frage vorerst noch offen, okay?«, lenkte Berger ein. »Warte mal, was ist das denn?«

»Was?«

»*Tätowiertes Blatt.*«

»Wie bitte?«

»Das ist unter den Treffern. Noch ein potenzielles Opfer. Die Polizei in Täby hat das Blatt auf dem Hintern für eine Tätowierung gehalten. Das Opfer hatte offensichtlich noch andere Tattoos. Aber hier ist ein Foto, und das ist eindeutig ein Kleeblatt.«

»Und von wem ist die Rede?«

»Die Frau hieß Farida Hesari, war bei einer Freundin zu Besuch und verschwand im Juli vor drei Jahren in der Nähe vom Täby-Zentrum. Sie hatte eine Vorgeschichte, war von zu Hause in Alby abgehauen und untergetaucht, wohnte aber ab und zu bei dieser Freundin.«

»Und wie ist sie gestorben?«

»Warte, ich rufe den Text auf. Hesari wollte an einem warmen Sommertag Zigaretten kaufen gehen und kam nicht mehr zurück. Anderthalb Tage später haben …«

»Ja? Warum unterbrichst du dich?«

»Das ist doch nicht zu glauben«, stöhnte Berger.

»Jetzt reiß dich mal zusammen!«

»Farida Hesari wurde blutüberströmt von Pfadfindern im Stolpaskogen in Täby gefunden.«

»Holzscheit und Messer?«

»Steht da nicht. Aber sie hat überlebt.«

23

Sonntag, 22. November, 14:07

Sie gingen durch den Wald, obwohl es grau und nasskalt war. Darum bereute sie ihren Entschluss ein wenig, einen Sonntagsspaziergang durch den Trångsundsskogen zu unternehmen. Andererseits war es vielleicht die letzte Gelegenheit, bevor Schnee und Frost für das kommende halbe Jahr die Natur fest im Griff haben würden.

Und sie wollte Lykke so viele Erlebnisse dieser Art wie möglich bieten, in einer Welt, die immer unwirklicher und unnatürlicher wurde. Außerdem konnte sie ihre Tochter auf diese Weise von Facebook und Instagram weglocken. Von Snapchat allerdings nicht, sie beobachtete, wie Lykke immer wieder heimlich auf ihr Handy sah.

Johnny hatte Wochenenddienst, und so waren es nur sie beide in der scheinbar unendlichen Weite des Waldes. Daher klang das Telefonklingeln noch unnatürlicher als sonst.

Sie standen auf einer Lichtung, die sich zu dem dramatisch wilden Steilhang hin öffnete, an dessen Fuß der Drevviken-See lag. Lykke hüpfte gefährlich nahe an der Kante herum, und Deer rief sie zurück. Ihre Tochter sollte nicht den Hang hinunterstürzen, nur weil sie unbedingt ein Gespräch annehmen musste. Und schon gar nicht wegen des Typen, dessen Nummer sie auf dem Display erkannte. Seufzend meldete sie sich.

»Wie lautet unsere Vereinbarung, Sam?«

»Wir haben drei neue Opfer gefunden«, entgegnete Berger knapp.

»Was?«

»Ich habe dir alles gemailt. Du hast in sämtlichen Polizeiregistern nach alternativen Beschreibungen eines Kleeblattes auf einem Hintern gesucht, nur dass du Bescheid weißt. So bist du auf drei potenzielle Opfer desselben Mörders gestoßen. Du hast dich in deiner Freizeit eingehender damit beschäftigt und kannst abschließend feststellen, dass alle Opfer ein Kleeblatt auf dem Gesäß hatten: in Malmö, Växjö und Täby. Das sollte die NOA sehr zufriedenstellen.«

»Ihr seid echt in Bestform da oben, wo auch immer ihr euch herumtreibt.«

»Hat Robin schon etwas aus Sorsele gemeldet?«

»Bisher nur, dass es ihn überhaupt nicht erfreut hat, an einem Sonntagmorgen dort hinfahren zu müssen. Ich glaube, sein Team ist noch gar nicht nachgekommen. Mein Strohmann hat der Polizei in Arjeplog den Tipp gegeben, die waren aber etwas langsam.«

»Drei Opfer, aber keine drei Leichen«, fuhr Berger fort. »Eine der Frauen hat überlebt, schwer verletzt und traumatisiert durch die anderthalb Tage Gefangenschaft. Ihre Vernehmung hat nichts ergeben, sie konnte kaum sprechen. Die Kollegen aus Täby entschieden, ihre Genesung abzuwarten, aber als sie sich erneut mit ihr unterhalten wollten, hatte sie sich einfach selbst aus dem Krankenhaus in Danderyd entlassen. Und ein paar Tage später saß sie mit ihrer Freundin im Flugzeug nach Manila. Dort verliert sich ihre Spur.«

»Manila auf den Philippinen?«

»Ja. Das alles geschah im Juli 2012, und seitdem ist Farida Hesari, mittlerweile sechsundzwanzig Jahre alt, spurlos verschwunden. Könntest du Interpol einschalten und sie suchen lassen?«

»Wenn ich mir eure Unterlagen angesehen habe. Aber jetzt werde ich weiter durch den dunklen Wald wandern.«

»Du hast noch mehr als die Hälfte deines Lebens vor dir, Deer. Apropos, hast du nichts vergessen?«

Deer presste die Lippen aufeinander.

»Danke, du Idiot«, zischte sie und beendete das Gespräch.

»Sie bedankt sich recht herzlich und lässt dich schön grüßen.«

Blom sah ihn verwundert an.

»Komm her, dann erledigen wir das gemeinsam.«

Er setzte sich neben sie auf ihr Bett, außer Sichtweite der eingebauten Kamera. Blom klickte auf den Skype-Link, und es ertönte ein Klingelzeichen.

Zunächst blieb das Bild schwarz, dann erschien eine ältere Dame und sagte mit verblüffend klarer Stimme: »Ich skype regelmäßig mit meinen Enkelkindern in den USA. Sie müssen mich also nicht fragen, ob ich weiß, wie das funktioniert.«

»Frau Enoksson. Ich bin Kriminalkommissarin Eva Lundström. Wir hatten E-Mail-Kontakt, und ich habe Ihnen geschrieben, weswegen ich Sie befragen will. Sind Sie damit einverstanden?«

»Sag Laura zu mir, dann nenne ich dich Eva.«

»Laura, du warst die zuständige Sozialarbeiterin, die sich im Frühling 2005 um den Fall Jessica Johnsson und Eddy Karlsson gekümmert hat. Was kannst du uns dazu sagen?«

»Ich habe gehört, was mit Jessica passiert ist, schrecklich. Aber es überrascht mich nicht so, sie hatte leider die Tendenz, sich immer die falschen Männer auszusuchen. Aber Eddy Karlsson ist tot, er kann es nicht gewesen sein. Er kam vor vier Jahren aus Thailand zurück, als Junkie, nur noch ein Schatten seines ehemaligen, widerwärtigen Selbst. Aber sogar sein Schatten war abstoßend.«

»Bist du ihm noch einmal begegnet? Nach seiner Rückkehr?«

»Nein, er ist sofort untergetaucht. Aber ich habe seine Leiche gesehen. Ich wollte seine Leiche sehen. Männer wie er haben mich meine ganze Kraft gekostet.«

»Erzähl mir doch bitte alles von Anfang an, Laura.«

Die alte Dame seufzte – vermutlich hatte sie in all den Jahren mehr gesehen, als ein einzelner Mensch sehen sollte –, und ihre Miene verschloss sich für einen Moment.

»Jessica war damals fünfundzwanzig Jahre alt, Krankenschwester und vielleicht ein bisschen blauäugig«, fing sie an. »Eines dieser jungen Dinger mit Vaterkomplex, die sich gern für die falschen Männer entscheiden. Und Eddy Karlsson war definitiv der falsche Mann.«

»Moment. Vaterkomplex?«

»Ich weiß nicht viel über ihre Familienverhältnisse, aber ich kenne diesen Typ von Frau. Sie sind in der Regel ohne Vater groß geworden und sehnen sich nach einer Vaterfigur, die sie gleichzeitig wertschätzt und ihnen Grenzen setzt. Das geht meistens schief.«

»Und Eddy Karlsson war definitiv der falsche Mann?«

»Ohne jeden Zweifel«, bestätigte Laura Enoksson. »Er war nicht nur gewalttätig und ständig high, sondern auch manipulativ und paranoid. Er hat jeden ihrer Schritte überwacht. Nach mehreren Körperverletzungen wurde er festgenommen, aber aus Mangel an Beweisen gleich wieder freigelassen. Und weil es keine Zeugenaussagen gab. Wie so viele Frauen in ihrer Situation weigerte sich auch Jessica anfangs, gegen Eddy auszusagen. Er tauchte unter, hörte aber nicht auf, sie zu drangsalieren. Und dann passierte es.«

»Es?«

»Na, die Körperverletzung. Das war schrecklich. Sie hatte nicht nur eine Fehlgeburt, sondern erlitt auch gravierende Verletzungen. Die waren so massiv, dass die Polizei endlich handelte. Schon im Krankenhaus bekam Jessica eine Tarnidentität und wurde bei Nacht und Nebel in ein anderes

Krankenhaus verlegt. Weit weg von Stockholm. Und damit war ich aus dem Spiel.«

»Du weißt also nicht, wie sie danach hieß?«

»Das ist doch die Idee dahinter, dass so wenige Leute wie möglich die neue Identität kennen. Und ich gehörte definitiv nicht zu diesen Leuten.«

»Darf ich noch einmal einen Schritt zurückgehen?«, fragte Blom. »Jessica hatte aufgrund der Misshandlung eine Fehlgeburt, sagst du? Sie war also schwanger?«

»Ja, und soweit ich weiß, von Eddy. Er hat sein eigenes Kind getötet.«

Blom verstummte und warf Berger einen Blick zu. Obwohl sie vereinbart hatten, ihn rauszuhalten. Aber er verstand sie sofort und antwortete ihr wortlos.

»Du weißt nicht zufällig, was es werden sollte?«, fragte Blom.

»Doch, es war ein Junge.«

Erneuter Blickwechsel. Unvermeidbar.

Berger formte mit den Lippen »Eddy Karlsson«.

Der Teufel war keineswegs tot. Er hatte seinen Tod nur vorgetäuscht. Nachdem er sich ein paar Jahre in Thailand herumgedrückt hatte, war er zurückgekommen und hatte seinen Tod vorbereitet. 2005 war er verschwunden und 2007 in Orsa wieder aufgetaucht.

Er hatte die Mutter seines Kindes schwer verletzt und seinen eigenen Sohn getötet. Beim nächsten Mal würde er es besser machen.

Und zwar um jeden Preis auch die Mutter töten.

Es passte leider alles zusammen. Berger konnte keinen Haken erkennen.

»Das war so schrecklich«, sagte Laura Enoksson und schüttelte den Kopf.

»Seinen eigenen Sohn zu töten …«, sagte Blom mitfühlend und senkte den Kopf.

Enoksson sah sie verwundert an.

»Ich habe dabei eher an Jessica gedacht. An ihre Verletzungen.«

»Verletzungen?«

»Ja, Jessica hatte schwerste Verletzungen im Unterleib.«

»Ach so …?«

»Die Gebärmutter war derart beschädigt, dass die Ärzte sie entfernen mussten. Hysterektomie.«

Berger betrachtete Bloms Hinterkopf. Die Karten waren neu gemischt, und er sah förmlich, wie ihre Gehirnzellen unter dem Haarschopf bereits Höchstleistungen erbrachten. Er hörte, wie sie sich von Laura Enoksson verabschiedete und sie bat, sich zu melden, wenn ihr noch etwas einfallen sollte. Dann beendete sie das Gespräch freundlich und unverbindlich, schloss das Skype-Fenster und drehte sich zu ihm um.

»Tja«, sagte Berger. »Für einen kurzen Augenblick war ich mir sicher, dass Eddy Karlsson wiederauferstanden ist. Aber jetzt!«

»Sie war schwanger, als wir sie in Porjus getroffen haben. Wir haben die Blutproben. Aber vor zehn Jahren wurde ihr die vollkommen zerstörte Gebärmutter entfernt. Sie kann mit anderen Worten gar nicht schwanger gewesen sein.«

»Das ist nun aber sehr verwirrend, oder?«, sagte Berger.

Blom schüttelte energisch den Kopf.

»War die Frau, mit der wir in Porjus gesprochen haben, überhaupt Jessica Johnsson? Oder wurde eine ganz andere Person ermordet? Aber wie soll das funktionieren? Eine schwangere Frau spielt Jessica Johnsson und wird danach umgebracht, und zwar quasi vor unseren Augen? Das passt doch alles nicht zusammen?«

»Gibt es wirklich keine Fotos von ihr? Führerschein oder Passbilder? Keine alten Schulfotos?«

»Ich habe nichts gefunden«, antwortete Blom. »Setz doch deine Desiré da mal ran.«

»Übersehen wir hier etwas?«, fragte Berger. »Ist da etwas

direkt vor unserer Nase, was wir eigentlich glasklar sehen könnten?«

Molly Blom schüttelte so heftig den Kopf, bis das Telefon klingelte. Sie erkannte die Nummer sofort.

»Doktor Stenbom, *I presume.*«

In derselben Sekunde erreichten Deer und Lykke den Strand des Sjöängsbadet. Kein Mensch war im Wasser, dafür schnupperten ein paar Hunde am Ufer herum. Lykke rannte auf sie zu, was Deer überhaupt nicht gefiel. Die Hundebesitzer waren weit entfernt, sie schlenderten ganz gemütlich aus dem kleinen Wäldchen zur Badestelle. Aber die Hunde schienen alle freundlich zu sein, Lykke durfte ihre kindliche Naivität ausleben. Sie streichelte die Hunde, und alles war gut.

Deers Blick wanderte unterdessen über den See. Wenn er in diesem Winter zufrieren würde, könnte im Februar das berühmte Drevviksrännet stattfinden, ein Eisschnelllauf über den ganzen See. Es wurde behauptet, dass der Drevvik für Schlittschuhfahrer das beste Eis auf der Welt biete. Und dieses Mal wollte Deer dafür sorgen, dass die ganze Familie teilnahm. Auch Johnny sollte versuchen, die zwanzig Kilometer mitzustolpern.

Die Hundebesitzer kamen den Abhang hinunter, dennoch war noch eine Bewegung oben am Waldrand zu erkennen, als würde dort jemand im Gebüsch kauern. Ihr Gedanke wurde von einem aufdringlichen Klingeln unterbrochen. Deer wollte gerade in ihr Handy brüllen, als sie sah, dass es gar nicht die erwartete Nummer war.

»Ja, Robin? Neuigkeiten aus Sorsele?«

»Ich bin in Linköping!«

»Aber warum das denn?«

»Mach dir keinen Kopf, ich habe meine Leute nach Sorsele geschickt. Die wissen, was zu tun ist. Ich musste der

Sache mit dem kleinen weißen Faden aus Porjus auf den Grund gehen, und dazu benötige ich unser bestes Labor.«

»Und was hast du herausgefunden?«

»Es handelt sich tatsächlich um eine Mullbinde, und es waren tatsächlich Blutspuren daran. Mikroskopisch kleine Mengen zwar, aber ausreichend, um eine DNA zu ermitteln.«

»Ich höre.«

»Diese DNA gehört einem Mann namens Reine Danielsson.«

»Reine Danielsson?« Deer schrie fast und sah schnell zu ihrer Tochter am Ufer. Einer der Hunde schien aggressiver zu werden, was nichts Gutes verhieß. Er hatte zu knurren begonnen. Deer rief nach Lykke, die ohne Protest herantrabte. Offenbar hatte auch sie bemerkt, dass der Hund keine Lust mehr hatte zu spielen. Deer sah erneut zum Waldrand hinauf. Die Zweige bewegten sich, allerdings an einer anderen Stelle, als hätte der Kauernde seine Position entlang der Waldgrenze verändert.

Und dazu diese bedeutende Nachricht.

»Genau. Reine Danielsson«, wiederholte Robin. »Dreiunddreißig Jahre alt, aber mehr habe ich noch nicht über ihn, ich wollte dich sofort anrufen, als das Resultat reinkam. Ich schicke dir die Personennummer.«

Damit war das Gespräch beendet. Deer empfing die angekündigte Information und tippte sofort eine Nummer ein, die es in keinem Telefonbuch gab. Währenddessen klingelte ihr Handy, und ebendiese Nummer erschien im Display.

»Deer«, sagte die Stimme am anderen Ende energisch. »Wir haben herausbekommen, wer sich in Lindstorp als ›Sam Berger‹ ausgegeben hat.«

»Reine Danielsson?«

Das Schweigen auf der anderen Seite war enorm. Und plötzlich herrschte eine sonderbare Klarheit.

Reine Danielsson. Ein Unbekannter. Aber ein waschechter Serienmörder.

Das Schweigen hielt so lange an, dass sich ein Störfaktor in die neu gewonnene Klarheit schob wie ein Sandkorn unter eine Kontaktlinse. Deers Sicht wurde getrübt, es kratzte, brannte. Irgendetwas war mit diesem Namen. Reine Danielsson …

»Zum Teufel, woher weißt du das?«, fragte Berger von der anderen Seite des Polarkreises.

»Die weitaus richtigere Frage wäre: Woher zum Teufel weißt du das?«, erwiderte Deer.

»Wir haben die DNA von Hautfragmenten aus Arjeplog analysieren lassen.«

»Ihr habt die DNA von Hautfragmenten aus Arjeplog analysieren lassen? Wie bitte habt ihr das gemacht? Hinterlasst ihr jetzt überall Spuren? Spuren, die letztendlich zu mir führen und mich den Kopf kosten werden?«

»Inoffizielle Wege«, erklärte Berger. »Keine Panik.«

»Na, dann bin ich aber beruhigt!«

»Und wie bist du an den Namen gekommen?«

»Im Heizkesselraum in Porjus hat Robin einen Faden gefunden. Einen weißen Faden, nicht schwarz wie von der Sturmhaube. Er stammt von einer Mullbinde, und Robin hat Blut darauf gefunden. Der Faden hing in Kopfhöhe eines etwa einen Meter fünfundachtzig großen Mannes, wenn dieser auf dem Boden sitzt. Hat sich dieser ›Sam Berger‹ in Lindstorp am Kopf verletzt?«

»Im Gesicht«, präzisierte Berger. »Er ist sozusagen gegen einen Bus gesprungen.«

»Das klingt wirklich nach unserem hochintelligenten Serienmörder.«

»Er handelt nur in Schüben hochintelligent. Die restliche Zeit verbringt er in der Klapse und glaubt, jemand anderes zu sein.«

»Ihr müsst mir immer sofort alles schicken, was ihr herausgefunden habt«, forderte Deer. »Diese Sache hier funktioniert nur, wenn wir uns permanent abstimmen.«

»Wir besitzen eine Audiodatei von unserem Gespräch mit Chefarzt Jacob Stenbom. Die schicke ich dir. Und dann haben wir noch etwas über Jessica Johnssons Familienverhältnisse und ihre Geschichte erfahren. Zum Beispiel, dass sie zum Zeitpunkt ihres Todes nicht schwanger gewesen sein kann. Könntest du ein Foto von ihr besorgen?«

»Ich werde es versuchen«, entgegnete Deer und sah den Hundebesitzern hinterher, die langsam die Badebucht verließen. Lykke saß auf einem Stein und war mit ihrem Handy beschäftigt.

»Hast du denn schon etwas über diesen Reine Danielsson herausbekommen?«, fragte Berger.

»Ich habe den Namen eben erst erfahren. Aber …«

»Ja, wir auch. Aber …?«

»Aber irgendetwas irritiert mich daran«, sagte Deer.

»Ich weiß«, antwortete Berger, beendete das Gespräch und wandte sich zu Blom.

»Irgendetwas irritiert sie.«

Blom verzog das Gesicht und tippte etwas in den Rechner. Sie öffnete Seite um Seite, dann schüttelte sie den Kopf.

»Ich kann nichts über diesen Reine Danielsson finden. Keine einzige Suche hat etwas ergeben. Vermutlich bezahlt er keine Steuern.«

»Und wer in Schweden keine Steuern bezahlt, hat entweder ein paar Luxusjachten in Monaco liegen oder null Einkommen.«

»Wenn wir die Jachten mal außer Acht lassen, warum hat man kein Einkommen?«

»Weil man vollkommen im Eimer ist? Oder …«

»Ja?«

»Ach, was weiß denn ich!«, rief Berger und schnappte sich einen dicken Stapel Papiere. Dann schlug er die dicke Helena-Gradén-Akte auf und fing an, ungestüm darin zu blättern.

Blom beobachtete ihn dabei.

»Ich glaube, du hast den Namen gesagt, als ich geduscht habe. Du hast einen Haufen Namen aufgezählt und vergessen, mir das warme Wasser zu reichen. Wir haben darüber geredet, dass man in der Region Dalarna den Namen der Höfe dem Eigennamen vorstellt.«

Berger tippte mit dem Finger auf die Akte.

»Natürlich, das war es. Reine Danielsson ist einer von Karl Hedbloms Unglücksbrüdern aus der Wohngruppe in Orsa. Ich fasse es nicht.«

Blom rieb sich die Augen.

»Reine hat also die Hütte gebaut. Reine hat Helena und Rasmus entführt und getötet. Reine hat sie zwei Tage lang gefangen gehalten und sich trotzdem in der Wohngruppe normal verhalten. Er war in der Lage, sowohl die Hütte als auch die Opfer von fremder DNA zu säubern. Dann platzierte er die DNA seines Mitbewohners Karl Hedblom dort. Reine kann unmöglich ein ganz normaler Patient dieser Wohngruppe gewesen sein.«

»Wir haben ihn vernommen«, sagte Berger und spürte, wie blass er wurde.

»Wir? Du persönlich?«

»Ja, ich persönlich«, bestätigte Berger. »Und Deer, ebenfalls persönlich. Wir beide höchstpersönlich.«

Er griff wieder nach dem Telefon und wählte. Sie meldete sich praktisch sofort.

»Orsa«, sagte Deer. »Das war in Orsa, stimmt's?«

»Genau«, entgegnete Berger. »Wir haben ihn verhört, wir beide zusammen in der provisorischen Kommandozentrale in Orsa, in diesem Hotel. Erinnerst du dich? Hier steht, dass wir das waren, aber ich kann mich nicht daran erinnern. Kannst du das?«

»Es waren so viele, aber vielleicht …«

»Also, ich weiß es nicht mehr.«

»Du hattest immer Schwierigkeiten mit der Vergangenheit«, sagte Deer. »Ich meine, mich an einen großen, schwammigen Typen erinnern zu können, er mag so um die eins fünfundachtzig gewesen sein, eventuell mit Schuhgröße fünfundvierzig. Damals war er sechsundzwanzig Jahre alt. Aber ob ich mich an unser Verhör erinnere? Da muss ich in mich gehen. Ich melde mich wieder.«

»Ich habe die Aufzeichnungen hier vor mir liegen«, sagte Berger. »Also melde ich mich, wenn ich sie durchgelesen habe.«

»Wir sind in circa einer halben Stunde wieder zu Hause. Im Moment sind wir im Sjöängsbadet, und hier wird es langsam dunkel.«

»Dann beeil dich mal, du musst um fünf Uhr im Polizeipräsidium sein.«

»Wie bitte?«

»Und leider musst du auch fünftausend Kronen in bar dabeihaben.«

»Wo hast du mich jetzt wieder hineingezogen?«

»Du triffst dich mit Robertsson. Im Präsidium. Von ihm bekommst du die Filme von den Verhören.«

Deers Seufzer klang besonders tief.

»Eine Sache noch, das fällt mir in dieser Sekunde ein«, fügte Berger hinzu.

»Ja?«

»Wenn ich auf Reine Danielsson einen so nachhaltigen Eindruck gemacht habe, dass er sich in einer psychotischen Phase ›Sam Berger‹ nennt, besteht ein gewisses Risiko, dass er sich auch an dich erinnert, Deer. Wir dürfen nicht vergessen, dass dieser Brief an dich persönlich adressiert war.«

Deer schwieg einen Augenblick lang.

»Was genau willst du mir damit sagen, Sam?«

»Nur das eine: Sei vorsichtig.«

»Ich kann auf mich aufpassen«, entgegnete Deer und beendete das Telefonat.

Sie sah hinüber zu Lykke. Es dämmerte bereits, und das Gesicht ihrer Tochter war vom Display ihres Handys erhellt.

Die stille dunkle Oberfläche des Drevviken färbte sich von der schnell untergehenden rosa Sonne wie ein Tuch. Mittlerweile waren die Hunde und ihre Besitzer verschwunden, Mutter und Tochter waren jetzt allein in der Abenddämmerung. In einer unheimlichen Einsamkeit. Kein Laut war zu hören, und das rosa Tuch hob sich allmählich und überließ den See der Dunkelheit.

Ein Schauder lief Deer über den Rücken. Sie sah hoch zum Waldrand. Dort war es lange ruhig gewesen, und Deer hatte sich die Bewegungen im Gebüsch mit sanften Herbstbrisen, herunterfallenden Tannenzapfen oder Eichhörnchen erklärt. Ihr Wagen stand oben auf dem Parkplatz, nur wenige Hundert Meter entfernt. Sie betrachtete die Bäume. Nichts rührte sich dort oben. Alles war still.

»Lykke?«, rief sie und hatte das Gefühl, ihre Stimme halle weit durch den novemberleeren Vorortwald.

Lykke blickte von ihrem Handy auf.

»Lass uns heimfahren«, sagte sie leise, aber so munter wie möglich.

Im Augenwinkel sah sie Lykke, die sich langsam erhob, noch tief in ihr Handy versunken. Aber sie bemerkte auch die Bewegung in den Bäumen.

Einige Zweige vibrierten, wie ein Nachbeben. Lykke war noch ein paar Meter entfernt, den Blick weiterhin gesenkt. Wieder schaute Deer zum Waldrand hinauf. Nichts. Das Zittern der Zweige hatte nachgelassen.

Deer streckte ihre Hand aus, und Lykke nahm sie. Sie hatten beide eiskalte Hände, keine konnte die andere wärmen.

Sie waren zu lange hiergeblieben.

Langsam gingen sie zurück zu dem Weg, der zum Parkplatz führte. Jetzt brach die Abenddämmerung mit unerwarteter Geschwindigkeit herein. Deer blieb einen Moment stehen, drückte Lykkes Hand und sah wieder zum Waldrand. Lykke schaute sie verwundert an.

Da sah Deer die Bewegung. Ein Rascheln zwischen den Zweigen, als würde jemand laufen.

Und zwar in ihre Richtung.

Deer ging in die Hocke, nahm einen Stein und vermisste zum ersten Mal seit sehr langer Zeit ihre Dienstwaffe. Zum Glück hatte sie Sam gesagt, dass sie zum See gefahren waren. Ein Trost, auch wenn er nicht mehr versprach, als dass jemand wissen würde, wo man ihre Leichen finden könnte.

Mittlerweile hatten sie sich dem Waldrand genähert, er war nur noch wenige Meter entfernt. Da erzitterte der Baum in vorderster Reihe, und das Unterholz gab nach. Etwas brach in beängstigender Geschwindigkeit aus dem Dunkel des Waldes hervor.

Reine Danielsson. Deer hob den Stein. *Du wirst meine Tochter niemals bekommen. Ich werde kämpfen, bis ich nur noch ein Arm bin, mit einem Stein bewaffnet.*

Äste brachen, als die Gestalt den letzten Baum hinter sich ließ. Dann blieb sie abrupt stehen und starrte Deer wütend an, den Tod in den Augen.

Um die Gestalt herum sammelten sich die Jungen, vier kleine Frischlinge stießen gegen die Beine der enormen Wildsau. Wie versteinert standen die beiden Mütter einander gegenüber.

Dann erkannten sie in der jeweils anderen die Mutter, an der alles Leben hing, die Mutter, die alles für ihre Nachkommen tun würde.

Mit einem tiefen, grollenden Grunzen drehte sich die Wildsau um und stürzte zurück in den Wald. Die Frischlinge sprangen hinterher.

Deer blieb stehen, bis sie bemerkte, dass sie Lykkes Hand viel zu fest drückte. Sie ließ das Mädchen los.

Aber den Stein, den behielt sie in der Hand. Bis sie den Wagen sicher erreicht hatten.

»Wie süß die waren«, sagte Lykke und hüpfte zum Parkplatz.

24

Sonntag, 22. November, 16:58

Sie konnte die Dunkelheit nicht leiden. Darin hielten sich Tiere auf, Bestien. Die krochen um sie herum, unsichtbar, nur Zweige zitterten. Jeden Augenblick konnte in dem dunklen Flur ein schreckliches Monster auf sie zustürzen.

Das Verbrechen ruht nie, auch nicht an einem Sonntagnachmittag. Daher waren auch mehrere Stockwerke des Polizeipräsidiums auf Kungsholmen in Stockholm hell erleuchtet und besetzt. Als sie aber aus dem Fahrstuhl trat, war alles dunkel und still. Sie konnte nur wenige Meter den Flur hinuntersehen. Trotzdem verbot es sich, jetzt den Lichtschalter zu betätigen. Denn sie befand sich in der Welt des Doppellebens, und hier herrschte nun einmal die Dunkelheit, in der die Bestien gedeihen.

Die Tür hatte ein Codeschloss. Sie wusste, dass sie Spuren hinterließ, wenn sie ihre Karte einlas. Trotzdem zog sie die Karte durch das Schloss und öffnete die Tür.

Im Archiv war es genauso dunkel wie draußen auf dem Flur. Aber hier erstreckten sich die Regale bis ins Unendliche. Sie trat an den Empfangstresen heran und bemerkte erst dann, dass dahinter jemand saß und sie beobachtete.

Als er sich erhob, war sie schockiert von dem aufgedunsenen Gesicht dieses Mannes um die fünfzig.

»Robertsson?«, fragte Deer und erkannte ihre Stimme kaum wieder.

Der Mann starrte sie lange und ausdruckslos an.
»Marke?«
Kaum zu glauben, dachte Deer und zeigte ihren Dienstausweis. Er musterte ihn und schnaubte.
»NOA, meine Güte. Was war denn so falsch am Reichskriminalamt?«
»Umstrukturierungen«, entgegnete Deer, ohne über tiefere Einsichten zu verfügen.
»Ich kenne dich«, sagte Robertsson und musterte sie eingehend mit seinen rot geränderten Augen. »Du warst auch in Orsa mit dabei, stimmt's? Du warst ganz niedlich damals, richtig sexy. Was ist dann passiert?«
Deer hatte beschlossen, dass dieser Mann sie auf keinen Fall aus der Ruhe bringen würde. Folglich entschied sie sich für stoisches Schweigen.
»Aber jetzt hast du dickere Titten. Das ist doch wenigstens etwas, bei all dem Elend.«
Sie bildete sich ein, dass ihr Schweigen nach wie vor etwas Stoisches hatte. Und nicht etwas Hasserfülltes.
»Du hast etwas für mich?«, fragte er jetzt.
»Nur, wenn du etwas für mich hast.«
Er nickte. Dann bückte er sich schwerfällig hinter seinem Tresen und hob einen schwarzen Plastiksack hoch. Der sah ziemlich schwer aus, und es klapperte, als er ihn schüttelte.
Deer griff in die Innenseite ihrer Jacke, holte den Umschlag hervor und reichte ihn Robertsson.
Er nahm ihn, schlitzte ihn auf und zählte die Scheine.
»Das wird hier ja langsam ein eigenständiges Business.«
»Wie meinst du das?«, fragte Deer.
»Ach, egal«, grunzte er, steckte die Scheine zurück in den Umschlag, schob ihn sich in die Jackentasche und reichte ihr den Sack.
Deer öffnete ihn und sah hinein.
Er war halb voll mit alten VHS-Filmen.
Obenauf lag ein Porno, der eher dreißig als zwanzig Jahre

auf dem Buckel hatte. Sie nahm die Kassette und betrachtete die expliziten Fotos auf dem Umschlag.

»Ist 'ne Anleitung«, erklärte Robertsson und grinste schmierig. »Die scheinst du gebrauchen zu können.«

In diesem Moment beschloss Deer, dass Robertssons Tage im Polizeidienst gezählt waren.

25

Dienstag, 30. Oktober 2007, 15:25
(Acht Jahre zuvor)

Sie erholten sich kurz in der provisorischen Cafeteria im Hotel, das sich zur Überraschung aller hervorragend als Kommandozentrale eignete. Bald mussten sie wieder in den Verhörraum. Der Nächste war an der Reihe. Der Kaffee schmeckte bitter wie der Tod, wie das Schicksal der wochenalten Leichen.

Der junge Kommissar musterte seine neue Kollegin. Es war ihr zweiter gemeinsamer Arbeitstag als Team am Ende der Welt, und er hatte sich noch nicht an die geschmeidigen Bewegungen ihres zierlichen Körpers gewöhnt. An ihrer Seite fühlte er sich unglaublich klobig und tollpatschig.

Als sie den Rest ihres Kaffees mit vor Ekel verzerrtem Gesicht hinunterkippte und dann zu ihm hochsah, fragend und auffordernd zugleich, da wusste er es.

Rehaugen.

»Deer«, sagte er. »Ab heute heißt du ›Deer‹.«

»Mein Name ist aber Desiré«, entgegnete sie entrüstet. »Und du heißt Sam. Und wir machen jetzt weiter.«

»Ich heiße nicht Sam, sondern Samuel. Aber wir können nicht als Samuel und Desiré auftreten, sonst sind wir das peinlichste Team des Jahrhunderts. Also Sam und Deer. Das passt.«

»Du hast also vor, mich ›Liebling‹ zu nennen? In diesem

Fall bist du tatsächlich vollkommen gestört, Sam. Ich bin verheiratet, du bist verheiratet, wir haben beide kleine Kinder. Dann wirkt dieser beknackte Robertsson ja wie ein Mönch, auch wenn er den ganzen Tag mit seinem Escortservicekatalog herumwedelt.«

»Ich bin nicht verheiratet«, korrigierte Berger. »Ich habe eine Lebensgefährtin. Freja findet es überflüssig zu heiraten.«

»Dafür hast du zwei Kinder, ich habe nur eines.«

»Na schön! Aber ich meinte nicht *dear* wie ›Liebling‹, sondern *deer* wie ›Reh‹ und ›Hirsch‹. Du bewegst dich wie ein Hirsch.«

»Fuck off«, erwiderte Deer und öffnete die Tür.

Mit rehhafter Geschmeidigkeit.

Der Raum, in dem sie die Verhöre durchführten, war eigentlich das Büro der Rezeption. Der Weg durch den Raum, an dessen Stirnseite ein Paar am Schreibtisch wartete, kam ihnen überraschend lang vor. Die junge Frau im Krankenschwesterkittel saß neben einem jungen Mann, auf den die beiden frischgebackenen Kommissare ihre ganze Aufmerksamkeit richteten.

Er saß ganz still da und sah ihnen konzentriert entgegen. Sie gaben wahrscheinlich ein originelles Bild ab, der Große und die Kleine, der Mürrische und die Aufmunternde. Ihre Rollen hatten sie gut verteilt.

Die auffallend leuchtend blauen Augen des Mannes schienen alles aufzusaugen.

Er gehörte zu den Patienten einer Wohngruppe aus Falun, die zwei Wochen im Wald außerhalb von Orsa verbracht hatte. Laut Heimleitung war er einer der wenigen, mit denen man überhaupt richtig sprechen konnte.

»Wir sind Sam und Deer«, sagte Berger. »Und Sie sind Reine Danielsson.«

»Kriminalkommissar Sam Berger und Kriminalkommissarin Desiré Rosenkvist«, ergänzte Deer. »Ich hoffe, Sie sind einverstanden und bereit, mit uns zu sprechen, Reine?«

Irgendetwas stimmte nicht mit dem offenen, klaren Blick dieses jungen Mannes. Es schien, als würden seine Augen etwas ganz anderes sehen als die Gegenstände in seinem Blickfeld. Als würde er zwei Unsichtbare beobachten.

Ihre Doppelgänger.

Es war nicht die erste Vernehmung dieser Art. Genau genommen hatten sie den ganzen tristen Herbsttag mit Menschen gesprochen, die an mehr oder weniger schweren psychischen Störungen litten, in der Regel von einem Pfleger oder einer Pflegerin begleitet. Und es gab ohne Zweifel eine große Anzahl Menschen mit den unterschiedlichsten psychischen Störungen auf dieser Welt.

Reine Danielsson war nur einer aus dieser Menge, und es gab keine Anhaltspunkte, die ihn von den anderen unterschieden. Er war relativ groß, wirkte unerwartet durchtrainiert, sein etwas längeres Haar war dunkelblond, und er hatte ein rundes Gesicht, das immer ein wenig erstaunt aussah, zumal er den Mund stets leicht geöffnet hielt, als müsste er unentwegt Druck entweichen lassen. Und dazu dieser Blick, der die ganze Situation in sich aufzunehmen schien, als würde er sie für immer bewahren wollen.

»Also, Reine«, sagte Deer mit sanfter Stimme. »Haben Sie eine Hütte im Wald gebaut?«

Reine Danielsson schüttelte energisch den Kopf und blickte sie erstaunt an.

»Wir nehmen unser Gespräch auf Band auf«, erklärte Deer, »deshalb müssen Sie bitte mit Worten antworten.«

»Ich muss mit Worten antworten«, wiederholte Danielsson leise. »Ich habe keine Hütte gebaut, ich weiß nicht, wie man das macht. Und mir kann das niemand beibringen, sie sagen, ich kann so etwas nicht lernen.«

»Dann waren Sie zu keinem Zeitpunkt in dieser Hütte im Wald?«

Der junge Mann schüttelte erneut den Kopf, erinnerte sich dann an die Vorgabe und sagte: »Nein.«

»Aber Sie wissen von der Hütte im Wald?«

»Davon haben Sie mir erzählt, aber ich bin nicht dort gewesen. Ich war nicht so oft draußen.«

»Sie haben sich hauptsächlich in der Unterkunft aufgehalten, in der alten Scheune? Was haben Sie da denn gemacht?«

Reine Danielssons Blick blieb wieder zwischen ihnen hängen, als würde er mit einer dritten Person sprechen, die nur er sehen konnte.

»Ich zeichne viel«, sagte er.

»Und was zeichnen Sie, Reine?«

»Weiß ich nicht. Alles, was ich sehe.«

»Auch Dinge, die es gibt? Die Sie selbst gesehen haben?«

»Ich weiß nicht. Vielleicht. Ich spiele, dass ich jemand anderes bin, dann kann ich mehr sehen.«

»Was haben Sie denn in den letzten Tagen so gezeichnet, Reine?«, fragte Deer weiter.

»Nicht so viel, glaube ich. Es war zu viel los im Haus. Ich konnte mich nicht konzentrieren.«

»Konzentrieren? Zu viel los im Haus?«, wiederholte Berger aufgebracht.

Reine Danielssons Blick wanderte ziellos umher.

»Nein«, sagte Berger und lehnte sich vor. »Nicht woanders hinsehen, Reine, schauen Sie hierher, sehen Sie mir in die Augen.«

Als Reine Danielsson ihn ansah, meinte Berger, Angst in seinem Blick zu lesen. Angst vor seiner Autorität? Das hoffte er zumindest.

»Jetzt hören Sie mir mal gut zu, Reine. Hierhergucken! Wir haben Ihre Bilder gefunden. Wir wissen, was Sie so zeichnen. Die meisten Sachen sehen aus wie Träume, nichts davon gibt es wirklich. Wir wissen auch, dass es schon lange her ist, dass Sie zuletzt etwas gezeichnet haben. Ihr letztes Bild stammt vom Morgen des 18. Oktober. Am Nachmittag desselben Tages verschwanden Helena Gradén und ihr Sohn

Rasmus in seinem Kinderwagen. Sie haben jetzt seit zwölf Tagen nichts mehr gezeichnet. Das sind fast zwei Wochen, Reine. Davor aber haben Sie sehr viel gezeichnet. Und wir von der Polizei haben Sie nicht am Malen gehindert oder Ihre Konzentration gestört, wir sind erst Tage später aufgetaucht. Warum haben Sie ausgerechnet an diesem Tag aufgehört zu zeichnen?«

Wieder ging Reine Danielssons Blick auf Wanderung durch den Raum.

»Ich habe wohl gezeichnet«, sagte er und schaute seine Begleitung an. Diese nickte ihm aufmunternd zu. Trotzdem zuckte Reine zusammen, als hätte er einen elektrischen Schlag bekommen.

»Und wo befinden sich diese Bilder jetzt?«, fragte Berger.

»Ich weiß, was Sie vorhaben, ich habe das im Fernsehen gesehen.«

»Beantworten Sie bitte nur unsere Fragen.«

»*Good cop, bad cop.* Ich habe das im Fernsehen gesehen.«

»Wo sind die Bilder, Reine?«

»Ich habe sie weggeworfen. Die waren nicht gut.«

»Und wo sind sie jetzt?«

»Weg. Ich habe sie verbrannt.«

»Erst haben Sie sie weggeworfen, jetzt haben Sie sie verbrannt. Was denn nun?«

Erneut zuckte Reine Danielsson zusammen und starrte dann schweigend auf den Platz zwischen Berger und Deer. Deer lehnte sich zur Seite und drang so in sein Blickfeld ein.

»Haben Sie schon einmal ein Kleeblatt gezeichnet, Reine?«

Jetzt starrte er sie an.

»Wissen Sie, was ein Kleeblatt ist?«, fuhr sie fort.

»Das ist selten«, sagte Danielsson mit großen Augen.

»Inwiefern selten?«

»Alle Kleeblätter haben drei Blätter, wenn man eines mit vier findet, darf man sich etwas wünschen.«

»Trifft das auch zu, wenn man ein Kleeblatt mit vier Blättern zeichnet, Reine? Hat sich Ihr Wunsch denn erfüllt?«

»Das weiß ich nicht ... Das glaube ich nicht ...«

»Wie war das, als Sie das Kleeblatt gezeichnet haben? Ist Ihr Wunsch da in Erfüllung gegangen?«

Wieder fuhr ein Stoß durch Danielssons Körper. Sein Blick begann zu flackern.

»Ich habe kein ...«

Deer lehnte sich vor, ihre Stimme war ein Wunderwerk an Sanftheit.

»Ging Ihr Wunsch in der Hütte in Erfüllung, Reine? Haben Sie dort die Zeichnung angefertigt, wegen der Sie dann mit dem Zeichnen aufgehört haben? Haben Sie dort das Kleeblatt gezeichnet? Wo haben Sie das Kleeblatt hingezeichnet? Wie fühlt es sich an, auf Haut zu zeichnen, Reine? Wenn alles voller Blut ist?«

Reine Danielsson sprang auf und schüttelte seine geballten Fäuste. Er zitterte am ganzen Leib. Die Krankenschwester erhob sich und legte ihre Arme um ihn. Dann führte sie den großen, bebenden Mann aus dem Zimmer. Die beiden Kommissare sahen den beiden hinterher.

»Und, wie ist es gelaufen, was meinst du?«, fragte Berger.

»Ich weiß nicht. Was meinst du?«

»Auf jeden Fall täuscht er sich, was *good cop* und *bad cop* angeht ...«

»War ich zu hart?«, fragte Deer.

Berger sah sie lange an, dann zuckte er mit den Schultern.

»Deine Stimme war auf jeden Fall supersanft. Nein, ich weiß nicht. Ich habe den Eindruck, dass sein Alibi, im Gegensatz zu Karl Hedbloms, ziemlich wasserdicht ist. Er hat die Unterkunft nur wenigen Male und immer in Begleitung eines Betreuers verlassen. Was allerdings die Frage aufwirft, wie es ihm gelungen ist, seine Zeichnungen zu verbrennen.«

»Das ist doch eine Sackgasse«, sagte Deer mit Blick in die Unterlagen. »Er wirkte auf mich weder kalt noch wütend genug, um diese Tat begangen zu haben. Und soweit ich das aus seiner Akte entnehmen kann, hat er auch nichts gegen Frauen oder gar Mütter. Sein Zustand wird als psychisch instabil beschrieben, mit schwachem Selbstwertgefühl, er hat ein ausgeprägtes Bedürfnis, es anderen Menschen recht machen zu wollen, in Kombination mit Ängsten, Orientierungslosigkeit und Depressionen. Am zufriedensten scheint er zu sein, wenn er in Ruhe gelassen wird und zeichnen darf.«

»Und was, wenn er nicht zeichnen durfte?«, fragte Berger. »Wenn es ihm jemand verboten hat?«

»Du denkst an Karl? Ihre Zimmer lagen nebeneinander, sie können Kontakt gehabt haben. Aber soweit ich das verstanden habe, sind die Türen fast immer abgeschlossen gewesen.«

Berger nickte, dann streckte er sich.

»Es ist gleich vier Uhr. Wie viele haben wir denn noch?«

»Veranschlagt ist, dass wir heute noch zwei schaffen«, erklärte Deer und konsultierte ihr nagelneues iPhone. Es war ihr ganzer Stolz, ein Geschenk von Johnny zum Hochzeitstag.

»Wollen wir weitermachen?«, fragte Berger und gähnte.

Deer wandte den Blick nicht von dem kleinen Wunder in ihrer Hand ab.

»Sind wir fertig mit Reine Danielsson? Können wir ihn zu den Akten legen?«

Sie sahen einander an.

»Wir wissen doch beide, dass er mit der Sache nichts zu tun hat«, entgegnete Berger. »Lass uns das hier hinter uns bringen.«

Deer nickte langsam. Den Blick wieder auf das iPhone gesenkt.

»Eine Sache nur«, sagte sie schließlich.

»Ja?«

»Vergiss nicht, dass man nicht in die Seele eines anderen Menschen sehen kann.«

26

Montag, 23. November, 05:18

In dieser Nacht kam der Winter nach Skogås. Sie begriff nicht, warum sie das geweckt hatte, aber sie war viel zu früh aufgewacht. Vielleicht hatte sie ein zartes Knacken im Fenster gehört, vielleicht brach sich das Mondlicht ungünstig an den frischen Eisblumen an der Scheibe, vielleicht hatte der Winter ein eigenes zartes Lied, das sich beruhigend über die Albträume gelegt hatte. Diese Rätsel würde sie nicht lösen, aber es gab andere, die einer Antwort harrten.

Johnny schlief wie ein Stein, wie immer, sie dagegen war hellwach, sah, dass es erst 05:18 Uhr war, und stöhnte auf. Da jedoch noch der eine oder andere rot glühende Blick einer Wildsau in ihrem Kopf herumspukte, stand sie auf, zog sich den Morgenmantel über, schlüpfte in ihre Hausschuhe und schlich durch die eiskalte Garage in den hinteren Teil, der schon lange keine Garage mehr war. Dort war es umso wärmer.

Sie setzte sich und begann zu lesen. Sie las alles noch einmal von vorn bis hinten durch. Den ganzen Fall. Inklusive aller neuen potenziellen Opfer, jedes einzelne Protokoll. Die bisher erfolglose Suche nach der jungen Frau Farida Hesari, die den Angriff überlebt hatte; die untreue dänische Ärztin Mette Hækkerup; das Bikermädchen Elisabeth Ström aus Växjö; das Rätsel um Jessica Johnssons Hysterektomie und ihre Schwangerschaft.

Irgendwann gelang es Deer, ein Foto von Jessica Johnsson zu finden, obwohl die Frau weder einen Führerschein noch einen Pass hatte anfertigen lassen. Es war ein Foto in einer kleinen Lokalzeitung, vom Weihnachtsmarkt in Porjus vor drei Jahren. Johnsson kaufte gerade getrocknetes Rentierfleisch und sah überrascht aus auf dem Bild. Im Übrigen hatte sie sich offensichtlich konsequent von Kameras jeder Art ferngehalten. Deer schickte Berger das Foto per E-Mail und erhielt umgehend Antwort, als hätte er Wache gehalten, schlaflos wie sie.

»Ja, das ist die Frau, die wir in Porjus besucht haben. Wir haben also die richtige Jessica Johnsson vernommen. Damit löst sich unsere Theorie leider in Luft auf. Hast du noch etwas über Reine Danielsson herausbekommen?«

»Er wurde aus der Wohngruppe in Falun entlassen, wenige Monate nach dem Ausflug nach Orsa«, schrieb sie. »Seitdem keine feste Anschrift. Sparmaßnahmen in der Kommune mögliche Erklärung. Ruf mich an.«

Und das tat er auch.

»Okay«, sagte Berger. »Ich habe auch gelesen, dass er damals entlassen wurde, also seit acht Jahren auf freiem Fuß ist. Kein Einkommen, keine Anschrift. Wo hält er sich auf? Und wovon lebt er?«

»Keine Familienangehörigen«, ergänzte Deer. »Soweit ich das sehe, ist Reine Danielsson ganz allein auf dieser Welt. Zwischendurch ist er immer wieder mal aufgetaucht. Da war er in Institutionen wie der Klinik in Lindstorp untergebracht.«

»Aber gerade Lindstorp hat er ja inkognito verlassen, als ›Sam Berger‹ und ohne eine Öre zu bezahlen. Aber davor, sagst du, hat er sich bei der Einweisung mit seinem eigenen Namen angemeldet?«

»Ja. Das untersuche ich noch genauer.«

»Drei Fragen: Wo? Wann? Wer hat es bezahlt?«

»Ich sage doch, ich bin an der Sache dran.«

»Lass uns erst alles noch einmal durchgehen. Was haben wir bisher?«

»Besprichst du das nicht mit Molly Blom?«

»Die ist Ski fahren.«

»Wie bitte? Es ist noch nicht einmal acht Uhr. Bei euch da oben muss es doch eiskalt und noch dunkle Nacht sein. Sogar hier in Skogås ist jetzt Winter.«

»Mach dir keine Sorgen«, erwiderte Berger kühl. »Sie hat eine Stirnlampe.«

»Erfreulich«, sagte Deer wenig erfreut.

»Also, lass uns alles noch einmal durchgehen«, wiederholte Berger. »Nur du und ich, wie zwei ganz normale Polizisten. Wir tun so, als würden wir in unserem alten Büro zusammensitzen. Das hier ist ein ganz normaler Fall, alles ist gut, unser Boss heißt Allan, wir sind gleichberechtigte Partner, die einen Mordfall lösen sollen, basta. Wir tun so, als würdest du kein Doppelleben führen und deinen neuen Arbeitgeber hintergehen, und wir tun so, als hättest du nicht heimlich zwei Abtrünnige angeheuert, die auf der Flucht vor dem Gesetz sind …«

»Schon gut, danke!«

Es wurde still. Ein bisschen zu lange für Bergers Geschmack.

»Es gibt keine Gerechtigkeit«, erklärte er schließlich.

»Sag mir bitte nur, dass ihr Cutter nicht auf dem Gewissen habt«, bat Deer.

»Du spinnst wohl!«

»Ein Schlaganfall also? Klar. Cutter stirbt, ihr taucht unter. Wie bitte hängt das alles zusammen, Sam?«

»Es ist besser, wenn du das nicht weißt, Deer.«

»Nein«, entgegnete Deer mit Nachdruck. »Es ist immer besser, alles zu wissen. Ich habe genug von dieser Geheimniskrämerei. Wir lösen das hier zusammen oder gar nicht.«

»Reicht es dir, wenn ich dir sage, dass die Säpo dahintersteckt?«

»Nein.«

Berger seufzte.

»Cutter hatte einen Auftrag von mir, sie sollte etwas überprüfen. Inoffiziell. Sie hat mehrere merkwürdige Verbindungen zwischen einem Säpo-Oberen und Ellen Savingers Entführer entdeckt. Denen ist sie gefolgt, und als sie mir die Ergebnisse bringen wollte, ist sie ermordet worden. Wir haben sie gefunden, im Bootshaus. Ich bin zusammengebrochen, und Molly hat mich so weit wie möglich vom Ort des Geschehens weggebracht. Seitdem halten wir uns unterm Radar.«

»Oh Mann.«

»Genau. Aber das ändert ja nichts. Wir sind ganz nah an der Lösung. Jetzt ist nicht der richtige Zeitpunkt, um aufzugeben. Nicht jetzt. Du musst mir vertrauen.«

»Aber kann ich auch Blom vertrauen? Ihr seid auf der Flucht vor der Säpo, aber sie ist von der Säpo. Vergiss das nicht. Sie ist eine Undercoveragentin, Sam, wir haben gesehen, wie gut sie ihre Rollen spielen kann. Ausgezeichnet sogar. Was hast du nur getan, Sam?«

»Ich habe da in ein richtig großes Wespennest gestochen«, sagte Berger. »Aber ich weiß nicht, wie groß es ist.«

»Das habe ich befürchtet.« Deer seufzte. »Sei bloß vorsichtig.«

»Es gibt nur eine einzige Person, der ich zu hundert Prozent vertraue, und das bist du, Deer. Dir vertraue ich. Machen wir weiter wie geplant? Wir müssen uns diesen Reine Danielsson schnappen und nicht nur dafür sorgen, dass du deinen Job behältst, sondern auch, dass du die Heldin dieses Falles wirst. Das schaffen wir. Es ist nur wichtig, dass wir zwei Gedanken gleichzeitig im Kopf behalten.«

»Zwei?«, rief Deer. »Hat es überhaupt einen Sinn, auf diese Weise weiterzumachen, wenn deine Molly ein doppeltes Spiel spielt? Sie kann dich und mich jede Sekunde untergehen lassen.«

»Das wird sie aber nicht. Außerdem geht es hier ja um meine Gedanken, die mir das Hirn spalten. In Sachen Säpo spielt sie vielleicht nicht ganz sauber, aber was diesen Fall und den Serienmörder Reine Danielsson anbetrifft, da ist auf sie Verlass. Da bin ich ganz sicher.«

»So sicher wie damals bei Nathalie Fredén?«

Es wurde still in Deers Garage. Auf einmal sah sie sich und ihr bescheidenes Leben wie aus der Vogelperspektive. Ihre kleine Familie, ihre Garage, das Reihenhaus, wie ein kleines, verletzliches Reservat in einer Welt des Betrugs und des doppelten Spiels und der wechselnden Loyalitäten – wie ein kleines Floß, das sich in dem kochenden Hexenkessel gerade noch an der Oberfläche hielt. Und dann sah sie Sam Berger, wie er aus der stinkenden Trollbrühe auftauchte, aber sie konnte sein Gesicht nicht erkennen, denn er hatte so viele Gesichter, die sich überlagerten.

»Wer ist dieser Reine Danielsson?«, fragte sie.

»Ja. Danke, Deer, verstanden. Wir lassen die Vergangenheit ruhen und fragen uns: Wer ist er heute? Er ist nur in bestimmten Phasen geisteskrank, dann wird er in die Klapse eingewiesen und wieder entlassen, vermutlich mit wechselnden Identitäten. Aber richtig gefährlich wird er erst, als er keinen Halt mehr hat. Ein paar Jahre sitzt er irgendwo ohne Geld in einer Bruchbude und plant seinen nächsten Mord. Mit großer Wahrscheinlichkeit sind Mütter von Söhnen sein Ziel, aber ohne konkretere Einschränkung. Eine schwangere Prostituierte oder eine etablierte Kinderärztin mit einem Teenager. Er plant lange und sorgfältig, ehe er zum Angriff übergeht, mit Holzscheit und Messer. Dabei hinterlässt er keine DNA, auch kein Sperma, obwohl die Morde offensichtlich sexuell motiviert sind. Passt das zusammen, Deer?«

»Nein«, antwortete sie direkt. »Aber müssen wir nicht sogar davon ausgehen, dass wir den Täter gar nicht verstehen können? Wir sprechen hier von einer einzigartigen Psyche, einer schwarzen Seele, die manchmal so unerträglich wird, dass er einfach ein anderer werden muss. Und jetzt, nach zwei bestialischen Morden, hat er sich in dich verwandelt, Sam. Das ist kein Zufall. Er ist konkret zu Sam Berger geworden. Wir selbst können uns kaum an ihn erinnern, aber du musst einen enormen Eindruck auf ihn gemacht haben.«

»Ich ganz gewiss«, stimmte Berger zu. »Aber ich bin in Sicherheit. Du hingegen, Deer, musst besonders vorsichtig sein. Reine Danielsson erinnert sich unter Garantie auch an dich.«

»Ich kann gut auf mich aufpassen«, entgegnete Deer und hatte dabei das Gefühl, die glühenden Augen der Wildsau in der Dunkelheit zu sehen.

»Hast du dir unsere Vernehmung durchgelesen?«, fragte Berger.

»Nein, aber ich habe alles andere gelesen. Seit Stunden sitze ich hier und lese alles, was es gibt. Nur um unsere Vernehmung habe ich bisher einen großen Bogen gemacht.«

»Wie die Katze um den heißen Brei. Ich auch. Aber wir müssen es tun. Lies es durch, aber versuche, dich auch an alles andere zu erinnern, was uns jetzt weiterhelfen kann.«

»Das werde ich. Außerdem muss ich ja noch die VHS-Kassetten von diesem Idioten durchsehen. Zum Glück habe ich noch einen alten VHS-Player.«

»Molly kommt gerade rein. Sie wird auch mitlesen, und dann vergleichen wir unsere Eindrücke und Erinnerungen, in Ordnung?«

»Okay.«

»Was werde ich lesen?«, fragte Blom. Ihr Körper strahlte Wärme und Kälte zugleich aus.

»Die Vernehmung von Reine Danielsson, die Deer und ich damals geführt haben«, sagte Berger und schob ihr einen Stapel Papiere über den sehr vollgepackten Tisch zu. Er hoffte, dass sie nicht bemerkte, wie sehr seine Hand dabei zitterte.

Blom nahm ihn entgegen, starrte ihn an und drehte sich dann abrupt um. Sie stürmte aus der Tür und übergab sich lauthals vor der kleinen Terrasse. Danach schob sie etwas Schnee über das Erbrochene und kehrte zurück in die Hütte.

»Du darfst dich nicht immer so verausgaben«, sagte Berger. »Ich brauche dich hier kerngesund.«

»Mail mir das Verhör«, forderte sie und sandte ihm einen tadelnden Blick. Dann schaltete sie die Schreibtischlampe ein und tauchte sofort in die alten Protokolle ab.

Berger nahm seine Kopie, versuchte sich zu konzentrieren, doch es gelang ihm nicht sofort. Er atmete tief durch, und dann eröffnete sich ihm eine Welt, die er überraschenderweise fast vergessen hatte. Das Hotel in Orsa, der Andrang in der eilig errichteten provisorischen Kommandozentrale, der Ansturm an externem Personal, die ständig neuen Zeugen. Und die Cafeteria, diese plötzliche Ruhe. Da hatte er Desiré Rosenkvist mit anderen Augen gesehen – und sie hatte sich in Deer verwandelt. Dann gelangte er zu der Stelle, als sie Reine Danielsson das erste Mal begegnet waren. Wie der sie mit seinen großen, leuchtend blauen Augen angesehen hatte und doch merkwürdig abwesend gewirkt hatte.

Berger las weiter, tauchte tief ein in das lauwarme Badewasser der Erinnerung, schwamm eine Runde, erforschte entlegene Stellen, untersuchte alle Ecken und kam dann wieder an die Oberfläche. Nur um dort auch von zwei leuchtend blauen Augen angesehen zu werden, hinter denen sich Geheimnisse verbargen, die er nicht ergründen konnte.

»Und?«, sagte sie. »Bist du der Ansicht, dass ihr euren Job gut gemacht habt?«

»Genau dasselbe habe ich Deer nach dem Verhör auch gefragt.«

»Aber das steht nicht im Protokoll, deshalb frage ich jetzt.«

»Wohl kaum«, gab Berger zu. »Träge, uninspiriert, ohne

auch nur einen einzigen Faden aufzunehmen, der sich anbot.«

»Welchen zum Beispiel?«

»Warum hat ihn die Frage nach dem Kleeblatt so aufgeregt? Warum hörte er an dem Tag auf zu zeichnen, an dem Helena Gradén entführt wurde?«

»Ich bin an etwas anderem hängen geblieben«, sagte Blom und blätterte zurück. »Hier: *Und mir kann das niemand beibringen, sie sagen, ich kann so etwas nicht lernen.*«

»Na ja, man hat ihm eingeredet, dass er nichts lernen kann. Den Eindruck hatte ich allerdings gar nicht.«

»Da ist noch eine andere Stelle, die ist noch interessanter. Du fragst ihn, ob er Dinge zeichnet, die er selbst gesehen hat. Und er antwortet:

Ich spiele, dass ich jemand anderes bin, dann kann ich mehr sehen.«

»Hm.« Berger blätterte zu der Stelle und las sie erneut durch. »Tatsächlich. Aber er spricht davon, dass er das spielt. Dann ist ihm also bewusst, dass es nicht real ist?«

»Woran denkst du?«

»Da war noch etwas anderes. Etwas aus seiner Akte. Deer hat sich darauf bezogen. Wir haben nicht zufällig seine Unterlagen?«

»Nein. Diese Wohngruppe wurde aufgelöst, die Akten werden in irgendeinem Archiv in Falun vergammeln.«

»Ich erinnere mich, dass Deer etwas von einer Diagnose erwähnt hat. Reine Danielsson wollte wohl vor allem seine Ruhe haben und zeichnen. Deer beschrieb seinen Zustand als psychisch instabil, mit schwachem Selbstwertgefühl in Kombination mit Ängsten, Orientierungslosigkeit und Depressionen.«

»Das klingt leider nach einer ganz gängigen Diagnose.«

»Aber da war noch mehr«, sagte Berger nachdenklich. »Ach, genau. Ein ausgeprägtes Bedürfnis, es anderen Menschen recht machen zu wollen.«

»Schwer zu interpretieren«, sagte Blom. »Ist er leicht zu beeinflussen? Manipulierbar?«

»Ja, schwer einzuschätzen. Aber trotzdem habe ich eine Vorstellung von diesem Menschen. Groß und stark, aber mit geringem Selbstwertgefühl und manipulierbar. Einer, den man benutzen kann.«

»Du meinst, dass jemand im Hintergrund sitzt und ihn lenkt? Dass Reine Danielsson ein ferngesteuerter Mörder ist?«

»Dominanz«, sagte Berger.

»Habe ich das nicht schon einmal gehört? Als du eine Verdächtige namens Nathalie Fredén verhört hast? Ihr wurde unterstellt, dass sie die Sklavin ihres Meisters sei. Ist das etwas Persönliches? Gefällt dir das?«

»Aber dieses Mal trifft es doch zu. Zumindest in groben Zügen. Siehst du das nicht, Molly?«

Blom zuckte mit den Schultern und schleuderte die Akte auf die Tastatur.

»Es tut mir leid, ich sehe nichts anderes als eine sehr fragliche Spur. Wer weiß, vielleicht sind wir auf der vollkommen falschen Fährte. Danielsson war nur aus einem einzigen Grund in Lindstorp, weil er geisteskrank ist. Irgendwo im Inland muss der wahre Mörder seinen Weg gekreuzt haben und dabei zu einem mikroskopisch kleinen Faden seines Mullverbandes gekommen sein, den er dann im Heizkesselraum platziert hat.«

»Und der Wagen?«, rief Berger aufgeregt. »Der ehemals cremefarbene VW Caddy? Der wurde Anders Hedblom aus Sorsele gestohlen. Mit ihm wurde Reine Danielsson nach Lindstorp gefahren. Und das Auto hat in Jessica Johnssons Garage in Porjus Lackspuren hinterlassen.«

»Ich weiß«, stöhnte Blom. »Aber ich verstehe nicht …«

»So einer wie Reine hat doch keinen Führerschein!«, brüllte Berger und sprang auf. »Verdammt noch mal. Sie ist gefahren.«

»Sie?«

»Ja, die Blondine, die ihn in Lindstorp abgesetzt hat. Sie ist der Kopf der Sache, sie ist der Meister im Hintergrund. Sie war dabei, als Reine Hedblom in Sorsele ermordet hat, sie hat ihn in die Klapse gebracht und ihn wieder abgeholt, als er entlassen wurde, und sie ist auch nach Porjus gefahren und hat ihm dabei geholfen, das Haus zu putzen und die DNA zu entfernen. In diesem beschissenen Heizkesselraum haben zwei Personen gesessen. Und diese Frau hat Reine im richtigen Augenblick losgeschickt. Deine Kamera ist heruntergefallen, als er mit Sturmhaube und Jessica Johnsson unterm Arm die Treppe hochgestampft kam und die Kellertür zugeworfen hat. Die Frau muss direkt hinter ihm gewesen sein. Und dann haben sie Jessica zusammen auf bestialische Weise umgebracht. Wir müssen nicht die Verflossenen aus Jessicas Vergangenheit suchen, sondern nach einer ehemaligen Freundin. Einer Freundin, der sie mal sehr nahegestanden hat und die sie nicht verraten wollte.«

»Oder eine Geliebte?«, ergänzte Blom und starrte hinaus in die Morgendämmerung. »Das ist auch eine Möglichkeit.«

»Sexualmord ohne Sperma«, schnaufte Berger. »Verdammt noch mal.«

In dem Moment klingelte das Telefon. Sie starrten es erstaunt an wie einen außerirdischen Gegenstand, bis Berger danach griff.

»Deer, hast du die Protokolle schon gelesen? Und hast du Robertssons Kassetten sortieren können?«

»Das muss warten«, sagte Deer gehetzt. »Robin hat gerade angerufen. Und er hatte eine sehr befremdliche Nachricht für mich. Ausgerechnet aus Serbien. Ausgerechnet. Wäre es innerhalb der EU gewesen, wäre es schneller gegangen.«

»Ich verstehe kein Wort von dem, was du sagst.«

»Das Blut. Das wurde zur Analyse verschickt. Das geschieht praktisch automatisch, weltweit.«

»Verzeih mir, aber wovon redest du da?«

»Meine Güte, Sam. Aufwachen! Das Blut aus Porjus. Das Blutbad?«

»Ja, Jessica Johnssons Blut.«

»Nein!«, schrie Deer in den Hörer. »Eben nicht. Das war nicht Jessica Johnssons Blut. Auch die Haare in der Bürste im Badezimmer waren nicht von ihr. Keine einzige DNA in diesem Haus gehörte Jessica Johnsson. Verstehst du, was ich sage?«

Berger verstummte. Total. Er sah zu Blom, die ganz blass wurde unter ihren rosigen Wangen. Auch sie blieb stumm.

»Bist du noch dran, Sam?«, fragte Deer.

»Ja. Aber wir haben doch an einem Tisch mit ihr gesessen und Tee getrunken. Sie hat sich die ganze Zeit am Kopf gekratzt. Es muss ihre DNA sein.«

»Und doch ist sie es nicht. Sie gehört einer Frau aus Serbien – oder vielmehr gehörte, muss ich jetzt wohl sagen –, und die hieß Jovana Malešević. Sie war unterwegs in Nordschweden und hatte sich am Morgen des 15. das letzte Mal gemeldet. Da war sie in Arjeplog.«

»Das war der Tag, an dem Reine Danielsson aus Lindstorp entlassen wurde«, sagte Berger. »Seid ihr euch da ganz sicher? Können die Serben sich nicht geirrt haben?«

»Wir haben auch Fingerabdrücke, sogar auf Jessica Johnssons alter Schreibmaschine. Auch die sind von Jovana Malešević.«

»Und das Blut im ersten Stock? Die Konturen auf dem Bettlaken? Das Gesäß mit dem Kleeblatt?«

»Und auch die Blutspuren im Schnee – alles von Jovana Malešević.«

»Aber …« Berger war fassungslos.

»Eines noch«, sagte Deer. »Der Grund, warum sich Jovana Malešević so weit entfernt von zu Hause aufhielt, war, dass sie eine schwere Entscheidung treffen musste. Sie brauchte Zeit und Ruhe, um sich für ihr Kind oder dagegen zu entscheiden.«

»Jessica Johnsson war nicht schwanger, das konnte sie gar nicht sein, aber Jovana war es. Und es wurde nur ihre DNA im Haus gefunden.«

»Außer ein paar winzigen Blutmolekülen von Reine Danielsson.«

»Weiß man, welches Geschlecht das Kind hatte?«

»Jovana Malešević war in der fünfzehnten Woche und hatte eine Woche zuvor in Novi Sad eine Ultraschalluntersuchung gemacht. Sie erwartete einen Sohn.«

»Lieber Gott«, stöhnte Berger.

»Wohl kaum«, sagte Deer. »Ich sehe mir jetzt die Bänder an und melde mich dann wieder.«

Und weg war sie.

Blom trug nach wie vor die volle Skimontur. Sie stand auf, stellte sich vor ihr analoges Whiteboard und betrachtete es eine Weile.

»Hier muss einiges umgehängt werden«, sagte sie nüchtern, aber ihre Stimme zitterte.

Berger stellte sich neben sie.

»Ist es überhaupt möglich, das zu rekonstruieren?«

»Blonde Perücke«, sagte Blom. »Eine Verkleidung, die so gut ist wie jede andere.«

»Der Täter ist also nicht in Jessica Johnssons Vergangenheit zu finden. Der Täter ist Jessica Johnsson. Sie manipuliert Reine Danielsson und hat den Mann mit dem geringen Selbstwertgefühl fest im Griff. Jessica ist seine Meisterin.«

»Wir hatten zumindest in einer Hinsicht recht. Es waren tatsächlich zwei Personen im Heizkesselraum, und zwar Reine und die Serbin Jovana Malešević.«

»Robin war die ganze Zeit davon überzeugt, dass jemand dort unten gewohnt hat«, sagte Berger. »Aber es war die arme Jovana, die dort unten drei albtraumartige Tage lang gehaust hat, ehe sie einem Ritualmord zum Opfer fiel.«

»Da ist noch etwas«, sagte Blom und drehte sich zu ihm um. »Sie haben nach dir gerufen.«

»Wie meinst du das?«

»Jessica hat so oft mit diesem Kleeblatt und Karl Hedbloms Unschuld genervt, bis die Polizei sie sozusagen ruhiggestellt hat. Sie hat gebohrt und genervt, aber niemand hat angebissen. Also musste sie noch einen Schritt weitergehen. Als sie zusammen mit Reine aus noch unbekannten Gründen Anders Hedblom umbrachte, steckte sie einen Zettel in seine Hände, auf dem ›Berger‹ stand. Dann brachte sie den psychotischen Reine nach Lindstorp und sorgte dafür, dass er mit ›Sam Berger‹ unterschrieb. Und schließlich hat sie diesen falschen Brief geschrieben und an deine ehemalige Partnerin Desiré Rosenkvist geschickt. Jessica Johnsson hat nach dir gerufen, Sam. Sie fordert dich heraus.«

»Aber ich bin dieser Frau doch noch nie begegnet.«

»Das weißt du nicht. Sie scheint sich ganz gut verkleiden zu können, außerdem hat sie jahrelang unter einer Tarnidentität gelebt. Aber vielleicht ist schon der Eindruck ausreichend, den du auf Reine im Verhör gemacht hast. Vielleicht hat sie dich Reine zuliebe ausgewählt.«

»Ist das nicht ein bisschen weit hergeholt?«

»Sie will, dass du sie jagst, Sam. Und sie hat ihren Willen bekommen. Jetzt weiß sie, dass du hinter ihr her bist.«

»Wir haben ihr gegenübergesessen, Molly. Wir haben sie vernommen. Es gab keine Anzeichen dafür, dass sie mich wiedererkannt hätte.«

»Weil sie dich erwartet hat, sie war vorbereitet. Sie hatte alles vorbereitet und musste nur noch auf dich warten. Wahrscheinlich kamst du sogar schneller als erwartet. Und als Desiré anrief und uns ankündigte, musste sie sich mit dem Putzen ein bisschen beeilen. Und danach haben sie wieder geputzt. Die Teetassen, das Wohnzimmer.«

»Aber Deer hat ja gar nicht mich angekündigt, sondern nur gesagt, dass sie Kollegen vorbeischickt. Und wir kamen als ›Lindbergh‹ und ›Lundström‹.«

»Als sie hörte, dass Desiré persönlich anrief, ahnte sie,

dass Sam Berger kommen würde und kein anderer. Ihr Traum würde in Erfüllung gehen. Sie würde dich endlich aktiv in ihre Mordserie einbinden können. Reine würde einen Mord begehen, während du bewusstlos im Keller liegst. Das sollte dich an den Rand des Wahnsinns treiben, damit du keine Ruhe gibst, bis du sie erwischt hast.«

»Aber warum ist sie so fixiert auf mich? Das verstehe ich nicht. Zu meinen nicht zahlreichen Fähigkeiten gehört ein gutes Personengedächtnis, und ich habe diese Frau vor unserem Besuch noch nie in meinem Leben gesehen.«

»Vermutlich hast du das doch. Irgendwie und irgendwo. Wahrscheinlich ist sie einfach eine gute Schauspielerin.«

»So wie du?«

Blom sah ihn nachgiebig an.

»Jetzt wollen wir aber nicht zickig werden.«

Berger seufzte laut und vernehmlich.

»Als Erstes müssen wir nun Jessica Johnssons Tarnidentität herausfinden.«

27

Montag, 23. November, 09:46

Der Winter drang erbarmungslos durch den schmalen Türspalt. Seine Finger waren bereits steif gefroren, als er die Tür so lautlos wie möglich geöffnet hatte. Er konnte kaum noch das Handy bedienen.

Aber die Sonne schien genauso intensiv wie gestern. Und ihre messerscharfen Strahlen stachen Molly in die Augen, die im Schnee stand und wegen der Lichtreflexionen die Tasten auf dem Satellitentelefon nicht erkennen konnte. Wie am Tag zuvor suchte sie erneut Schutz im Schatten unter dem kleinen Dach und tippte die Nummer ein.

Berger zoomte näher heran. Als Bloms Stimme in das unendliche Blau am Pol der Unzugänglichkeit aufstieg, zog er die Tür vorsichtig wieder hinter sich zu, legte das eiskalte Handy auf den Tisch und wärmte seine Hände am Heizkörper. Obwohl er wusste, was unter dem roten Tuch lag, hob er es hoch. Die beiden Pistolen aus dem Jeep strahlten gleichermaßen Sicherheit und Gefahr aus.

Dann wartete er.

Die Zeit verstrich. Das Blut schoss schmerzhaft in seine Finger, aber das war belebend.

In diesen Zeiten des Betrugs und des doppelten Spiels konnte er sich wenigstens auf den Schmerz verlassen. Der gehörte ihm allein.

Es dauert unerwartet lange. Offenbar hatte Blom tatsächlich jemanden erreicht. Hatte sich ihr Kontakt endlich ins Zeug gelegt?

Je länger Berger wartete, desto größer wurden Frust und Hoffnung, im Gleichtakt.

Endlich kam sie wieder in die Hütte zurück, und ihre Gesichtsfarbe rührte nicht nur von der Kälte her.

»Ich habe sie«, sagte sie. »Endlich.«

Berger blickte sie auffordernd an.

»Die Tarnidentität von Jessica Johnsson war Lena Nilsson.«

Berger spürte, wie seine Augenbrauen zuckten. Als würde er seine Gesichtsmuskulatur nicht mehr unter Kontrolle haben. Der Funken einer Erinnerung flammte auf.

»Kein ungewöhnlicher Name für eine Tarnidentität«, fuhr Blom fort und schlug die Arme um ihren Körper, um sich zu wärmen. »Der Name ist so durchschnittlich und nichtssagend wie möglich. Aber ich habe eine Personennummer.«

»Ich glaube es nicht. Lena Nilsson«, stieß Berger hervor.

»Warum? Kennst du sie?«

Berger lief zum Tisch und schnappte sich die zehn Zentimeter dicke Ermittlungsakte über den Doppelmord in Orsa. Blätter flogen durch den Raum. Am Ende hatte er eines in der Hand.

»Wir sind schon wieder in Orsa«, sagte er und zeigte auf das Papier. »Die Pfleger der Wohngruppe. Eine von ihnen hieß Lena Nilsson. Das könnte sie gewesen sein. Sie war für Karl Hedblom und Reine Danielsson zuständig. Ich kann mir durchaus vorstellen, dass sie Reine manipuliert und dazu angestiftet hat, eine Einheimische mitsamt Kind zu ermorden, und danach einem anderen Patienten die Schuld dafür in die Schuhe schob. Nämlich Karl.«

Blom nahm ihm den Zettel aus der Hand, prüfte ihn und nickte.

»Also, die Personennummer stimmt.«

Berger stellte sich vor die Wand mit ihren Ermittlungsergebnissen und betrachtete das einzige Foto von Jessica Johnsson, das sie hatten.

»Stell dir mal vor, dass sie die ganze Zeit da war«, sagte Berger. »Dass sie in Orsa herumgeschlichen ist, ganz anonym. Dann muss ich sie ja dort gesehen haben. Aber ich erinnere mich nicht an eine Lena Nilsson.«

Blom saß am Rechner und tippte.

»Jessica Johnsson mag ja ohne Führerschein durchs Leben gegangen sein, aber Lena Nilsson nicht. Vielleicht wurde der nach dem Tod von Eddy Karlsson ungültig, als sie ihre wahre Identität wieder angenommen hat. Aber er ist nicht entsorgt worden.«

»Neue Idee«, sagte Berger. »Haben die auch Eddy Karlsson umgebracht?«

»Wir müssen die Umstände seines Todes prüfen.«

»Führerschein. Dann ist sie gefahren, nachdem sie Anders Hedblom in Sorsele umgebracht hatten?«

»Wer hat die Pfleger denn vor acht Jahren verhört?«

»Na, Robertsson. Scheiß Verhörtechnik. Vielleicht gibt es die noch auf Video …«

»Wir müssen das Schritt für Schritt durchgehen.«

»Das werden wir«, versprach Berger und riss sich von der Wand los. »Wir benötigen Details, viel mehr Details. Was wir allerdings in erster Linie brauchen, ist ein Überblick. Sollten wir nicht wieder ganz von vorn anfangen? Was haben wir? Wer ist Jessica Johnsson? Wer ist Reine Danielsson? Wer sind unsere Gegner?«

»Ein Paar. Sind die beiden ein Paar? Ein Liebespaar?«

»Das glaube ich keine Sekunde!«, rief Berger aus. »Im Keller in Porjus hast du das Handy heimlich montiert, die beiden wussten nichts davon, sie haben nicht vor der Kamera gespielt. Reine stürzt aus dem Heizkesselraum und schlägt uns nieder. Dann fesselt er Jessica ans Treppengeländer und schleppt uns zu den Heizkörpern, um uns daran zu fesseln. Und als er sie die Treppe hochträgt, behandelt er sie so grob, dass dein Handy herunterfällt. Das sah nicht nach einer kreativen Zusammenarbeit aus.«

»Aber vielleicht ist es ein Ritual. Eine Art perverses Vorspiel.«

»Und danach Mord und Sex? Aber ohne Sperma?«

»Die räumen sorgfältig hinter sich auf, jede DNA wird weggesaugt und abgeputzt. Aber es ist wirklich sonderbar, dass wir nirgendwo Sperma gefunden haben …«

»Das ist doch total krank.« Berger schüttelte den Kopf. »Wir haben schon vieles gesehen, und als alte Bullen wissen wir auch, dass unsere Vorstellungskraft nicht an die Wirklichkeit heranreicht. Dennoch …«

»Wir müssen die üblichen Grenzen der menschlichen Psyche ignorieren«, sagte Blom und ging zu ihrem Whiteboard. »Und wir müssen uns auch von unseren Vorurteilen verabschieden. Frauen begehen keinen Sexualmord, so ist es nun einmal. Aber was ist, wenn sie es unter bestimmten Umständen doch tun? Wir müssen tief in eine Seele eintauchen, die keiner derer ähnelt, denen wir bisher begegnet sind.«

»Im Inland.«

»Wir saßen ihr gegenüber, Sam. Keiner von uns beiden hatte den geringsten Schimmer, was sich in ihrem Kopf abspielte. Sie hat keinen Eindruck hinterlassen, weder da noch vor acht Jahren. Wenn man bedenkt, was sich alles an diesem Tisch für sie erfüllt hat – was für eine langwierige und komplexe Planung dahintersteckt, die kurz vor dem Abschluss stand –, dann war sie bemerkenswert ruhig. Eigentlich eiskalt. Übermenschlich kalt.«

»Wie das Inland. Wo wollen wir anfangen? Wann ist Jessica Johnsson so krank geworden? In ihrer Vergangenheit gibt es keine Anhaltspunkte dafür.«

»Na ja, doch, schon«, sagte Blom und zeigte auf die Wand. »Eddy Karlsson ist ein Indikator. Jessica war eine junge Frau, die sich in gewalttätige Männer verliebte. Das ist nichts

Besonderes, es passiert viel zu oft. Vielleicht ist das aber auch ein Hinweis darauf, dass sie schon als junges Mädchen Grenzsituationen liebte und der Sicherheit und dem Normalen den Rücken kehrte. Dieser widerwärtige Kerl schwängert sie, schlägt sie wiederholt, und am Ende misshandelt er sie derart, dass sie ihr Kind verliert und mit ihm ihre Gebärmutter und ihre Identität. Spätestens da muss sich ein immenser Hass in ihr aufgebaut haben.«

»Gegen Eddy verständlicherweise, vielleicht auch gegen alle Männer. Aber es werden Frauen ermordet.«

»Genau, Frauen, die Söhne geboren haben. Was ihr immer verwehrt bleiben wird. Versucht sie vielleicht, mit Reines Hilfe die Misshandlungen immer wieder aufs Neue zu rekonstruieren und erneut zu erleben?«

»Aber sie ist ja nicht gestorben. Die Frauen, die sie Reine anschleppt, sterben alle, allerdings nicht unbedingt die dazugehörigen Söhne. Dann ginge es eher um eine Art stellvertretenden Selbstmord, weil eigentlich sie hätte sterben sollen?«

»Das wäre ein depressiver Akt«, entgegnete Blom. »Lebensverneinend. Aber wir beide sehen hier doch ein anderes Element, einen sexuell motivierten Anteil, einen fast manischen Aspekt. Ein groteskes Bejahen. Das ist ein ekstatischer Ritt. Dazu gehört, dass Reine die Frauen überfällt und verschleppt. So wie in Porjus.«

»Und dann ermordet? Ich weiß nicht ...«

»Du hast Scheuklappen auf, Sam. So wie immer. Du idealisierst die Frauen. Wir sind ebenso fähig, Gräueltaten zu begehen. Je freier wir sind, desto gefährlicher werden wir auch.«

Berger nickte bedächtig. Das war nicht von der Hand zu weisen.

In diesem Augenblick klingelte das Telefon. Berger schaltete den Lautsprecher an.

»Ja?«

»Ich bin es. Es gibt wirklich eine.«

»Was gibt es?«

»Eine Aufnahme von unserem Verhör mit Reine Danielsson«, erklärte Deer. »Am 30. Oktober 2007, nachmittags. Ich habe die Sequenz vom Bildschirm abgefilmt, es ist aber ganz passabel geworden. Nachher schicke ich euch den ganzen Film, aber jetzt erst mal das Wichtigste. Das Ende des Verhörs. Ist es angekommen?«

»Ja«, sagte Berger, nachdem er den Posteingang geprüft hatte.

»Seht ihn euch an, ich bleibe so lange am Handy.«

Blom kam auf Bergers Seite des Schreibtischs, und er öffnete die Datei. Vier Personen saßen an einem Tisch in dem Rezeptionsbüro des Hotels in Orsa. Die Kamera schien oberhalb ihrer Köpfe angebracht zu sein, man sah nur ihre Rücken. Ihnen gegenüber aber, mit dem Gesicht zur Kamera, saß der sechsundzwanzigjährige Reine Danielsson, er wirkte aufgeregt. Neben ihm saß eine Krankenschwester mit gesenktem Blick.

Berger startete den Film, und sie hörten Deers Stimme, die unerwartet mädchenhaft klang, als sie Reine wegen der Kleeblattzeichnung in die Mangel nahm. Berger spulte vor und hielt den Film wieder an, als Reine Danielsson, am ganzen Körper zitternd, aufsprang. Dort ließ er den Film weiterlaufen.

Die Krankenschwester ist ebenfalls aufgestanden und hat ihre Arme um Reine gelegt. Der bringt keinen Laut hervor. Er ist blass und wie erstarrt.

Da steht auch Berger auf. Er hebt seine rechte Hand und streckt Zeige- und Mittelfinger zu einer doppelläufigen Pistole aus. Dann zielt er damit auf Reine und imitiert einen Schusslaut. Seine Hand fliegt vom Rückschlag nach oben.

Die Krankenschwester schüttelt den Kopf und sieht ihn an.

»Das war wirklich unnötig.«

Berger erwidert: »Reden Sie nicht von Dingen, von denen Sie nichts verstehen.«

Deer kichert albern. Für eine Millisekunde werden die Augen der Krankenschwester ganz dunkel. Ein intensiver Blick trifft Berger.

Dann nimmt sie Reines Arm und führt ihn ohne ein weiteres Wort aus dem Raum. Berger lässt sich auf seinen Stuhl sinken und fragt: »Und, wie ist es gelaufen, was meinst du?«

Damit endete der Film. Berger ließ ihn ein zweites Mal laufen, und sie betrachteten die kurze Sequenz erneut. Diesmal hielt er den Film an der Stelle an, wo die Krankenschwester ihm diesen bitterbösen, dunklen Blick zuwarf. In der Einstellung konnte er zum ersten Mal ihr Gesicht in Ruhe ansehen.

»Verdammte Scheiße«, stöhnte er und wurde ganz blass.

»Ist sie …?«, fragte Blom.

»Natürlich ist sie das. Das ist Lena Nilsson.«

»Bist du dir sicher?«

»Ich bin mir verdammt sicher. Das ist die junge Jessica Johnsson. Ich habe sie damals überhaupt nicht wahrgenommen.«

Das Telefon knackte, und Deers Stimme ertönte.

»Das ist sie, stimmt's?«

Berger zoomte noch näher heran.

»Dieser Blick«, sagte er.

»Ja, sie fand das überhaupt nicht gut, was du da gesagt und getan hast, Sam. Und auch mein beklopptes Kichern nicht. Wenn man sich das jetzt so ansieht, waren wir ganz schön respektlos.«

»Meine Güte. Die Erinnerung vergoldet, nicht wahr?«

»Aber ich konnte mich nicht an diese Revolvergeste erinnern«, sagte Deer.

»Ich auch nicht.«

»Wir haben die Mörder vernommen und dann laufen lassen.«

»Aber sie kann sich an euch erinnern. Seht euch nur diesen Blick an«, sagte Blom. »In diesem Augenblick hast du dich in ihr Gehirn eingebrannt, Sam. Und acht Jahre später wird Reine unter dem Namen ›Sam Berger‹ in die Klapse gebracht, und dir schreiben sie einen Brief, Desiré. Sie haben euch lange im Visier gehabt.«

»Aber was wollen die von uns? Was will Jessica von mir?«

»Ich weiß es nicht. Vielleicht will sie nur ein Publikum, einen starken Vater. Jemanden, der ihr Grenzen setzt und sie aufhält. Vielleicht will sie aber auch nur angeben. Ich weiß es nicht. Jedenfalls hat sie dich im Visier, Sam.«

»Ich muss nachdenken, bis später.« Deer legte auf.

»Noch einmal«, sagte Blom.

Sie startete den Film erneut und hielt ihn mitten in Deers Frage an: »Wie war das, als Sie das Kleeblatt gezeichnet haben? Ist Ihr Wunsch da in Erfüllung gegangen?«

»Sieh dir mal Reine ganz genau an«, sagte Blom und ließ den Film weiterlaufen.

Reine Danielsson fuhr zusammen, als hätte er einen Stoß bekommen.

»Was ist da passiert?«, fragte Blom.

Der Tisch verdeckte Reines Körper unterhalb des Nabels, aber Berger ahnte, was da vor sich gegangen war.

»Du hast doch auch die Angewohnheit, mir eine Hand aufs Bein zu legen, wenn ich dabei bin, mich aufzuregen oder mich zu verplappern.«

»Das ist leider ziemlich oft der Fall. Aber ich weiß, worauf du hinauswillst.«

»Reine zuckt mehrmals zusammen bei dem Verhör. Lena Nilsson hatte nicht nur ihre Hand auf seinem Bein, sondern sie hat offensichtlich auch zugekniffen. Das hat Reine immer im richtigen Augenblick gebremst. Sie hatte ihn zwar ordentlich gedrillt, es aber nicht gewagt, ihn ohne Aufsicht zu uns zu lassen. Also saß sie ganz unscheinbar neben ihm und war seine Dompteuse.«

»Demnach hat sie das Gespräch gesteuert, ohne dass es jemand bemerkt hat. Sie hatte zu diesem Zeitpunkt schon länger mit psychisch kranken Menschen gearbeitet und wusste, wie man sie manipulieren kann. Aber wir müssen weiter zurück. Was wissen wir über ihre Kindheit in Rågsved?«

»Nichts«, sagte Berger. »Praktisch nichts.«

»Sie war Einzelkind. Gymnasium in Huddinge, danach war sie ein Jahr lang in den USA. Nach ihrer Rückkehr machte sie eine Ausbildung zur Krankenschwester und jobbte als Nachtschwester in der geschlossenen Psychiatrie. Nach dem Abschluss nahm sie eine Stelle im St.-Görans-Krankenhaus an, wieder in der psychiatrischen Abteilung. Dort hat sie auch Eddy Karlsson kennengelernt.«

»Im St. Görans? War er dort Patient?«

Blom schüttelte den Kopf.

»Wir sollten Laura Enoksson noch einmal anrufen, vielleicht weiß die mehr darüber. Im Frühjahr 2005 wird auf jeden Fall aus Jessica Johnsson eine Lena Nilsson. Und zwei Jahre später passieren die Morde in Orsa. Erlaubst du mir, dass ich kurz mal surfe?«

Berger genehmigte es.

»Zwei unbeschriebene Jahre, die wir uns unbedingt näher ansehen müssen«, sagte Blom, während sie wild auf die Tasten einhämmerte. »Sie zieht nach Falun und fängt an, dort in der Wohngruppe zu arbeiten, in der Karl Hedblom und Reine Danielsson leben. Den willensschwachen Reine hat sie gleich um den kleinen Finger gewickelt. Sie ist vertraut mit Karls Geschichte, weiß von der Mutter und dem Holzscheit. Auf dieser Basis bastelt sie sich ihre Vorgehensweise zurecht. Kurz nach den Morden in Orsa, im Oktober 2007, kündigt sie. Reine verlässt die Wohngruppe nur wenige Monate später. Es ist nicht so unwahrscheinlich, dass Reine bei Lena Nilsson untergekommen ist.«

»Wohnt sie da noch in Falun? Ist sie arbeitslos? Oder hat sie einen neuen Job?«, fragte Berger.

»Hm«, brummte Blom, mit Blick auf den Rechner. »Jetzt wird es interessant. Kurz darauf beginnt sie, im Universitätskrankenhaus in Malmö zu arbeiten. Sie ist dort angestellt, als die Kollegin Mette Hækkerup ihren tragischen Verkehrsunfall hat. Ein halbes Jahr später wechselt sie in das Sahlgren'sche Universitätsklinikum …

»In Göteborg«, ergänzte Berger. »Das heißt, sie wohnte in Göteborg, als Lisa Widstrand in den Gothia Towers umgebracht wurde?«

»Ganz genau. Und ein paar Monate später, 2010, kauft Lena Nilsson das Haus in Porjus und zieht offensichtlich dort hin. Das Haus geht automatisch in den Besitz von Jessica Johnsson über, als sie ihre wahre Identität wieder annimmt. In diesem Moment verschwinden alle Hinweise auf den Hauskauf durch Lena Nilsson spurlos.«

»Dann hat also Reine mit ihr in dem Haus gewohnt?«, fragte Berger.

»Er hat wahrscheinlich auch in Falun, Malmö und Göteborg bei ihr gewohnt, ohne dass es jemandem aufgefallen wäre. Ich habe hier noch etwas zu Eddy Karlsson gefunden. Die Polizei wusste nicht, dass er aus Thailand zurückgekehrt war, sonst hätten sie ihn sofort festgenommen. Das Verbrechen an Jessica wurde als schwere Körperverletzung eingestuft, da beträgt die Verjährungsfrist fünfzehn Jahre. Er konnte aber erst nach einer Überdosis in einem Keller in Bagarmossen im Herbst 2011 als Eddy Karlsson identifiziert werden. Jetzt rate mal, welche Droge er genommen hatte?«

»Ich habe das dumpfe Gefühl, dass es sich um einen Drogencocktail gehandelt hat …«

»Korrekt. Ein Cocktail aus Methamphetaminen und Phenazepam. Eddy hatte eine fünffach tödliche Dosis im Körper. Bei einer Vernehmung seiner Junkiefreunde kam heraus, dass er einen Vorrat aus Thailand importiert hatte. Einer der Zeugen soll ausgesagt haben: ›Dieses Mal klaut mir keine Sau mein Zeug.‹ Der restliche Stoff wurde nie gefunden.«

»Weil sie in kleinen Portionen zu Karl Hedblom nach Säter geschickt wurden«, sagte Berger. »Am Ende war Eddy Jessica doch noch nützlich …«

»Könnte es sein, dass sie schon früher Drogen von ihm gestohlen hat? ›Dieses Mal klaut mir keine Sau mein Zeug.‹ Vielleicht ist das die Antwort auf die Frage, wie sie und Reine finanziell über die Runde gekommen sind.«

»Nicht ganz unwahrscheinlich.«

»Wie sie Eddy aufgespürt hat, ist unklar. Sie verzichtete auch darauf, ihre Signatur auf seiner Leiche zurückzulassen. Kein Holzscheit, kein Messer, kein Kugelschreiber, kein Kleeblatt.«

»Das war nicht der richtige Ort, um Spuren zu hinterlassen, nehme ich an.«

»Aber hier ist noch ein kleines Detail«, erklärte Blom und lehnte sich vor. »Vom Gerichtsmediziner. Eddy war kastriert.«

»Kastriert?«

»Und zwar gründlich. Es wurde alles abgetrennt, das ganze Paket.«

»Das ist doch irre. Spätestens das hätte doch die Polizei stutzig machen müssen. Die hätten doch Jessica sofort verdächtigen müssen.«

»Aber die Wunden waren verheilt und glatt vernarbt. Todesursache war nur eine Überdosis. Man nahm wohl an, dass ihm in Thailand irgendetwas Wildes passiert war. Allerdings haben seine Kumpels ausgesagt, dass sie ihn auch ein paar Monate vor seinem Tod nicht mehr gesehen und das Haus, in dem er gefunden wurde, noch nie zuvor betreten hatten.«

»Warte mal. Ein paar Monate?«

Blom stöhnte.

»Ich sehe gerade ein Szenario vor mir, das sehr gut zu Jessica Johnssons Wesen zu passen scheint.«

Berger wurde blass.

»Stell dir vor«, begann er. »Reine und sie holen sich Eddy, fesseln ihn in dem verlassenen Keller und schneiden ihm Schwanz und Eier ab, unter hygienisch unvertretbaren, aber kontrollierten Bedingungen. Wahrscheinlich stehen ihnen ausreichend Blutkonserven, Antibiotika und sonstige Medikamente zur Verfügung. Alles außer Schmerzmitteln. Eddy überlebt, aber die Schmerzen, die er durchleidet, müssen höllisch gewesen sein, außerdem hat er Entzugserscheinungen. Jessica lässt ihn so lange am Leben, bis die Wunde verheilt ist und sich Narben gebildet haben. Erst dann bekommt er die tödliche Dosis verabreicht.«

»Mein Gott«, sagte Blom. »Was für eine Rache.«

»Furchtbar«, erwiderte Berger und betrachtete die beiden Fotos von Jessica Johnsson. Ein unscheinbares Äußeres, hinter dem sich eine Hölle verbarg.

»Ich kann noch hinzufügen, dass Reine in diesem Zusammenhang in Erscheinung tritt. Er wird unter seinem Namen in der geschlossenen Abteilung des Löwenström'schen Krankenhauses aufgenommen. Massive Psychose.«

»Er muss in dem Keller einen Zusammenbruch erlitten haben.«

»Aber was passiert danach?«, fragte Blom. »Sie kehren also nach Porjus zurück, und im darauffolgenden Sommer vergehen sie sich an Farida Hesari aus Täby. Aber Farida gelingt die Flucht. Dann aber verstreichen fast zwei Jahre bis zu dem Bikermädchen aus Växjö. Da gelingt ihnen hingegen der Mord mit großer Präzision. Das war im vergangenen Jahr, und jetzt eskaliert es. Sie hat schon seit Jahren versucht, deine Aufmerksamkeit zu erregen, Sam. Aber jetzt sah sie sich gezwungen, noch einen Schritt weiterzugehen. Vor einem Monat etwa fuhren sie also nach Sorsele, um sich Anders Hedblom vorzunehmen und bei ihm den Zettel mit deinem Namen zu hinterlassen. Reine bekommt einen Rückfall und wird eingeliefert. Darauf folgen Wochen der exakten Planung. Jessica schreibt einen Brief und schickt ihn direkt an Desiré. Gleichzeitig trifft sie die schwangere Reisende Jovana Malešević in Arjeplog. Als Jessica Reine in Lindstorp abholt, entführen sie auf dem Rückweg Jovana. Desiré meldet sich am Morgen des 18. Oktober bei Jessica und kündigt die beiden NOA-Polizisten an. Jessica ahnt, dass einer davon du sein würdest, Sam. Also muss sie dafür sorgen, dass man sie in Porjus auf der Straße sieht, damit es glaubhaft ist, dass sie ihr Haus für ein paar Stunden verlassen hat. Danach soll es so aussehen, als wäre sie umgekommen, angegriffen von einem Unbekannten. Ihre DNA musste im ganzen Haus von Jovanas ersetzt werden. Haarbürste, Zahnbürste, auch Jovanas Fingerabdrücke müssen auf der Schreibmaschine zu finden sein. Gegen drei Uhr tauchen dann wir auf. Für den Schlussakt will sie dich auf jeden Fall dabeihaben, Sam.«

»Das ist doch total irre.«

»Nach dem Mord an Jovana Malešević legen sie die Leiche in den Koffer, schleppen ihn in Anders Hedbloms Auto und verschwinden. Puff. Und weg.«

»Ja, puff. Wo sind die? Und was haben sie als Nächstes vor?«

»Ich vermute, dass der Wetteinsatz erhöht wurde, als du dich mit falschem Namen vorgestellt hast, ›C. Lindbergh‹. Jessica weiß jetzt, dass du nicht mehr bei der Polizei bist, aber trotzdem noch Kontakt mit Desiré hast. Das macht das Spiel noch aufregender. Jetzt will sie erst recht, dass du sie jagst.«

»Ich kapiere immer noch nicht, was ich damit zu tun habe. Warum ich?«

»Das haben wir in dem kurzen Filmchen gesehen«, erinnerte ihn Blom. »Weil ihr Reine so unter Druck gesetzt habt. Und weil sie glaubt, dass du ein würdiger Gegner bist.«

»Ich verstehe es trotzdem nicht.«

»Jessica Johnsson will, dass du sie aufhältst«, sagte Molly Blom.

28

Montag, 23. November, 13:27

Der Beobachter sitzt wie auf Kohlen. Sein gesamtes Erwachsenenleben hat er mit endlosen Überwachungen verbracht, er sollte nicht wie auf Kohlen sitzen. Das hier ist Teil seines Alltags. Er weiß es, schließlich verdient er damit sein Geld.

Wieder lässt er die Sig Sauer P226 rotieren, Runde für Runde, ohne Pause. Weder Wahrheit noch Pflicht.

Und die Zeit verstreicht.

Mit jedem Augenblick, der vergeht, kann er schlechter sehen. Als würde mit jeder Sekunde ein Zapfen abgeschlagen und ein Stäbchen weggehobelt. Auf einmal hat er es eilig, obwohl er vor allem einen kühlen Kopf bewahren sollte. Aber er will unbedingt die Klippen von Gibraltar noch einmal sehen, von seiner eigenen Terrasse aus, in seinem eigenen Haus, und er will nicht mehr allein sein. Er ist lange genug allein gewesen.

Die beiden Hütten wirken auf den Monitoren wie Fossilien, umschlossen von der Zeit, zu Stein geformt. Nichts bewegt sich. Nichts, außer seiner Pistole auf dem Tisch. Die Pistole, die niemals still liegt.

Ein Leben in absoluter Loyalität und Treue. Ein Leben, ohne jemals etwas infrage zu stellen.

Es ist sehr kalt in dem Raum. Als wäre er direkt in einen vereisten Berg gesprengt worden. Die Zeit muss verrinnen. Doch er hat die Kontrolle über sie verloren. Er kann sie nicht mehr messen. Und er sitzt wie auf Kohlen.

Es muss etwas passieren.

Sonst muss er selbst dafür sorgen.

So kann es nicht weitergehen. Der Beobachter hat lange genug gewartet.

Während die Pistole sich um ihre Achse dreht, zieht er seine dünnen Lederhandschuhe glatt. Dann hält er die Waffe an. Der Lauf der Sig Sauer P226 zeigt auf den Bildschirm, auf dem der Mann und die Frau abwesend sind.

Heute schreibt der Beobachter keinen Vermerk.

Stattdessen nimmt er seine Pistole und verlässt den Raum.

29

Montag, 23. November, 13:42

Berger sah auf die Uhr. Sie saßen ganz still da und warteten. Die hektische Aktivität war verklungen. Jetzt fand alle Aktivität im Inneren statt.

Plötzlich hörten sie ein Scharren. Sie sahen einander an. Abwartend, angespannt. Es war ein sonderbarer Laut, schleichend, als wäre etwas in der Wand.

Dann wieder Stille.

Blom machte einen leisen Schritt, jetzt stand sie näher am Tisch. Sie waren vier Ohren, die horchten, sonst nichts.

Da war wieder dieses Geräusch. Hastig, ziehend, schleppend, hinter der Wand, in der Nähe der Tür.

Mit einem Satz sprang Blom zum Tisch, riss das rote Tuch beiseite, warf Berger eine der Pistolen zu, und während die Waffe sonderbar langsam durch die Luft flog, schossen Berger Jessica Johnssons Worte durch den Kopf: *Denn jetzt höre ich das Geräusch erneut, das hastige Schlurfen, ein kurzes Rascheln. Noch nie war es so nah.*

Kaum hatte er die Pistole aus der Luft gefangen, verwandelte sich das Schlurfen in Schritte. Vor der Tür. Da war Blom schon mit gezogener Waffe zur Tür gesprintet und hatte sie aufgerissen. Berger war ihr dicht auf den Fersen. Mit einem Satz standen sie beide draußen auf der kleinen Veranda, die Waffen im Anschlag.

Aber da war niemand.

Der Platz vor der Hütte war vollkommen leer.

Minus dreißig Grad, eine Schneelandschaft, aber keinerlei Bewegung, kein Zeichen, nichts.

Berger sprang in den Schnee und lief um die Ecke, an der Dusche vorbei. Er hörte Blom hinter sich, sie gab ihm Deckung. Jetzt war er auf der Rückseite der Hütte. Keine Spur. Um die nächste Ecke, auch da war niemand.

Sie atmeten schwer. Blom ging in die Hocke und prüfte den Schnee neben Bergers klumpigen Fußspuren. Dann zeigte sie mit dem Lauf ihrer Pistole in den Schnee. Berger konnte nichts erkennen. Er hockte sich neben sie.

Da erst sah er die Spuren. Kleine runde Abdrücke wie Blumen im Schnee.

»Polarfuchs«, sagte Blom. »Sie sind fast unsichtbar, ganz weiß, perfekte Tarnung.«

Berger war nicht in der Lage zu sprechen. Mit abwesendem Blick stierte er in die Ferne.

Sie kehrten in die Hütte zurück und versuchten sich zu sammeln. Und zu wärmen.

Da gab der Computer einen lauten, schmetternden Klingelton von sich. Blom glättete ihre Mimik, sie war bereit. Auf dem Bildschirm tauchte eine ältere Dame auf.

»Ich habe dir doch gesagt, dass ich skypen kann«, erklärte Laura Enoksson.

Berger nahm neben Blom Platz, wie beim letzten Mal außer Sichtweite der Kamera. Er zitterte.

»Das habe ich auch keine Sekunde lang bezweifelt«, sagte Blom und versuchte, das Klappern ihrer Zähne zu unterdrücken. »Vielen Dank, dass du noch mal zur Verfügung stehst, Laura. Ich habe da noch ein paar Fragen an dich.«

»Kein Problem. Leg los.«

Berger sah, wie Blom für ein paar Sekunden die Augen schloss, um Ordnung in den Gedankenwust zu bringen. Und zwar sehr schnell.

»Was weißt du über Jessicas Vergangenheit?«

»Nicht so viel. Sie war ein Einzelkind und wuchs in Rågsved auf. Wir haben nie über ihre Eltern gesprochen, aber ich habe gespürt, dass das ein sehr heikles Thema war.«

»Als Teenager war sie in den USA«, sagte Blom.

»Über diese Reise haben wir auch nie gesprochen.«

»Gar nicht? Du hast sie doch betreut, ihr habt bestimmt viel zusammengesessen. Und sehr emotionale Momente geteilt?«

»Doch, das haben wir«, bestätigte Enoksson. »Die kleine Jessica. Armes Mädchen. Manchmal hatte ich das Gefühl, sie würde alles Übel abbekommen, das die Männerwelt zu bieten hat. Und das war nicht wenig.«

»War sie wütend?«

»Eher verschlossen. Als würde sie auf den richtigen Augenblick warten.«

»Auf den richtigen Augenblick warten?«

»Ich kann es nicht anders ausdrücken, sie hat alles in sich hineingefressen, als würde sie es sammeln. Aber Ebba weiß bestimmt besser darüber Bescheid.«

»Ebba?«

»Habt ihr noch nicht mit Ebba gesprochen? Ihrer Tante aus Gällivare?«

»Wir wussten von keiner Tante aus Gällivare, nein.«

»Ebba Hult.«

Der Kamin verbreitete ein magisches Licht in dem Wohnzimmer der kleinen Einzimmerwohnung. Durch das Fenster war die erleuchtete weiße Silhouette der Kirche von Gällivare zu sehen. Vor ihnen auf dem Couchtisch standen drei Tassen mit frischem, dampfendem Kaffee, und auf einem Teller lagen sieben Sorten Kekse.

Berger rührte in seinem Kaffee. Die Frau war über sechzig und grauhaarig, aber er erkannte Züge in ihrem Gesicht, die ihn sehr an Jessica Johnsson erinnerten. Vor allem der klare, aber unruhige Blick und ihre angespannte Miene.

»Ebba, erzählen Sie uns doch bitte etwas von Ihrem Verhältnis zu Jessica.«

»Sie war meine Nichte«, antwortete Ebba Hult. »Zu unserem jetzigen Verhältnis kann ich nur sagen, dass ich nicht wusste, dass sie in Porjus lebt, bis ich gehört habe, was da passiert ist.«

»Aber sie ist bei Ihnen in Rågsved aufgewachsen?«

»Von ihrem achten bis zu ihrem achtzehnten Lebensjahr, ja.«

»Und warum nicht bei ihren Eltern?«

Ebba Hult verzog das Gesicht und trank einen Schluck Kaffee.

»Jetzt nehmen Sie sich doch bitte von den Keksen«, sagte sie und zeigte auf den übervollen Teller. »Ich bekomme nicht so oft Besuch.«

»Vielen Dank«, sagte Berger und nahm einen Keks. Er schmeckte, als hätte er Jahrzehnte im Tiefkühlfach verbracht.

»Meine Schwester Eva und ich sind nach Stockholm gezogen, um dort unsere Ausbildung zu machen, das muss so 1973 gewesen sein. Sie wurde Kindergärtnerin, und ich Logopädin. Dort lernte sie Ove Johnsson kennen und hat ihn 1978 geheiratet. Zwei Jahre später kam Jessica zur Welt.«

»Haben Sie geheiratet, Ebba?«

»Ich bevorzuge weibliche Gesellschaft, wenn ich das so sagen darf«, entgegnete sie und lachte. »Vor allem, wenn die Alternative ein Ove Johnsson ist.«

»Sie mochten Ihren Schwager nicht besonders?«

Hult hob die Hände.

»Ach, an dem war eigentlich nichts falsch. Er war hochintelligent, ein Forscher. Aber er war praktisch nie da. Ich glaube, dass er auch nie ein richtig inniges Verhältnis zu seiner Tochter hatte. Und nach der Katastrophe ist er ja abgehauen, so weit weg wie möglich. Er fand einen Job an der Universität von Dunedin.«

»Und das liegt wo?«

»Auf der Südinsel Neuseelands«, sagte Ebba Hult mit einem Grinsen. »Weiter weg ging nicht.«

»Erzählen Sie uns bitte von der ›Katastrophe‹, Ebba.«

Zuerst nickte Ebba Hult einen Moment lang, dann schüttelte sie den Kopf.

»Alles war prima. Die Werte waren alle in Ordnung. Nach acht Jahren sollte Jessica einen kleinen Bruder bekommen. Eva war überglücklich, sie hatten es so lange versucht. Was Ove davon hielt, weiß ich nicht. Ich hatte auch nie mit Jessica darüber gesprochen, aber das Mädchen schien auch nichts dagegen zu haben.«

»Und dann, was passierte dann?«

»Sturzblutung. Vorzeitige Plazentaablösung. Eva war allein zu Hause, sie schaffte es nicht bis zum Telefon. Jessica hat sie gefunden. Jessica war acht Jahre alt und Schlüsselkind, sie kam von der Schule nach Hause und fand ihre tote Mutter und den ungeborenen Bruder. Es war ein Blutbad. Ich habe mich um sie gekümmert. Ove verschwand nach Dunedin. Ich glaube, er hat sich nicht einmal ordentlich von seiner Tochter verabschiedet. Ich habe ziemlich schnell das Sorgerecht bekommen.«

Berger und Blom wechselten Blicke. Blom schloss die Augen und nickte, Berger stellte die nächsten Fragen.

»Wie hat Jessica darauf reagiert? Sie wird doch bestimmt in kinderpsychologischer Behandlung gewesen sein.«

»Ja, natürlich. Sie ging ein paar Jahre lang zu einem Psychotherapeuten. Zu Hause wirkte sie immer so ausgeglichen.«

»Und dann? Sie hatten zehn Jahre lang das Sorgerecht für sie …«

»Sie war ein braves Kind. Sogar die Pubertät war unproblematisch. Aber sie verschloss sich ziemlich. Sie hielt mich auf Distanz, bis sie an ihrem achtzehnten Geburtstag verkündete, dass sie in die USA reisen würde. Sie war volljährig, ich konnte nichts dagegen tun. Außerdem hatte ich mit dem Gedanken gespielt, zurück nach Gällivare zu ziehen.«

»Das klingt nicht so, als hätten Sie sich besonders nahe gestanden?«

»Wir standen uns so nahe, wie zwei Menschen wie sie und ich es können. Ich hatte meine Geheimnisse, sie hatte vermutlich ihre. Wir lebten beide eher zurückgezogen. Ich habe ihr zum Beispiel nie erzählt, dass ich lesbisch bin.«

»Aber sie wird doch irgendwelche Interessen gehabt haben«, sagte Berger. »Womit hat sie sich denn als Teenager so beschäftigt?«

»Das Internet interessierte sie sehr. Sie war in den Neunzigern in den verschiedensten *communities* unterwegs. Dort hat sie wahrscheinlich auch jemanden kennengelernt, der sie dann in die USA gelockt hat.«

»Hatte sie Freunde?«, fragte Berger weiter.

»Sie hat mir zwar erzählt, dass sie welche hat, aber gesehen habe ich sie nie.«

»Und Jungs? Beziehungen?«

»Ich habe niemanden zu Gesicht bekommen. Ein paarmal habe ich das Thema angesprochen, aber sie hat immer abgewunken.«

»Und dann ist sie also in die USA gefahren. Warum glauben Sie, dass die Reise etwas mit diesen *communities* zu tun hatte?«

»Das war eines der wenigen Dinge, über die sie mit mir gesprochen hat. Wie das Netz ihr die Möglichkeit eröffnet habe, mit Menschen zu sprechen, die seien wie sie. Gerade in den USA.«

Jetzt lehnte sich Molly Blom vor und ergriff zum ersten Mal das Wort.

»Was waren das für Menschen, die so sind wie Jessica? Sie

fühlte sich als jemand Besonderes, sonst hätte sie das nicht so formuliert. Aber in welcher Hinsicht besonders?«

»Denn ehrlich gesagt«, fügte Berger hinzu, »haben wir noch keine Vorstellung davon, wer Jessica als junger Mensch war. Haben Sie wirklich zehn Jahre an ihrer Seite gelebt, die zehn prägendsten Jahre im Leben eines Menschen?«

»Sie ist tot«, sagte Ebba Hult leise. »Was spielt das jetzt noch für eine Rolle? Lassen wir sie doch in Frieden ruhen.«

»Sie hat Schreckliches miterleben müssen.« Berger nickte. »Seine Mutter tot, in einem Blutbad, zu finden ist grauenhaft. Und das im Alter von acht Jahren. Das muss Spuren hinterlassen haben, tiefe Spuren. Sie müssen uns mehr erzählen, Ebba. Sie ruht nicht in Frieden, solange Lügen sie umgeben.«

»Sie sind nicht besonders harmonisch auseinandergegangen, oder?«, fragte Blom. »Jessica wartet exakt bis zum Tag ihrer Volljährigkeit und teilt Ihnen dann mit, dass sie in die USA fährt, allein, mit achtzehn.«

»Sie muss Ihnen doch erzählt haben, warum sie in die USA wollte«, bohrte Berger weiter. »Wollte sie dort Menschen treffen, die so waren wie sie?«

»Ja, davon gehe ich aus«, antwortete Ebba Hult und senkte den Blick. »Sie sagte, dass sie die Wirklichkeit sehen wolle, die nackte Wirklichkeit. Nicht diesen geschützten Lebensraum, in dem ich sie eingesperrt hätte.«

»Hatten Sie Jessica denn eingesperrt?«

»Natürlich habe ich versucht, sie zu beschützen. Sie hatte etwas erleben müssen, was keinem achtjährigen Kind widerfahren sollte.«

»Aber Sie haben ihr doch Geborgenheit gegeben, Ebba?«, fragte Blom. »Oder bekam sie hier nur Schweigen und Leere?«

Plötzlich zeigten sich Risse in Ebba Hults Rüstung. Berger und Blom konnten förmlich zusehen, wie die Vergangenheit ihren Weg durch den Panzer fand. Oder war es die Rüstung, die aufplatzte?

»Ich habe es doch versucht.« Ihre Stimme brach. »Ich habe es wirklich versucht. Ich wurde über Nacht Mutter. Dabei wollte ich nie Mutter werden, das war nicht vorgesehen. Ich hatte keine Ahnung, wie man das anstellt. Ich dachte, dass sie nur Frieden und Ruhe bräuchte.«

»Sie kamen nicht an sie heran?«

»Das war vollkommen unmöglich, als würden wir zwei verschiedene Sprachen sprechen.«

»Aber Sie wollten trotzdem wissen, was sie vorhatte, richtig? Das war Ihre Pflicht als Erziehungsberechtigte. Was war diese ›nackte Wirklichkeit‹, die sie sehen wollte? Was für Menschen waren das, die sie unbedingt treffen wollte und die so waren wie sie? Sie haben doch bestimmt einmal in ihrem Computer nachgesehen, wenn Jessica nicht zu Hause war, oder? Oder haben sich den Browser-Verlauf angesehen, um zu wissen, in welchen *communities* sie Mitglied war? Was haben Sie dort gefunden? Warum kann sie nicht in Frieden ruhen?«

»Ich hätte gerne, dass Sie jetzt gehen«, sagte Ebba Hult heiser.

»Aber das werden wir nicht«, sagte Berger. »Erst, wenn wir erfahren haben, was wir wissen müssen. Was im besten Fall mit dem übereinstimmt, was Sie eigentlich gerne loswerden wollen, Ebba.«

Ebba Hult schüttelte den Kopf. Die Tränen liefen ihr die Wangen hinunter. Blom lehnte sich vor, streichelte ihren Arm und sagte mit fester Stimme: »Ebba, warum ist Jessica in die USA gegangen?«

»Sie wollte sich mit Menschen treffen, die auch traumatische Familienerlebnisse gehabt hatten. Sie war in einer *community*, in der es um Blut ging. Wenn man zu viel Blut gesehen hatte, von Angehörigen, *Blood From Blood*. Eine andere hieß *Absent Father*. Sie hatte sich eine ganze Liste von Leuten und Adressen zusammengestellt, in ganz Amerika.«

»Das klingt aber ja geradezu *gesund*«, sagte Blom. »Sie

wollte sich mit anderen Betroffenen austauschen und sich deren Überlebensstrategien anhören. Das ist aus therapeutischer Sicht sehr überlegt und klug. Das belastet Sie also nicht. Was haben Sie sonst noch auf ihrem Rechner gefunden?«

Die alte Dame schüttelte unaufhörlich den Kopf und schwieg.

»Zehn Jahre lang hatte Jessica Albträume«, fuhr Blom mit sehr sanfter Stimme fort. »Es freut mich, dass es positive Ansätze für sie gab, dass sie – in Ermangelung von Möglichkeiten zu Hause – andere Menschen in ähnlichen Lebenssituationen gefunden hatte, mit denen sie reden konnte. Aber dahinter lauerte etwas Destruktives, oder, Ebba? Etwas Selbstzerstörerisches?«

Ebba Hult nahm sich ein Zuckerstück, schob es sich zwischen die Lippen und schüttete vorsichtig etwas Kaffee auf die Untertasse. Dann trank sie ihn, mittlerweile lauwarm, indem sie ihn durch das Zuckerstück schlürfte.

»Kaffee auf der Untertasse.« Blom lächelte. »Das hat meine Großmutter auch immer gemacht. Das gab ihr Geborgenheit.«

Ebba Hult schluckte das Zuckerstück und lächelte ebenfalls.

»Jessica war so still. Sie hat fast nie etwas gesagt. Aber als ich ihre Internetchronik gesehen habe, wurde mir klar, was da alles hinter der stillen Fassade vor sich ging. Stille Wasser sind tief …«

»Was haben Sie denn da gesehen, Ebba?«, fragte Blom, nach wie vor sanft. »Was tauchte da aus den stillen Wassern auf?«

»Sex.«

»Aber nicht irgendein Sex, richtig?«

»Ich hatte so etwas noch nie zuvor gesehen. Ich habe mir auch manchmal einen lesbischen Porno angeschaut. Aber das war etwas vollkommen anderes.«

»Und was war es?«

»Sie war erst siebzehn!«, rief Ebba Hult, jetzt außer sich. »Sie sollte sich so etwas gar nicht ansehen. Sie sollte sich auch nicht mit solchen Leuten abgeben.«

»Was war es?«

»Ich weiß gar nicht, wie man das beschreiben soll. Dominanz vielleicht. Harter Sex, Gewalt, Unterwerfung und Erniedrigung.«

Blom sah zu Berger, der einen vollkommen neutralen Gesichtsausdruck aufgesetzt hatte.

»Pornos? Aber nicht nur das. Sie hat sich mit diesen Leuten auch *ausgetauscht*? Ging es da um Sadomasochismus?«

»Das war es wohl … Sie hat hauptsächlich mit einem Mädchen Kontakt gehabt. Einer Joy. Und als sie dann diese komplizierten Unterlagen ausgefüllt hat, um eine Aufenthaltsgenehmigung und das Arbeitsvisum bewilligt zu bekommen, hat sie diese Joy als ihren Kontakt in den USA angegeben. Aber wenn ich daran denke, worüber die sich unterhalten haben …«

»Jessica hat ein Arbeitsvisum beantragt?«

»Ja, sie hatte während der Oberstufe nicht gejobbt, und ich hatte nicht viel Geld. Deshalb wollte sie in den USA arbeiten.«

»Haben Sie Jessica mit den Sexseiten konfrontiert?«

»Ja, das habe ich … Ich habe sie angeschrien, ob sie in den USA als *Hure* arbeiten wolle. Noch heute schäme ich mich so fürchterlich dafür.«

»Hatte sie denn vor, als Prostituierte zu arbeiten?«

»Das glaube ich nicht, es ist mir nur so rausgerutscht. Diese Joy hatte wohl einen Kontakt, für den Jessica arbeiten konnte, sie selbst hatte dort auch schon gearbeitet. Aber mehr weiß ich nicht.«

»Jessica hat also diese Joy als ihren Kontakt angegeben. Sie haben sich die Unterlagen heimlich angesehen. Dann wissen Sie auch, wie diese Joy mit Nachnamen hieß?«

»Sie hieß Joy Wiankowska und lebte in Hollywood.«

»Hollywood, Los Angeles? Das richtige Hollywood?«

»Ja, da stand ›Kalifornien‹.«

Blom drehte sich zu Berger um, der, den Laptop bereits auf den Knien, mit der Recherche begonnen hatte.

»Wahrscheinlich hat sich Jessica zwischendurch gemeldet und um Geld gebeten, oder?«, fuhr sie fort. »Hat sie da auch Joy erwähnt?«

»Ja, sie waren *roommates* in Hollywood. Da war sie aber schon ein paar Monate weg. Dann habe ich erst kurz vor ihrer Rückkehr wieder von ihr gehört, zu dem Zeitpunkt wohnte ich mit Elena bereits hier.«

»Elena?«

»Vier Jahre lang haben wir hier zusammengelebt«, erzählte Ebba Hult mit einem liebevollen Lächeln. »Dann bekam sie Krebs und starb. Sie liegt dort draußen.«

Sie zeigte zum Fenster in Richtung Kirche.

»In der Kälte. In der Eiseskälte. Jessica liegt wahrscheinlich auch an so einem Ort.«

»Dort ist es womöglich noch kälter«, sagte Blom und sah zu Berger. Der hob drei Finger in die Luft.

Drei Joy Wiankowskas. In den USA? In Los Angeles? Jetzt war nicht der Zeitpunkt, um nachzuhaken, deshalb nickte Blom ihm nur zu.

»Vielen Dank, Ebba«, sagte sie dann und beugte sich vor. Die beiden Frauen umarmten einander kurz.

»Sie hatten recht«, meinte Ebba, der wieder die Tränen die Wangen hinunterliefen. »Das musste gesagt werden. Ich musste es endlich loswerden.«

»Wenn Sie ein schlechtes Gewissen haben sollten, Ebba, kann ich Sie beruhigen. Jessica ist es nicht wert.«

»Wollen Sie ein paar Fotos sehen?«, fragte Ebba und wischte sich die Tränen aus den Augen. »Ich selbst habe mich nie für Fotografie interessiert, ich habe kaum ein Bild von meiner Elena. Aber Ove hatte ein, wie soll ich sagen, *klinisches* Interesse an der Fotografie.«

Sie stand auf, ihre Schritte wirkten leichter, als sie zu einer Tür im Flur ging. Dahinter offenbarte sich ein unfassbar aufgeräumter begehbarer Kleiderschrank. Ebba verschwand, und sie hörten, wie sie darin herumkramte.

»Drei Joy Wiankowskas in ganz Amerika«, flüsterte Berger. »Mit ein bisschen Glück haben wir die schon heute an der Strippe. Also heute Nacht.«

Ebba Hult kam mit einem prall gefüllten Schuhkarton zurück. Sie ließ ihn auf den Tisch plumpsen, sodass die Kekse auf dem Teller hüpften. Dann nahm sie den Deckel ab.

Die Fotos waren alle alt, vergilbt und niemals weder digital bearbeitet noch sortiert worden. Sie lagen alle kreuz und quer.

Berger und Blom seufzten und jubelten gleichzeitig innerlich. Berger nahm alle Bilder heraus und teilte sie in zwei gleich große Haufen. Währenddessen schüttete sich Ebba noch ein wenig Kaffee auf die Untertasse.

Es waren hauptsächlich Aufnahmen von Jessica als Säugling, als hätte Oves Interesse danach nachgelassen. Zwischendrin tauchten einige wenige Fotos auf, die Jessica in den verschiedensten Altersstufen und bei Freizeitaktivitäten zeigten. Jessica an Mittsommer und Weihnachten, im Schnee, auf Skiern, beim Baden, an Stränden. Kaum andere Menschen außer Ove, Eva und Jessica. Ab und zu im Hintergrund eine junge Ebba. Berger blätterte immer schneller durch seinen Stapel, er hatte die Hoffnung aufgegeben, etwas von Bedeutung zu finden. Im Augenwinkel sah er, dass Blom es ähnlich handhabte. Deshalb hätte er das eine Foto um ein Haar übersehen.

Doch irgendetwas ließ ihn stutzen. Er blätterte zurück.

Blom blickte auf und hörte auf zu blättern.

Auf dem Foto war Hochsommer, die Sonne glitzerte auf der Oberfläche eines Teichs, und im Vordergrund saß ein etwa achtjähriges Mädchen. Mit einem breiten, aber irgendwie gekünstelten Lächeln streckte sie etwas in die Kamera.

Es war grün und groß. Zum Glück war es dem Fotografen gelungen, Blende und Belichtungsdauer perfekt einzustellen, weshalb alles scharf und klar zu erkennen war. Der Teich im Hintergrund, die seltsam lächelnde achtjährige Jessica Johnsson in der Mitte und im Vordergrund die Pflanze, die sie in die Kamera hielt.

Ein vierblättriges Kleeblatt.

Da es näher an der Linse war, wirkte es sehr groß, fast so groß wie Jessicas Kopf.

Berger reichte Ebba Hult die Aufnahme. Sie nahm das Bild, sah es sich an, schüttelte bedauernd den Kopf und drehte das Foto um.

»Ich habe keine Ahnung, wann oder wo das aufgenommen wurde«, sagte sie, »aber hier steht etwas auf der Rückseite.«

Sie angelte ihr Brillenetui vom Tisch, und es dauerte einen Moment, bis sie sich die Brille aufgesetzt hatte.

»Das hat ein Kind geschrieben«, sagte sie. »Das war wohl Jessica selbst.«

Sie hielt sich das Foto dicht vors Gesicht.

»Das ist so klein geschrieben, ich kann es kaum lesen.«

»Versuchen Sie es«, bat Berger sie.

»Wenn man ein Kleeblatt findet, dann darf man sich wünschen, was man will.«

Berger nickte. Blom auch. Und Ebba Hult las den zweiten Satz vor.

»Ich will keinen kleinen Bruder.«

30

Dienstag, 24. November, 02:11

Die vermutlich gesundheitsgefährdende Fleischsuppe hatte schon vor Stunden Kaffee weichen müssen. Schwarzem, starkem Kaffee von der Sorte, die einen die ganze Nacht wach hielt. Sie saßen mit kugelrunden Augen in Bloms Hütte und starrten auf den leeren Monitor.

Der Fleischsuppe war allerdings ein Zwischenstopp an einer Tankstelle außerhalb von Gällivare vorangegangen, wo ein paar wahrscheinlich ebenfalls gesundheitsgefährdende Würste verzehrt worden waren, die aber göttlich geschmeckt hatten. Danach war Blom auf die Toilette gegangen, und Berger hatte sich nach draußen gerettet. Mit dem Rücken zur Überwachungskamera hatte er sich gegen den Jeep gelehnt und trotz der Kälte einen Film auf seinem Handy angesehen, der extrem kurz war und nur aus einer Einstellung bestand: einem Zeigefinger, der die Tasten eines Satellitentelefons bediente. Danach rief er Deer an.

»Ja, Sam?«

»Es ist eilig und topsecret«, sagte Berger. »Hast du einen Strohmann zur Hand?«

»Gerade nicht.« Deer seufzte. »Gibt es schon wieder eine Leiche?«

»Was denkst du von mir?«, erwiderte Berger mit nicht ganz ernst gemeinter Empörung.

»Wie immer alles Mögliche. Worum geht es denn?«

»Ich brauche jemanden, der eine Nummer für mich anruft, und der Anruf darf weder zu mir noch zu dir zurückverfolgt werden können. Aber ich muss wissen, wer sich meldet. Hoffentlich sagt die Person ihren Namen. Dann kann der Strohmann gerne einen Besoffenen spielen, der sich verwählt hat, damit es echt wirkt. Lässt sich das einrichten?«

»Und natürlich, ohne dass ich erfahre, worum es geht?«

»Zu deiner eigenen Sicherheit, ja. Ist besser so. Geht das?«

»Nicht sofort.«

»Dann so schnell wie möglich«, entgegnete Berger. »Antworte mir bitte nur via E-Mail. Wir benutzen unsere alte Kryptierung, okay?«

»Aha, sieh an!«

Berger nannte ihr eine Handynummer und legte auf.

Und jetzt saßen er und Blom also mit aufgerissenen Augen vor dem Bildschirm, der aber schwarz blieb.

»Es ist schon elf Minuten über die Zeit«, sagte Berger.

Weitere Minuten verstrichen. Zwölf, dreizehn, vierzehn.

Berger nahm einen Schluck von dem kalten, pechschwarzen Kaffee. Er floss so langsam und zähflüssig den Hals hinunter, wie die Sekunden in der dunklen Hütte verstrichen.

»Hat es Sinn, den Vater zu kontaktieren? Ove Johnsson in Neuseeland? Er ist Professor der Neuroendokrinologie.«

Blom schüttelte wortlos den Kopf.

»Willst du noch nicht einmal wissen, was Neuroendokrinologie ist?«

Erneutes Kopfschütteln, nachdrücklicher.

Achtzehn Minuten Verspätung. Neunzehn.

»Sie war acht Jahre alt und ist immer Einzelkind gewesen«, sagte Berger. »Ihre Mutter wird schwanger und erwartet einen Jungen. Jessica findet ein Kleeblatt und wünscht sich, dass sie keinen kleinen Bruder bekommt. Kurz darauf geht ihr Wunsch auf albtraumartige Weise in Erfüllung. Das Kleeblatt ist das Sinnbild dafür, dass sie brutal die Beziehung zwischen Mutter und Sohn zerstört hat.«

»Kannst du nicht einfach nur still sein?«

Berger verstummte. Er musste ihr sogar recht geben.

Er sollte besser schweigen.

Zweiundzwanzig Minuten nach zwei klingelte der Rechner aufdringlich, und der scheinbar tote Bildschirm erwachte zum Leben und öffnete ein Skype-Fenster, das aber vorerst nur aus Streifen bestand. Eine Stimme ertönte.

»Hello, did I call the right number? Miss Bloom?«

»Yes«, antwortete Blom. *»This is Molly Blom. We have a slight problem with the monitor. Is this Miss Wiankowska? Joy Wiankowska from Los Angeles?«*

»This is correct«, sagten die Streifen und nahmen langsam die Konturen einer menschlichen Silhouette an.

Und plötzlich war das Bild da. Eine Abenddämmerung in orangefarbenen Nuancen leuchtete in ihre dunkle Hütte und zeigte, wie die Sonne aussah. Auch die Silhouette nahm immer mehr Gestalt an. Am Ende saß dort eine schmale Frau Anfang vierzig, mit slawischen Gesichtszügen und einem mehrschichtigen bunten Drink neben sich. Er passte hervorragend zur Farbe des Meeres hinter ihr, über dem die Sonne gerade unterging.

»Wenn ich Sie richtig verstanden habe«, sagte sie mit einem etwas übertriebenen kalifornischen Akzent, »ist das hier kein offizielles Polizeiverhör.«

»Ich bin Privatdetektiv«, entgegnete Blom in lupenreinem Oxford-Englisch. »Nichts von unserem Gespräch wird mein Büro verlassen.«

»Es ist ja nicht so, dass ich etwas zu verbergen hätte«, sagte die Frau.

»Es geht auch gar nicht um Sie, Frau Wiankowska. Ich bin lediglich an einer alten Bekanntschaft von Ihnen interessiert.«

»Eine alte Bekanntschaft? Schwedisch? Eine Freundin? Jessica?«

»Exquisite deduction«, lobte die Oxford-Stimme. »Soweit

ich weiß, haben Jessica und Sie 1998 in einer WG gewohnt. Stimmt das? Sie waren beide jung, hatten sich übers Internet kennengelernt, und Sie haben Jessica zu einem Job verholfen?«

»Das ist ganz schön lange her«, antwortete Joy Wiankowska und runzelte die Stirn. »Damals war ich ein anderer Mensch. Ich hatte mich mit den falschen Leuten umgeben.«

»Sie hatten offensichtlich auch eine schwere Kindheit, so wie Jessica. Ich habe kein Recht, Sie moralisch zu verurteilen, und das ist auch nicht meine Absicht. Aber Jessica hat Sie als Kontaktperson angegeben, als sie in die USA eingereist ist.«

»Ja, oje«, sagte Joy Wiankowska. »Wir haben in der *community* darüber gesprochen. Zu dem Zeitpunkt war ich mit meiner Vergangenheit noch nicht im Reinen. Die unzähligen Therapiestunden kamen erst danach.«

»Erzählen Sie mir doch bitte, woran Sie sich erinnern. Darf ich Sie übrigens Joy nennen?«

»Da Sie meinen Nachnamen wahrscheinlich sowieso nicht aussprechen können, gerne.« Wiankowska lachte. »Das ist vollkommen in Ordnung, Molly, ich kann ihn ja selbst kaum noch aussprechen. Bald heiße ich zum Glück Cabot. Joy Cabot. Dann wird meine Transformation abgeschlossen sein. Ich sitze gerade auf einem der vier Balkone des Cabot Estate in Santa Barbara.«

»Jessica Johnsson und Sie haben sich also im Internet kennengelernt?«

»Das stimmt. Uns verband eine gewisse Neugierde.«

»Neugierde?«

»Wahrscheinlich gibt es für Menschen mit unserem Hintergrund keine unbeschwerte Sexualität.«

»Sie meinen Menschen mit einem traumatischen Hintergrund?«

»Ja, ein mit Blut getränkter Hintergrund. Ich hatte zwar

von Anfang an den Eindruck, dass sie eher eine Poserin, eine Wichtigtuerin, war und gar nicht nach Lösungen suchte. Trotzdem haben wir uns im Cyberspace angenähert. Ich hatte gerade meinen Job als Privatsekretärin bei Madame Newhouse verlassen und ihr vorgeschlagen, dass Jessica diesen Posten übernehmen könnte.«

»Und wer ist Madame Newhouse?«

»Sie ist vor ein paar Jahren gestorben, aber sie gehörte zu einer der reichsten Familien Amerikas. Sie war berühmt für ihre extravaganten Partys in Hollywood. Und Madame Newhouse fand Gefallen an Jessica. Sie war entspannt, besonnen, kontrolliert und eben eine kleine Exhibitionistin. Also bekam sie den Job.«

»Und worin bestand dieser Job?«

»Privatsekretärin. Jessica kümmerte sich mit großer Genauigkeit um alle privaten organisatorischen Belange. Die offiziellen Dinge hatte eine große PR-Agentur in Bel Air in der Hand.«

»Und was gehörte alles zu den privaten organisatorischen Belangen?«

»Partys«, sagte Joy Wiankowska. »Inoffizielle. Und nicht immer salonfähig.«

»Ich muss Sie leider bitten, etwas deutlicher zu werden«, erklärte Blom.

Wiankowska drehte sich um und sah auf den Pazifischen Ozean hinaus. Als sie sich wieder umdrehte, hatte sich ihr Gesichtsausdruck verändert. Er war ernster.

»Jessica hat zu Partys eingeladen. Sie spielte in Videofilmen mit, die wiederum als Einladungskarten fungierten.«

»Und was genau bedeutet *mitspielen* in diesem Fall?«

»Ach, das dürfen Sie sich jetzt selbst überlegen, Molly.«

»Da ging es um sadomasochistische Partys, ja?«

Joy Wiankowska wandte ihr erneut den Rücken zu und blickte hinaus aufs offene, unendliche Meer, während die Sonne am Horizont versank. Auf ein zartes Rosa folgte für einen kurzen Moment ein tiefes Rot, und dann lag das Meer im Dunkeln da.

»Man kann sie ruhig so nennen«, sagte Joy Wiankowska schließlich, »wenn man sich das Leben leichter machen will.«

»Sie müssen deutlicher werden, Joy. Vor wenigen Tagen hat Jessica Johnsson eine junge, schwangere Frau auf bestialische Weise ermordet. Ich muss sie finden. Und Sie können mir dabei helfen.«

Joy Wiankowskas Gesichtsausdruck veränderte sich erschreckend wenig. Sie starrte nur in den dunklen Himmel. Dann endlich nickte sie.

»Kann es sein, dass Jessica in diesem Fall einen ... Sklaven hatte?«, fragte sie.

»Einen Sklaven?«

»Einen starken, aber geistig minderbemittelten Mann, den sie manipulieren und dominieren kann? Nur hypothetisch?«

»Hypothetisch wäre das durchaus möglich«, sagte Blom.

Joy Wiankowska grinste.

»Bei den inoffiziellen Partys trat Madame Newhouse als sie selbst auf, und zwar als die größte Domina Hollywoods. Sie hatte einen Haussklaven, Rob, einen unfassbar starken, aber schwer gestörten Mann, der ihr auf Schritt und Tritt folgte und alle Launen mitgemacht hat.«

»Welche Launen?«

»Die geladenen Gäste wussten, dass die Teilnahme an den inoffiziellen Partys nicht ganz ohne Risiko war. Das machte ja den Reiz aus. Es bestand immer die Gefahr, von Rob geholt zu werden, für Mann und Frau.«

»Gewalt? Sex? Missbrauch?«

»Die Antwort lautet Ja«, entgegnete Wiankowska. »Und zwar auf alle drei Fragen. Alles, was die ziemlich hohe Apathieschwelle von Madame Newhouse überwinden konnte.«

»Apathieschwelle?«

»Sie sind doch kein Kind mehr, Molly. Halt alles, was die Lady aufgeilte. Sie war die meiste Zeit ziemlich apathisch, da musste schon einiges geschehen, damit sie sich hinreißen ließ. Und das übertrug sich natürlich auf das ganze Fest.«

»Die Privatsekretärin inklusive?«

»Selbstredend. Aber man hatte sich ja auch auf die Stelle beworben, weil man ein bestimmtes Verlangen nach mehr hatte als dem ewigen Einerlei. Aber man sah auch mehr, als gut war.«

»Und das traf auch auf Jessica zu?«

Joy Wiankowska lehnte sich zurück und runzelte die Stirn.

»Da bin ich mir gar nicht sicher. Jessica war, wie gesagt, eine kleine *Poserin*. Sie hatte eine Distanz zu den Dingen, weshalb alles einfach an ihr abperlte. Ich vermute, sie war mehr mit ihrer Wirkung auf andere als mit der Verarbeitung des Erlebten beschäftigt. Es ging ihr die ganze Zeit darum, gesehen zu werden.«

»Von wem denn?«

»Sie suchte immer nach Bestätigung. Für die meisten von uns war dieses sadomasochistische Spiel ja blutiger Ernst, für Jessica wohl eher nicht. Und ich glaube auch nicht, dass Jessica damit aufgehört hat, weil es ihr an die Nieren ging. Meiner Meinung nach hatte sie diese Welt ausgereizt und hatte daher genug davon. Sie war auf der Suche nach einer Vaterfigur, die ihr die gewünschte Bestätigung geben und sie moralisch verurteilen und vielleicht versuchen würde, sie aufzuhalten.«

»Vaterfigur?«

»Oh ja, sie hatte einen ganz großen Vaterkomplex. Eine enorme Sehnsucht nach jemandem, gegen den sie aufbegehren konnte. So, jetzt höre ich das unverkennbare Tapsen auf der Treppe, Grumpy, Happy, Sleepy und Bashful sind auf dem Weg zur Terrasse. Und nachdem ich im Sabber dieser lieblichen Grand-Danois-Geschöpfe gebadet habe, wird es Zeit für den Prinzen höchstpersönlich sein. Baron Cabot wird die Szene betreten. Ich verabschiede mich, Molly. Und ich hoffe, dass Sie den Mörder fangen.«

»Eine letzte Frage noch. Sind Sie glücklich, Joy?«

Joy Wiankowska lachte laut auf.

»Man darf mit Fug und Recht behaupten, dass auch meine Apathie ziemlich hoch ist.«

Damit wurde das Skype-Fenster schwarz, nur ein schwaches Licht erhellte Molly Bloms kleine Hütte am schwedischen Pol der Unzugänglichkeit.

Sie schwiegen eine Weile und blickten einander dann stirnrunzelnd an.

»Scheiße«, sagte Berger.

»Puzzlestücke«, erwiderte Blom. »Irgendwie hasse ich es, wenn sie an ihren Platz fallen.«

»Rob. Und Madame Newhouse.«

»Und die Vaterfigur. Papa Sam Berger, der mit seiner Hand schießt.«

Plötzlich wurde es wieder hell in der Hütte, als hätte jemand das Licht angeschaltet. Sie sahen beide auf den Monitor, doch der war unverändert schwarz. Blom warf einen Blick aus dem Fenster auf den Nachthimmel. Dann sprang sie plötzlich auf, ergriff Bergers Hand, stieß die Tür auf und zog ihn mit sich auf die kleine Terrasse.

Am Himmel loderte ein goldgrünes Band, das in schnellen Bewegungen über das Himmelszelt schwebte wie ein riesiges Tuch in einer heftigen Windböe. Das Band teilte sich, tanzte sich ins Bläuliche hinauf, wechselte dann zu Rot und bäumte sich zu einem riesigen Bogen auf. Sie hörten ein schwaches Knistern und ein noch schwächeres Heulen, dann zerbarst das Band in Strahlen, die über den ganzen Himmel stoben.

»Das Nordlicht«, flüsterte Blom andächtig. »*Aurora borealis*. Ich hätte nie gedacht, dass ich das jemals sehen würde.«

Berger legte seinen Arm um sie und zog sie an sich. Sie legte ihren Arm um ihn.

So standen sie eine kleine Ewigkeit.

Schließlich sagte Berger: »In was für einer Welt sind wir da nur gelandet, Molly?«

31

Dienstag, 24. November, 10:07

Das Schlimmste war, dass sie spürte, wie es in der Luft lag.

Deer saß an ihrem Arbeitsplatz im Stockwerk der Nationalen Operativen Einheit im Polizeipräsidium und nahm deutlich wahr, dass der Frieden nur die Ruhe vor dem Sturm darstellte. Zugleich hatte sie keine Ahnung, was passieren würde.

Hauptkommissar Conny Landin hatte in der kurzen Zeit als ihr neuer Vorgesetzter bisher nichts anderes als einen lächerlichen Eindruck hinterlassen. Als er jetzt ihre Tür aufstieß, signalisierte sein breites Gesicht eine Ernsthaftigkeit, die sie nicht in seinem Gefühlsregister vermutet hatte.

Landin kam gleich zur Sache.

»Du hast früher einmal mit einem Sam Berger gearbeitet. Stimmt das?«

Wenn man ein Doppelleben führt, steht man die ganze Zeit unter Hochspannung. Weshalb einen zunächst paradoxerweise Erleichterung befällt, sobald man enttarnt wird. Erst im zweiten Schritt kommt die Angst vor den Konsequenzen. Als Deer Conny Landins Gesichtsausdruck sah, befand sie sich bereits beim zweiten Schritt, bei der Erkenntnis, dass sie sich das Reihenhaus nicht mehr würden leisten können. Doch in seiner Frage schwang keine Anklage mit. Es ging offenbar ausschließlich um Sam und nicht um sie. Ein Gefühl der Erleichterung durchströmte Deer.

»Ja!?«

»Also«, hob Landin an und kratzte sich am Kopf. »Diese anderen Opfer mit dem Kleeblatt auf dem Hintern, mit denen du dich beschäftigt hast: diese Mette Hækkerup, Farida Hesari, Elisabeth Ström … Ich habe da einen Tipp bekommen …«

»Was ist los, Conny?«

»Ich habe einen anonymen Tipp bekommen, dass sich in der Asservatenkammer noch Beweise befinden, die übersehen wurden. Der Hækkerup-Fall liegt in Malmö, Ström in Växjo, aber Hesari haben wir hier bei uns. Ich bin hinuntergegangen und habe das Zeug geholt, und tatsächlich war da eine kleine, nicht registrierte Tüte mit Beweisen. Biologisches Material. Ich habe eine Analyse machen lassen.«

»Eine Analyse?«

»DNA«, erklärte Landin. »Und es handelte sich um Sam Bergers DNA.«

»Wie bitte? Was sagst du da? Was denn für Material?«

»Haare. Am blutigen, geschundenen Körper von Farida Hesari befanden sich Haare deines ehemaligen Kollegen. Die Beamten aus Täby haben das nicht in ihren Bericht aufgenommen. Meine Theorie ist, dass Sam Berger sie irgendwie unter Druck gesetzt hat, damit sie den Beweis unterschlugen.«

Deer starrte ihn sprachlos an.

»Ich habe Malmö und Växjö gebeten«, fuhr er unbeirrt fort, »ihr altes Material zu überprüfen, und warte noch auf Antwort. Aber es besteht ja wohl kein Zweifel mehr, dass wir es hier mit einem ganz erbärmlichen, zweitklassigen Exbullen zu tun haben, der im schlimmsten Fall auch noch ein Mörder ist. Das würde sich doch echt gut machen. Ein Exbulle als Serienmörder. Und uns gelingt es nicht, ihn zu schnappen. Ich bin so kurz davor, eine Großfahndung auszurufen. Desiré, wenn du weißt, wo sich Berger aufhält, ist jetzt der Augenblick gekommen, es mir zu sagen.«

»Ich habe keine Ahnung«, antwortete Deer. Aber sie hatte das dumme Gefühl, dass ihr die Gesichtszüge dabei entglitten.

Conny Landin machte auf dem Absatz kehrt und stürmte davon. Deer saß einen Moment reglos da. Was war bitte das jetzt? Sie musste diese Information erst einmal verarbeiten. Wie gerissen war Jessica Johnsson? Dann fiel ihr der zutiefst unsympathische Robertsson aus dem Archiv ein, der gesagt hatte: »Das wird hier ja langsam ein eigenständiges Business.« Die alten Ermittlungsakten wurden wieder hervorgekramt, war es Jessica gelungen, Sams DNA dort hineinzuschmuggeln?

Oder war alles viel einfacher? War Sam Berger ein Serienmörder?

Verdammt noch mal, nein. Sie musste ihn warnen. Aber sie wagte es nicht, ihn anzurufen. Jetzt noch nicht. Stattdessen begann sie, ihm eine E-Mail zu schreiben.

»Sam, wir müssen sofort reden. Wichtig!«

Weiter kam sie nicht, da klingelte das inoffizielle Handy. Es war Tompa, einer ihrer Strohmänner. Sie musste das Gespräch annehmen, aber vorher schaltete sie auf Aufnahme.

Wenige Minuten später hatte sie ein Telefonat geführt, das sie unter anderen Umständen tief schockiert hätte. Aber zu diesem Zeitpunkt verursachte die Nachricht nicht mehr als ein paar kleine Wellen an der Wasseroberfläche ihrer Gefühlswelt. Sie kopierte die Audiodatei, hängte sie an die E-Mail an Sam, die noch kryptiert werden musste, und schrieb weiter.

»Sam, wir müssen sofort reden. Wichtig! Du musst unbedingt unter dem Radar bleiben. Großfahndung ausgerufen. Erklärung später. Habe Nachricht von einem unserer Strohmänner bekommen, du wirst die Stimme wiedererkennen, ich habe die Audiodatei angehängt.«

Während sie tippte, traf eine neue E-Mail ein, die sofort ihre Aufmerksamkeit erregte. Darin stand eine Telefonnummer. Die rief sie sofort an. Während es klingelte, löschte sie die E-Mail sorgfältig.

»Ja?«

»Hier spricht Desiré Rosenkvist von der NOA. Ich habe die Nummer gerade per Mail bekommen. Bin ich hier richtig?«

»Ja«, sagte eine gedämpfte Frauenstimme. »In der Kohlensäurefabrik, in einer Viertelstunde. Du findest nicht mich, ich finde dich.«

Damit war die Verbindung beendet.

Deer starrte erst ihr Handy an, dann eine ganze Weile ins Leere. Was hatte Sam noch gesagt? »Und wieder sind es einfach zu viele Fragen. Ich bin raus.«

Deer hatte das Gefühl, dass sie auch kurz davor war, sich auszuklinken. Sie stand auf und verließ ihr Büro. Mitten auf dem Flur machte sie kehrt, beendete eilig die E-Mail an Sam, kryptierte sie und schickte sie ab. Danach löschte sie alle Spuren.

Und saß kurz darauf im Auto.

Die Kohlensäurefabrik. Sie wusste, dass sie in dem alten Industriegebiet von Lövholmen lag, im Norden von Liljeholmen und ganz in der Nähe der Farbenfabrik, die seit ein paar Jahrzehnten als Kunsthalle genutzt wurde. Deer überquerte einige Brücken, und je näher sie dem Wasser kam, desto mehr sah die Gegend nach einem Industriegebiet aus. Die Schönheit der renovierten Fassaden der ehemaligen Fabriken wurde erst durch die Kohlensäurefabrik gebrochen. Sie lag gegenüber der Farbenfabrik. Vor dem metallgrauen Novemberhimmel wirkten die verfallenen Gebäude wie die Kulisse eines apokalyptischen Endzeitfilms.

Der ursprüngliche Halleneingang war mit Brettern verbarrikadiert, also lief Deer an einem schier unendlich langen Zaun entlang, bis sie eine Öffnung fand und hindurchkletterte. Instinktiv griff sie sich an die linke Seite des Brustkorbes und spürte ihre Dienstwaffe wie ein zusätzliches Herz.

Ein Graffito neben der Öffnung warnte »*enter but beware*«, und auf dem Gelände lag so viel Müll, dass es schon fast wie ein ästhetisches Arrangement wirkte. Alte Elektronik, Röhren, Farbeimer, Matratzen, vergammelte Pornoheftchen. Und mittendrin eine Betonwand mit Stacheldraht. Der folgte sie, immer mutloser, bis sie auf eine Leiter stieß, die gegen die Wand gelehnt war. Deer kletterte hoch, sprang auf der anderen Seite wieder hinunter, lief weiter auf das ehemalige Hauptgebäude zu und schlüpfte schließlich durch ein Fenster, aus dem die Scheibe herausgebrochen war.

Im ersten Raum stand eine zur Hälfte heruntergebrannte Kerze auf einem vergammelten Tisch, daneben lag eine Matratze mit einer Decke, die von einer getrockneten Flüssigkeit an der Wand festgehalten wurde und mitten in der Bewegung erstarrt war. Deer aktivierte die Aufnahmefunktion in ihrem Handy. Endlich war es so weit. Und gerade als sie ein großes Loch im Boden umrundete, tauchte ganz hinten im Raum in der Tür zum nächsten eine Gestalt auf.

Deer öffnete den Reißverschluss ihrer Jacke, dann erst erkannte sie die Gestalt.

»Farida? Farida Hesari?«

Die Frau mit den kurz geschorenen Haaren drehte sich wortlos um, und Deer folgte ihr durch vermüllte Flure bis zu einem größeren, helleren Raum. Vereinzelt drangen Strahlen der grauen Novembersonne durch das Dach und erhellten diesen leer geräumten Raum. Zwei Stühle standen dort. Farida Hesari setzte sich auf den einen, Deer nahm den anderen.

»Du siehst gut aus, Farida.«

Die Frau schnaubte, aber vielleicht war es auch ein Lachen.

»Ich meine das ernst, du siehst total durchtrainiert aus.«

»Ich werde mich nie wieder so wehrlos und ausgeliefert fühlen, das kann ich dir sagen. Ich bin hier, um zu erzählen, was im Juli vor vier Jahren passiert ist. Sonst nichts. Willst du es hören?«

»Natürlich will ich es hören.«

»Ich habe mitbekommen, dass ihr nach mir sucht. Ist es euch plötzlich nicht mehr scheißegal, dass diese widerlichen Schweine noch auf freiem Fuß sind?«

»Uns ist gar nichts scheißegal. Aber es war ja unmöglich, dich ausfindig zu machen. Du bist damals auf die Philippinen gezogen und warst seitdem spurlos verschwunden.«

»Soll ich jetzt erzählen oder nicht?«

»Zuerst noch eine Frage: Warst du damals schwanger?«

Farida Hesaris Augen wurden zu schmalen Schlitzen.

»Willst du mich reinlegen, du Bullentussi? Das haben doch die Proben in Danderyd gezeigt, das weißt du ganz genau. Ich bin gekommen, um dir die Wahrheit zu erzählen, warum willst du mich verarschen?«

»Verzeih«, sagte Deer und meinte es aufrichtig. »Ich hatte mich gefragt, ob es dir und deiner Freundin gelungen war, es geheim zu halten. Das spielt nämlich eine große Rolle in diesem Fall. Diese beiden interessieren sich nur für Mütter mit Söhnen, auch schwangere.«

»Ich habe schon einen Sohn«, sagte Farida. »Für José Maria war ich gezwungen, den Scheiß zu überleben.«

»Er heißt José Maria?«, fragte Deer und lächelte.

»Ja, nach José Maria Sison«, antwortete Farida, und dabei spielte so etwas wie ein Lächeln um ihre Lippen.

»Nach dem philippinischen Revolutionär, richtig?«

»Bullentussi. Die Nationale Demokratische Front ist die einzige Frontorganisation der Welt, die wirklich funktioniert. Obwohl es im Moment auf den Philippinen grauenhaft ist wegen Dutertes Schreckensregime.«

»Aber der Junge ist nicht in Schweden registriert. Er hat keine Personennummer. Das bedeutet, er wurde nicht in Schweden geboren. Da frage ich mich, wie Jessica herausgefunden hat, dass du einen Sohn hast.«

»Jessica? So hieß sie? Das Monster?«

»Ich dachte, Reine wäre das Monster.«

»Verdammt noch mal, nein. Dieser Riese ist doch nur ihr verlängerter Arm oder ein anderes Körperteil, such dir eines aus.«

»Darauf kommen wir gleich noch. Ihr habt in der Nähe vom Täby Centrum gewohnt, richtig? In dieser großen Anlage mit den halbrunden Hochhäusern?«

»Grindtorp, ja, am Meteorvägen.«

»Du hast dich da vor deiner Familie versteckt? Du wurdest geächtet und bedroht?«

»›Religion ist Opium für das Volk‹«, zitierte Farida Hesari. »Meine Familie folgt einem bösen Glauben. Patriarchat und Religiosität sind eine explosive Mischung.«

»Aber bist du trotzdem tagsüber mit deinem Sohn in Grindtorp herumgelaufen? Hast du dich in der Öffentlichkeit gezeigt?«

»Ich habe mich so verdammt lange versteckt. Ich war achtzehn, als Ritva und ich beschlossen, dass wir ein Kind wollten. Ein revolutionärer Kamerad, ein Adoptivkind von den Philippinen, hat uns ein bisschen Sperma gegeben. Außer meinen Kameraden wusste niemand von Ritva. Ich habe mich in ihrer Wohnung in Grindtorp versteckt. Ein ganzes Jahr bin ich nicht vor die Tür gegangen. Es war eine Hausgeburt, ganz natürlich. Dann erst bin ich mit dem Kinderwagen draußen rumgelaufen. Aber niemand wusste, wer ich bin, es gibt keinen besseren Ort in Schweden, um anonym zu bleiben.«

»Jessica muss dich trotzdem bei einer dieser Gelegenheiten gesehen haben«, sagte Deer. »Es war ein riesiges Glück, dass du José Maria nicht dabeihattest, als du an diesem Julimorgen Zigaretten holen gegangen bist.«

»Das ist mir mittlerweile klar geworden«, sagte Farida und schüttelte den Kopf. »Ich dachte immer, meine Familie ist krank im Kopf, aber die sind ja nichts gegen diese perverse Kapitalistensau. Klassische Unterdrückung.«

»Und es war Sonntag, Farida?«

»Ja, es war total still in Grindtorp. Ich wusste, dass ich ein Stück laufen musste, um einen offenen Laden zu finden. Aber richtig weit bin ich nicht gekommen. Sie saß auf einer Bank, hatte langes blondes Haar und hat mich angelächelt. Sie hat mich gefragt, wie spät es ist. Ich habe ein Geräusch hinter mir gehört, so ein Zischen, aber da war es schon zu spät. Erst war da ein fieser Schmerz, und dann wurde alles schwarz.«

»Du hast einen Schlag auf den Kopf bekommen. Weißt du, womit?«

»Es war ein Holzscheit. Das habe ich später noch kennengelernt.«

»Erzähl weiter, Farida, wenn es geht.«

»Deswegen bin ich doch hier. Jessica und Reine heißen die also? Typische vornehme schwedische Vornamen ...«

»Direkt aus des Volkes Seele«, sagte Deer und grinste.

»Ich bin in einem Keller aufgewacht«, fuhr Farida fort. »Ich war an einen Stuhl gefesselt mit diesen Plastikschnüren, die man festziehen kann. Der Stuhl muss im Boden verschraubt gewesen sein. Und ich war nackt. Wände und Decke waren mit Glasfaser beklebt, aber es gab oben ein Fenster mit einer sehr dicken Glasscheibe. Dahinter sah es nach Wald aus. Sie hatten es mit einer dicken Gardine zugehängt, aber ein Spalt war offen. Und ich habe einen Baum gesehen.«

»Und was ist dann passiert, als du aufgewacht bist?«

»Da war ein Tisch, und auf dem Tisch lagen ein Holzscheit und ein Messer. Es gab auch ein Sofa. Auf dem saßen sie. Ich konnte sie aber kaum sehen, weil es so dunkel war.«

Farida verstummte und blickte an die Decke des großen Raumes. Das Licht, das von oben hereinfiel, war kalt und warf lange Schatten.

»Die saßen ganz still. Sie fingen erst an, sich zu bewegen, als ich richtig wach wurde. Als wäre ein Vorhang aufgegangen. Als Erstes riss sie sich die Haare vom Kopf.«

»Sie riss sich die Haare vom Kopf?«

»Das war eine Perücke, eine blonde Perücke. Darunter trug sie braune Haare, einen Pagenkopf. Dann ließ sie sich wieder aufs Sofa sinken. Ins Dunkle.«

»Wie, ins Dunkle? War das vorn beleuchtet?«

»Wenn sie sich vorgebeugt hat, konnte ich sie sehen, wenn sie sich nach hinten gelehnt hat, war sie verschwunden. Ich glaube, das hatte mit der Gardine zu tun. Beleuchtet? Ja, vielleicht. Ich glaube schon. Mir ist Blut ins Auge gelaufen, ich habe alles nur durch einen roten Schleier gesehen.«

»Und was haben die gemacht?«

»Ich weiß es nicht. Sie waren nackt. Das Sofa war mit Plastik bezogen, auch der Boden war mit Plastikplanen bedeckt. Ich erinnere mich an das Geräusch, wenn ihre Hintern gegen das Plastik klatschten …«

Deer seufzte. Sie wollte jetzt gerne aussteigen. Das sollte genug sein, sie wollte an ihre Familie denken, an ihre wunderbare Tochter Lykke, um sich mit dem unfassbaren und unendlichen Wahnsinn in dieser Welt zu versöhnen. Wie schon so oft zuvor.

»Was passierte dann?«, fragte sie stattdessen.

»Irgendwie komische Bewegungen. Es sah aus wie Sex, aber ich weiß es, ehrlich gesagt, nicht.«

»Hatte Reine eine Erektion?

»Das Verrückte ist, ich weiß es nicht mehr. Ich sehe alles wie hinter einer dicken Scheibe.«

»Aber sie muss doch etwas gesagt haben …«

»Sie hat kein Wort mit mir gesprochen. Aber sie hat ihm gesagt, was er mit mir machen soll …«

»Sexuelle Handlungen?«

»Nein. Also, ich glaube ja, dass er impotent ist … Nein, sie hat ihm gesagt, wie er mich schlagen soll, ich habe immer wieder das Bewusstsein verloren. Das tat schweineweh.«

»Sie hat ihm gesagt, dass er dich schlagen soll?«

»Und wie er schlagen soll. Einmal bin ich voll weg gewesen. Ich habe gedacht, dass ich sterbe. Ich habe Ritvas und José Marias Namen gerufen. Und das hat mich glücklich gemacht, dass die beiden das Letzte waren, was über meine Lippen kam in diesem beschissenen Leben. Das war irgendwie versöhnlich.«

»Aber du bist wieder zu Bewusstsein gekommen?«

»Ich bin davon wach geworden, dass ich frei war. Meine Beine waren frei und wurden hochgehoben. Das Sonderbare war, dass sie meine Beine hochgehoben hat. Er hatte nämlich etwas anderes zu tun.«

»Fällt es dir schwer, darüber zu sprechen?«

»Das ist alles gleich schwer. Er hat mir mit einem Kugelschreiber was auf den Arsch gezeichnet.«

»Also hat er gezeichnet, nicht sie?«

»Er war es. Und da wirkte er zum ersten Mal ganz froh und glücklich. Aber ich weiß nicht, was er gezeichnet hat.«

»Ein Kleeblatt. Und dann?«

»Sie sagte was von einem Messer. Er nahm es und holte aus und rammte es mir in den Arm. Es dauerte ein paar Sekunden, bis es wehtat. In der Zeit passierte irgendetwas im Dunkeln. Ich habe gesehen, wie mein Blut aus meinem Körper geflossen ist. Und wie er mit dem Messer noch mal ausholte. Ich wollte mir unbedingt merken, *wie* er ausholte. Falls ich doch eine Chance bekommen sollte.«

»Mach bitte weiter, wenn du noch kannst, Farida.« Deer spürte, wie ihre Hände in ihrem Schoß zitterten.

»Ich bin wieder aufgewacht. Ich weiß nicht, wie lange ich weg gewesen bin, aber es war dunkel draußen. Und dann habe ich meinen Körper gesehen, der war blutüberströmt, vielleicht kam da Mondlicht durch die Gardine. Ich war kurz davor, wieder ohnmächtig zu werden. Sie schlief auf dem Sofa. Ich habe ihr Schnarchen gehört, aber er war wach und starrte mich an. Ich habe ihn angefleht, ganz leise, damit ich sie nicht aufwecke. Er sollte mich losmachen. Ich habe gebettelt und gejammert, und er ist aufgestanden, ohne dass sie davon wach wurde, und auf mich zugekommen, und da habe ich seine Augen gesehen, die waren gar nicht so tot und stumpf, wie ich gedacht hatte, da war was Lebendiges, vielleicht sogar so was wie Freundlichkeit in dem ganzen Wahnsinn, und dann griff er nach dem Messer, aber anders als vorher, nicht um mich damit wieder zu stechen oder gleich zu töten, sondern um, ich weiß nicht, ob ich das geträumt habe, um meine Fesseln aufzuschneiden. Aber da ist sie aufgewacht und sofort aufgesprungen. Sie hat etwas gerufen, und da ist er mit gekrümmtem Rücken zurückgewichen. Und plötzlich hat er das Messer anders in seiner Hand gehalten, er war wieder aggressiv, bereit für die nächste Attacke. Ich hatte in den letzten Jahren nach der Schwangerschaft superviel Kampfsport gemacht, deshalb habe ich genau gewusst, dass ich nur eine einzige Chance hatte, nämlich wenn das Messer direkt über meinem Handgelenk war, und genau in dem Augenblick habe ich mich mit ganzer Kraft nach vorn geworfen und mit dem Kopf das Messer gegen mein Handgelenk geschlagen. Es hat mir eine tiefe Wunde gemacht, aber auch das verfluchte Plastikband durchgeschnitten, und ich konnte das Messer packen und habe ihm mit dem Knauf hinten auf den Schädel geschlagen. Er ist auf mich draufgefallen, und ich habe schnell die andere Hand befreit, und dann habe ich ihn noch mal in den Nacken geschlagen. Da ist er zusammengebrochen und zwischen meinen Beinen auf den Boden gerutscht. Sie hat gebrüllt, aber ich hab mir die Plastikdinger an den Füßen aufgeschnitten, ihn noch einmal in den Nacken getreten, und da ist sie auf mich zugekommen, aber ich hatte ja das Messer und bin die Treppe hochgerannt. Sie hat wie wild geschrien, wie ein wahnsinniges Tier. In der Kellertür steckte ein Schlüssel, damit habe ich die Tür geöffnet und dann das Messer auf sie geschleudert. Ich bin raus und habe die Tür abgeschlossen. Danach habe ich in dem dunklen Haus ewig nach der Eingangstür gesucht. Dann bin ich durch den Wald gerannt, so lange, bis ich hingefallen bin. Ich bin liegen geblieben, bis die Sonne aufging. Mein ganzer Körper war voller Blut. Auch als der kleine Junge mit dieser lächerlichen Uniform und einer weißen Visage, wie ich sie noch nie gesehen habe, mit beiden Händen vor dem Mund mich angestarrt hat, konnte ich noch nicht glauben, dass ich das überleben würde.«

Farida Hesari verstummte. Sie stand jetzt, während ihres atemlosen Berichtes war sie aufgestanden, ohne dass Deer es bemerkt hatte. Alles erstarrte nun, die Szene im Inneren der Kohlensäurefabrik erstarrte zu Eis.

Langsam stand Deer auf. Sie streckte ihre Arme unbeholfen nach Farida aus und legte ihr die Hände auf die Schultern. So standen sie eine Weile. Deer spürte, wie ihr die Tränen die Wangen herunterliefen, aber sie hatte kein Bedürfnis, sie wegzuwischen.

Schließlich sank Farida in ihre Arme. Sie umarmten einander sehr lange. Das Licht hüllte sie ein, dessen eiskalte Gleichgültigkeit sie besiegt hatten.

Kurz bevor sie sich voneinander lösten, flüsterte Farida: »Ich habe gelogen.«

Deer legte ihre Hände auf Faridas Arme und sah sie beinahe zärtlich an. Sie umarmten einander erneut, diesmal nüchterner.

»Wobei hast du gelogen, Farida?«

»Er hat meine Fesseln durchgeschnitten«, flüsterte sie. »Er hat mich befreit und mich nach draußen gebracht. Sie hat die ganze Zeit geschlafen.«

Deer schloss die Augen.

Natürlich war es so gewesen.

In ihrem Zustand wäre ein derartiger Ninja-Einsatz auch unvorstellbar gewesen. Sie hatte sich selbst belogen.

»Hat er etwas gesagt?«, flüsterte Deer. »Erinnerst du dich noch an etwas Bestimmtes?«

»Nein. Er war die ganze Zeit stumm, glaube ich. Aber da *war* etwas Freundliches in seinen Augen.«

»Farida, ich hoffe und habe auch den Eindruck, dass du das ganz gut verarbeitet hast. Dass du ein neues Leben gefunden hast.«

»Ja, aber nicht hier in Schweden. José María ist in Manila geblieben. Dort leben wir jetzt. Obwohl wir bald auf eine der Inseln ziehen werden. Ich bin nur deswegen zurückgekommen.«

»Dann gehe ich jetzt, ich finde den Weg allein.«

Und so ließ sie Farida in der Kohlensäurefabrik zurück. Sie sah so unendlich klein aus. Aber sie leuchtete, wie von einer inneren Kraft.

Deer lief durch die vermüllten Flure zurück. Als sie die Matratze und die halb abgebrannte Kerze sah, wusste sie, dass auch das Fenster, durch das sie geklettert war, nicht mehr weit war. Das gräuliche Licht, das durch die Öffnung fiel, hatte etwas Tröstendes.

Da hörte Deer ein Knacken und ein Zischen hinter ihrem Rücken.

Dann war alles schwarz.

32

Dienstag, 24. November, 12:47

Wo waren Jessica Johnsson und Reine Danielsson?

Nur das mussten sie herausbekommen.

Nur das.

Berger ging noch einmal alle zur Verfügung stehenden Unterlagen und Akteneinträge durch. Früher oder später würde er etwas entdecken und dann den berühmten Groschen fallen hören und sofort Bescheid wissen.

Blom beschäftigte sich mit etwas wesentlich Konkreterem. Sie druckte Fotos aus, zerschnitt sie und befestigte sie an ihrer Ermittlungswand.

»Was machst du da?«, fragte Berger.

»Ich stelle die Fotos der Opfer zusammen«, erklärte sie und pinnte einen der Ausdrucke fest. »Aufnahmen aus der Zeit, als sie angegriffen wurden. Ich glaube, ich nähere mich da einem Ergebnis.«

»Gib Bescheid, sobald du etwas hast«, sagte Berger.

Seit Stunden las er ununterbrochen. Daher sehnte er sich sogar nach einer gesundheitsgefährdenden Fleischsuppe. Da meldete sein Rechner den Eingang einer E-Mail, die offenbar lang unterwegs gewesen sein musste, denn abgeschickt worden war sie schon um 10:24 Uhr. Das irritierte ihn.

Der Absender war kryptiert, die E-Mail ebenfalls. Sie war von Deer.

»Sam, wir müssen sofort reden. Wichtig! Du musst unbedingt unter dem Radar bleiben. Großfahndung ausgerufen. Erklärung später. Habe Nachricht von einem unserer Strohmänner bekommen, du wirst die Stimme wiedererkennen, ich habe die Audiodatei angehängt. Ich muss los, was erledigen, melde mich, wie es gelaufen ist. // Deer«

Großfahndung? Nach wem? Nach ihm, Sam Berger? Aber warum, zum Teufel? Was war da los?

Er war gezwungen, die Frage vorerst ruhen zu lassen, das konnte er jetzt nicht klären. Stattdessen öffnete er die Audiodatei, nachdem er sich Kopfhörer aufgesetzt hatte.

Zuerst hörte er Deers Stimme.

»Tompa, hast du die Nummer angerufen?«

»Allerdings«, antwortete eine verbrauchte Stimme. »Im Norden sagt man *›hart wie 'n Steen‹.*«

»Häh? Wie, hart wie 'n Steen?«

»Na, beinhart eben, verstehste?«

»Tompa, ich verstehe kein einziges Wort.«

»Ich habe diese Nummer angerufen. Gemeldet hat sich einer mit ›Steen‹. Und ich so: ›Wie, Steen? Wie in *hart wie 'n Steen*? Bist 'n beinharter Stein, oder was?‹«

»Okay …?«

»Da hat er sich geräuspert und gesagt: ›Hier ist August Steen, mit wem spreche ich bitte?‹ Und dann habe ich gesungen, was das Zeug hielt, so beschissen schlecht, dass mir die Ohren abfielen. *›And you'll never walk aloooone!‹*«

Damit endete die Datei.

Berger schloss die Augen und hörte sich die Aufnahme ein zweites Mal an.

August Steen.

Der Chef der Abteilung für Nachrichtendienste.

Er blieb ganz still sitzen. In ihm brannte die Trauer.

Mollys Säpo-Kontakt war kein anderer als August Steen.

Das hohe Tier bei der Säpo, das irgendwie mit Cutters Tod zu tun hatte.

Gestern erst hatte sie mit ihm telefoniert. Und von ihm die Tarnidentität von Jessica Johnsson erhalten.

Sie standen einander offensichtlich sehr nahe.

Ihr Versteck hier oben, ihre ganze Existenz, war also auf einer Lüge aufgebaut.

Berger hatte keine Lust, sie jetzt damit zu konfrontieren, aber er musste. Also nahm er die Kopfhörer ab und holte sein Handy aus der Tasche und öffnete den kurzen Film mit Bloms Finger auf den Telefontasten. Er war gerade im Begriff, ihr das Handy zu reichen, als das Satellitentelefon klingelte. Er schaltete auf Lautsprecher.

»Ja?«

»Ja, hallo, bin ich hier richtig? Spreche ich mit Hauptkommissarin Eva Lundström?«, fragte eine männliche Stimme.

»Richtig«, entgegnete Blom.

»Hier ist Andreas Hamlin von der Klinik in Säter. Ich weiß nicht, ob Sie sich an mich erinnern?«

»Doch, natürlich, der Mann mit dem iPad. Worum geht es?«

»Sie hatten mich gebeten, dass ich mich melde, wenn Karl Hedblom wieder Post bekommen sollte. Heute kam ein Brief.«

»Haben Sie ihn schon geöffnet?«

»Ja, ganz vorsichtig. Er enthält ein gefaltetes DIN-A4-Papier mit einem weißen Pulver, das ich sofort ins hauseigene Labor gegeben habe. Aber ich glaube, wir wissen beide, worum es sich handelt.«

»Ein Cocktail aus Methamphetaminen und Phenazepam«, sagte Blom. »Es ist von größter Wichtigkeit, dass Sie eine Probe umgehend ins Nationale Forensische Zentrum schicken.«

»Ich werde sie gleich express auf den Weg bringen«, versprach Hamlin.

»Warten Sie kurz«, warf Berger ein. »Hier ist Lindbergh,

der Kollege von Lundström, wir sind uns in Säter begegnet. Gibt es einen Poststempel auf dem Umschlag?«

Sie hörten, wie der Arzt den Umschlag umdrehte.

»Ja. Normale Briefmarke und auch ein Stempel. Aber kein Absender.«

»Können Sie ein Datum erkennen?«

»Ist ein bisschen undeutlich, aber ja, er wurde am 23. abgestempelt, also gestern.«

Blom und Berger wechselten einen Blick.

»Können Sie auch erkennen, von wo der Brief verschickt wurde? Ein Postzentrum, eine Stadt?«

»Ja, doch, hier. Von Skogås. Keine Ahnung, wo das ist.«

»Aber ich«, sagte Berger und beendete das Gespräch. Dann sprang er auf und schrie: »Deer wohnt in Skogås. So eine verdammte Scheiße! Das ist Jessica Johnsson, die mir mitteilt, dass sie sich Deer schnappen wird.«

Blom sah mitgenommen aus. Sie ging zu ihrer Wand zurück und sortierte die Fotos neu. Sie nahm die drei männlichen Opfer weg, Rasmus Gradén, Eddy Karlsson und Anders Hedblom. Übrig blieben die Frauen. Helena Gradén, Mette Hækkerup, Lisa Widstrand, Farida Hesari, Elisabeth Ström und Jovana Malešević. Sie waren alle dunkelhaarig und trugen eine halblange Pagenfrisur in unterschiedlichen Varianten.

Blom wühlte im Schuhkarton mit den Fotos von Ebba Hult und steckte ein vergilbtes Foto an die Wand, die achtjährige Jessica Johnsson mit ihrem Kleeblatt. Direkt darunter kam ein Foto, auf dem dieses Mädchen, ein bisschen jünger, auf dem Schoß seiner Mutter Eva saß.

Eva Johnsson, geborene Hult, trug zum Zeitpunkt ihres Todes einen halblangen Pagenkopf.

Berger scrollte durch die Fotos auf seinem Handy, bis er eines gefunden hatte, auf dem er mit seiner ehemaligen Kollegin herumalberte. Desiré Rosenkvist hatte ebenfalls halblange dunkelbraune Haare.

Und einen Pagenschnitt.

»Vielleicht sind sie nicht nur hinter dir her, Sam«, sagte Blom mit heiserer Stimme. »Vielleicht hat Desiré damals in Orsa dieselbe Wirkung auf sie gehabt wie du.«

Das Schweigen hing sekundenlang im Raum.

Das Schweigen der Erkenntnis.

Dann brach Hektik aus.

»Du mailst und simst allen Kollegen, die uns einfallen!«, brüllte er. »Nachbarn, Familienmitglieder, Freunden, Oma, Opa. Sorg dafür, dass Lykke und Johnny in Sicherheit sind.«

Berger rief auf Deers Handys an, dem offiziellen und inoffiziellen. Aber er hörte nur das trostlose unbeantwortete Klingelzeichen. Auf allen Kanälen hinterließ er Nachrichten. Dann rief er bei der NOA an, landete aber nur in der Warteschleife der Zentrale, schleuderte das Satellitentelefon von sich und tippte wie besessen E-Mails. Blom nahm das Telefon an sich, und er hörte sie mit jemandem sprechen, wahrscheinlich dem Chef der NOA, dem stellvertretenden Präsidenten des Polizeipräsidiums. Berger versuchte, sich an den Namen von Deers neuem Chef zu erinnern, und hangelte sich von Ronny Lundén über Benny Lundin, bis er endlich Conny Landin hatte und ihn anrief. Niemand nahm ab. Er versuchte es erneut, wieder nichts. Wo zum Teufel trieb sich dieser erbärmliche Knilch herum? Schließlich rief er Robin an, aber der konnte ihm nur sagen, dass er Deer schon länger nicht mehr gesprochen hatte. Blom nahm ihm das Telefon ab und wählte.

»Ich habe hier einen Nachbarn«, sagte sie, mit der Hand auf dem Lautsprecher.

Es trafen diverse E-Mails ein, aber keiner der Kollegen wusste, wo Deer sich aufhielt.

»Und der NOA-Chef? Du hast doch mit ihm gesprochen, oder?«

»Der hat auch keine Ahnung«, sagte sie und schaffte es fast gleichzeitig, *»Vielen Dank!«* in den Hörer zu rufen.

»Hier, eine Mail von Conny Lundin!«, rief Berger.

»Der Nachbar hat sie heute früh um kurz vor sieben aus dem Haus gehen sehen«, sagte Blom. »Wie üblich auf dem Weg zur Arbeit, aber sie hatte wohl eine Sporttasche dabei. Sam, du musst doch eine Freundin von ihr kennen. Mit der sie zum Sport geht? Eine Tennispartnerin, irgendjemanden?«

»Nein, und Johnny geht auch nicht an sein Handy. Conny Landin hat nur geschrieben, dass eine Großfahndung nach mir läuft. Dem ist Deer scheißegal.«

»Großfahndung?«, rief Blom.

»Mach weiter«, sagte Berger und versuchte, Deers Vorgesetztem eine überzeugende Antwort zu schreiben.

»Was ist mit euren Strohmännern? Kann es sein, dass sie sich mit einem von denen trifft?«, fragte Blom.

»Ich rufe die Typen an. Gib mir mal das Telefon.«

»Aber ich bin noch nicht fertig, wir haben nur dieses eine.«

»Ach was, wirklich?«, schrie Berger und stieß sie beiseite. Dann schob er das Bett von der Wand weg, riss die Holzplatte aus dem Boden und knallte der blassen Molly Blom das zweite Satellitentelefon auf den Tisch.

»Los, ruf an!«, brüllte er. »Ruf deinen verdammten Säpo-Kontakt an und sag ihm, dass sie verflucht noch mal nach ihr suchen sollen. Setz deinen *fucking* August Steen und Roy und Kent darauf an. Dick und Doof sollen sie gefälligst finden.«

Ohne Widerrede nahm Blom das zweite Telefon an sich und wählte.

Berger erreichte Johnny bei der Arbeit. Aber der Empfang war schlecht, wahrscheinlich saß er im Rettungswagen, er klang wie ein Roboter. Berger versuchte es erneut, aber jetzt meldete Johnny sich nicht mehr. Also rief er Deers Mutter an, spielte Friede, Freude, Eierkuchen und bekam am Ende Lykkes Handynummer. Doch dort lief nur die Mailbox, das Mädchen war in der Schule. Wenn sie nicht bereits entführt, misshandelt und getötet worden war. Berger versuchte es erneut bei Conny Landin. Dieses Mal ging Deers Chef an den Apparat. Berger nötigte ihn, in Deers Büro zu gehen und auf ihrem Rechner nach Hinweisen zu suchen. Aber nichts, nichts, nichts.

»Ich habe in der Schule angerufen«, sagte Blom, die Hand auf dem Lautsprecher. »Die Sekretärin ist auf dem Weg zum Klassenzimmer.«

Berger wartete. Blom hatte ihre übliche Gesichtsfarbe noch nicht wiedererlangt, sie sah betroffen aus. Wie jemand, der ein sehr, sehr schlechtes Gewissen hat.

»Sie ist jetzt vor dem Klassenzimmer und geht rein. Oh, hallo, bist du Lykke Rosenkvist? Prima. Kannst du so lieb sein und mit der Sekretärin mitgehen? Frau Lindh, sind Sie es wieder? Sehr gut, bringen Sie Lykke an einen sicheren Ort, rufen Sie die Polizei an, und fordern Sie sofortigen Personenschutz. Ja, natürlich, nehmen Sie ruhig den Sport- und den Physiklehrer zur Unterstützung mit. Haben Sie vielen Dank!«

»Lykke ist in Sicherheit?«, fragte Berger und wandte sich dann wieder seinem Gesprächspartner zu, den er anschnauzte: »Landin, Sie Idiot, ich scheiße auf die Großfahndung, hier geht es jetzt um Ihre Mitarbeiterin, Sie sind ihr Chef und müssen herausfinden, wo sie ist. Hat sie gar nichts gesagt?«

»Die Streife ist unterwegs zur Schule, alles gut«, berichtete Blom.

Berger warf das Satellitentelefon mit dem unbelehrbaren Conny Landin auf den Tisch und tippte wild auf seiner Laptoptastatur herum.

»Die Fahndung nach ihrem Auto ist auch raus. Was machst du gerade?«, fragte Blom.

»Ich werde nicht hier am Ende der Welt hocken, während zwei Psychopathen auf meine Partnerin losgehen. So, zwei Tickets, gebucht.«

»Wie bitte?«

»Der Flug geht um vier von Gällivare nach Stockholm«, sagte Berger und begann sich umzuziehen. »Das schaffen wir, wir brauchen zwei Stunden dorthin. Da wird jetzt aufgeräumt, das verspreche ich dir.«

»Aber wir …«

»Verstecken uns vor der Säpo, oder wie?«, brüllte Berger außer sich. »Während du deinem ehemaligen Chef regelmäßig Meldung über meinen Geisteszustand machst. Während wir so tun, als würden wir uns hier unter dem Radar halten. Während du mir einredest, dass ich eine Psychose gehabt hätte. Hast du etwas mit dem Mord an Cutter zu tun, Molly?«

»Was redest du da?«

»Diese ganze verdammte Undercovergeschichte ist wie eine Seifenblase geplatzt. Wir verstecken uns hier nämlich gar nicht, das hast du dir nur ausgedacht. Die Säpo weiß die ganze Zeit schon, wo wir sind und was wir machen. Also, die Tickets sind gebucht, los, zieh dich an.«

»Aber, ich verstehe nicht …«

»Wir haben keine Zeit für diesen Scheiß!«, brüllte Berger, warf ihr die weiße Daunenjacke zu und stieß sie vor sich her, bis sie den Jeep in seinem Versteck erreicht hatten.

Berger fuhr. Wie ein Wahnsinniger trotz Schnee und Eis auf den Straßen. Als sie in Kvikkjokk ankamen, fing es auch noch an zu schneien. Da reichte er ihr sein Handy, damit sie sich die Sequenz mit ihren Fingern auf den Telefontasten ansah. Wortlos gab sie es ihm zurück und starrte von da an nur stumm aus dem Fenster.

»Darüber sprechen wir später«, erklärte Berger.

Das Schneetreiben nahm derart zu, als wären sie in einen Tornado geraten. Und Berger fuhr wie ein Besessener. Blom versuchte unterdessen pausenlos, Deer zu erreichen.

Nichts.

»Desiré ist nicht die Mutter eines Sohnes«, sagte Blom nach einer Weile.

»Das ist doch auch nur eine falsche Fährte«, schnaubte Berger. »Jessica ist eine verdammte Schauspielerin, genau wie du. Das alles ist die Inszenierung eines infantilen, narzisstischen, größenwahnsinnigen Kleinkindes mit einem pathetischen Vaterkomplex. Zur Hölle mit ihr.«

Sie schwiegen.

»Du hast gar keinen kleinen Bruder, oder?«

Blom senkte den Kopf, und als sie ihn wieder hob, lag eine tiefe Trauer in ihrem Blick.

»Nein, ich habe keinen kleinen Bruder.«

Sie schlitterten auf den Lapland Airport in Gällivare, ließen den Wagen auf einem Behindertenparkplatz stehen und stürmten durch die kleine Abflughalle, fanden das richtige Gate und hörten aus den Lautsprechern ihre Namen schallen.

Letzter Aufruf, das Flugzeug stand zum Abflug bereit.

Berger rannte auf das Bodenpersonal am Schalter zu und wedelte mit seiner digitalen Bordkarte auf dem Handy. Zum vielleicht hundertsten Mal wählte er dann Deers Nummer.

Und diesmal meldete sich jemand.

Er erstarrte. Das Bodenpersonal redete auf ihn ein, aber er stand wie unter einer Glasglocke.

»Wer ist da?«, fragte er atemlos.

Eine weibliche, metallisch klingende Stimme, die sich überhaupt nicht nach Deer anhörte, sagte etwas Unverständliches.

»Zum Teufel, wer ist da? Bist du das, Jessica?«

Es klang wirklich so, als wäre er direkt mit der Hölle verbunden. Er hörte förmlich das Lodern und Flackern des Infernos.

Dann normalisierte sich der Ton.

»Hallo?«, fragte eine wesentlich natürlichere Stimme.

»Wer ist da?«, wiederholte Berger, aber sein Innerstes hatte schon das Wichtigste registriert.

»Ich bin es«, sagte Deer. »Ich bin im Krankenhaus.«

Berger stand noch immer wie versteinert.

»Krankenhaus?«, fragte er. »Was ist passiert?«

»Ich bin in ein Loch gestürzt«, erklärte Deer. »In der Kohlensäurefabrik auf Liljeholmen. Ich war ein paar Stunden bewusstlos. Aber mir geht es gut.«

Der Seufzer, der Sam Bergers Kehle entfuhr, war der tiefste und befreiendste seit Langem. Und er machte Platz für neue Luft und neues Leben. Berger spürte, wie sich seine Gesichtszüge unter seinem Bart entspannten.

Dann kam das Lächeln, das sich über sein ganzes Gesicht ausbreitete. Er drehte sich zu Blom um.

»Deer ist okay«, sagte er.

Aber sie stand nicht hinter ihm.

Molly Blom war nicht da.

Berger sah sich um. Dann begann er zu laufen, er suchte, rief nach ihr, immer lauter, öffnete die Türen zu den Toiletten. Nichts. Keine Molly. Herrentoilette, dasselbe Ergebnis.

Er rannte von Schalter zu Schalter und erfuhr, dass weder Sam Berger noch Molly Blom im Flugzeug nach Stockholm saßen. Eine Stunde hetzte er über den Flughafen und sprach alle an, denen er begegnete, aber keiner hatte eine blonde Frau in einer weißen Daunenjacke gesehen.

Kein einziger Mensch.

Schließlich ging er zurück zum Parkplatz, der sonderbar leer war. Eine einzige weiße Fläche. Auch dort gab es nichts, kein Zeichen, gar nichts.

Nur der Schnee fiel gleichgültig durch das All.

Langsam schwand seine Seele, während er den Schnee still durch das All fallen hörte und wie er sich leise auf alle Lebenden und Toten herabsenkte.

Er stieg in den Jeep. Auch der war leer.

Als er die Scheibenwischer einschaltete, verschwand die dicke Schneeschicht. Aber etwas anderes blieb.

Doch es überraschte ihn nicht einmal.

Berger stieg aus, nahm den Umschlag, der unter einem der Scheibenwischer steckte, und stieg wieder ein.

Dann öffnete er ihn und nahm die Zeichnung heraus.

Es war ein Kleeblatt.

IV

33

Mittwoch, 25. November, 10:07

Er sieht Marcus und Oscar in dem Graben voll mit Huflattich. Oscar lächelt, Marcus lacht. Der Fixpunkt. *The still point of the turning world.*

Eines Tages wird er verstehen, was schiefgelaufen ist. Eines Tages wird er begreifen, was er Freja angetan hat. Der Mutter seiner Kinder.

Er hat sich als Vater disqualifiziert.

Er hat sich als Liebhaber disqualifiziert.

Und trotzdem kommen ihm jetzt genau diese Bilder. Aber er weiß, dass er schläft. Er sieht sich selbst in den verschiedensten Situationen. Psychose, Drogen, Sedativa. Wochenlang liegt er wie ausgeschaltet da. Aber er steht immer wieder auf, dann stolpert er herum wie ein Zombie. Zwischendurch gibt es Augenblicke vollkommener Klarheit, sonst Bewusstlosigkeit, eingehüllt in Vergessen. Er sieht sein Bett, zwei Menschen eng umschlungen. Tiefe Blicke. Große Trauer, überwältigende Gefühlsstürme. Und er sieht einen Liebesakt, zwei Brüste heben und senken sich über ihm, er spürt weiches Haar auf seinem Gesicht, und er ist in dieser Frau, tief in ihr, sie reitet auf ihm, und alles Schreckliche wird Genuss, er weiß nicht, ob er träumt oder wach ist, ob es tatsächlich passiert oder seine Wünsche sich materialisieren, damit er durchhalten kann. Der Genuss ist vollkommen, er streichelt die Frau, spürt jeden Stoß, hört ihr Stöhnen und Wimmern, ihr Höhepunkt strömt wie ein langes, wellenförmiges Beben durch ihre beiden Körper, dann kommt er, tief in ihr, und als sich die Frau zu ihm hinunterbeugt, sieht er das sternförmige Muttermal unter ihrer rechten Brust.

»Molly!«

Er wird von seinem eigenen Schrei geweckt. Abrupt setzt er sich auf und wartet, bis er wieder in der Gegenwart angekommen ist. Als würde das jemals geschehen. Richtig. Er ist wieder in der Hütte.

Eine Sache hat er noch zu erledigen.

Er öffnete die Uhrenschatulle und entschied sich für seine größte Kostbarkeit. Die Uhr, die einen Fall gelöst hatte, seine Patek Philippe 2508 Calatrava. Sie funktionierte noch einwandfrei. Vielleicht hatte er doch noch Zeit.

Dann zog er sich sorgfältig an, stieg in die ungewohnten Skistiefel und steckte den Autoschlüssel ein.

Schließlich trat er auf die Terrasse und öffnete die schmale Tür des kleinen Verschlags für die Skier.

In einem großen, fensterlosen Raum, in dem an unzähligen Rechnern hektische Betriebsamkeit herrschte, saßen sich zwei groß gewachsene Männer gegenüber und starrten jeder auf seinen Monitor. Einer von ihnen trug eine billige Taucheruhr am Handgelenk, und er bemerkte mit großer Irritation, dass sich die Art der Betriebsamkeit seines Kollegen plötzlich beträchtlich veränderte.

»Was machst du da?«, fragte Roy Grahn.

»Wir haben hier etwas«, antwortete Kent Döös.

»Und was?«

»Keine Ahnung. Position 67°19.034’N 17°09.867’Ö.«

»Wo ist das denn?«

»Das müsste Lappland sein.«

»Und warum sollte von dort ein Alarm kommen?«

»Weiß ich nicht, aber manchmal lohnt es sich, die Ergebnisse der Überwachungsbilder zu überprüfen.«

»Schick mir das mal eben«, forderte Roy pampig.

Es dauerte nicht lange, und sie hatten ein Satellitenbild auf den Monitoren. Es war komplett weiß, und es dauerte einen Moment, bis Roy begriff, dass er auf eine Schneelandschaft blickte. Er zoomte heran und entdeckte etwas, das sich aus all dem Weiß hervorhob. Wie ein Zeichen, ein Schriftzeichen im Schnee. Roy zoomte noch näher heran. Am Ende konnte er den kryptischen Text lesen, den er mühsam buchstabierte.

AS! Akut. ~~M~~. Point 0. 1630

»Was zum Teufel ist das denn?«

Aber sein Kollege hatte sich bereits den Ausdruck geschnappt und war losgerannt.

Roy holte ihn am Aufzug ein.

»Wo willst du damit hin?«

»Hast du es nicht gelesen?«, fragte Kent.

»Das war doch nur Kauderwelsch.«

»Vielleicht. Aber es kam aus einer überwachten Zone.«

Im Unterschied zu Roy störte Kent die unabwendbare, fest installierte Minute vor der Tür nicht. Wenn alles glattging, hatte er sich soeben bei dem Rennen um einen Job als Interner deutlich von Roy abgesetzt. Den Schlüssel dafür hielt er in der Hand.

Abteilungsleiter August Steen saß hinter seinem Schreibtisch und musterte die beiden mit seinem steingrauen Blick. Seine kurz geschorenen Haare erinnerten an Eisenspäne, die sich auf einen Magneten setzten.

Kent kam sofort zur Sache und streckte seinem Chef den Ausdruck hin.

»Ein Satellitenbild von den Koordinaten 67°19.034'N 17°09.867'Ö.«

Er gab Steen ein paar Sekunden, um sich ein Bild zu machen, dann fuhr er fort.

»Jemand hat in der überwachten Zone eine Botschaft in den Schnee geschrieben. Die Anfangsbuchstaben dürften Ihre Initialen sein, Chef.«

Ohne seinen kerzengeraden Rücken einen Millimeter zu bewegen, verzog August Steen sein Gesicht, was man durchaus als Zustimmung deuten konnte. Kent hätte am liebsten laut gejubelt. Er unterließ es jedoch und sagte stattdessen mit so neutraler Stimme wie möglich: »Allerdings habe ich Schwierigkeiten gehabt, dieses Zeichen zu deuten.«

Er zeigte auf das M̶.

August Steen nickte bedächtig.

»Das ist gut«, sagte er. »Ich will, dass ihr euch auf dieses Zeichen konzentriert. Ich bin mir nicht sicher, ob ich es vielleicht einmal in einem der asiatischen Alphabete gesehen habe. Eventuell ist es auch ein nicht sprachliches Symbol? Volle Konzentration darauf, ich erwarte euren Bericht im Laufe des Tages.«

August Steen sah den beiden nicht hinterher, als sie sein Büro verließen, seine ganze Aufmerksamkeit galt dem Ausdruck vor ihm.

AS! Akut. M̶. Point 0. 1630

Jemand hatte am Pol der Unzugänglichkeit mit Skiern an den Füßen diese Nachricht geschrieben. Und ohne Zweifel war die Botschaft an ihn höchstpersönlich gerichtet.

Steen starrte eine Weile auf das M̶. Er hoffte inständig, dass er Kent und Roy von der eigentlichen Bedeutung hatte wegführen können.

M̶. Für einen Augenblick wurde er von einem Gefühlsausbruch überwältigt.

Dann nahm er den Ausdruck und verließ sein Büro.

Der Beobachter ist zurück. Er prüft die Monitore. Darauf ist nichts zu sehen. Seine Pistole dreht sich vor ihm auf dem Tisch, als hätte sie noch nie pausiert.

Bald ist es so weit. Das weiß er.

Es ist so fürchterlich kalt in seiner Schneehöhle.

Wenn er seine Spezialbrille abnimmt, kann er kaum noch die Bildschirme erkennen, geschweige denn das, was auf ihnen zu sehen ist.

Lange wird er nicht mehr arbeiten können, seine Zeit ist abgelaufen. Was bleibt, ist eine angemessene Pension. Angemessen für die vielen Jobs, die er erledigt hat. Jeder auch noch so unangemessene Job muss angemessen vergütet werden.

Aber einmal muss er es noch sehen. Das Haus an der Stadtgrenze von Estepona. Die Terrasse mit Blick auf die Klippen von Gibraltar, umgeben vom Geruch von Thymian, Rosmarin und Lavendel. Er will die wunderbare Wärme des Abends und die Aussicht genießen, die er mit ♀ teilen kann. Die er ihr schenken kann.

Er kann sie retten. Sie kann ihn retten.

Der Beobachter denkt an ♀ und ♂. Er denkt an ihre Beziehung. Er hasst ♂. Der Beobachter denkt daran, wie er sie aus dem viel zu festen Griff von ♂ befreite, sie zärtlich umarmte und sich geliebt fühlte. Der Beobachter denkt daran, wie wunderbar das war, wie göttlich das sein kann.

Der obere Bildschirm zeigt die Echtzeit, während er auf dem unteren zurückspult und sich die versäumten Aufnahmen ansieht.

Der Beobachter weiß, dass er das schon längst hätte machen sollen, aber dann verliert er sich wieder in seinen Fantasien. Zerstreut lässt die Hand im Lederhandschuh die Pistole auf dem Schreibtisch rotieren. Schneller als sonst liegt sie wieder still, aber der Lauf zeigt nicht in seine Richtung. Dieses Mal muss er nicht zwischen Wahrheit und Pflicht wählen. Zumal die Wahrheit immer viel zu kompliziert ist.

Da bemerkt er, dass er die Aufnahmen viel zu weit zurückgespult hat. Die Bilder fliegen und flattern, der Monitor zeigt erst Himmel, dann Schnee, dann ist kurz ein Gesicht im Bild. Schließlich stabilisiert sich die Übertragung, und er sieht Fußspuren. Fußspuren, die aus der Ferne kommen, ganz klein, dann immer größer werden, bis sie auf dem Hügel angekommen sind und vor der Kamera enden.

Da taucht das Gesicht erneut in der Kamera auf, offenbar justiert die Person sie und klettert weiter den Hügel hinauf, um die nächste Kamera zu installieren.

♀ ist schon wieder weg, ehe der Beobachter sie richtig gesehen hat. Auch als sie die Kameras installierte, war ♀ schön wie immer.

Jetzt muss er ♀ vor ♂ retten.

August Steen stieß die Tür auf. Der Mann hinter dem Schreibtisch zuckte zusammen, betätigte aber im gleichen Moment seinen Joystick und änderte das Bild auf dem unteren Monitor.

»Verdammt, ist das kalt hier drinnen«, fluchte August Steen und schlug die Arme um den Körper, um sich zu wärmen.

»Ja, es ist wie in einer Schneehöhle«, sagte der Mann mit der Brille und lächelte. »Wir haben uns schon beschwert, aber das Thermostat ist wohl nicht in Ordnung.«

»Deine Brillengläser sind aber ziemlich dick«, sagte Steen. »Ist deine RP schlimmer geworden, Carsten? Du weißt, dass du mir das umgehend melden musst.«

»Ich weiß«, sagte Carsten leise. »Aber alles deutet darauf hin, dass es sich bei meiner *Retinitis pigmentosa* um einen langsamen Verlauf handelt.«

»Wir werden sehen. Ich habe in letzter Zeit kaum noch Berichte von dir bekommen. Die anderen Schichten haben immer geliefert, aber von dir fehlen die letzten.«

»Ich sitze gerade daran, das nachzuholen«, sagte Carsten.

»Ist Molly vor Ort?«

»Das müsste sie sein. Allerdings habe ich sie heute noch nicht gesehen.«

»Ich habe keinen Bericht bekommen, Carsten.«

»Ich weiß, ich sagte doch, ich sitze gerade dran.«

August Steen zog eine Grimasse.

»Frans hat heute Nacht gemeldet, dass er nicht mit Sicherheit bestätigen kann, dass Molly gestern Abend zurückgekommen ist. Die Aufnahmen der Nachtsichtkamera waren nicht zufriedenstellend. Aber gut, haben wir irgendeine Aktivität von Berger zu vermelden? Etwas Aktuelles?«

»Er war draußen, etwa eine Viertelstunde lang.«

»Zeig mir das mal.«

Carsten klickte sich durch das Menü, spulte zurück und spielte die Bilder ab.

Berger kam aus der Hütte, öffnete den kleinen Verschlag für die Skier und schnallte sie sich an die Skistiefel. Er fuhr damit über den nächsten Hügel, und dann war nur noch sein Kopf zu sehen, der regelmäßig auftauchte und wieder verschwand.

»Verdammt, Carsten!«, rief Steen. »Hier geht es um Berichte in Echtzeit. Wenn du die nicht liefern kannst, müssen wir uns nach einem anderen Mann umsehen.«

Carsten schwieg, er wusste ja, dass sein Chef recht hatte. Die dunklen Seiten in ihm hatten übernommen. Dabei galt er in der Säpo als der Professionellste unter den Internen.

»Was macht er da?«, fragte Steen und zeigte auf den oberen Monitor.

»Das ist jetzt Echtzeit. Berger kommt gerade heraus. Er hat sich andere Schuhe angezogen, dicke Schneestiefel, und trägt einen Rucksack. Er geht nicht zu Mollys Hütte, sondern nimmt die Abkürzung zum Auto.«

August Steen nickte und legte Carsten den Ausdruck auf den Tisch.

»Wie liest du das hier?«

»Ist das …?«

»Ich muss mich offenbar auf die Externen verlassen, wenn die Internen diese Angelegenheit hier nicht alleine bewältigen können. Deine Analyse bitte.«

Carsten las die Botschaft.

AS! Akut. ~~M~~. Point 0. 1630

»Das ist an Sie gerichtet, Chef: ›AS! Akuter Bedarf für ein Treffen am Point Zero um halb fünf.‹ Aber diesen Buchstaben verstehe ich nicht.«

»Das ist ein durchgestrichenes M«, sagte Steen.

Carsten sah entsetzt zu ihm hoch. Steen registrierte, wie blass er wurde.

»Wenn wir Glück haben, bedeutet das nur, dass Molly verschwunden ist. Wenn wir Pech haben …«

»Dann ist sie tot«, ergänzte Carsten mit belegter Stimme.

August Steen sah ihn mit seinem steinernen Blick an.

»Das Einzige, was wir mit Sicherheit wissen, ist, dass du und ich den Point Zero bis heute Nachmittag um halb fünf gesichert haben müssen.«

Carsten nickte.

Seine Augen schmerzten.

34

Mittwoch, 25. November, 14:28

Das Gras auf der Wiese, das ihm früher einmal bis zur Brust gereicht hatte, lag platt am Boden. Der Schnee hatte die hohen Grashalme brutal gefällt. Dann hatte er die Lust verloren und war geschmolzen.

Der Mond spiegelte sich in der glatten Wasseroberfläche des Sees, und das Glitzern drang durch das kleine Wäldchen am Ufer. Endlich sah er auch das Haus leuchten, als verfügte es über ein eigenes inneres Licht.

Er sah das Ruderboot an der kleinen Brücke im Wasser tanzen. Wahrscheinlich würde es dort noch liegen, wenn der See zufror, um dann im Eis zu zerbersten.

Mit zwei Schritten nahm er die kleine Treppe zum Bootshaus.

Die Tür öffnete sich, noch ehe er anklopfen konnte. Er sah nur den Lauf einer Sig Sauer P226, die eine Hand mit Lederhandschuh auf seine Brust richtete.

Mit einer Bewegung der Pistole wurde ihm befohlen einzutreten. Jemand tastete ihn professionell ab. Dann wurde eine kleine Lampe eingeschaltet.

Ein großer Mann im Anzug mit kantigen Gesichtszügen und kurz geschorenem Haar wie Stahlwolle stand am Rand des Lichtkegels. Er lehnte sich nonchalant gegen einen Stützbalken, der im Boden verankert war und an dem Ketten unterschiedlichster Größe hingen.

»Point Zero also«, sagte der Mann. »Im Herzen des Uhrwerks. Wo alles anfing und auch alles sein Ende nehmen kann.«

»Wenn Sie vorgehabt hätten, mich umzubringen, hätten Sie das schon längst getan, August Steen.«

»Vielleicht hat sich der Plan ein wenig geändert. Warum ist das M durchgestrichen? Haben Sie Molly entführt?«

»Natürlich nicht. Aber sie wurde in der Tat gekidnappt. Von wirklich widerlichen Kreaturen.«

»Und warum wenden Sie sich damit an mich?«

»Weil Molly für Sie arbeitet und in Ihrem Auftrag unterwegs war. Und weil Sie nicht herzlos sind.«

»Aber *Sie* arbeiten auf keinen Fall für mich. Warum sollte ich also Ihnen zuhören – oder Sie am Leben lassen?«

»Weil ich der Einzige bin, der Molly finden kann«, entgegnete Berger.

»Fahren Sie fort.«

»Es geht mir am Arsch vorbei, dass Molly mich hintergangen hat. Mir geht am Arsch vorbei, dass sie die ganze Zeit Kontakt mit Ihnen hatte. Mir geht sogar am Arsch vorbei, dass Sie Cutter mit der schwarzen Socke erstickt haben. Ich will nur Molly zurückhaben. Und zwar lebendig.«

»Ich gehe davon aus, dass Sie schon eine Handyortung veranlasst haben?«, fragte Steen.

»Schon gestern. Ihr Handy lag in einem Graben in der Nähe des Lapland Airports.«

»Sie haben mir noch keinen Grund genannt, warum ich Ihnen zuhören sollte.«

»Weil Mollys Entführer hinter mir her sind. Sie kommunizieren mit mir und nur mit mir. Die Mörderin braucht mich, sie hat mich zu einer Art Vaterfigur auserkoren. Laut Statistik kann Molly noch am Leben sein, aber wir haben es verdammt eilig. Alles, was ich von Ihnen brauche, ist ein bisschen Mithilfe. Nur dieses eine Mal, jetzt und gleich, dann können Sie mit mir machen, was Sie wollen.«

»Mithilfe?«

»Was wissen Sie über diesen Fall, mit dem wir inoffiziell beschäftigt sind?«

Steen wandte sich kurz zu seinem Mitarbeiter um, der außerhalb des Lichtkegels saß. Berger spürte plötzlich einen unerwartet hasserfüllten Blick, der ihn aus der Dunkelheit traf.

»Nicht besonders viel«, erwiderte Steen. »Mir wurde gemeldet, dass Sie einen etwas unsauberen Auftrag von einer Kommissarin von der NOA erhalten hätten.«

»Die Meldung kam von Molly Blom?«

»Ganz genau. Meiner Ansicht nach handelte es sich dabei um eine Sackgasse, aber ich dachte, Ihre Nachforschungen könnten keinen größeren Schaden anrichten. Außerdem hatten wir Sie so besser im Blick.«

»Aber warum war das so wichtig, mich im Blick zu haben?«, rief Berger.

August Steen verzog das Gesicht.

»Ich dachte, das geht Ihnen alles *am Arsch vorbei* und Sie wollen Blom retten. Aber vielleicht stimmt das ja gar nicht. Eventuell sollten wir die Voraussetzungen unseres Gespräches neu überdenken.«

»Sie haben Molly dabei geholfen, Jessicas Tarnidentität herauszufinden.«

Steen nickte.

»Und das war nicht die leichteste Aufgabe, auch für mich nicht. Man hinterlässt immer Spuren.«

»Und trotzdem haben Sie es getan. Sie haben dieses Risiko in Kauf genommen. Warum?«

August Steen starrte ins Leere.

»Dann sage ich es Ihnen«, fuhr Berger fort. »Weil Molly Blom Ihr Schützling war. Weil Sie vom ersten Tag an ihr Mentor waren. Sie sind ein Mann ohne Mimik, Steen, aber ich habe gesehen, wie sehr Sie gelitten haben, als Sie Molly rauswerfen mussten. Sie sind nicht herzlos. Und Sie wollen sie genauso retten wie ich. Wenn ich der Überzeugung wäre, dass die Säpo diesen Fall alleine lösen und sie befreien könnte, würde ich es Ihnen herzlich gerne überlassen. Hier und jetzt. Aber ich *weiß*, dass diese Person, die Sie im geheimen Register entdeckt haben, ausschließlich mit mir sprechen wird. Und Lena Nilsson alias Jessica Johnsson ist ein ganz abscheulicher Mensch, der in diesem Augenblick Molly an einen Stuhl gefesselt hat und seinen Sklaven Reine Danielsson auffordert, sie bewusstlos zu schlagen und ihr schwerste Schnittwunden zuzufügen. Sie sind nicht nur *verantwortlich* für Molly Blom, Steen, ich weiß, dass sie auch Ihr Lieblingskind ist. Helfen Sie mir, ihr zu helfen. Der Rest geht mir dann wirklich am Arsch vorbei.«

Steen sah ihn lange an, ohne eine Miene zu verziehen.

»Was ist passiert?«, fragte er.

»Wir haben plötzlich erkannt, dass alle Opfer Ähnlichkeiten mit Jessicas Mutter aufwiesen. Und auch Deer sieht ihr ähnlich. Wir hatten Jessica in der Nähe von Skogås lokalisiert, und Deer ging nicht ans Telefon, sie war wie vom Erdboden verschluckt. Deshalb wollten wir gerade in den Flieger nach Stockholm steigen, als Deer endlich ans Telefon ging. Und in dem Moment ist Molly verschwunden.«

»Auf dem Flughafen?«

»Ja. In Gällivare.«

»Warum sind Sie dann hier in Stockholm? Und wie sind Sie so schnell hierhergekommen?«

»Ich habe sie gesucht und bin dann sofort wieder zum Flughafen gefahren und konnte mit einem Transportflugzeug mitfliegen. Ich bezweifle, dass die Täter noch in Lappland sind. Sie wechseln permanent ihren Aufenthaltsort. Außerdem wollte ich persönlich mit Ihnen sprechen. Und Deer sehen.«

»Wer ist denn diese Deer?«

»Kommissarin bei der NOA. Sie hat uns diesen sogenannten Sonderauftrag gegeben. Desiré Rosenkvist.«

»Und warum sollte sie ein potenzielles Ziel dieser merkwürdigen Mörder sein?«

»Weil wir beide vor acht Jahren ebendiese Mörder vernommen haben. Sie versuchen schon seit Jahren, unsere Aufmerksamkeit zu erregen. Und deshalb müssen wir jetzt wieder zusammenarbeiten.«

»Sie meinen, Hauptkommissarin Rosenkvist und Sie? Und das soll ich Ihnen ermöglichen?«

»Ja, aber das ist sekundär. Deer und ihre Familie wurden an einen sicheren Ort gebracht und stehen unter Personenschutz. Aber es wäre sehr gut, wenn wir ein Überwachungsteam nach Skogås schicken könnten. Sie hat in ihrer Garage alle Unterlagen zu dem Fall.«

»In ihrer Garage?«, wiederholte Steen skeptisch.

»Wir müssen unter dem Radar bleiben, sonst verschwenden wir zu viel Zeit für bürokratischen Scheiß, Zeit, die wir nicht haben. Aber mir geht es eigentlich um etwas ganz anderes.«

»Nämlich?«

»Ich will, dass Sie die ganz große Trommel rühren, Steen. Dass Sie die gesamte muskulöse Überwachungsmaschinerie der Säpo aktivieren und nach einem hellblauen, ehemals cremefarbenen VW Caddy mit dem Kennzeichen LAM 387 suchen.«

Jetzt starrte August Steen ihn fassungslos an.

»Das ist Ihr Joker?«, fragte er erstaunt. »Ein Auto?«

»Und es ist gestohlen. Können Sie das tun?«

Steen besaß vielleicht kein großes mimisches Repertoire, aber seine Blicke waren vielsagend.

Am Ende nickte er.

Deer saß in der schwarzen Limousine und betrachtete ihre kleine Familie. In Johnnys Augen las sie, dass nichts mehr so sein würde, wie es gewesen war. Zwar hatte es keinen

Vertrauensbruch gegeben, aber sein Blick auf ihre Arbeit hatte sich verändert. Denn sie war gefährlich. Für sie, für ihn auch, aber vor allem – und das war das Allerallerwichtigste – für Lykke. Deer wusste, dass er ihr das nicht verzeihen konnte. Lykke selbst hingegen fand alles superspannend, sie hatte noch nie so viele Waffen auf einmal gesehen, so elegante Autos und so gut angezogene Frauen und Männer. Sie plapperte in einem fort, und über ihrem Kopf tauschten ihre Eltern Blicke aus. Ernste Blicke.

Als sie in Skogås ankamen, wurden sie ins Haus geführt und voneinander getrennt.

Deer hörte, wie Johnny mit etwas aufgesetzter Fröhlichkeit rief: »Liverpool!«

Lykke bekam kaum Luft vor Freude.

»Aber es ist doch erst Mittwoch, Papa!«

Deer fröstelte, als sie durch die Garage ging, sie nickte dem Beamten vor der Tür freundlich zu und drückte die Türklinke zu ihrem Arbeitszimmer herunter.

Berger war gerade dabei, Material an ihr Whiteboard zu heften. Er drehte sich um. Sie sahen einander an. Und sagten dabei mehr als tausend Worte.

»Großfahndung?«, fragte Berger dann.

»Conny Landin hat einen anonymen Tipp bekommen. Deine DNA befand sich auf dem Körper von Farida Hesari.«

»Scheiße.«

»Wir wissen es natürlich besser. Aber sie ist in einer nicht registrierten Tüte in der Asservatenkammer gewesen. Und sehr wahrscheinlich findet sich Ähnliches auch in Malmö und in Växjö.«

»Was war in der Tüte? Haut? Blut?«

»Haare«, sagte Deer.

Berger zog an den Haarbüscheln über seinen Ohren. Seine Haare auf der linken Seite waren eindeutig kürzer.

»Ich gebe zu, dass ich gerne zu billigen Friseuren gehe, aber so schlimm sieht es normalerweise nie aus.«

»Aha, Porjus.«

»Jessica hat in dem Keller zwei Fliegen mit einer Klappe geschlagen. Sie hat mich in den Fall hineingezogen – und mir bei der Gelegenheit eine Haarsträhne abgeschnitten, um meine DNA zu haben. Was ich nicht verstehe, ist, wie die in die Asservatenkammer gelangt ist.«

»Na, unser gemeinsamer Freund Richard Robertsson hat doch angedeutet, dass ich nicht die Erste war, die Kohle vorbeigebracht hat. Jessica muss sich den Zugang zu Farida Hesaris Material erkauft haben.«

Deer schüttelte den Kopf, dann streckte sie ihre Arme aus. Sam und sie umarmten einander, kurz, zaghaft.

Dann setzten sie sich. Deer seufzte und holte ihr Handy hervor.

»Apropos Farida Hesari.«

Sie spielte das Gespräch in der Kohlensäurefabrik ab. Die Aufnahme endete mit einem Pfeifen oder Zischen, einem Schrei, der auch ein Fluch gewesen sein konnte, und einem furchtbaren Krachen. Dann folgte Stille.

»Ich habe das Loch im Boden auf dem Hinweg gesehen, aber offensichtlich nicht auf dem Weg hinaus.«

»Verstehe.«

»Da ist eine Taube an mir vorbeigeflattert, vielleicht hat die mich abgelenkt.«

»Ich vermute eher, dass es die Vernehmung von Farida war. Das schiebt man nicht so einfach beiseite.«

»Ich glaube nicht, dass ich jemals ein derart belastendes Gespräch geführt habe«, stimmte Deer ihm zu. »Ich hoffe wirklich, dass Farida so stark ist, wie sie wirkt.«

»Was ist deiner Meinung nach Jessicas Motiv?«

»Ich bin eine ganz normale Vorortmama, Sam. Ich kann so etwas nicht nachvollziehen.«

»Und dennoch hast du die richtigen Fragen gestellt. Das hörte sich an, als hättest du es verstanden.«

»Auf psychologischer Ebene vielleicht, ja. Ich habe mir

Jessicas Reise angesehen, diese Höllenspirale. Der Wunsch, keinen kleinen Bruder zu bekommen. Dann der groteske Tod der Mutter und des Bruders. Das schlechte Gewissen, das sich in einer destruktiven Sexualität widerspiegelt. Die bizarren Erlebnisse in den USA. Die Beziehung zu Eddy Karlsson, die Vergewaltigung, die Fehlgeburt, die Hysterektomie. Dann die Tarnidentität, die wachsende Abneigung gegen Mütter von Söhnen, die schließlich in Hass umschlägt. Die Fähigkeit, Menschen mit bestimmten psychischen Störungen zu manipulieren, so wie Madame Newhouse ihren Rob gesteuert hat. Aber auf menschlicher Ebene, nein, da muss ich passen.«

»Meiner Meinung nach hat sich Jessica früh so eine Art Teflonhülle zugelegt, an ihr perlt einfach alles ab. Sie spielt ein Spiel. Vermutlich hoffte sie, dass sie eine Sadomasochistin wäre, aber eigentlich ist sie nur furchtbar leer und innerlich tot. Nichts kann sie berühren. Sie will uns nur beeindrucken.«

Deer nickte und wechselte das Thema.

»Ich bin in dieses Loch gefallen und war für eine Weile ausgeschaltet. Aber war es wirklich notwendig, das große Besteck anzufordern? Alle und jeden anzurufen?«

»Sie hätten Lykke entführen können.«

Deer verstand ihn, sie hätte genauso gehandelt.

»Aber stattdessen haben sie Molly genommen.«

»Sie hat mich hintergangen. Aber ich will sie trotzdem retten.«

»Wir werden nicht schlafen gehen, bevor wir nicht das Letzte aus diesem Material gesogen haben. Und es ist alles hier.« Sie zeigte auf den großen Stapel auf ihrem Schreibtisch. Berger krempelte die Ärmel auf.

»Es gibt zwei zentrale Fragen«, sagte er. »Die erste versteht sich von selbst: Gibt es einen Hinweis in den Akten, wo sich die beiden mit Molly aufhalten?«

»Und die zweite ist ähnlich naheliegend: Woher wussten sie, dass ihr diesen Flug von diesem Flughafen nehmen wolltet?«

»Es war eine sehr spontane Entscheidung«, sagte Berger. »Als ich dich nicht am Handy erreicht habe, habe ich einfach zwei Tickets gebucht. Jessica muss den Buchungsvorgang gesehen haben.«

»Also hat sie sich irgendwo in der Nähe aufgehalten und euch beobachtet.«

»Als wir sie in Porjus besuchten, war ihr schnell klar, dass wir nicht den ganzen Weg von Stockholm kamen. Aber sie kann nichts von unseren Hütten am Pol der Unzugänglichkeit gewusst haben.«

»Doch die Säpo wusste davon«, sagte Deer. »Kann Jessica einen Kontakt bei der Säpo haben?«

»Das kann ich mir nicht vorstellen, die fährt doch ihren eigenen Film. Aber sie kann besser mit Computern umgehen, als sie mit ihrer albernen Schreibmaschine vorgegeben hat. Wahrscheinlich hatte sie auf alle Flüge aus Lappland eine Art Überwachungsfilter gesetzt, damit sie es bemerkt, wenn ich auftauche.«

»Aber ich stimme dir zu, dass ich eigentlich die viel wahrscheinlichere Kandidatin gewesen wäre«, sagte Deer, strich sich über ihren Pagenkopf und dachte an ihre Tochter.

»Ich glaube, dass du hier sicher bist, Deer. Dass sie Molly geholt haben, zeigt doch, dass sie hinter mir her sind. Sie wollen den Bullen, der sie damals mit den Fingern abgeschossen hat, der sie verhöhnt hat. Jessica hat Molly geholt, um mich zu treffen. Sie denkt, wir seien ein Paar.«

»Das dachte ich auch. Trotz dieses schrecklichen Bartes«, meinte Deer und lachte.

»Ich hatte noch keine Zeit, ihn abzurasieren.«

Nach einer kurzen Pause sagte Deer: »Ich habe Molly Blom nie wirklich über den Weg getraut.«

»Ich weiß, aber ihr beide habt das hier ins Rollen gebracht, ohne mich.«

»Sie hat dich hintergangen, Sam. Sie hat dir Drogen gegeben, dich angelogen und dich manipuliert.«

»Ich weiß, komm, lass uns anfangen.«

35

Mittwoch, 25. November, 18:02

Sie lasen, bis ihre Augen schmerzten. Irgendwann lehnte Berger sich zurück und legte das Gesicht in die Hände.

»Nichts ...«

»Die Geografie ist scheinbar wahllos«, stimmte Deer ihm zu. »Ich sehe nicht, wie wir so herausfinden sollen, wo sie sich aufhalten. Das funktioniert nicht.«

»Aber es muss.« Berger riss die Hände vom Gesicht und sprang auf. »Es muss funktionieren. Sonst stirbt sie.«

»Sie waren in Gällivare, aber das ist anderthalb Tage her. Mit einem guten Kommunikationssystem könnten sie jetzt überall auf dieser Erdkugel sein.«

»Sie sind in Schweden«, entgegnete Berger und sank zurück auf seinen Stuhl.

»Ich weiß. Aber Schweden ist groß. Orsa, Malmö, Göteborg, Bagarmossen, Täby, Växjö, Sorsele, Porjus. Da gibt es keinen Zusammenhang.«

»Doch, den gibt es. Ich weiß, dass es ihn gibt.«

Aber seiner Stimme fehlte die Überzeugungskraft.

In dem Moment klopfte es an der Tür, die sofort geöffnet wurde. Ein Mann mit Boxernase und sehr dicken Brillengläsern kam herein. Er trug zwei leere Reisetaschen.

»Ich kenne Ihren Namen gar nicht«, sagte Berger.

»Carsten«, antwortete der Mann und öffnete die Taschen. »Sie können mich Carsten nennen. Es steht ein Bell bereit.«

»Ich höre Ihre Worte, aber sie ergeben keinen Sinn.«

»Schnellstmöglicher Transport«, erläuterte Carsten und zeigte auf die Taschen. »Nehmen Sie Ihr ganzes Material und die Rechner mit.«

»Und meine Familie?«, stotterte Deer.

»Die Bewachung wird selbstverständlich aufrechterhalten, Ihre Familie ist sicher. Aber Sie müssen fort von hier.«

»Wohin?«, fragte Berger und begann, die Unterlagen in die Taschen zu räumen.

»Wir können Ihnen keine offizielle Hilfe anbieten. Sie müssen sich selbst helfen. Aber wir bringen Sie dort hin. Nach Boden.«

»Boden?«, wiederholte Deer und stopfte wie Berger eilig das Material in ihre Tasche.

»Die Wiederholung ist der Schlüssel«, sagte Carsten.

Der schwarze Wagen raste über die sogenannte *»Svinrakan«*, die Schweinestrecke, zum Flughafen Arlanda. Berger war noch nie so schnell in einem Fahrzeug unterwegs gewesen. Er meinte, auf der digitalen Anzeige die magische Zahl dreihundert zu erkennen. Er sah zu Deer hinüber, ihr Gesichtsausdruck war angespannt. Dann beugte er sich zu Carsten vor, der auf dem Beifahrersitz saß.

»Die Wiederholung ist der Schlüssel?«, fragte er.

»Wir haben einen hellblauen VW Caddy mit dem Kennzeichen LAM 387 an vier Stellen im Land gesichtet«, erläuterte Carsten und zog seine Lederhandschuhe glatt. »Zwei Radargeräte außerhalb von Mattisudden und Edefors sowie Tankstellen in Harads und Gunnarsbyn.«

»Das klingt alles nach der Region Norrbotten.«

Carsten nickte.

»Die haben sich dort oben herumgedrückt. Aber eine einmalige Sichtung ist noch lange keine Gewissheit. Während wir das registrieren, sind die schon wieder weg. Anders verhält es sich bei Wiederholungen. Wenn das Fahrzeug zweimal an derselben Stelle gesichtet wurde, ist die Wahrscheinlichkeit sehr hoch, dass es sich dort um einen Aufenthaltsort handelt.«

»Und das ist also wo passiert?«

»In Gunnarsbyn, an der Tankstelle Qstar am Stora Vägen. Ich schicke Ihnen alle notwendigen Angaben per SMS.«

Berger musterte den Mann, das kräftige Gesicht, die dicken Brillengläser.

»Haben Sie noch mehr für uns?«, fragte er.

Carsten nahm seine Brille ab und drehte sich zu Berger um. Sein Blick war befremdlich.

»Sorgen Sie verdammt noch mal dafür, dass sie gerettet wird.«

Kurze Zeit später begriff Berger auch, was Carsten mit einem ›Bell‹ gemeint hatte. Der Bell 429 war der leichteste zweimotorige Helikopter, den die schwedische Polizei neuerdings im Einsatz hatte. Sieben Stück gab es in der Einheit. Und in so einem Exemplar saßen Deer und Berger nun. Der Pilot hatte offenbar den expliziten Auftrag bekommen, sie zu fliegen, sonst jedoch kein Wort zu verlieren. Und daran hielt er sich auch, sogar bei der Zwischenlandung außerhalb von Sundsvall, wo er tankte.

Der Flug endete auf einem trostlosen Acker bei Åskogen. Das Einzige, was sie sahen, nachdem sich der aufgewirbelte Schnee wieder gelegt hatte und ihr Bell 429 im dunklen Nachthimmel verschwunden war, war eine einsame Hütte am Ende des Ackers. Dorthin stapften sie mit ihren schweren Taschen durch den tiefen Schnee. Berger sah durch das Garagenfenster. Dahinter wartete ein schwarzes Auto. Deer holte ihr Handy hervor und las die Instruktionen, die Carsten ihr geschickt hatte. In der vereisten Regenrinne fanden sie den Hausschlüssel.

Die Hütte war geheizt, aber karg eingerichtet. Das fensterlose Wohnzimmer sah nicht so aus, wie man es von einer Hütte in dieser Region erwartet hätte. Raufasertapete, ein Tisch aus Birkenfurnier, auf dem der Autoschlüssel lag, und auf einem kleinen Beistelltisch stand undefinierbares technisches Equipment. Kabel waren verlegt worden, ein Whiteboard mit Magneten und Stiften stand bereit, und in der Ecke blinkte ein Router. Genau so hatte sich Berger immer ein safe house der Säpo vorgestellt, und jetzt war er selbst zum ersten Mal in einer Geheimunterkunft.

Sofort begannen sie, ihre Taschen auszupacken. Um das Wohnzimmer als möglichen Vernehmungsraum nutzen zu können, verfrachteten sie das Whiteboard und das Ermittlungsmaterial in einen anderen Raum, der bald aussah wie eine perfekte Mischung aus Mollys Hütte am Pol der Unzugänglichkeit und Deers Garage in Skogås.

Aber das hob ihre Stimmung keineswegs.

Deer warf einen Blick auf ihr Handy.

»Das war noch gar nicht alles«, sagte sie.

Sie hatten im Wohnzimmer die Kameras installiert, den Beistelltisch ins Arbeitszimmer geschafft, die Kamerafunktionen ihrer Rechner überprüft und das Whiteboard bestückt. Berger war damit beschäftigt, eine Karte der Region Norrbotten aufzuhängen.

»Wie meinst du das? Das war noch nicht alles?«, fragte er.

»Carstens SMS. Am Anfang standen die praktischen Informationen, der Schlüssel in der Regenrinne, das WiFi-Passwort und so weiter. Dahinter waren mehrere Leerzeilen, doch dann kommt noch Text. Das habe ich erst jetzt gesehen.«

»Okay, und was steht da?«

Deer ging ins Schlafzimmer, in dem sie noch nicht gewesen waren, und öffnete einen Kleiderschrank, der in der hintersten Ecke stand. Darin befand sich ein massiver Aktenkoffer, den sie auf den Beistelltisch im Arbeitszimmer wuchtete. Sie öffnete das Zahlenschloss und schlug den Deckel des Aktenkoffers auf. Er war bis obenhin mit Rohren gefüllt, in denen eine Flüssigkeit schwamm.

Darauf befestigt waren ein Tastenfeld und ein Display.

»Der Rest ist im Auto.«

Alles um sie herum war schwarz, auch die kraftvollen Scheinwerfer des Wagens konnten nur den wirbelnden Schnee einfangen. Berger schaltete den Motor aus und sah zu Deer, die ihren Blick keine Sekunde vom Display ihres Handys genommen hatte.

»In zweihundert Metern nach rechts«, sagte sie. »Dort soll ein kleiner Pfad sein.«

Als sie aus dem Wagen stiegen, mussten sie feststellen, dass dort kein Pfad war. Wahrscheinlich hatte es ihn gegeben, bevor der Schnee kam. Deer schaltete ihre Taschenlampe ein, Berger die seine. Das GPS ihres Handys zeigte an, dass sie sich sehr wohl auf diesem Pfad befanden, auch wenn nichts den Wahrheitsgehalt der Information bestätigte. Um sie herum war nur tiefer Schnee.

Und durch diese Einöde schleppten sie eine unverhältnismäßig große Last.

Was sich nach einer Weile im Schein der Taschenlampe vor ihnen auftat, sah zunächst aus wie eine mittelalterliche Burg mit Zinnen und Türmen. Je näher sie kamen, desto deutlicher verwandelten sich die Türme in Transformatoren und Schaltkästen und die Zinnen in Serienkondensatoren und Leistungsschalter.

Trotz der dichten Dunkelheit um sie herum gelangten sie schließlich zu einem massiven Tor aus abwehrendem galvanisierten Maschendraht, der mit rostigem Stacheldraht gekrönt war.

Berger nahm den unhandlichen Bolzenschneider aus der

Tasche und begann systematisch, eine Öffnung in den Zaun zu schneiden. Als er sich bis zu der groben Kette vorgearbeitet hatte, setzte er auch dort den Bolzenschneider an.

An diesem Ort knisterte es pausenlos, als würde die Elektrizität in der Luft liegen. Sie waren umgeben davon.

Deer konsultierte erneut ihr Handy und ging dann auf ein Gebäude zu, das wie die Schaltzentrale aussah. Es war ebenfalls mit einer massiven Tür gesichert.

»Vorsichtig«, mahnte Deer.

Berger drückte den teigähnlichen Klumpen aus dem Kofferraum des Säpo-Wagens tief in das Schlüsselloch, befestigte zwei Kabel darin und rollte sie aus. Sie gingen einige Schritte zurück. Dann hielt Berger die Batterie an die Kabelenden.

Nichts geschah. Berger säuberte und rieb die Kabelenden und versuchte es erneut.

Die Explosion war heftiger als erwartet und schleuderte sie rückwärts zu Boden. Sie lagen im Schnee und sahen einander an. Deer nickte, Berger auch. Dann rappelten sie sich wieder auf, liefen zu der Türöffnung und drangen in das Allerheiligste ein.

Mit den Taschenlampen leuchteten sie die Wände ab. Sie waren umgeben von Technologie. Deer suchte unter den blinkenden Displays nach dem richtigen.

»Hier«, sagte sie.

Berger hatte nicht vor zu protestieren. Er trug den Aktenkoffer zu einem gigantischen Transformator und platzierte ihn exakt an der Stelle, die Deer ihm anwies. Dann öffnete er ihn und trat einen Schritt zur Seite.

Ab hier übernahm Deer. Sie folgte Carstens Anweisungen Schritt für Schritt, tippte die angegebene Zahlenkombination in das kleine Tastenfeld ein, und das Display leuchtete auf. Als Deer auch die letzten Ziffern eingegeben hatte, stand auf dem Display »08:00«.

»Werden wir dann auch die ganze Nacht über ohne Strom sein?«, fragte Berger.

»Wir nicht«, antwortete Deer und legte den Zeigefinger auf den Enter-Knopf. »Wir haben einen Reservegenerator. Aber der Rest der Gegend östlich von Boden wird es sein.«

Dann drückte sie auf den Knopf.

Das Display zeigte 07:59 an.

Sie rannten los, durch den schweren, tiefen Schnee. Deer stolperte und fiel hin. Berger half ihr auf, aber sie war nur besorgt um das Handy. Hektisch klopfte sie sich den Schnee ab, der Timer zeigte 04:12 an.

Als sie das Auto erreicht hatten, waren es nur noch 02:46 Minuten. Das Wenden auf einer praktisch nicht existenten Straße erschwerte die Abfahrt. Als der Wagen endlich beschleunigte, blieben noch 00:21 Sekunden.

Berger kratzte sich am Auge. Ein Tropfen lief ihm übers Gesicht. Er sah in den Rückspiegel. Es war Blut.

In dem Moment explodierte hinter ihnen die Welt.

36

Donnerstag, 26. November, 02:07

Molly Blom stieg nicht zum ersten Mal aus dem Jeep auf dem Behindertenparkplatz am Flughafen in Gällivare. Im Gegenteil, der Vorgang wiederholte sich wie in einer unendliche Zeitschleife.

Da hatte sie das letzte Mal freie Luft geatmet.

Sie sah Bergers Rücken vor sich, auf dem Weg in die Abflughalle, und wollte hinter ihm herrennen. Aber da hörte sie ein zischendes Geräusch hinter sich und spürte, wie ihr Kopf explodierte.

Es ruckelte und holperte, sie wachte immer wieder auf und hörte den Motor eines Autos, konnte aber nichts sehen. Der Ort, an dem sie sich befand, war kleiner als ein normaler Kofferraum, klaustrophobisch klein. Nach einer Weile begriff sie, dass sie in einer Reisetasche lag, einem Koffer.

Und sie roch Blut. Getrocknetes Blut.

Jovana Maleševićs Blut.

Diese Erkenntnis schickte sie wieder zurück zu dem Augenblick, als sie aus dem Jeep auf dem Behindertenparkplatz am Flughafen in Gällivare aussteigt, den Rücken von Berger vor sich sieht und hinter ihm herrennen will.

Mittlerweile sitzt sie in einem halbdunklen Raum auf einem harten Stuhl. Ihr Kopf wird nach vorn gedrückt, Wasser läuft durch ihre Haare und in ein Waschbecken. Zuerst denkt sie, dass sich ihr Blut mit dem Wasser mischen und in einem Strudel im Ablauf verschwinden würde. Aber dann sieht sie, dass es eine ganz andere Farbe hat. Ihr wird ein Handtuch über den Kopf gelegt, und ihre Haare werden damit trocken gerieben. Sie sitzt gefesselt auf diesem Stuhl, vor ihr im Spiegel sieht sie eine dunkelhaarige Gestalt, dahinter eine zweite Person mit einer Sturmhaube auf dem Kopf, die sich nähert. Eine Schere schnippt in der Luft. Dann werden ihr die Augen verbunden, und die Schere arbeitet sich fleißig durch ihre Haare, lange und mit großer Energie. Endlich wird ihr die Augenbinde wieder abgenommen.

Sie sieht in den goldgerahmten Spiegel und erkennt ihr Gesicht. Da begreift sie, dass die dunkelhaarige Person zuvor auch ihr Spiegelbild war.

Und jetzt trägt sie eine Pagenfrisur.

Die Gestalt mit der Sturmhaube legt die Schere beiseite und streicht mit der Hand über ihr Haar. Da taucht plötzlich eine zweite Gestalt mit Sturmhaube hinter der ersten auf. Molly hört einen unmenschlichen Schrei, dann wirft sich die bedeutend größere Gestalt auf die kleinere.

Ihr wird wieder schwarz vor Augen.

Sie steigt aus dem Jeep auf dem Behindertenparkplatz am Flughafen von Gällivare. Sie sieht Bergers Rücken vor sich, auf dem Weg in die Abflughalle, und will ihm hinterherrennen. Dann hört sie ein zischendes Geräusch.

Sie steigt aus dem Jeep auf dem Behindertenparkplatz am Flughafen von Gällivare. Sie sieht Bergers Rücken vor sich, auf dem Weg in die Abflughalle, und will ihm hinterherrennen.

Dann erwacht sie.

Öffnet die Augen. Die Kälte hat sich bereits tief in ihren Körper gefressen. Molly friert erbärmlich, und es dauert einen Augenblick, bis sie begreift, warum. Sie ist nackt, vollkommen nackt.

Der schwere Metallstuhl scheint in dem Betonboden verankert zu sein. Ein Kellerboden. Die feuchtkalte, nach

Schimmel riechende Luft zieht ihr als beißender Gestank in die Nase. Sie versucht, Arme und Beine zu bewegen, doch die sind mit Kabelbindern gefesselt.

Es ist vollkommen still in dem Raum.

Ein paar Meter von ihrem Stuhl entfernt macht sie die Umrisse eines Plüschsofas aus. Und auf dem Sofa sitzt jemand.

Dass alles mit Plastik bezogen ist, erkennt sie, als sie die Geräusche hört. Nackte Haut auf Plastik.

Aber sie kann die Bewegungen nur erahnen. Dann wird wieder alles schwarz.

Als sie aufwacht, sieht sie zwei Gestalten auf dem Sofa. Körper ohne Kopf.

Es dauert eine Weile, aber dann begreift sie, dass die Personen schwarze Sturmhauben aufhaben. Wieder Bewegungen auf dem Sofa. Wie Würmer, die sich winden. Aber keine Geräusche.

Nur Dämmerlicht und Stille.

Jetzt lehnt sich die kleinere Gestalt vor und wird sichtbar. Ihr Oberkörper ist nackt, sie trägt aber weiterhin eine Sturmhaube. Es ist eine Frau. Dann taucht sie zurück ins Dunkel.

Die Bewegungen auf dem Sofa finden in einem parallelen Universum statt. Sie erreichen sie nicht, nicht wirklich.

Da beugt sich die Frau wieder in den schwachen Lichtschein, ins Rampenlicht. Sie zieht langsam die Sturmhaube herunter, aber erst, als Jessica Johnsson die blonde Perücke abnimmt, erkennt Molly sie wieder.

Auch der Mann beugt sich vor und nimmt seine Sturmhaube ab. Reine Danielsson ist alt geworden seit dem Verhör in Orsa. Im Übrigen hat Molly nur Fotos aus seiner Jugend gesehen. Das Kindliche auf den Bildern ist verschwunden, in seine Gesichtszüge hat sich eine düstere Erfahrung eingekerbt. Und eine tiefe Einsamkeit.

Jetzt lässt sich das Paar wieder auf das Sofa zurücksinken. Molly schließt die Augen. Sie hört die Geräusche der grotesken Pantomime des Paares, Nacktheit auf Plastik, und ist fassungslos von der Lächerlichkeit der ganzen Scharade. Ein Schauspiel, das keiner von beiden wirklich zu genießen scheint.

Als sie die Augen wieder öffnet, ist Reine aufgestanden. Sie betrachtet sich selbst, ihren nackten, gefesselten Körper von einem anderen Ort im Raum aus.

Reine kommt auf sie zu. Da sieht sie am Rand eines schmalen Lichtstreifens einen Tisch, auf dem ein großes Messer liegt.

Dann wieder Dunkelheit. Die versöhnliche, gnädige Dunkelheit. Ein Schmerz im Kopf, der sich im ganzen Körper ausbreitet. Und das ist erst der Anfang.

Sie will nicht erfahren, wie der andere Schmerz ist. Das will sie wirklich nicht wissen.

Sie kommt wieder zu sich. Obwohl ihr ein intuitiver Impuls sagt, dass sie die Augen aufschlagen sollte, lässt Molly sie geschlossen. Sie versucht sich zu orientieren, im Raum und in ihrem Bewusstsein. In ihre Nase sticht der Gestank von Schimmel, der Gestank ihres Körpers. Sie bemüht sich, zu begreifen, was vor sich geht.

»Die Augenlider sind nicht nur dünn, sie sind auch verräterisch«, sagt eine Frauenstimme.

Sofort schlägt sie die Augen auf. Reine steht vor ihr. Er hat ein Holzscheit in der Hand. Verdeckt hinter ihm sitzt Jessica auf dem Sofa, vorgebeugt, ein Lächeln im Gesicht, sonst ohne jede Regung.

»Ich habe deine Wachphasen gemessen. Drei Minuten und acht Sekunden. Hast du herausgefunden, wo du bist?«, fragt sie.

»Ich weiß, wo ich bin«, entgegnet Molly so ruhig und beherrscht wie möglich.

»Und das wäre?«

»Ich bin in einer Hölle ohne Boden«, sagte Molly.

Jessica lacht laut auf. Ein fröhliches, gluckerndes Lachen,

das so gar nicht in diesen Kellerraum passt. Dann steht sie auf und streckt und dehnt sich.

»Wenn du wüsstest, wie recht du hast.«

Sie stellt sich neben Reine, nur einen Meter von ihm entfernt, Seite an Seite. Zwei nackte Menschen.

Plötzlich beugt sich Jessica vor, packt Molly unterm Kinn und dreht ihren Kopf hin und her, als würde sie ihr Gesicht genauer betrachten wollen.

»Ich habe ein bisschen zu lange geglaubt, dass du wirklich Eva Lundström bist«, sagt sie. »Es war nicht ganz leicht, herauszubekommen, dass du eigentlich Molly Blom heißt.« Dann richtet sie sich wieder auf und befiehlt, ohne den Blick von Molly zu nehmen: »Reine, schlag sie.«

Molly spürt, wie sie zusammenzuckt, den Kopf hin und her wirft, vor und zurück. Ihr ganzer Körper bereitet sich auf den Schmerz vor.

»Wir begnügen uns erst einmal mit den Oberarmen«, sagt Jessica. »Danach schneidest du sie.«

Molly hat nicht vor, die Augen zu schließen. Stattdessen sieht sie Reine Danielsson direkt in die Augen, als er das Holzscheit hebt. Auch als es gegen ihren Oberarm prallt, schließt sie die Augen nicht. In seinem Blick ist kein Genuss zu sehen. Eher Leid. Wenn sie die Gelegenheit dazu bekäme, könnte sie damit arbeiten.

Er schlägt auf ihren linken Arm, dann auf den rechten, und sie starrt ihn unverwandt an. Beim dritten Schlag auf den linken Arm verliert sie das Empfinden in ihrem Körper, und als er danach wieder ihren rechten Arm trifft, spürt sie nur Taubheit. Als hätte ihr Körper abgeschaltet.

Dann tauscht Reine das Holzscheit gegen das Messer aus.

Molly sieht, wie es in ihren Arm gleitet. Sie sieht, wie das Blut aus der Wunde schießt. Und hat das Gefühl, als wäre es das Blut einer anderen.

Der Körper einer anderen.

Jessica steht neben ihm und beobachtet mit klinischem

Blick, wie das Blut aus der Wunde pumpt. Dann zieht sie den Korken von einem Reagenzglas, hält es an die offene Wunde und füllt Blut ab. Sie hält es in die schwache Lichtquelle und schüttelt es. Das sieht sehr professionell aus.

Gerade als Jessica den Mund öffnet, um etwas zu sagen, erlischt das Licht. Im Keller wird es pechschwarz.

»Nicht schon wieder!«, ruft sie entnervt.

Reine murmelt etwas, aber Molly kann ihn nicht verstehen.

»Ich glaube, wir haben noch Sicherungen. Wir hatten darüber gesprochen, dass wir Teelichter kaufen wollten. Haben wir das getan?«, fragt Jessica.

»Nein«, antwortet Reine.

Zum ersten Mal, seit sie in diesem Keller ist, hört Molly seine Stimme. Sie ist ruhig, verhalten.

Sie weiß, dass sie damit etwas anfangen könnte.

Wenn sie die Gelegenheit dazu bekäme.

»Geh hoch, und dreh eine neue Sicherung rein.«

Reine verschwindet.

Molly starrt in die Dunkelheit und denkt an das Absurde dieser Situation. Alles daran ist absurd. Aber vor allem die Tatsache, dass sie zwei Serienmördern bei einem Gespräch über Alltagsprobleme zuhört. Eine perverse Normalität.

Als würde hier so etwas wie ein Alltag existieren.

»Nennen wir es einen ›kleinen Aufschub‹«, sagt Jessica.

Molly hört ihren schweren Atem. Sie kann nichts sehen. Und Jessica schweigt jetzt.

Die Zeit verstreicht. Dann hört Molly jemanden die Treppe herunterkommen.

»Es muss an etwas anderem liegen. Die Sicherung ist in Ordnung.«

»Verdammt!«

Molly will den Blutfluss stoppen. Aber sie kann ihre Hände nicht bewegen.

Sie hört Geräusche. Das Federn des Sofas, als hätte sich

jemand hingesetzt. Dann wird eine Lampe angeschaltet, die Taschenlampe im Handy.

Jetzt sieht sie Jessica auf dem Sofa sitzen und die Blutprobe inspizieren. Reine schiebt einen kleinen Wagen zu ihr hin. Darauf steht eine medizinische Ausrüstung, ein kleines Labor.

Molly versucht, zu begreifen, was hier vor sich geht.

Aber sie versteht es nicht.

Sie erkennt nur, dass ihr eine Schonfrist eingeräumt wurde.

Erschöpft schließt sie die Augen und weiß, sie *weiß*, dass jede Minute zu ihren Gunsten verstreicht. Denn mit jeder Minute, die sie am Leben bleibt, kommt Sam Berger näher.

Das ist gewiss.

37

Donnerstag, 26. November, 07:48

Die Nachricht wurde noch in der Nacht durchgegeben. Deer hörte sie im Autoradio und las sie im Internet. Das lokale Elektrizitätswerk war außer Funktion, das Kraftstellwerk ebenfalls. Die Kommune von Boden, zu der auch Gunnarsbyn gehörte, hielt zum Glück die Füße still und unterließ Formulierungen wie »Sprengung«, »Attentat«, »Zerstörung«. Die Nachricht hatte gegen sieben Uhr morgens auch noch nicht die überregionalen Medien auf den Plan gerufen.

In der Zwischenzeit war auf der Homepage der Gemeinde Gunnarsbyn zu lesen: »Die Umkopplung der Stromversorgung ist in vollem Gange. Jeder Haushalt muss sich auf der Seite mit einem persönlichen Code registrieren, den er ab Donnerstagmorgen, 08:00 Uhr, am Sammelpunkt in Gunnarsbyn erhält.«

Der besagte Sammelpunkt war die Kirche von Gunnarsbyn, und schon ab zehn vor acht hatten die Leute eine Schlange gebildet. Gunnarsbyn selbst war ein kleiner Ort, aber zum Glück verfügte die Kirche über ein großzügiges Angebot an Parkplätzen in der Straße, die vom Fair-Trade-Laden zum Gotteshaus führte.

Sie parkten auf einem strategisch günstigen Platz und warteten. Allmählich wurde es kalt im Wagen.

Doch der graue Himmel lichtete sich, und eine blasse

Morgendämmerung schob sich durch die trägen Wolkenmassen.

»Die Angaben von Carsten waren also korrekt«, sagte Deer auf dem Beifahrersitz.

»Ihm scheint es sehr wichtig zu sein, dass wir Molly retten«, entgegnete Berger.

Deer sah auf ihr Handy und las die Instruktionen noch einmal vor.

»Die Steuerung der Stromversorgung ist digitalisiert. Bei einer Weiterleitung von anderen Erzeugern ist ein individueller Code notwendig, der persönlich abgeholt werden muss. Die Kappung der Stromversorgung ist die einzige Möglichkeit, die Leute aus dem Haus zu locken.«

»Das ist auf jeden Fall ein Mann, der weiß, wie man ein Attentat plant«, stellte Berger nüchtern fest.

Die Zeit verstrich, und je heller es draußen wurde, desto kälter wurde es im Wagen. Dem langsam wachsenden Verkehrschaos vor der Kirche war es zu verdanken, dass sie den Motor ab und zu anlassen konnten, ohne Aufmerksamkeit zu erregen. Die Schlange der Wartenden wand sich vor der Kirche, das Chaos nahm zu, und es wurde immer schwieriger, einzelne Einwohner auszumachen, dasselbe galt für die Autos.

Berger und Deer hatten schon so viele Observationen gemeinsam absolviert, dass sich die Situation vertraut anfühlte. Und dennoch so fremd.

Alle Voraussetzungen hatten sich verändert.

Das Parkchaos nahm mittlerweile gravierende Formen an. Es wurde gehupt, manche Fahrer fuchtelten wild mit den Armen und forderten ihren Stellplatz ein. Die Fahrzeuge standen einander im Weg. Es wurde geschimpft, Fäuste wurden geschüttelt, obszöne Gesten gezeigt. Das Hupen verschmolz zu einer ganz eigentümlichen Kakofonie. Da kam ein Lastwagen und schob sich direkt vor Berger und Deer. Unbeeindruckt entlud der Fahrer Waren für den Laden.

Nach zehn Minuten hielt es Berger nicht mehr aus und lief um den Lastwagen herum. Er versuchte, sich einen Überblick zu verschaffen. In der Schlange vor der Kirche hatte sich der Grad an Aggressivität erhöht. Woher kamen bloß all diese Menschen?

Und da sah Berger ihn. In einer verdeckten Parklücke stand ein VW Caddy in der Farbe *Fjord Blue* und mit dem Kennzeichen LAM 387. Und der Wagen war leer.

Berger duckte sich, schlich zurück zum Auto und gab Deer ein Zeichen. Sie zogen sich die Kapuzen ihrer Jacken über die Köpfe und mischten sich so anonym wie möglich unter die Leute in der Schlange. Sie gingen rechts und links der ungeordneten Ansammlung von Menschen, nicht ohne den einen oder anderen Protest zu hören. Es waren zehn Grad unter null, die Leute hatten sich dick angezogen, und ihre Gesichter waren kaum zu erkennen. Immer wieder war Berger gezwungen, seinen falschen Dienstausweis zu zeigen, obwohl er das sehr gerne vermieden hätte.

Die Stimmung wurde immer hitziger, je weiter sie nach vorn kamen. Berger hatte sogar das Gefühl, die Menge war kurz vor der Lynchjustiz. Er drängte sich gerade durch die Schlange, um Deer aus dem Griff eines riesigen Mannes mit blaurot angelaufenem Gesicht zu befreien, als er aus dem Augenwinkel eine Gestalt in einer tarngrünen Kapuzenjacke sah, die sich etwa zwanzig Meter vor ihnen aus der Schlange löste. Es gelang ihm, Deer aus den Fängen des Riesen zu erretten und dabei die Gestalt nicht aus den Augen zu lassen. Die lief links an der Kirche vorbei über einen geräumten Weg, der zwischen den schneebedeckten Gräbern hindurchführte.

Berger rannte los, und Deer folgte ihm. Da stellte ihm jemand ein Bein, er fiel der Länge nach hin, und schadenfrohes Lachen hallte durch die kaltweiße Luft. Deer lief an ihm vorbei, er sah, wie sie dem Weg folgte, der auf den Friedhof führte. Berger rappelte sich auf und rannte hinterher.

Die Person in Tarnkleidung war in etwa zwanzig Meter Entfernung stehen geblieben, das Gesicht unsichtbar unter der Kapuze. Sie schien sie entdeckt zu haben. Berger überholte Deer, rutschte auf den vereisten Wegen zwischen den Gräbern aus und fiel wieder der Länge nach hin. Dieses Mal selbst verschuldet. Der Weg war die reinste Rutschpartie. Erneut kam er auf die Füße, rutschte aber auf der Stelle wieder weg. Die Gestalt stand reglos da. Sie schien zu warten, abzuwarten. Als würde sie etwas wissen, was sie nicht wussten.

Wütend warf Berger einen Blick über die Schulter. Deer war nirgendwo zu sehen. Als er sich wieder umdrehte, sah er, wie die Gestalt plötzlich nach rechts stürmte. Offensichtlich befand sich dort zwischen den Gräbern auch ein Weg. Sie rannte zurück in Richtung Parkplatz, ohne ins Schlittern zu kommen, offenbar hatte sie Spikes unter den Schuhen. Berger hatte es noch nicht einmal bis zur Ecke geschafft, da hechtete sie über die schneebedeckte Hecke wie ein Hindernisläufer bei den Landesmeisterschaften. Er rutschte und schlidderte und konnte nur zusehen, wie die Gestalt an den geparkten Autos vorbei auf den Caddy zurannte.

Er würde verlieren.

Mittlerweile reichte die Schlange der Wartenden bis zum Friedhofseingang. Die Gestalt lief mit geschmeidigen Schritten an ihr vorbei, als plötzlich etwas Unerwartetes geschah.

Hinter einem Wagen, der ganz in der Nähe der Kirche stand, sprang jemand hervor. Die tarngrüne Gestalt wurde gerammt und prallte gegen das Auto. Beide Kapuzen rutschten von den Köpfen, und Berger sah zwei dunkelbraune Pagenköpfe, zwei Spiegelbilder im Duell. Dann beobachtete er wie in Zeitlupe, dass Deer mit einer Kraft, die er niemals für möglich gehalten hätte, Jessica an den Haaren packte und ihren Kopf mit voller Wucht durch das Seitenfenster des Wagens schlug.

Die Wolke aus Glassplittern stob in alle Richtungen.

38

Donnerstag, 26. November, 09:16

Berger betrat den fensterlosen Raum, und die Tür schloss sich hinter ihm. Die Einrichtung wirkte klinisch kalt. Die Tapete an den Wänden war genauso nichtssagend wie der blanke Tisch aus Birkenfurnier. Davor standen zwei Stühle. Einer war leer.

Auf dem anderen saß Jessica Johnsson.

Ihre Handgelenke waren mit Kabelbindern an den Stuhl gefesselt. Sie hatte Schnittwunden im Gesicht, einige waren mit Pflastern versorgt worden, aus anderen perlte noch Blut. Berger erinnerte sich nur zu gut an das Lächeln, das auch jetzt um ihre Lippen spielte. Aber sie sagte kein Wort.

Berger nahm Platz und schaltete das Aufnahmegerät ein.

»Wo ist Molly?«

Keine Antwort. Stattdessen wanderte ihr Blick prüfend durch den Raum.

»Das Spiel ist vorbei, Jessica. Das müssen Sie doch einsehen.«

Keine Reaktion.

»Machen Sie sich keine Sorgen um Reine? Ihren Reine. Verschonen Sie ihn doch. Nicht noch einen Mord. Nicht noch eine Psychose.«

Seine Zurückhaltung schmerzte ihn körperlich. Am liebsten hätte er sich auf sie gestürzt und das Miststück in Stücke gerissen. Aber Deer, die ihn mit einem Knopf im Ohr begleitete, hatte ihn davon überzeugt, dass dies keine besonders effektive Herangehensweise wäre.

»Du musst ihr unter die Haut«, sagte sie in sein Ohr.

Ja, das musste er versuchen, er musste versuchen, ihr unter die Haut zu fahren. Wie auch immer das gelingen sollte.

Sie hatten hitzige Diskussionen über die Konstellation geführt. Sollte Deer beim Verhör dabei sein? Oder es sogar selbst führen? Am Ende kamen sie zu dem Entschluss, dass ihre Abwesenheit wahrscheinlich den größten Nutzen bringen würde. Zumindest anfangs.

Jessica war in Wirklichkeit immer nur hinter Sam Berger her gewesen.

Berger lehnte sich über den Tisch.

»Wenn Sie mir sagen, wo Molly ist, wird sich das strafmildernd auswirken. Sonst bleibt es bei lebenslänglich. Und zwar wirklich lebenslänglich. Das waren Ihre letzten Atemzüge in Freiheit.«

Jessica Johnsson sah ihn an, schweigend, rätselhaft, entschlossen, unfassbar stark. Und unfassbar krank. Das würde nicht leicht werden. Er würde geduldig sein müssen. Reine würde Molly wahrscheinlich nicht ohne Anleitung verletzen. Wenn sie überhaupt noch am Leben war …

Jessica schien seine Gedanken lesen zu können, denn ihre ersten Worte waren: »Reine weiß, was er zu tun hat, wenn ich nicht wiederkomme.«

Berger hatte das Gefühl, sich gleich übergeben zu müssen, ihr einmal quer über den Tisch ins Gesicht kotzen zu müssen. Im Ohr vernahm er einen pädagogisch wertvollen Beitrag.

»Und was soll Reine tun?«

Ihm gelang es, sich wieder zu beruhigen.

»Und was soll Reine tun, wenn Sie nicht wiederkommen?«

Jessica lachte, kurz, flüchtig, freudlos.

»Vollenden.«

»Farida Hesari«, sagte Deer.

»Reine wird ein anderer Mensch, wenn Sie nicht da sind. Während Sie geschlafen haben, hat er Farida Hesari aus Täby freigelassen.«

Jessica nickte, als hätte sie soeben eine Erkenntnis gehabt. »Ihr habt eure Hausaufgaben gemacht, sehr gut.«

»Das wollten Sie doch«, erwiderte Berger so ruhig wie möglich.

»Reine hat aber seine Hausaufgaben auch gemacht«, fuhr Jessica fort und zuckte mit den Schultern. »Er wird diesen Fehler niemals wiederholen.«

Berger sah ihr in die Augen und meinte, ihre ganze Affektiertheit erahnen zu können. Als wüsste sie, dass sie Schmerzen empfinden sollte, dazu aber nicht in der Lage war. Die Frage war, ob sie überhaupt irgendetwas empfinden konnte.

»Wir wissen, was Sie alles durchgemacht haben«, sagte Berger.

Jessica lachte. »Reden Sie nicht von Dingen, von denen Sie *nichts verstehen.*«

Berger verstummte.

»Kichert sie dir gerade wieder ins Ohr, Sam? So, wie sie es vor acht Jahren getan hat?«

Er wusste genau, welche Szene Jessica meinte, natürlich.

Eine falsche Geste, ein paar Worte, ein Kichern. Sie hatten sich festgesetzt und waren wie ein Krebsgeschwür gewuchert.

Es gelang ihm, in die Gegenwart zurückzukehren, seine beherrschte Ruhe überraschte ihn.

»Wir wissen, was Sie alles durchgemacht haben«, wiederholte er. »Aber wir können es nicht richtig verstehen. Sie waren acht Jahre alt und hatten ein Kleeblatt gefunden. Sie hatten einen großen Wunsch, den Sie aber nicht laut aussprechen durften. Sie wollten diesen kleinen Bruder loswerden. Weil Sie allein sein wollten. Die Narzisstin in Ihnen wollte um keinen Preis die Aufmerksamkeit der Eltern teilen müssen. Ich frage mich, ob es Sie überhaupt berührt hat,

Ihre eigene Mutter in ihrem Blut zu finden. Ich habe mich sogar gefragt, ob nicht Sie Ihre Mutter umgebracht haben. Sie vergiftet haben. Wenn Sie sie mit jemandem teilen mussten, konnte sie auch genauso gut tot sein.«

Jessica drehte den Kopf zur Wand. Berger meinte, ihren Kiefer arbeiten zu sehen.

Das wollte er, genau diese Anspannung.

»Was war denn eigentlich mit Ihrem Vater los? Sie haben nie wirklich seine Aufmerksamkeit bekommen, richtig? Aber nachdem die Gefahr gebannt war, was passierte dann?«

Die Anspannung blieb.

»Es kam alles anders, als Sie gehofft hatten, nicht wahr? Ihr Vater zog weit weg, und ich glaube, er ist vor Ihnen geflohen, Jessica. Er hatte Angst vor Ihnen. Er wusste, wie gefährlich Sie sein können. Wie krank Sie schon damals waren. Hatten Sie Ihrem Vater Ihren Wunsch anvertraut? Haben Sie ihn auch umgebracht?«

Jetzt lächelte sie, aber die Anspannung blieb. Ein sonderbarer Gesichtsausdruck war das Resultat.

»Sie waren beim Therapeuten. Sie lernten dort, wie Sie fühlen *sollten*. Aber das konnten Sie nicht. Sie konnten damals nichts fühlen und heute auch nicht. Ihr Innenleben ist blank und kahl und weiß, Jessica. Eine Welt ohne Zeichen.«

Ihr Blick hatte sich erneut verändert, sie wirkte nun fast zufrieden. Als würde sie endlich enttarnt werden wollen. Als wäre das ihr eigentliches Ziel. Nicht der Schmerz trieb sie an, sondern die Jagd nach dem Schmerz. Um irgendetwas spüren zu können.

»Und während Sie bei Ihrer armen Tante Ebba im Internet auf den schlimmsten Seiten surften, kam Ihnen in den Sinn, dass Sie etwas Selbstdestruktives an sich haben könnten. Vielleicht sogar, dass Sie eine Sadomasochistin sind? Sie schlüpften in diese Rolle und flogen nach Amerika. Dort beobachteten Sie, wie Madame Newhouse mit ihrer hohen Apathieschwelle umging. Ein Sklave, den man nach seinem

Willen lenken kann, das wäre es vielleicht. Jemand, der Ihre kranken Fantasien umsetzt und Sie anhimmelt. Denn das wollen Sie unbedingt, dass man Sie beachtet. Was für ein lächerliches Affentheater, Jessica.«

»Pause«, sagte Deer.

Berger bremste sich und musterte sein Gegenüber. Er versuchte, ihre Mimik zu lesen, aber das war sehr, sehr schwer. War da eine Regung? Wollte sie etwas korrigieren, richtigstellen?

Er hoffte, dass Deer mehr gesehen hatte, aber die Stimme im Ohr blieb stumm.

»Warum solltest du der Erste auf der Welt sein, der es versteht?«, fragte Jessica mit einem Lächeln. »Was sollte dich dafür qualifizieren?«

»Sie haben mich gerufen, Jessica. Sie wollten, dass ich komme.«

Ihre Augen wurden zu schmalen Schlitzen.

»Reine war Ihnen nicht genug. Sie haben schon in Orsa gemerkt, dass er nicht das richtige Publikum für Sie ist. Sie brauchen jemanden, der Sie sehen und verurteilen kann. Der Sie aufhalten kann. Denn das, was Sie tun, ist vollkommen sinnlos, und das wissen Sie auch. Sie hoffen, dass Sie irgendwann, früher oder später, etwas spüren werden, aber ich glaube, Sie sind überhaupt nicht *in der Lage,* Gefühle zu empfinden.«

Jessica Johnsson hatte den Blick wieder abgewandt, ihr Lächeln war wie ausradiert.

»Bald werde ich etwas empfinden«, sagte sie leise.

Berger wartete auf Anweisungen von Deer, aber es blieb still.

Was zum Teufel hatte das zu bedeuten? »Bald werde ich etwas empfinden«?

»Vor acht Jahren wurden Deer und ich zu Ihren Ersatzeltern auserkoren. Deer nahm Reine im Verhör hart ran, und ich habe ihn mit der Fingerpistole abgeschossen. Das hat etwas in Ihnen getriggert, und im Laufe der Jahre, während Sie Ihre sinnlosen Morde begingen, haben Sie versucht, Kontakt zu uns aufzunehmen. Damit wir Sie beachten, damit wir Sie verstehen und Sie aufhalten. Aber dann, vor ein paar Wochen, passierte etwas, und Sie mussten uns *unbedingt* aktivieren. Was ist da geschehen?«

Jessica lächelte in sich hinein.

»Das habe ich euch doch in Porjus schon erzählt. Ich habe euch im Fernsehen gesehen.«

»Sie haben gesagt, Sie hätten Deer gesehen.«

»Ihr wart beide da, sie wurde zum Ellen-Savinger-Fall befragt, du hast im Hintergrund gestanden.«

»Aber warum jetzt?«

»Ich wollte deinen Schmerz sehen«, antwortete Jessica mit einem strahlenden Lächeln.

Blitze schossen durch seinen Körper. Jetzt wollte er Gewalt anwenden. Grobe, zerstörerische Gewalt.

»Ganz ruhig, Sam. Bleib ruhig«, hörte er Deer in seinem Ohr sagen.

Berger schloss die Augen, und es gelang ihm, sich zusammenzureißen.

»Sie wollen, dass ich Ihren Schmerz bestätige, Jessica«, sagte er. »Aber das werde ich nicht tun. Da ist kein Schmerz. Aber Ihre innere Leere, die kann ich bestätigen.«

Sah er Enttäuschung in ihrem Blick? Hatte sie gehofft, dass er ihr Leid anerkennen würde? Hatte sie gehofft, dass er ihre Schmerzen adeln würde? Sie nobler machte, als sie waren?

Welche Vorgehensweise wäre jetzt die effektivere – ihr Bestätigung zu geben? Oder sie noch härter ranzunehmen? Er musste eine Entscheidung treffen. Deer hatte ihn zurückgehalten. Das beeinflusste seine Wahl.

»Vielleicht haben Sie aber doch etwas empfunden, und zwar, als Sie sich auf so bestialische Weise an Eddy Karlsson in dem Kellerloch gerächt haben?«

Da war ein Leuchten in ihren Augen.

»Auf jeden Fall hat er bekommen, was er verdient hat«, sagte sie.

»Bleib da dran«, hörte er von Deer.

»Ich weiß, ehrlich gesagt, gar nicht, was Eddy Ihnen angetan hat.«

»Das wirst du auch nie erfahren.«

»Aber es war eine Rache *Auge um Auge*, richtig? Gebärmutter gegen Schwanz.«

Jessica lachte laut auf.

»Ganz schön pfiffig, oder?«

»Sind Sie wirklich nur eine banale Serienmörderin, Jessica? Wollen Sie von mir einfach nur banale Bewunderung? Dass ich von Ihrer *Pfiffigkeit* beeindruckt bin?«

Sie blinzelte. Entdeckte er einen Anflug von Wut?

»Ich habe Sie aufgehalten«, fuhr er fort. »Und besonders pfiffig finde ich Sie jetzt nicht. Und empfunden haben Sie auch nichts.«

»Bald werde ich etwas empfinden«, wiederholte Jessica.

»Und wie soll das funktionieren, nach fünfunddreißig gefühllosen Jahren?«

»Ich will in deine Augen sehen, wenn Molly Blom stirbt.«

Berger wurde schwindlig. Für einen Moment wurde alles weiß. Eine Welt ohne Zeichen.

»Bleib ruhig, Sam«, hörte er Deer. »Ganz ruhig bleiben. Sie kennt also den Zeitpunkt? Hat Reine eine Uhrzeit, wann er ihr den Todesstoß versetzen soll? Wie bekommen wir das raus?«

»Machen Sie sich nicht lächerlich. Bevor wir bei Ihnen in Porjus waren, wussten Sie gar nicht, dass Molly existiert.«

»Und da dachte ich ja auch noch, dass sie tatsächlich Eva Lundström heißt. Aber das Wichtigste war, dass ich gesehen habe, dass ihr ein Paar seid.«

»Ein Paar?«

»Das war unverkennbar.«

Es knisterte in seinem Ohr.

»Mach einfach weiter, Sam, lass dich nicht von ihr provozieren. Mach einfach weiter.«

Aber er konnte nicht.

Dafür übernahm Jessica. Sie sah an ihm vorbei in die Kamera und sagte: »Neben der Schule deiner Tochter, Deer, gibt es einen Briefkasten. Die Schule war zu Ende, und Lykke kam auf uns zugelaufen. Ich hatte den Brief für Karl in Säter in der Hand. Reine stand neben mir und wartete auf meinen Befehl. Ich musste eine schnelle Entscheidung treffen. Was würde mehr wehtun? Sollte ich Deers Tochter oder Sams Geliebte nehmen? Lykke ist so alt, wie ich damals war, als ich das Kleeblatt gefunden habe, sie hat mich sehr an mich selbst erinnert, der Pagenkopf und so. Alles war vorbereitet, sie mitzunehmen. Aber dann habe ich mich anders entschieden. Es würde eine größere Herausforderung sein, Molly aufzuspüren und zu entführen. Also ließ ich den Briefumschlag in den Briefkasten fallen und Lykke vorbeigehen. Sonst wäre deine Tochter schon längst tot, Frau Kommissarin Rosenkvist.«

»Du bleibst, wo du bist, Deer«, mahnte Berger.

Er hörte Deer schluchzen, dann war es wieder still.

Er musste sie ablenken.

»Woher wussten Sie, dass wir zum Flughafen in Gällivare wollten? Wir dachten, Sie sind in Skogås.«

»Das war ja auch die Absicht.« Jessica lachte charmant. »Als ich mich gegen Lykke entschieden hatte, sind wir wieder zurück nach Lappland geflogen.«

»Das ist keine Antwort auf meine Frage.«

»Ich habe mir gedacht, dass ihr hier oben seid, in der Nähe von Porjus. Und die Fluggesellschaften hier verwenden alle Systeme, die man sehr leicht hacken kann. Wir wohnten zwischen Gällivare und Arvidsjaur, den beiden Flughäfen. Wir mussten nur hinfahren, als deine Buchung einging. Hast du noch ein paar andere spannende technische Fragen?«

»Ja, Anders Hedblom, Karls Bruder. Warum haben Sie ihn umgebracht?«

»Berger hat ihn umgebracht«, sagte Jessica und lächelte. »So stand es auf dem Zettel.«

»Sind Sie damals wegen Anders nach Malmö gezogen?«, fragte Berger unter größter Anstrengung, die Beherrschung nicht zu verlieren.

»Das ist keine interessante Frage«, entgegnete Jessica mit arrogantem Tonfall. »Er hatte seinen Bruder in Orsa besucht, wir hatten eine Affäre, und ich bin seinetwegen nach Malmö gezogen. Aber er hat mich sitzen lassen. Um ihn zu halten, habe ich angedeutet, dass Karl unschuldig ist, und wohl ein bisschen zu viel erzählt. Als ich nach Norden gezogen bin, kam er hinterher und wollte mich erpressen. Selbst schuld!«

»Also wurde er eines Ihrer zehn Opfer.«

»Zehn?«

»Ich habe gezählt. Es sind zehn. Helena, Rasmus, Mette, Lisa, Eddy, Farida, Elisabeth, Anders, Jovana und Molly.«

»Ich zähle ganz anders«, sagte Jessica Johnsson. »Es sind sechs.«

»Können Sie das bitte erklären?«

»Farida ist abgehauen, sie zählt nicht. Eddy und Anders zählen auch nicht, das war eben notwendig. Und Anders war Teil meiner Nachricht an dich, Sam.«

»Dann komme ich trotzdem noch auf sieben, Jessica.«

»Rasmus zählt nicht. Er gehörte ja zu Helena.«

»Das verstehe ich nicht.«

»Es sind nicht sechs Opfer, sondern *sechs mal zwei.*«

Berger dachte nach, wartete und horchte, aber Deer blieb stumm. Das passte alles nicht zusammen.

»Es sind immer zwei, die sterben müssen, eine Mutter und ein Sohn, die anderen sind belanglos. Helena und ihr Sohn. Mette und ihr Sohn. Lisa Widstrand und ihr Sohn. Elisabeth Ström und ihr Sohn. Jovana Malešević und ihr Sohn.«

»Das sind aber doch nur fünf, verdammt!«, rief Berger und hatte das Gefühl, dass sein Kopf gleich platzen würde. »Fünf mal zwei.«

»Rechte Jackentasche.«

Mehr sagte sie nicht.

Berger stolperte in den Flur und kam mit Jessicas Jacke zurück. Aus der rechten Jackentasche zog er eine Art Plastikstift heraus, darauf war ein Fenster mit zwei kleinen Strichen zu sehen.

»Ich habe zuerst eine Urinprobe genommen, das Ergebnis überraschte mich, aber es war auch irgendwie logisch, als hätte ich durch Zufall die richtige Wahl getroffen. Danach habe ich auch einen Bluttest gemacht.«

Berger starrte auf die Striche, auf Jessica Johnsson, dann an die Wand.

»Molly Blom ist schwanger«, erklärte Jessica. »Seit einem knappen Monat.«

Berger schlug die Hände vors Gesicht.

»Sechs mal zwei«, wiederholte Jessica Johnsson mit einem strahlenden Lächeln. »Es sind sechs mal zwei Tote.«

39

Donnerstag, 26. November, 10:35

Die Kälte weckte sie. Oder die Wunde. Aber das spielte keine Rolle, Schmerzen verursachten beide.

Alles tat ihr weh.

Aber der größte Schmerz war die Erkenntnis. Die Erkenntnis, in welcher Situation sie sich befand.

Sie zerrte an den Kabelbindern. Alle vier Gliedmaßen waren straff an den Stuhl gefesselt. Erst jetzt öffnete sie die Augen.

Aber das machte kaum einen Unterschied. Von irgendwoher fiel ein kleiner Lichtstrahl in den dunklen Keller. Sie konnte die Umrisse des Sofas erkennen und der Gestalt, die darauf lag, sie stellte fest, dass Reine nicht mehr nackt war, sondern einen Trainingsanzug trug. Er schlief wohl.

Und war allein mit ihr.

Sie blickte sich um. Aber es gab nichts zu sehen. Nur das Sofa, den Mann darauf, den Tisch mit dem Holzscheit und dem Messer und sie selbst. Sonst nichts.

Molly Blom versuchte, den vollen Umfang ihrer Verletzungen zu erkunden. Ihre blauen, geschwollenen und blutigen Oberarme zu sehen war ein Schock, aber der Juckreiz an ihrem Hintern irritierte sie viel mehr. Sie rutschte so weit wie möglich auf dem Stuhl vor, machte ein Hohlkreuz und versuchte, über die Schulter auf ihr Hinterteil zu schauen. Auf ihrem Gesäßmuskel konnte sie die Umrisse einer Zeichnung erkennen.

Sie wusste, dass es die Tinte eines Kugelschreibers war. Und die Zeichnung vermutlich ein Kleeblatt darstellte.

Jessica war nicht da. Molly hatte keine Ahnung, wann sie den Keller verlassen hatte, aber in der Nacht war etwas passiert, denn Jessica und Reine hatten hinter dem Laptop gesessen und mit gedämpften, aber erregten Stimmen diskutiert.

Molly konnte nur erahnen, wie spät es war. Vermutlich waren die vereinzelten Strahlen, die durch eine schlecht isolierte Kellertür fielen, Tageslicht. Da die Sicherung oder etwas anderes den Geist aufgegeben hatte, handelte es sich jedenfalls nicht um elektrisches Licht.

Plötzlich drang ein anderer Laut durch Reines Schnarchen. Ein regelmäßiges, eindringliches Geräusch. War es ein Ticken?

Schwach, ziemlich schwach, aber ganz in der Nähe. Ganz richtig.

Hinter ihrem Rücken tickte es.

Sie war durchtrainiert, vor allem auch durch die letzten Wochen auf den Skiern. Und mit ihrer Sporteinlage, um das Kleeblatt zu sehen, hatte sie schon Nacken und Rücken gedehnt. Trotzdem musste sie sich ziemlich verdrehen, um die Uhr an der Wand zu entdecken. Es war Viertel vor elf. Die Uhr sah neu aus und schien nicht zur Grundausstattung des Kellers zu gehören, genauso wenig wie das rote Plüschsofa. Also hing sie dort aus einem ganz bestimmten Grund.

Aller Wahrscheinlichkeit nach für Reine.

Molly war beim Transport in das Versteck zwar nicht ganz bei sich gewesen, eingepfercht in den Reisekoffer, der mit Jovana Maleševićs Blut getränkt war. Aber die Fahrt hatte nicht so lange gedauert, nur ein paar Stunden. Vielleicht waren sie direkt nach Norden gefahren – entweder bis ins Dreiländereck von Schweden, Norwegen und Finnland oder noch weiter gen Norden in Richtung Finnmark, Honningsvåg, Hammerfest, Nordkap – aber Molly hielt es für wahrscheinlicher, dass die Reise sie nach Süden geführt hatte. Und somit in eine eher dichter besiedelte Gegend. Was wiederum bedeutete, dass Jessica Johnsson schon viel länger weg war, als beispielsweise Einkäufe es erfordert hätten.

Ja, diese genaue Analyse war absolut notwendig.

Schließlich ging es hier um ihr Leben, und sie hatte nicht vor, die letzten Minuten mit metaphysischen Spekulationen zu verbringen. *Gibt es ein Leben nach dem Tod? Hatte ich ein gutes Leben?* Keine Chance, jetzt ging es ums Ganze.

Hopp oder top.

Sie war Molly Blom. Und sie hatte nicht vor, diese Welt zu verlassen, ohne bis zum letzten Atemzug zu kämpfen.

Ihr Gegner war ein Geistesgestörter. Mit dem müsste sie ja wohl fertigwerden. Trotz Kabelbinder, Holzscheit und scharfem Jagdmesser.

Jessica Johnsson hätte niemals das Haus ohne Rückversicherung verlassen, dafür war sie zu klug. Wenn sie tatsächlich schon zu lange fort war – und im optimalen Fall Berger sie geschnappt hatte –, dann hatte sie für Reine unter Garantie eine Anweisung zurückgelassen. Und dafür kam nur eine Sache infrage: die Wanduhr. Also eine Uhrzeit. Reine konnte sich sicherlich komplizierte Zeiten nicht merken, aber ganze Stunden oder halbe schon.

Die Uhr stand auf zehn vor elf. Vielleicht war elf Uhr doch noch zu früh. Vielleicht hatte Jessica Reine halb zwölf genannt oder zwölf.

Aber es gab ohne Zweifel eine Uhrzeit, ihren Todeszeitpunkt.

Molly lauschte Reines Schnarchen. Wenn der Zeitpunkt doch elf Uhr sein sollte, müsste jeden Augenblick ein Wecker klingeln, etwa im Handy. Jessica wusste, dass Reine wahrscheinlich einschlafen würde. Sie musste ihm einen Wecker gestellt haben. Der arme Reine sollte wenigstens zehn Minuten Zeit haben, um richtig wach zu werden, bevor er den nächsten Mord beging.

Demnach müsste der Wecker jetzt klingeln.

Und Molly Blom müsste – obwohl ihre Gliedmaßen in keinem funktionstüchtigen Zustand waren – für einen Gegenangriff vorbereitet sein.

Also machte sie sich bereit. Die Zeit verstrich, und es war wie eine Trainingseinheit, andauernd über die Schulter zu blicken. Die Zeiger ließen elf Uhr hinter sich, und nichts geschah. Dann hatte sie noch eine halbe Stunde Zeit, oder eine ganze. Hatte sie denn eine Alternative? Wohl kaum, ihr Körper war gefesselt und ziemlich mitgenommen. Das einzig Intakte an ihr war ihr Kopf.

Ihre Worte mussten Reine berühren, stärker als Jessicas, aber die beiden hatten acht Jahre zusammen verbracht. Jessica richtete ihn seit einem Jahrzehnt ab. Züchtigung und Gehirnwäsche.

Doch in Reines Augen hatte sie nicht das Böse gesehen. Er hatte den Blick eines Sklaven.

Da konnte Molly ansetzen. Sie musste dafür sorgen, dass er die Uhrzeit und seinen Auftrag vergaß.

Und sie musste daran glauben.

Es war Viertel nach elf, als etwas in der Tasche von Reines Trainingsanzug klingelte. Das hatte Molly befürchtet.

Ihr blieb also eine Viertelstunde.

Sie hatte noch eine Viertelstunde zu leben.

Reine schlug die Augen auf und sah verwirrt aus. Es dauerte eine Weile, bis er das Handy aus der Jackentasche fischte und den Wecker abstellte. Molly beobachtete ihn genau und überlegte unterdessen, dass Sam – sollte er tatsächlich Jessica geschnappt haben – in ihrem Handy Reines Nummer finden und sofort eine Ortung vornehmen würde.

Die Wahrscheinlichkeit war zwar minimal, aber die Existenz dieser Chance gab ihr Kraft, um zu ihrem Ursprungsplan zurückzukehren. Mit der sanftesten Stimme sprach sie Reine an.

»Guten Morgen, Reine. Hast du gut geschlafen?«

Er rieb sich die Augen und sah zu ihr herüber. Sein Blick war schwer zu deuten.

»Es ist ganz schön kalt hier«, fuhr sie fort und versuchte ein Lächeln.

Sein Blick streifte an ihr vorbei, an die Wand hinter ihrem Rücken. Er las die Uhrzeit ab, und Molly sah, wie bei ihm der Startknopf gedrückt wurde. Er erinnerte sich an seinen Auftrag, und sein Blick ruhte bereits auf dem Messer, das neben ihr auf dem Tisch lag.

»Hast du Jessica eigentlich Lena genannt, als ihr euch kennengelernt habt?«, fragte Molly. »Sie hieß damals Lena, stimmt's? Lena Nilsson. Erinnerst du dich an die Zeit, Reine? Damals in der Wohngruppe in Falun?«

Reine blinzelte, blieb aber reglos mit gesenktem Kopf auf dem Sofa sitzen.

»Du hast dort gewohnt, Reine.«

»Ich soll dir nicht zuhören«, entgegnete Reine.

»Wer hat das gesagt, Reine? Lena oder Jessica?«

Reine hob den Kopf und sah ihr zum ersten Mal richtig ins Gesicht.

»Wen magst du lieber, Reine? Lena oder Jessica?«

»Ich soll dir nicht zuhören.«

»Vielleicht bist du ja gar nicht Reine? Bist du Sam? Sam Berger? Erinnerst du dich an Sam? Und an Deer? An Deer erinnerst du dich doch bestimmt. Sam und Deer?«

»Ich soll dir nicht zuhören.«

»Erinnerst du dich noch an die Kanüle im Arm, Sam? Du warst so clever und hast die Nadel umgebogen, damit die Infusion nicht in deinen Körper gelangt. Weil du durch den Schnee fliehen wolltest, Sam Berger. Du sahst aus wie ein Engel, als du durch den Schnee gerannt bist. Das weißt du noch, oder?«

»Ich soll dir nicht ...«

»Du wolltest den Bus mit bloßen Händen aufhalten, Sam. Erinnerst du dich noch an den Bus? Der sollte dich retten.

Du wolltest fliehen, Sam. Das wolltest du in der Wohngruppe nie. Da wolltest du deine Ruhe haben und zeichnen. Darfst du jetzt auch immer zeichnen, Reine? Lena war netter zu dir als Jessica, oder?«

Reine stand auf.

»Ich will mehr zeichnen«, sagte er.

Molly warf einen Blick über ihre Schulter, sie hatte noch sieben Minuten zu leben. Sieben Minuten Zeit, um die Entschlossenheit und Zielstrebigkeit in Reines armem Gehirn zu zerschlagen.

»Darf nur Jessica zeichnen? Das Kleeblatt. Hast du zugesehen, wie sie mir das Kleeblatt auf den Hintern gezeichnet hat?«

»Das ist das Einzige, was ich zeichnen darf«, sagte Reine und kam auf sie zu. Sie schaute wieder auf die Uhr.

»Zeichnest du das Kleeblatt oder Sam? Sam Berger? Was magst du an Sam und Deer?«

»Ich mag die nicht. Sie waren fies. Sie haben fiese Sachen gesagt.«

»Aber du bist doch Sam, das weißt du doch, oder? Du machst auch fiese Sachen. Am Anfang war Lena nett zu dir. Und du hast alles getan, was sie wollte, weil sie so nett zu dir war. Damals musstest du nicht fliehen, Reine. Aber dann wurde aus Lena Jessica. Und Jessica war fies. Vor ihr wolltest du fliehen, Sam, wie du es getan hast, durch den Schnee. Erinnerst du dich noch an Farida?«

»Farida«, wiederholte Reine und blieb auf halbem Weg wie angewurzelt stehen.

»Genau, Farida«, sagte Molly. »Die Frau mit den vielen Tattoos. Natürlich erinnerst du dich an sie. Du hast sie gehen lassen, sie durfte zu ihrem Bus laufen, Reine. Du warst so nett zu ihr und hast sie gehen lassen. Das weißt du doch noch?«

»Sie wollte nicht sterben«, erklärte Reine.

»Ich will auch nicht sterben«, entgegnete Molly und

spürte, wie ihr die Tränen über die Wangen liefen. »Lieber Reine, bitte mach mich los, lass mich auch zum Bus laufen, Sam. Da fährt ein Bus direkt vor der Tür, mit dem können wir zusammen vor Jessica fliehen. Sie war so gemein zu dir, als du Farida hast gehen lassen. Du weiß noch, wie gemein sie war, oder? Sie hat deine Fingerkuppen in Säure getunkt, um deine Fingerabdrücke zu vernichten.«

»Ich soll dir nicht zuhören«, sagte Reine, jetzt mit etwas lauterer Stimme. Er machte einen Schritt auf den Tisch zu.

»Ich heiße Molly, Sam. Ich will mit dir fliehen. Molly. Willst du Molly wirklich töten, Reine? Willst du das wirklich?«

Ein Blick über die Schulter. Noch drei Minuten.

»Ich soll dir nicht zuhören!«, schrie Reine und kam näher.

»Aber du willst mir doch zuhören, du willst Molly zuhören. Du willst doch vor Jessica fliehen. Der Bus ist vor der Tür, Sam. Wir können da beide einsteigen und davonfliegen wie die Schneeengel. Sam und Molly, so, wie es sein soll. Ich heiße Molly, ich bin ein Mensch. Du willst mich nicht töten, Sam.«

Reine hatte den Tisch erreicht und griff nach dem Messer. Molly sah, wie es in seiner Hand zitterte. Ihre Tränen flossen unaufhaltsam.

Reine stand vor ihr, sein ganzer Körper zitterte jetzt heftig.

»Du darfst so viel zeichnen, wie du willst, Reine«, weinte Molly. »Du bekommst dein eigenes Zimmer. Mit viel Licht, und ich besorge dir Papier und alle Stifte, die du haben willst. Komm, Reine, lass uns gemeinsam von hier fliehen.«

Reine starrte sie an, aber sein Blick hatte sich verändert.

»Ich versuche die ganze Zeit, dich umzubringen, Jessica. Aber es geht nicht. Du kommst immer wieder!«

»Ich bin Molly, Reine! Du bist Sam, und ich bin Molly, und wir werden gemeinsam vor Jessica fliehen. Wir können sie zusammen töten. Dann darfst du so viel zeichnen, wie du willst.«

Er beugte sich vor, blickte ihr in die Augen und zielte mit dem Messer auf ihren Körper.

»Wir nehmen den Bus, Reine. Wir nehmen den Bus in die Freiheit, Sam.«

Das Messer schwebte über ihrem rechten Handgelenk. Seine Hand zitterte.

»Ich muss dich töten, Jessica.«

40

Donnerstag, 26. November, 10:35

Berger hatte seine Hände vors Gesicht geschlagen und konnte sie nicht mehr wegnehmen. Sie waren wie festgefroren.

Sie saßen in dem hinteren Raum. Das Kamerabild von der Vernehmung war eingefroren. Jessica Johnsson lächelte, und in dieser Momentaufnahme hatte ihr Anblick etwas Beängstigendes. Sie wirkte vollkommen unverfälscht.

»Ich fass es nicht«, stöhnte Berger.

»Doch, das glaube ich schon«, entgegnete Deer.

»Sie hat sich einmal übergeben. Nachdem sie Ski fahren war.«

»Wenn ich dich richtig verstanden habe, wart ihr fast einen ganzen Monat allein da oben am Pol der Unzugänglichkeit. Aber natürlich können wir Jessica nicht als einzige Zeugin ernst nehmen. Molly kann auch schon zwei Monate schwanger sein, und dann wäre es passiert, lange bevor ihr euch begegnet seid. Oder sie ist einmal ausgegangen, während du mit Drogen vollgepumpt warst, und hat einen Typen getroffen, in Kvikkjokk zum Beispiel.«

»Aber ich erinnere mich an ihren Körper.«

»Wie meinst du das?«

»Sie hat ein Muttermal unter ihrer rechten Brust, und das sieht aus wie ein Stern.«

»Das kannst du auch so mal gesehen haben.«

Deer stellte sich vor die Karte an der Wand.

»Sie müssen hier irgendwo in der Nähe sein. Wir gehen jetzt zusammen zu Jessica und beenden das.«

Sie stieß die Tür zum Wohnzimmer auf und stürzte hinein.

»Wie schön«, sagte Jessica Johnsson und lächelte. »Auch Kommissarin Rosenkvist *comes crawling out of the woodwork*. Wie ein frisch geschlüpfter Hausbock.«

»Wo ist sie?«, schrie Deer, nur wenige Zentimeter von Jessicas Gesicht entfernt.

»Wenn ich mich hier umsehe«, sagte Jessica unbeirrt, »verstehe ich so einiges: Ihr macht offenbar euer eigenes Ding. Das bedeutet, dass wir einen Deal machen können. Setzt euch.«

Deer ballte die Fäuste, zog sich aber zurück und nahm Platz. Berger holte sich einen Stuhl aus dem Arbeitszimmer und setzte sich daneben.

Mit einem Tonfall, der unerwartet formell und nüchtern klang, verkündete Jessica: »Reine wird Molly zu einem festgesetzten Zeitpunkt töten. Aber er ist im Besitz eines Handys, ich kann ihn jederzeit anrufen und ihn aufhalten. Wir tauschen. Ihr bekommt Molly, Reine bekommt mich. Und alle ziehen fröhlich von dannen.«

»Wir haben Ihr Handy überprüft«, sagte Berger. »Sie haben keinen Kontakt gespeichert, und die Anrufliste zeigt weder eingehende noch ausgehende Anrufe.«

»Aus Sicherheitsgründen sind unsere Handys bisher noch nicht benutzt worden. Aber ich habe die Nummer in meinem Kopf.«

»Dann ruf ihn an, verdammt noch mal!«, brüllte Berger.

»Zuerst müssen wir uns über die Vorgehensweise einigen«, sagte Jessica und warf einen Blick auf die Uhr an der Wand. »Wir haben noch zweiundfünfzig Minuten Zeit.«

Berger und Deer drehten beide den Kopf und starrten auf die Uhr.

»Um halb zwölf also?«, sagte Deer.

Jessica zuckte mit den Schultern.

Nach einem langen Blickwechsel verließen Berger und Deer den Raum, ohne ein weiteres Wort zu sagen. Hinter sich hörten sie Jessica rufen: »Vergesst nicht, die Uhr tickt!«

Berger schlug die Tür hinter sich zu.

»Sie wird Reine nie im Leben anrufen«, sagte er. »Das ist Teil ihres sadistischen Vergnügens. Sie wollte festgenommen werden, jetzt ist sie zufrieden. Das Einzige, was sie sich noch wünscht, ist, mir in die Augen sehen zu können, wenn Molly stirbt. Aber auch dabei wird sie nichts empfinden. Sie will herausfinden, ob ich sie dann töte. Vielleicht kann sie dann endlich etwas spüren.«

»Du hast recht, aber mir fällt gerade etwas ganz anderes ein. Es sah doch vorhin so aus, als hätte sie sich aus der Schlange vor der Kirche gelöst. Aber was wäre, wenn sie das gar nicht getan hat?«

»Wie meinst du das?«

»Was, wenn sie schon in der Kirche war und ihren Code bereits erhalten hatte?«

Berger starrte sie an.

»Aber das Auto stand doch nur ein paar Minuten da, das ist praktisch unmöglich.«

»Sie ist doch so *pfiffig*, sie kann sich doch an der Schlange vorbeigedrängelt haben. Was weiß ich: Ihre Tochter hängt an einem Beatmungsgerät, das nur vom Reservegenerator betrieben wird, und sie benötigt unbedingt Strom. So etwas in der Art.«

»Dann müsste sie ja das Papier bei sich gehabt haben. Ich habe all ihre Taschen geleert, da war nichts.«

»Die Gräber«, sagte Deer. »Das ist gewagt, ich weiß, aber sie kann den Zettel weggeworfen haben, als sie über den Friedhof gerannt ist.«

Sie kehrten zurück ins Wohnzimmer. Berger zerrte Jessica samt Stuhl zur Heizung und kettete sie dort an. Dann verließen sie den Raum, ohne sie eines Blickes zu würdigen.

Ihr Schreien gellte hinter ihnen her.

»Noch eine Dreiviertelstunde! Soll ich ihn nicht anrufen?«

Der Wagen geriet ins Rutschen, als sie auf den Parkplatz vor der Kirche fuhren. Dort standen noch einige Fahrzeuge, aber die Schlange vor dem Eingang hatte sich deutlich verringert. Berger stellte sich quer auf den erstbesten Parkplatz und rannte auf den Eingang des Friedhofs zu. Unter den Augen der Wartenden rutschte und tanzte er über das Eis, und Deer konnte ihn gerade noch festhalten, bevor er hinstürzte.

»Du läufst da hinüber«, keuchte Berger, »ich nehme ihre Abkürzung.«

Er schlitterte bis zu der Reihe von Grabsteinen, an der entlang Jessica in Richtung Hecke gerannt war, und suchte die Gräber und den Boden ab. Doch alles war schneebedeckt. Er sah nichts, was sich von all dem Weiß abhob. Auch kein weißes Papier. Mit wachsender Verzweiflung erreichte er die Hecke.

Da hörte er Deer. »Komm mal her!«

Berger drehte sich um und sah sie im tiefen Schnee zwischen ein paar größeren Grabsteinen stehen. Vorsichtig schob er sich über den glatten Untergrund. Da richtete sich Deer auf, drehte sich zu ihm um und streckte ihre Hand aus. Darin lag ein zusammengeknülltes Stück Papier.

Sie hatte tatsächlich recht gehabt. Sie schlitterten zurück zum Wagen, sprangen hinein, und Berger ließ den Motor an.

Deer faltete den Zettel auseinander, zögerte und sagte dann mit belegter Stimme: »Sie sind in Skogså.«

»In Skogså? Wo ist das?«, rief Berger und fuhr rückwärts aus der Parklücke. »Rechts oder links?«

»Warte!« Deer hatte den Laptop aufgeklappt, ihre Finger tanzten über die Tastatur.

»Hier. Skogså liegt in der Kommune Boden, *Norrbottenslän*. Fünfundzwanzig Kilometer entfernt, also da vorn nach links.«

Die Reifen des Wagens drehten auf dem eisigen Untergrund durch, als Berger das Gaspedal bis zum Boden drückte. Deer tippte mit zitternden Fingern die Adresse in das Navigationsgerät und bestätigte die Entfernung von fünfundzwanzig Kilometern. Alles passte.

»Das ist auch ziemlich weit weg von jeder Zivilisation«, sagte Deer.

»Skogså«, wiederholte Berger und brachte den Wagen wieder unter Kontrolle, dessen Heck auszubrechen drohte.

Die Strecke war schwer befahrbar, es war nicht geräumt worden. Berger fuhr so schnell wie möglich und war sich nicht sicher, ob er überhaupt atmete.

Deer saß schweigend neben ihm.

Noch dreiundzwanzig Minuten. Berger fuhr gegen die Uhr. Die Welt hatte groteske Formen angenommen. Die Zeit drängelte, zerrte und zuckte. Der weiße Weg wand sich durch die ebenfalls weiße Landschaft aus Felsen und Bäumen.

Auch in Bergers Kopf war alles weiß.

Molly. Das Gaspedal ließ sich nicht weiter herunterdrücken. Er sah Reines Messer an ihrem Körper, er sah das Holzscheit.

»Sie hatte uns schon vor langer Zeit verraten, wo wir sie finden können«, sagte Deer plötzlich. »Dieses Schlussszenario ist schon seit Langem geplant.«

»Wie, verraten?«, rief Berger und raste weiter.

»Na, in ihrem Brief an mich. Wir haben das auch kommentiert. Sie schrieb doch ganz unvermittelt: ›*Ich wohne sehr einsam, Frau Kommissarin. Ihnen würde es hier gefallen. Es ist fast wie zu Hause. Nicht in Skogås, sondern in Skogså.*‹«

»Oh, sie ist so verdammt *pfiffig*«, schnaufte Berger.

Dann war es eine ganze Weile sehr still im Wagen.

Die Uhr zeigte siebenundzwanzig Minuten nach elf.

Sie hatten noch drei Minuten Zeit, bis Reine Danielsson Molly Blom mit dem Messer erstechen würde. Berger starrte auf das Navigationsgerät. Es waren noch sieben Kilometer bis Skogså.

Das würden sie niemals schaffen.

Was dann mit der Zeit geschah, konnte Berger hinterher nicht mehr erklären. Sie wurde gestoßen, geschleudert, gezerrt und gerissen, und sein Sehvermögen war wie ausgeschaltet. Alles wirkte verzerrt. Und er raste wie noch nie zuvor in seinem Leben.

Hätten sie doch versuchen sollen, Jessica davon zu überzeugen, Reine anzurufen? Hätte er sie dazu zwingen sollen? Sie foltern? Ihr die Nägel herausreißen?

Dieses Miststück hätte das alles nur auf perverse Weise genossen.

Es gab keine Alternative außer dieser: durch die verlorene Landschaft zu rasen. Zu rasen, was das Zeug hielt.

Es wurde halb zwölf, und noch immer war in all dem Weiß kein Haus zu sehen. Sie hatten sich kein einziges Mal verfahren und kamen doch acht Minuten zu spät.

Die Zeit glättete sich.

Berger sprang aus dem Wagen und rannte auf die Hütte zu. Er hörte Deer hinter sich, hörte, wie sie ihre Pistole entsicherte. Dafür hatte er keine Zeit, er rannte wie besinnungslos. Die Haustür war nur angelehnt, er riss sie auf, lief durch das Wohnzimmer, suchte alles ab und stieß schließlich auf eine Kellertür. Sie stand offen.

Kopflos stürzte er sich in das Herz der Finsternis.

In dem halbdunklen Raum erkannte er eine Uhr an der Wand, ein rotes Plüschsofa, das mit Plastik bezogen war, und einen Tisch mit einem Holzscheit darauf. In der Mitte des Raumes stand ein Stuhl, an dessen Armlehnen und Beinen noch Reste von Kabelbindern hingen. Berger sah ein Messer auf dem Boden liegen und einen Körper in einer Blutlache. Er rannte hin. Drehte ihn um.

Es war Reine Danielsson, er blutete aus einer Wunde am Kopf und röchelte.

Erst jetzt bemerkte Berger die Blutspur, in die er auf dem Weg in den Keller getreten war. Und folgte ihr.

Die Blutspur führte nach draußen, in das unendliche Weiß, verlief einen Hügel hinauf und verschwand dahinter. Berger rannte den Hügel hoch, fiel der Länge nach hin und landete mit dem Gesicht im Schnee. Sein Mund war voll Schnee, er bekam keine Luft mehr, und Panik packte ihn. Lawinenpanik. Er rappelte sich wieder auf. Spuckte den Schnee aus und kletterte weiter den Hügel hinauf. Es ging unerträglich langsam.

Dann hatte er die Kuppe erreicht und sah sich suchend um.

Dort lag sie.

Auf dem Bauch, nackt, die Arme ausgestreckt, die rechte Hand in einem roten Kreis aus Blut.

Wie ein gefallener Engel.

Mit braunem Pagenkopf.

Er kniete sich neben sie, drehte sie vorsichtig um, sah jedoch keine Bewegung hinter den Augenlidern. Ihr Körper war blau angelaufen, aber sie konnte unmöglich schon erfroren sein. Berger überprüfte ihre Atmung, den Puls. Beides war schwach, fast nicht existent.

Er stand auf und sah zur Kuppe hinauf. Keine Deer weit und breit, sie war wohl in die Hütte gerannt.

Er riss sich die Daunenjacke vom Körper und wickelte Molly darin ein. Dann hob er vorsichtig ihren rechten Arm hoch. In ihrem Daumenballen fehlte ein großes Stück, und die Wunde zog sich bis übers Handgelenk. Das Blut floss ungebremst, er konnte nicht einschätzen, ob auch die Pulsader betroffen war. Hastig zog er auch seine Fleecejacke aus und versuchte, sie in Stücke zu reißen, aber ohne Erfolg. Da hörte er ein Stampfen und Keuchen, kurz darauf tauchte Deer auf der Hügelkuppe auf, kreidebleich. Sie rutschte zu ihm herunter und gab ihm ein paar Decken.

»Der Rettungshubschrauber ist auf dem Weg«, keuchte sie.

Da fiel ihr Blick auf die Wunde am Handgelenk.

»Oh Gott«, stöhnte sie.

»Was denn?«, fragte Sam, dem es endlich gelungen war, seine Jacke in Streifen zu reißen.

»Molly hat die Fluchtfantasie von Farida Hesari umgesetzt.«

»Wovon redest du da, verdammt?«, fluchte Berger und verband Mollys Arm.

»Wie geht es ihr?«

Sam schüttelte den Kopf. Sie hüllten Mollys blau angelaufenen Körper in Decken und weitere Jacken, dann hob Berger sie hoch.

Es hatte angefangen zu schneien. Durch einen Tränenschleier sah er die Schneeflocken herabschweben. Sie fielen atemlos, als wollten sie das Land in eine Decke des Vergessens hüllen.

Berger trug Molly Blom durch den Schnee zurück zur Hütte. Sie sah wie eine Tote aus.

Gerade als sie die Hütte erreicht hatten, fuhr draußen auf der Straße ein Bus vorbei.

41

Donnerstag, 26. November, 11:30

Jessica Johnsson saß mit dem Rücken an die Heizung gelehnt und beobachtete die Uhr an der Wand. Die Zeiger sprangen auf halb zwölf. Das war der Moment, in dem es vollendet wurde.

Alle Energie, alle Anspannung, alles Streben verließen ihren Körper.

Es war vollendet.

Sie war vollendet.

Molly Blom war tot, und Sam Berger vernichtet. Und Jessica Johnsson hatte Macht, Macht über Leben und Tod.

Sie war Gott. Sie war die Todesgöttin persönlich. Sie hatte Papas Freundin umgebracht.

Doch jetzt war es vorbei.

Hatte sie etwas empfunden? Eigentlich nicht. Für so etwas war es zu spät.

Sie wusste, dass Berger bald zurückkommen würde. Vielleicht würde er sie umbringen. Das entbehrte nicht einer morbiden Logik. Er würde lebenslänglich bekommen, sie nicht. Ihre Stunden auf Erden waren in jedem Fall gezählt. Und vielleicht würde sie in ihren letzten Sekunden doch endlich etwas fühlen.

Natürlich hätte sie Reine niemals angerufen, um ihn aufzuhalten. So etwas kam in ihrer Welt gar nicht vor.

Sie konnte sich dem Gedanken nicht entziehen, was wohl

geschehen wäre, wenn sie damals das Kleeblatt nicht gefunden hätte.

Sie erinnerte sich so genau an diesen Tag. Die Strandpromenade von Fagersjö nach Farsta. Die kleine Familie hatte einen Spaziergang von Rågsved aus gemacht. Das glitzernde Wasser des Magelungen-Sees. Papa Ove mit seiner Kamera, Mama Eva mit einem kleinen Babybauch. Die Waldlichtung mit dem vielen Klee. Der schmale Weg, der dorthin führte. Das Sonntagskleid, das um ihre Beine spielte. Es blähte sich ein wenig auf, dann schmiegte es sich wieder an.

Wie weich sie in das Bett aus Klee sank.

Das war das letzte Mal, dass sie etwas empfunden hatte. Sie wusste noch, wie gut sich das angefühlt hatte. Mama hatte ihr kurz vor dem Aufbruch erzählt, dass sie einen kleinen Bruder bekommen würde. Aber sie hatte das noch nicht richtig begriffen. Erst als sie sich in das Bett aus Kleeblättern setzte und tatsächlich ein vierblättriges fand und es ihrem Vater in die Kamera hielt, da war der Wunsch von ganz allein entstanden. Während sie das Klicken der Kamera hörte, wünschte sie sich, dass sie keinen kleinen Bruder bekommen würde. Eine Woche später gab ihr Ove den Abzug des Fotos, und sie schrieb den Wunsch auf die Rückseite. Der Wunsch hatte Wurzeln geschlagen, und ihr Vater ihn gelesen. Das sollte er nicht, so war das nicht gedacht. Er wurde ganz blass. Aber wie so oft sagte er nichts.

Berger hatte recht. Ihr Vater, der Wissenschaftler, hatte Angst vor seiner eigenen Tochter gehabt. Er war vor ihr geflohen. Ans andere Ende der Welt.

Hoffentlich lebte er noch. Und litt große Qualen.

Das feige Schwein.

Plötzlich war sie wieder dort, in ihrem alten Haus. Sie konnte es nicht unterdrücken. Auch jetzt, so kurz vor ihrem Tod, konnte sie es nicht unterlassen, dass sie dem Schlüssel zusah, wie er in das Schloss gesteckt wurde, ihren Füßen auf dem Weg in die Küche folgte und auf der Schwelle zwischen

Wohnzimmer und Küche das kalkweiße, tote Gesicht ihrer Mutter sah, in einer monströsen Lache aus Blut, das den Boden bedeckte.

Und sie sah das Gesicht ihres toten Bruders.

Dessen kaum entwickelte Augen zu sagen schienen: »Du wirst nie wieder in deinem Leben etwas empfinden, Jessica.«

Da hörte sie einen Motor, dann Schritte auf der Treppe, und sie machte sich bereit.

Es war Zeit.

Sie schloss die Augen. Die Wärme der Heizung an ihrem Rücken war schön. Sie hoffte, dass Berger kurzen Prozess machen würde.

Ihrer Meinung nach hatte sie lange genug gelitten. Sie hatte keine Energie für herausgerissene Fingernägel.

Jetzt hörte sie die Schritte im Flur, hörte, wie die Wohnzimmertür geöffnet wurde und Schritte näher kamen, hörte, wie jemand sich an den Tisch setzte.

Er müsste doch brüllen und schreien. Und sich nicht einfach in aller Stille an den Tisch setzen. Nicht, nachdem sie gerade seine Geliebte hatte töten lassen.

Jäh öffnete sie die Augen.

Der Mann, der am Tisch saß, war nicht Sam Berger. Es war ein großer Mann mit sehr dicken Brillengläsern. Sorgfältig zog er sich ein Paar dünne Lederhandschuhe an. Dann hob er den Kopf, sah sie an und sagte: »So, Jessica, du bist fertig mit Spielen. Ich hoffe, es hat sich für dich gelohnt.«

»Wer sind Sie?«, rief Jessica.

»Ich heiße Carsten. Es war gar nicht so einfach, dich hier aufzuspüren.«

»Aber … ich dachte …«

»Ich weiß, was du dachtest«, entgegnete Carsten. »Aber ich habe mir deinen Lebenslauf angesehen, und da wurde mir klar, dass du es gar nicht verdienst, etwas zu erfahren. Du bist ein sehr gemeines und widerliches Mädchen gewesen.«

»Das müssen Sie mir erklären …«

»Ich muss dir gar nichts erklären«, unterbrach Carsten sie und zog seine frisch gereinigte Sig Sauer P226 aus der Innentasche.

»Aber wer sind Sie überhaupt?«

Carsten lächelte.

»Life's but a walking shadow, a poor player/That struts and frets his hour upon the stage/And then is heard no more: it is tale/ Told by an idiot, full of sound and fury, / Signifying nothing.«

»Was zum Henker …«

»Manchmal bin ich der Ansicht, dass die größte Strafe die vollkommene Unwissenheit im Angesicht des Todes ist. Einige Menschen verdienen den Tod, ohne dass sie den Grund dafür erfahren. Sie nehmen nicht den Hauch von Versöhnung mit in die Hölle. Denn das wird auch dein Weg sein, Jessica, sei dir dessen sicher. Und grüße schön, ich komme bald nach.«

»Was reden Sie da?«, schrie Jessica und riss und zerrte an ihren Fesseln.

»Das ist doch der Witz daran. Dass du vollkommen unwissend bist«, sagte Carsten und schoss ihr aus kurzer Distanz dreimal mitten ins Herz.

Und in der letzten Sekunde ihres Lebens hatte Jessica Johnsson eine Empfindung. Grenzenlose Verwunderung.

Carsten nahm die Brille ab und blinzelte. Dann wischte er sich eine Träne aus dem Augenwinkel.

Schließlich stand er auf und drückte Jessica eine schwarze Socke tief in den Hals.

Er trat einen Schritt zurück und betrachtete sein Werk.

Er sah wirklich immer schlechter.

Und er würde allein auf seiner Terrasse in Andalusien sitzen müssen.

Signifying nothing.

42

Freitag, 27. November, 11:14

Die Flure, die Deer hinunterlief, schienen unendlich lang zu sein. Durch die Reihen der Fenster konnte sie sehen, dass sich Eis auf dem Årstaviken gebildet hatte. Und das trotz des starken Schneefalls.

Es würde ein langer Winter werden.

Das Söder-Krankenhaus war wie immer voll belegt. Sie schob die Zimmertür auf. Das Bett mit der Patientin unterschied sich von den anderen drei Betten nur durch einen vergilbten Vorhang ringsherum. Zahllose Leute waren in dem kahlen Raum versammelt. Drei weiß gekleidete Männer hingen mit gesenkten Köpfen über einem der Betten und murmelten etwas, eine Krankenpflegerin wechselte an einem anderen einen Katheter, hinter der geöffneten Badezimmertür war eine Reinigungskraft beschäftigt, und neben Molly Bloms Bett stand ein dicker Mann mit einem noch üppigeren Schnurrbart.

Deer seufzte. Er war der Letzte, den sie jetzt sehen wollte.

»Conny«, grüßte sie.

»Desiré«, erwiderte ihr Chef die Begrüßung.

»Wie geht es ihr?«, fragte Deer.

»Keine Ahnung. Einer der Ärzte dort drüben wollte zu uns kommen, wenn er bei dem anderen Patienten fertig ist.«

Deer nickte. Sie sah Molly Blom im Bett liegen und fragte sich, was Molly wohl fühlte. Die Apparatur, an die Molly angeschlossen war, bewegte sich im Takt ihres Atems, aber würde Molly auch aus eigener Kraft atmen können?

Conny Landin räusperte sich.

»Ich gehe davon aus, dass du die Schlagzeilen gelesen hast?«

»Wie hätten mir die entgehen können?« Sie blickte weiter auf die Apparatur, die Molly ganz klein aussehen ließ.

Wie ein Kind.

Conny Landin schüttelte den Kopf.

»Ich weiß, dass du mich angelogen und einen geheimen Auftrag zusammen mit diesem Berger für die Säpo erledigt hast. Und ja, die Säpo setzt alle Regeln und Gesetze außer Kraft.«

Deer schnaubte und schüttelte den Kopf.

»Trotzdem sind solche Schlagzeilen wie *Exbulle gesucht wegen Mord an einer Verdächtigen* nicht wirklich das, was wir gerade gebrauchen können …«, fuhr Landin fort.

»Nein, verstehe.«

»Jessica Johnsson wurde also mit Bergers alter Dienstwaffe, der Sig Sauer P226, erschossen, die er eigentlich hätte abgeben sollen, als er aus dem Dienst ausgeschieden ist? Wenn man dann noch den Tatbestand hinzunimmt, dass seine DNA im Zusammenhang mit drei alten Ermittlungen zu finden ist, wundert es mich nicht, dass er untergetaucht ist. Du wirst verstehen, dass die Interne mit dir sprechen will?«

»Damit bin ich einverstanden.«

»Du bist also mit dem Rettungshubschrauber mitgeflogen? Aber Berger nicht?«

»Wir hatten nicht alle Platz, es waren zwei Verletzte. Aber wir hatten einen Wagen, und den hat Sam gefahren.«

»Ganz genau, den haben sie in Luleå gefunden. Dort verliert sich dann jede Spur. Es liegt doch auf der Hand, dass er noch einmal in das safe house gefahren ist und Jessica Johnsson ermordet hat. Zumindest zieht die Polizei vor Ort diese Schlussfolgerung.«

»Warten wir die Untersuchung der Internen ab«, entgegnete Deer, und in diesem Moment kam einer der Ärzte zu ihnen.

»Polizei, wenn ich es richtig sehe?«

Sie stellten sich vor.

»Molly Blom, ja. Gibt es keine nahen Verwandten?«

»Ich bin wahrscheinlich die nächste Verwandte, die Sie werden auftreiben können«, sagte Deer. »Wie geht es ihr?«

»Instabil. Wir müssen die nächste Zeit abwarten, um beurteilen zu können, ob der hohe Blutverlust zu einer Schädigung des Gehirns geführt hat.«

»Und ... das Kind?«

»Dem Kind geht es gut. Das wird auch dafür sorgen, dass sie hier mindestens noch acht Monate bleiben wird.«

Deer sah ihn verständnislos an. Er reagierte sofort und korrigierte sich.

»Wenn es tatsächlich zu einer *Atria mortis* kommen sollte.«

Da er sah, dass seine Erklärung nicht den gewünschten Erfolg gehabt hatte, präzisierte er: »Hirntod.«

Jetzt war alles so viel klarer als vorher.

»Aber so weit sind wir noch nicht, oder?«, fragte Deer und versuchte, möglichst selbstbewusst zu klingen.

»Nein, nein«, lenkte der Arzt sofort ein. »Im Moment ist nur alles unklar. Wir müssen die Zeit für uns arbeiten lassen. Die anderen Werte sehen alle gut aus. Wir werden eine Magnetresonanztomografie erstellen, sobald das medizinisch vertretbar ist.«

»Eine bitte was?«

»Die meisten kennen es unter der Abkürzung MRT. Um ein vollständiges Bild über die Hirnfunktionen zu bekommen.«

Mit diesen Worten folgte er seinen Kollegen ins nächste Zimmer.

»Ich erwarte deinen Bericht im Laufe des Tages, Desiré. Sagen wir, in einer Stunde? 12:30 Uhr in meinem Büro?«

Deer nickte und blickte dem dicken Mann hinterher, der zusammen mit der Pflegerin das Zimmer verließ. Dann trat sie an Mollys Bett und nahm ihre Hand. Die war blass und kalt.

Blom ging es überhaupt nicht gut.

Die Reinigungskraft war fertig mit dem Badezimmer. Deer sah nur den Rücken des Mannes, während er sorgfältig den Mopp auswrang. Sie wandte sich wieder Molly zu. Da stand er plötzlich neben ihr.

»Ich hoffe, dein Herz ist stark genug für so etwas«, sagte er.

Deer schaute auf und sah Sam Berger direkt ins Gesicht. Er trug noch immer diesen unsäglichen Bart. Sie schloss die Augen und schüttelte den Kopf.

»Was ist passiert?«, fragte sie, nachdem der erste Schock überwunden war.

»Was habe ich da eben von hirntot gehört?«, fragte Berger und trat ans Bett.

Deer überließ ihm Mollys Hand.

»Nein, im Moment ist alles noch unklar. Sie ist *nicht* hirntot, Sam. Und dem Kind geht es gut.«

»Wessen Kind auch immer es sein mag«, sagte er und streichelte Mollys Hand.

»Was ist passiert, Sam?«

Als Berger nach einer langen Pause anfing zu reden, sprach er sehr langsam.

»Auf dem Weg nach Luleå habe ich im Radio von einem Mord in Åskogen gehört. Offensichtlich war jemand in das safe house eingedrungen und hatte Jessica erschossen. Und da ich nicht zum ersten Mal reingelegt und festgenommen werden sollte, dachte ich, es ist besser unterzutauchen, bis ich weiß, was da gelaufen ist. Und dann stellte sich heraus, dass sie mit meiner alten Dienstwaffe ermordet wurde.«

»Und was ist damit?«

»Keine Ahnung. Natürlich habe ich die abgegeben, sie lag im Waffenschrank im Polizeipräsidium. Jemand muss sie sich geholt haben. Du musst mir glauben, Deer.«

Sie sah zu ihm hoch, und zum ersten Mal seit sehr langer Zeit musste er wirklich an Rehaugen denken.

»Ja. Ich glaube dir«, sagte sie. »Aber das ist alles schiefgelaufen.«

»Ich weiß nicht. Molly ist am Leben. Das ist dir zu verdanken, Deer.«

Er legte Mollys Hand in Deers und zog sich zurück. Deer streichelte die Hand und wurde überwältigt von Sorge und Schmerz.

Was sie jetzt brauchte, war eine Umarmung.

Sie drehte sich um. Aber Berger war verschwunden.

Draußen im Flur zog er sich den Kittel aus und warf einen Blick auf sein vibrierendes Handy. Auf dem Display stand eine sehr kurze Nachricht:

»Point Zero«.

Das einsame Espenblatt saß am Ende eines einsamen Zweiges. Er blieb stehen und sah hoch in den wirbelnden Schnee, bis das Blatt herunterfiel. Sanft schwebte es zu Boden und blieb vor seinen Füßen liegen. Dann setzte er seinen Weg über die Wiese seiner Jugend zu dem wie von selbst leuchtenden Bootshaus fort.

Das Ruderboot auf dem Edsviken verschwand fast ganz unter einer Schneedecke. Der See fror allmählich zu.

Er nahm die Stufen zum Bootshaus. Dieses Mal begrüßte ihn nicht der Lauf einer Sig Sauer P226. Stattdessen öffnete ihm ein unbewaffneter Chef der Abteilung für Nachrichtendienste die Tür. Seine Haare erinnerten wie immer an Eisenspäne auf einem Magneten, aber sein Gesichtsausdruck war ein anderer. Versöhnlicher. Als hätte der Mann ohne Mimik plötzlich sein Repertoire erweitert.

»Schön, dass Sie kommen konnten«, sagte August Steen.

Berger erwiderte nichts. Sie setzten sich an die alte Werkbank. Steen schob Berger ein iPad über den Tisch zu.

Berger startete den Film und erkannte sofort das Wohnzimmer des safe house. Jessica Johnsson sitzt gefesselt an einer Heizung am Ende des Raumes. Sie hat ihre Augen geschlossen. Plötzlich kommt ein Mann herein, nur sein Rücken ist zu sehen. Er setzt sich an den Tisch aus Birkenfurnier, Jessica öffnet die Augen, und ein lautloses Gespräch findet statt. Nach einer Weile beginnt sie, an ihren Fesseln zu reißen und zu zerren. Der Mann schießt ihr dreimal mitten ins Herz. Einen Moment lang bleibt er ruhig sitzen, dann steht er auf, stopft ihr eine schwarze Socke tief in den Mund und dreht sich um.

August Steen hielt den Film an.

Das war unverkennbar Carsten.

»Kein Ton?«, fragte Berger.

»Leider nicht. Ist eine Mikrokamera ohne Mikrofon. Alle anderen hatte er entdeckt.«

»Das ist *Ihr* Mann, Steen. Außerdem stehen Sie sich nahe. Er hat uns zum Hubschrauber gebracht. Was ist das hier?«

»Schaffen Sie noch einen Film?«, fragte Steen statt einer Antwort. »Ich habe ihn mitgenommen, bevor ich losgefahren bin. Dieser ist ein paar Wochen alt.«

Berger nickte, und ein neuer Film startete.

Dieses Mal sieht man ein Großraumbüro. Es ist Bergers altes Büro, in dem er mit dem Team um Allan Gudmundsson hart gekämpft hat, um den Ellen-Savinger-Fall zu lösen. Ein Mann kommt in den Raum, das Bild wechselt in den Nachtbildmodus. Grünweiße Konturen. Der Mann geht zielstrebig auf den Waffenschrank zu, öffnet ihn problemlos und nimmt eine Pistole heraus.

Steen hielt den Film an.

»Man kann genau sehen, wessen Waffe das ist«, sagte er.

»Ja, meine.«

Steen ließ den Film weiterlaufen.

Als der Mann sich umdreht, kann man ihn trotz der Aufnahmequalität erkennen. Es ist Carsten.

»Das spricht mich doch frei«, sagte Berger.

»Aber es wird natürlich niemals an die Öffentlichkeit gelangen«, entgegnete Steen.

»Was sollte mich daran hindern, mir das iPad zu schnappen und abzuhauen?«

»Nichts.« Steen lächelte bedrückt. »Aber die Dateien haben einen Zeitcode. Sie werden gelöscht, noch bevor Sie die Tür hinter sich geschlossen haben. Es wäre äußerst zeitsparend, wenn wir Unterschätzung vermeiden könnten.«

»Worum geht es hier?«, fragte Berger.

»Das ist eine lange Geschichte. Mit Ihrer Einwilligung würde ich sie kurz zusammenfassen.«

»Sie haben Cutter umgebracht, Sie Arsch.«

»Nein.« Steens Stimme klang jetzt sehr mild. »Kurze Zusammenfassung?«

Berger antwortete nicht, also fuhr Steen fort.

»Katharina Andersson wurde umgebracht, weil sie auf Ihren Auftrag hin versucht hat, Dateien aus den tiefsten Kellern der Säpo wiederherzustellen. Dateien, die gelöscht worden waren. Liege ich bis hier richtig, Sam?«

Berger rührte sich keinen Millimeter.

»Ich habe diese Dateien gelöscht, weil wir einen Maulwurf in den Reihen der Säpo hatten.«

»Einen Maulwurf?«

»Ja, verzeihen Sie mir diese Kalter-Krieg-Terminologie.« Steen lächelte. »Einen Verräter, einen Spion, ein Leck. Nennen Sie es, wie Sie wollen. Jedenfalls musste ich sicherstellen, dass der Maulwurf nicht an diese Dateien herankommt.«

»Ist die Familie Pachachi der Schlüssel in dieser Geschichte?«

Auf August Steens Gesicht zeigte sich ein bis dahin nie gesehenes Mienenspiel.

»Deshalb mussten wir Sie aus der Schusslinie nehmen. Aus der des Maulwurfs. Weil Sie es herausgefunden hatten.«

»Und dafür haben Sie Molly abgestellt?«

»Sie irren sich gewaltig in Molly Blom. Sie hatte sich von uns gelöst und wollte an Ihrer Seite Privatdetektivin werden. Molly hat Sie gerettet, als Sie hier im Bootshaus einen Zusammenbruch erlitten, einen massiven Zusammenbruch, eine Psychose. Erst danach haben wir uns verständigt. Sie unterstützte das Vorhaben, Sie unsichtbar werden zu lassen, weil sie wusste, dass der Maulwurf Cutter getötet hatte.«

Berger war sprachlos.

»Die Kurzversion ist die«, fuhr Steen fort. »Pachachi ist extrem wichtig für uns, und ich bin der Einzige, der seine wahre Identität kennt. Doch plötzlich tauchte dieser Maulwurf auf, und ich musste alle Dateien löschen, die mit dem Fall zu tun hatten. Er machte einen zweiten Anlauf, brachte zuerst die arme senile Frau im Altenheim um, weil die Gundersen hätte identifizieren können und dieser Gundersen uns geholfen hatte, Pachachi ins Land zu holen. Dann tötete er Cutter, die ihm aber gar keine Informationen über Pachachi geben konnte, zumindest nehmen wir das an. Aber vor allem schnappte er sich Pachachis Tochter. Sie wurde entführt …«

»Von William«, sagte Berger, obwohl es ihm eigentlich die Sprache verschlagen hatte.

»Der Maulwurf hatte sie in seiner Gewalt, er holte sich Aisha, noch bevor das Labyrinth am Stupvägen fertig gebaut war. Er ignorierte alle anderen Mädchen und nahm nur Aisha mit. Seitdem erpresst er damit Pachachis Schweigen. Aber dieser Maulwurf bekommt seine zwanzig Silberlinge erst, wenn er Pachachi umgebracht hat. Wahrscheinlich sind es viel mehr als zwanzig.«

»Aber von wem ist das Geld?«

»Vom IS. Ich jage ihn schon seit über einem Jahr. Und dann enttarnt er sich auf so dämliche Art und Weise. Verrückt.«

»Carsten?«, rief Berger.

»Sein Hauptmotiv war vermutlich, dass er einen Sündenbock brauchte. Natürlich wäre es besser gewesen, jemanden aus den Reihen der Säpo zu nehmen, aber da Sie ja tatsächlich hinter Cutters Auftrag standen, eigneten Sie sich hervorragend als vermeintlicher Maulwurf.«

»Er hat Jessica Johnsson nur umgebracht, um mich zum Maulwurf zu machen?«

»Primär, ja. Aber Maulwürfe enttarnt am Ende immer die Leidenschaft. Der perfekte Spion ist kastriert.«

»Aber warten Sie. Wollte mich Carsten in diese Situation bringen, weil ...«

»... weil er eifersüchtig war, ja. Es deutet vieles darauf hin, dass er der Ansicht war, dass Sie ihm Molly weggenommen hätten. In seinen Observationsberichten finden sich einige Hinweise darauf – wenn man weiß, wonach man suchen muss. Was ich leider ein bisschen zu spät erkannt habe.«

»Aber wo ist er jetzt?«

»Ziemlich wahrscheinlich irgendwo in Schweden. Und er hat weiterhin Aisha Pachachi in seiner Gewalt. Ich glaube, er wartet darauf, dass der Vater ihm ein Angebot macht. Um sich für seine Tochter zu opfern.«

»Aber warum bin ich hier? Was wollen Sie denn von mir?«

»Wir stehen vor einer ganz großen Sache. Die falschen Leute sind auf dem Weg in unser Land. Wenn es Carsten gelingt, Ali Pachachi zum Schweigen zu bringen, wird niemand sie daran hindern. Dann werden wir die schlimmsten Terroranschläge in der schwedischen Geschichte erleben.«

Berger starrte Steen sprachlos an.

»Aber was wollen Sie denn von mir, August?«

»Sie sind besser, als Sie glauben, Sam.«

»Molly liegt quasi hirntot im Krankenhaus. Mit einem Kind im Bauch, das von mir sein könnte.«

August Steen schüttelte den Kopf.

»Der perfekte Spion ist ein kastrierter Spion«, wiederholte er. »Aber Molly ist nicht hirntot. Die Situation ist nur im

Moment noch unklar. Außerdem glaube ich, dass die Vaterschaftsfrage ebenfalls noch ungeklärt ist.«

Berger blieb mit dem Blick an den Ruinen des Uhrwerks hängen, in dem er vor gar nicht allzu langer Zeit gefesselt war.

»Was genau wollen Sie von mir, August?«, fragte er erneut.

August Steen schob ihm ein Handy und ein dickes Bündel Geldscheine zu.

»Damit Sie sich bereithalten können. Ich werde Sie bald brauchen. Und vergessen Sie nicht, dass nach wie vor eine Großfahndung nach Ihnen läuft. Halten Sie sich unterm Radar.«

»Langsam fange ich an, mich daran zu gewöhnen«, entgegnete Sam Berger und grinste.

43

Freitag, 27. Dezember, 14:02

Aufgrund des dichten Schneefalls war kaum zu sehen, wie streng die Klinik für Forensische Psychiatrische in Huddinge bewacht wurde. Trotzdem verschaffte sich der Autofahrer problemlos Zugang, ausgestattet mit falschen Vollmachten von ganz oben. Er parkte neben dem Eingang und schaltete den Motor aus.

Sam Berger drehte den Rückspiegel zu sich und betrachtete sein frisch rasiertes Gesicht. Er erkannte sich selbst kaum wieder.

Und er fühlte sich einsam, unerträglich einsam.

In dem bemerkenswert sauberen Flur roch es nach Neubau. Die Ärztin lief mit federnden Schritten vor ihm und sagte, ohne sich umzudrehen: »Wie schade, dass Sie ganz umsonst gekommen sind.«

»Wie meinen Sie das?«, fragte Berger.

»Vor dem Gerichtsverfahren herrscht absolutes Kommunikationsverbot. Aber Sie können durchs Fenster schauen.«

Ein paar Meter vor einer Tür mit einer kleinen Fensterluke hielt sie abrupt an, machte auf dem Absatz kehrt und lief denselben Weg zurück, den sie gekommen waren.

»Sie haben fünf Minuten!«, rief sie ihm über die Schulter zu. »Dann werden Kollegen Sie zurückbringen.«

Berger wartete, bis die Frau verschwunden war. Dann erst näherte er sich langsam der Luke.

Als Erstes sah er ein großes Fenster. Durch das Schneegestöber dahinter erkannte er einen Bus, der unten auf der Straße stand.

Dann sah er Reine Danielsson. Er saß seitlich an einem Tisch und zeichnete. Der Tisch war übersät mit Papieren und Farbstiften. Reines Gesichtsausdruck war hoch konzentriert. Vielleicht war sogar etwas wie Glück zu erkennen.

Zuerst konnte Berger nicht sehen, was er da zeichnete. Dann entdeckte er, dass auch an den Wänden Bilder mit diesem Motiv hingen.

Kleeblätter. Äußerst detailliert gezeichnete Kleeblätter schmückten Reine Danielssons Zelle.

Da hob Reine den Kopf und sah Berger in der Fensterluke. Er lächelte und hob seine rechte Hand, als wollte er winken. Doch dann formte er mit Zeige- und Mittelfinger eine doppelläufige Pistole.

Und schoss auf ihn.